윤동주 詩의

상징과 자기의 해석학

임현순

이화여자대학교 국어국문학과 졸업.
이화여자대학교 대학원 국어국문학과 석사, 박사.
동덕여자대학교 교양교직학부 전임강사.

주요 논문과 저서
〈서정주 시의 상징성 연구 — 보들레르 시와의 영향관계를 중심으로〉,
〈김현승 시에 나타난 고독의 역설성 연구〉,
〈독자들의 한국현대시 수용과 인식의 특성 — 한국 대중시 형성의 문화적 요인과 현대시의
    대중화 문제 연구 (1)〉 등
《행복한 시인의 사회 — 80년대 시인 연구》(공저),
《시대를 건너는 시의 힘 — 70년대 시인 연구》(공저),
《근현대 일본의 한국 인식》(공저) 등.

윤동주 詩의 상징과 자기의 해석학

초판 1쇄 인쇄   2009. 5. 25.
초판 1쇄 발행   2009. 5. 28.

지은이   임현순
펴낸이   김경희
펴낸곳   ㈜지식산업사
        본사 • 경기도 파주시 교하읍 문발리 520-12
              전화 (031)955-4226~7 팩스 (031)955-4228
        서울사무소 • 서울시 종로구 통의동 35-18
              전화 (02)734-1978   팩스 (02)720-7900
        한글문패   지식산업사
        영문문패   www.jisik.co.kr
        전자우편   jsp@jisik.co.kr
        등록번호   1-363
        등록날짜   1969. 5. 8.

책값은 뒤표지에 있습니다.

ISBN 978 - 89 - 423 - 4051 - 4   (93810)

이 책을 읽고 지은이에게 문의하고자 하는 이는
지식산업사 전자우편으로 연락 바랍니다.

솔벗한국학총서 12

윤동주 詩의 상징과 자기의 해석학

임 현 순 지음

지식산업사

사랑하는
우리 어머니께

머리말

　시의 상징을 통한 주체의 자기 해석이라는 이 책의 핵심 내용은 '주체·타자·독자'라는 세 가지 중심틀로 규합될 수 있다. 시인이 창작한 시에 나타난 주체와 타자, 감상을 통해 시를 자기화하는 독자라는 세 층위가 해석의 과정에서 경험하게 되는 자기 인식의 과정과 거기에서 형성되는 존재의미의 고찰이 이 책의 주된 작업인 것이다.

　시인의 자기 투영이기도 한 주체는 시인과 객관적 거리를 지닌다는 점에서 시의 화자와 같은 자리에 놓이면서도, 많은 경우 발화의 목소리 유무를 기준으로 화자와 구분되는 지점에 위치한다. 시 속에서 주체는 독립적으로 객관화한 몸과 자신을 둘러싼 환경, 타자관계 속에서 유동적으로 변화하며 자기의 존재의미를 찾아간다. 또한 책을 읽는 순간, 의미가 새롭게 부여되며 재구성된다는 점에서 해석행위에 의해 주체는 독자의 위치로 옮겨 가기도 한다. 이와 같이 주체의 자기 해석은 시인의 창작행위로부터 독자의 해석행위에 이르기까지 윤동주의 시에서 존재론적 탐구의 중심을 형성하게 된다.

이 책은 리쾨르의 상징해석학적 관점으로 윤동주의 시에 접근하여 상징의 다양한 층위에서 주체의 자기 해석과 관련된 존재론적 의미들을 분석, 규명해내는 것을 목적으로 한다. 리쾨르의 해석학에 나타난 존재 탐구의 방식은 윤동주가 시작(詩作)을 통해 천착해온 자기 탐구의 과정과 많은 부분에서 공유지점을 갖는다. 이 같은 윤동주 시의 특성에 주목하여 리쾨르의 상징해석학적 관점에서 시의 상징을 매개로 한 주체의 자기 인식 양상과 타자관계를 분석함으로써 주체의 인식행위가 실천행위로 확장되어 자기의 해석을 이뤄가는 과정을 살펴볼 것이다. 또한 시의 존재론적 특성과 상징의 다의적 의미 구조의 관련성을 밝힘으로써 윤동주의 시에 나타난 인식의 특성을 규명하고, 이를 통해 한국근대문학사에서 윤동주의 시가 차지하는 위상을 살펴보고자 한다.

이렇듯 이 책은 윤동주의 시 전반을 대상으로 그의 시에 나타난 상징을 주체 영역에서의 매개 구조, 타자관계 영역에서의 매개 구조, 인식의 구조와 관련하여 살펴보면서 상징의 매개 작용을 통해 주체의 존재론적 의미를 해석해가는 과정에 나타나는 윤동주 시의 다층적 복합성을 밝혀보는 작업이다. 윤동주가 활용한 여러 상징들은 실존적, 시대적 제한 속에서 시인의 의식을 시화한 주요한 시적 기법이면서, 시의 존재론적 특성을 나타내주는 매개가 된다. 그러한 맥락에서 상징을 매개로 주체의 자기 해석 방식을 규명해내는 이 책의 작업은 윤동주의 시에 나타난 주체의 의미뿐만 아니라, 창작 당시 시인이 경험한 세계 인식을 살펴보고, 한국근대문학사에서 윤동주의 시가 갖는 의미를 고찰하는 데도 유용하게 쓰일 수 있다. 시 상징의 해석은 시 창작 당시의 상황뿐만 아니라 해석하는 시점의 현재적 의미까지를 포괄하는 다층위적 자기 해석의 과정이다. 이와 아울러 시에 나타난 상징 구조의 특성을 규명하는 이 책의 작업은 시 작품의 의미 구조에 대한 해석으로 연결될 수 있다.

이 책은 2005년에 발표한 학위논문을 기반으로 삼았다. 논문의 틀을 확립하고 내용을 구성하는 데 여러 기관의 도움을 받았다. 논문 작성을 지도하고 심사하신 김현자 선생님, 김현숙 선생님, 김미현 선생님, 오세영 선생님, 최동호 선생님께 이 자리를 빌려 감사의 마음을 전하고 싶다. 또한 학위논문의 문제의식을 확장해 소논문을 통해 발전시키는 데 도움을 주신 여러 연구자분들의 조언으로 이 책이 가질 수 있었던 허점의 많은 부분이 보완되었음도 밝혀둔다. 마음의 스승과 벗들, 그리고 가족의 믿음과 격려에 대한 고마움은 말로 다할 수 없다. 끝으로 이 책이 솔벗총서로 출간될 수 있도록 도움을 주신 솔벗재단과 지식산업사 측에 감사를 드린다.

2009년 5월　임 현 순

차 례

I

서론

A. 연구사 검토와 문제 제기

B. 연구 방법과 대상

A. 연구사 검토와 문제 제기

　윤동주의 시에 대한 기존의 연구들은 한국근대문학사의 특정 흐름에 속하지 않은 윤동주 시의 고유한 성격을 밝히기 위한 다각도의 노력을 보여주었다. 시인의 내면의식을 탐구하거나, 시에 나타난 형식적 특성을 분석하거나, 시대와의 연관성을 추출하거나, 정신사적 바탕을 고찰하는 등의 노력들은 윤동주 시의 특성을 규명하려는 작업과 연결되어 있다. 그리고 이 같은 연구들의 바탕에는 비교적 짧은 시력(詩歷)을 지닌 미등단 작가의 시가 안고 있는 한국문학의 특성에 관한 고민이 내재되어 있다.[1]

　이 책 역시, 발간된 지 60여 년이 지났음에도 여전히 이례적으로 많은 독자를 확보하고 있는 윤동주 시[2]의 성격을 규명하여 한국근대문학의 정체성을 모색해보려는 작업의 일환으로 기획되었다. 윤

[1] 일례로 백철은 우리 문학사에서 윤동주가 차지하는 위치를 '캄캄한 밤하늘의 별', '민족의 등불' 등으로 비유하며 근대문학사에서 윤동주가 차지하는 고유한 위치에 대해 역설한 바 있다(白鐵, 〈暗黑期 하늘의 별〉, 윤동주, 《하늘과바람과별과詩》, 정음사, 1983, p.200).

[2] 시인 윤동주가 1945년, 29세의 젊은 나이로 후쿠오카의 차디찬 감옥에서 옥사한 지 어느덧 60여 년의 세월이 흘렀다. 정지용이 서문을 쓴 유고시집 《하늘과바람과별과詩》(1948)가 발간된 것도 그로부터 오래지 않다. 그런데 반세기가 넘는 시간이 흐른 지금도 여전히 윤동주는 독자들 가까이에 있다. 국내 대형서점의 대표 격인 교보문고의 베스트셀러 집계에서 2002년을 제외한 1994년~2004년 상반기까지 최근 10년 동안 《하늘과바람과별과詩》는 해마다 시 부문 베스트셀러로 선정되었다. 윤동주가 시작활동을 활발히 한 1930년대뿐만 아니라 우리 시사를 통틀어 그와 같이 오랜 시간 스테디셀러로 자리 잡게 된 시집을 발간한 시인은 전무하다 할 수 있다. 이렇듯 세대를 초월해 독자를 사로잡는 윤동주 시의 실체를 규명해내는 것은 전문독자로서의 연구자가 담당할 몫이다.

동주의 시가 현재시점에서도 의미를 갖는다면, 그의 시가 안고 있는 풍부한 의미의 층위가 현재의 관점에서 어떻게 되살려질 수 있는가에 대한 관심에서 출발하여 시의 의미망을 구성하는 이 책의 작업은 시대를 초월해 독자를 사로잡는 윤동주 시의 본질을 파악하는 인식의 방법을 제공해줄 수 있다.[3] 그러한 태도는 시인의 의식 규명뿐만 아니라 이를 수용하는 독자의 해석적 입장에까지 관심의 범위를 확장한다.

도지사대학(同志社大學)의 윤동주 시비[4]에 새겨진 〈序詩〉[5]의 내용 가운데 "모든 죽어 가는 것"에 대한 일본어역이 논란의 대상이 된 것도 이와 같은 맥락에서 이해할 수 있다. 역자인 이바라기 노리코(茨木のり子)는 이 부분을 "生きとし生けるもの"로 번역하였다. 이를 우리말로 다시 옮겨보면 "살아 있는 모든 것"이 된다.[6] '죽어 간

---

3) 현시대를 살아가는 독자들은 '저항시'로 분류되는 과거 윤동주의 시를 지금, 여기의 의미로 읽어낸다. 시대적 상황이 변화했음에도 자신이 처한 위치에서 그의 시에 현재적 의미를 부여하는 것이다. 그리고 그 과정에서 윤동주의 시는 저항시의 전형에서 벗어나 열린 구조를 지닌 텍스트로 그 존재태를 바꾼다. 시대에 밀착되어 있는 그의 시는 이렇듯 역설적이게도 시대성에서 자유롭다. 윤동주 시의 저항성 여부가 논의의 대상이 될 수 있는 것은 그러한 특성에 말미암은 바 크다.

4) 1995년 2월 16일, 해방 후 50년이 되는 해에 일본 도지사대학 이마데가와(今出川) 캠퍼스 구내 이화학관과 예배당 사이에서 윤동주 시비 제막식이 있었다. 시비 앞면에는 윤동주 자필 원고를 확대한 〈序詩〉 원문과 이바라기 노리코의 일본어역이 나란히 아로새겨졌고, 뒷면에는 "윤동주의 시는 동포들뿐만 아니라, 민족을 초월해 사람들의 심금을 울린다"고 오오무라 마스오가 작성한 건립취지문이 실렸다(同志社大學 広報課 編集,《尹東柱詩碑》, 學校法人同志社, 2002, pp.1~8, pp.19~31 참조).

5) 윤동주가 자선시집의 표지 이면에 제목을 달지 않은 채 수록한 이 시는 "하늘과바람과별과詩"라는 시집 제목을 압축적으로 표현한 작품으로 서문의 구실을 대신한다고 평가받아 왔다. 윤동주 사후 유고시집을 출간한 편자들이 이 시에 '序詩'라는 제목을 달아 시집에 수록, 출판하였고, 그때부터 일반적으로 '序詩'라고 불리게 되었다. 이 책에서도 이 시를 인용할 때는 제목을 〈序詩〉로 표기하기로 하겠다.

다'는 것은 물론 아직 '살아 있음'을 전제로 한다. 그러나 "모든 죽어 가는 것"을 "살아 있는 모든 것"으로 번역하게 되면 원래 시구에 함축된 수많은 의미 층위들이 사라지고 오직 생명체라는 제한된 뜻만이 남게 된다.

물론 이러한 문제는 모든 문학 번역, 특히 언어의 함축성을 특징으로 하는 시 번역에서 빈번하게 제기되고 있는 것이기에 별반 새롭지 않을 수도 있다. 하지만 이 경우는 다만 미묘한 의미를 살릴 수 있는가와 같이 일반적으로 제기되곤 하는 번역상의 오류에 관한 문제가 아니다. '(생명력을 잃고) 죽어 가는'이 '(생동감이 넘치거나 죽음에 가깝거나 간에) 삶을 살고 있는'의 의미로 확대되었는가의 범주 차원에 그치는 문제가 아닌 것이다. 〈序詩〉의 시구 "모든 죽어 가는 것을 사랑해야지"에는 윤리의 차원, 역사의 차원, 종교의 차원, 실존의 차원 등을 아우르는 깊은 의미의 광맥이 숨겨 있기 때문이다.

그러므로 시공을 초월하여 울림을 전해주는 시의 특질, 하나로 규정되지 않는 윤동주 시의 면모를 면밀히 파악하기 위해 다의성을 특징으로 하는 상징의 쓰임에 주목하는 것은 윤동주의 시를 해석하는 연구 방법으로 의의를 지닐 수 있다. 이 책은 윤동주의 시를 대상으로 상징을 매개로 한 주체의 자기 인식 양상과 타자관계를 살펴봄으로써, 주체의 인식행위가 실천행위로 확장되어 자기의 해석을 이뤄가는 과정을 고찰하고자 한다. 또한 이를 통해 윤동주 시의 다의적 상징구조를 거쳐 추출되는 존재론적 의미를 규명7)함으로써

---

6) 이누가이 미쓰히로 외 엮음, 고계영 옮김, 《일본 지성인들이 사랑하는 윤동주》, 민예당, 1998, p.117, pp.133~135 ; 오오무라 마스오, 《윤동주와 한국문학》, 소명출판, 2001, pp.111~115 참조.
7) 이 책에서 존재와 관련된 개념은 다음과 같은 범주로 정의하여 사용한다.
　ⅰ) 실존 : 어원상으로 ex(밖에, 밖으로)와 sistere(나타나다, 나와서다)가 결합한

그의 시에 나타난 인식의 특성을 살펴보고 우리 근대문학사에서 윤동주가 차지하는 위상을 정립할 것이다.

그동안의 선행연구들은 다양한 접근방법으로 윤동주 시의 전모를 밝히기 위해 노력해왔고, 풍부한 논의가 이루어진 만큼 주목할 만한 견해들도 많이 발표되었다. 이는 크게 형식적 측면의 연구, 사회·정신사적 측면의 연구, 문학사적 위치에 관한 연구, 전기적 사실에 대한 연구, 정신분석학적 연구, 신학적 측면의 연구, 비교문학적 연구 등으로 나뉘는데,8) 이들 연구로 말미암아 윤동주의 시세계에 대한

단어로서 인간의 존재방식을 가리키는 단어이다. 실존은 보편적 인간이 아닌 구체적이고 개별적인 인간을 의미하지만 가능성, 곧 미래하는 시간성 속에서의 선택과 투기를 내포한 개념이다. 현실존재와 진실존재라는 의미가 복합되어 있으며 가능성으로서의 실존(existentia)은 정적인 본질(essentia)이 아니고 존재능력이다.

ii) 현존 : 실존의 개념에서 미래의 가능성이 제거된 현실의 유한한 구체적 존재를 의미하는 개념으로 본질과 대조적 개념이다. 현존은 우연성의 성격을 지니고 있으며 본질로 환원될 수 없다.

iii) 존재 : '있다'고 말할 수 있는 모든 것의 총괄로 존재자에서의 존재의 작용을 의미한다.

8) 형식적 측면의 연구로는 시어에 집중한 김현자의 〈아청빛 언어에 의한 이미지〉(《소천 이헌구 선생 송수기념논총》, 1970), 시작(詩作) 연도에 관심을 보인 김윤식의 〈윤동주론의 행방〉(《心象》 17호, 심상사, 1975), 전규태의 〈저항시인으로서의 윤동주론〉(《나라사랑》 23집, 외솔회, 1976), 이미지에 집중한 오세영의 〈윤동주의 문학사적 위치〉(《현대문학》 21권 4호, 현대문학사, 1975), 최동호의 〈韓國現代詩에 나타난 물의 心象과 意識의 研究 — 金永郎, 柳致環, 尹東柱의 시를 중심으로〉(고려대학교 박사학위 논문, 1981), 비유법에 주목한 김열규의 〈윤동주론〉(《국어국문학》 27집, 국어국문학회, 1964) 등을 대표적으로 거론할 수 있다. 사회·정신사적 측면의 연구는 대체로 윤동주의 저항적 시의식, 죽음의식, 부끄러움, 어둠에 대한 인식, '별'과 관련한 지향성, 실향의식 등에 집중하였으며, 윤동주의 시의식을 '윤리적 개인주의'의 측면에서 규명한 사회학적 시각의 논문도 발표되었다(이황직, 〈근대 한국의 윤리적 개인주의 사상과 문학에 관한 연구 : 정인보, 함석헌, 백석, 윤동주를 중심으로〉, 연세대학교 박사학위 논문, 2002). 한편 1960년대의 이유식, 김열규의 뒤를 이어 홍기삼의 〈고독과 저항의 세계〉(《月刊

대체적인 합의가 이루어졌다고 할 수 있다.

이렇듯 다양하게 전개되어 온 연구사에서 윤동주에 관한 최초의 언급은 1947년 윤동주의 연희전문 시절 친구인 강처중이 기자로 근무하던 《경향신문》의 주간(主幹) 정지용에 의해 〈쉽게씨워진詩〉의 소개글 형식으로 이루어졌다.9) 정지용은 이듬해 유고시집으로 발간된 《하늘과바람과별과詩》 초판본10)에도 시집에 대한 평가와 윤일주와의 인터뷰 내용을 담은 서문을 실어 윤동주의 시를 세상에 알리는 데 크게 공헌한 바 있다.

그로부터 6년 뒤인 1954년에는 현재까지 게재된 글들 가운데 "윤동주 연구의 기틀을 마련"11)한 최초의 비평으로 평가받는 고석규의 〈尹東柱의 精神的 小錨〉12)가 발표된다. 그리고 그 흐름을 이어 1960년대에는 앞에 소개한 김열규의 논의13)를 필두로 이상비,14) 이유식,15) 최홍규16) 등이 윤동주 관련 논문을 발표함으로써 윤동주의 시를 대상으로 한 본격적인 연구가 이루어지기 시작하였다.

文學》 7권 7호, 한국문인협회, 1974), 박호영의 〈릴케와 대비로 본 윤동주〉(《한국현대시사연구》, 일지사, 1974), 한계전의 〈윤동주에 있어서 "고향"의 의미〉(김학동 편, 《윤동주》, 서강대학교출판부, 1997) 등에서 부분적으로 언급되던 개별 작품의 비교문학적 논의가 1990년대 이후 활발한 전개양상을 보이게 되었다.

9) 故 윤동주, 〈쉽게 씌워진詩〉, 《경향신문》, 경향신문사, 1947.2.13. 시가 실리기까지의 과정과 강처중, 정지용과 윤동주의 인연에 대해서는 송우혜의 《윤동주 평전(재개정판)》(푸른역사, 2004, pp.484~489) 참조.

10) 윤동주, 《하늘과바람과별과詩》, 정음사, 1948.

11) 마광수, 《尹東柱 研究 : 그의 詩에 나타난 象徵的 表現을 中心으로》, 정음사, 1984, p.86.

12) 고석규, 〈尹東柱의 精神的 小錨〉, 고석규·김재섭, 《超劇》, 三協文化社, 1954.

13) 김열규, 앞의 글, 1964.

14) 이상비, 〈시대와 시의 자세〉, 《자유문학》 11·12월호, 한국자유문학자협회, 1960.

15) 이유식, 〈아우트사이더的 人間性〉, 《현대문학》 9권 10호, 현대문학사, 1963.

16) 최홍규, 〈존재와 생성의 역(域)〉, 《世代》 3권 8호, 세대사, 1965.

1970년대에 들어서자 《나라사랑》, 《文學思想》, 《心象》, 《크리스찬 文學》 등 유수의 잡지들이 윤동주를 특집으로 다루기 시작하였다. 이들 잡지를 중심으로 김현자,[17] 김흥규,[18] 홍기삼,[19] 김윤식,[20] 오세영,[21] 김우종,[22] 김우창,[23] 임헌영,[24] 김용직,[25] 신동욱,[26] 염무웅,[27] 전규태,[28] 정한모,[29] 김시태[30] 등 많은 연구자들이 다양한 논의를 펼쳤다. 김흥규는 윤동주 시세계의 변천과정을 살피면서 "화해의 세계", "갈등의 세계", "미완의 긴장"을 시의 특징으로 언급하였다. 김윤식은 윤동주의 〈거울〉이 역사의식을 포함하고 있다면서 그의 시를 "한국 근대문학"의 "깨지지 않는 거울"로 평가

---

17) 김현자, 앞의 글, 1970.
18) 김흥규, 〈尹東柱論〉, 《창작과 비평》 9권 3호, 창작과비평사, 1974.
19) 홍기삼, 앞의 글, 1974.
　　　　, 〈시와 시인의 생애〉, 《心象》 3권 2호, 심상사, 1975.
20) 김윤식, 〈尹東柱論 ― 어둠속에 익은 思想〉, 《韓國近代文學作家論考》, 일지사, 1974.
　　　　, 앞의 글, 1975.
20) 김윤식, 〈한국 근대시와 윤동주〉, 《나라사랑》 23집, 외솔회, 1976.
21) 오세영, 앞의 글, 1975.
　　　　, 〈윤동주 시는 저항시인가?〉, 《文學思想》 43호, 문학사상사, 1976.
22) 김우종, 〈암흑기 최후의 별〉, 위의 책.
23) 김우창, 〈손들어 표할 하늘도 없는 곳에서〉, 위의 책.
24) 임헌영, 〈순수한 고뇌의 절규〉, 권영민 엮음, 《윤동주 연구》, 문학사상사, 1995.
　　* 앞으로 위의 책을 인용할 때는 권영민 편저, 《하늘과 바람과 별과 시》(문학사상사, 1995)와 구분하기 위해 《윤동주 연구》는 '권영민 엮음, 앞의 책, 1995a'로, 《하늘과 바람과 별과 시》는 '권영민 편저, 앞의 책, 1995b'로 표기하기로 한다.
25) 김용직, 〈윤동주 시의 문학사적 의의〉, 《나라사랑》 23집, 외솔회, 1976.
26) 신동욱, 〈하늘과 별에 이르는 시심〉, 위의 책.
27) 염무웅, 〈시와 행동〉, 위의 책.
28) 전규태, 앞의 글, 1976.
29) 정한모, 〈동주시의 특징과 시사적 의의〉, 《心象》 17호, 심상사, 1975.
30) 김시태, 〈밤의 인식과 자기 성찰〉, 《현대문학》 22권 9호, 현대문학사, 1976.

하였고, 기독교적 측면과 관련된 독서체험, '고향'의 의미, 한국시의 심의적 경향 등을 거론하며 윤동주 연구의 방향을 제시하였다. 한편 김용직은 윤동주의 시사적 입지에 대해 청록파의 문단 진출 이후라고 주장하였고, 이 무렵에 개진된 '저항성' 논의의 중심에 서 있는 오세영은 윤동주가 청록파와 대비되는 모더니즘 계열의 계승적 위치에 자리 잡고 있다는 견해를 제시하였다.

　1980년대에는 최동호,[31] 김재홍,[32] 김현자,[33] 마광수,[34] 박이도,[35] 이남호,[36] 이사라[37] 등의 연구자들이 다양한 관점에서 윤동주 시 연구를 활발히 진행하였다. 이전 연구경향과 달리, 이들의 연구는 개별 작품의 의미 규명에 초점을 두고 있는데, 잡지 《현대문학》 특집으로 발표된 김현자와 김재홍의 글이 그러한 특성을 지닌 대표적 논의라 할 수 있다. 각각의 글에서 김현자는 '바람'과 '별'의 이항대립과 '악수' 이미지로 대표되는 화해의식을 섬세한 분석을 통해 규명하였고, 김재홍은 초극과 화해를 중심으로 한 정신사적 바탕을 밝혀 윤동주의 시를 개관하였다. 한편 학위논문으로 발표된 최동호, 마광수, 이사라의 논의는 윤동주 연구의 새로운 방법론을 제시하며 논지를 전개한 점에서 주목할 만하며, 《現代詩》 창간호에 실린 박호영[38]과 홍정선[39]의 논문은 그동안의 연구사를 포괄적으로

---

31) 최동호, 앞의 글, 1981.
32) 김재홍, 〈자기 극복과 超克과 화해의 시학〉, 《現代詩》 1집, 문학세계사, 1984.
33) 김현자, 〈대립의 超克과 화해의 詩學〉, 위의 책.
34) 마광수, 앞의 책, 1984.
35) 박이도, 〈韓國 現代詩에 나타난 기독교意識 ― 尹東柱, 金顯承, 朴斗鎭의 詩〉, 경희대학교 박사학위 논문, 1984.
36) 이남호, 〈"별 헤는 밤"의 의미 공간〉, 《현대문학》 392호, 현대문학사, 1987.
37) 이사라, 〈윤동주 시의 기호론적 연구 ― 이항대립에 있어서의 매개기능을 중심으로〉, 이화여자대학교 박사학위 논문, 1987.

정리하며 윤동주의 시를 규명한 점에서 의미를 갖는다.

위의 연구성과들로 말미암아 윤동주의 시세계에 대해 어느 정도 합의가 이루어졌다고 인식되던 1990년대에 들어서게 되면서, 잡지 중심의 논의가 줄어들고 학회지와 학위논문을 중심으로 윤동주의 시에 대한 다각도의 접근이 시도되었다. 김수복,[40] 최문자,[41] 박노균[42] 등은 상징에 관심을 보였고, 강신주,[43] 박춘덕,[44] 최문자는 기독교적 측면에서 윤동주의 시를 고찰하였으며, 박의상[45]은 윤동주의 내면의식을 사회심리학적 측면에서 재조명하였고, 구경분[46]은 그동안 연구사에서 소홀히 취급되던 윤동주의 동시를 집중적으로 조명했다. 또한 조승기,[47] 이계숙,[48] 김의수,[49] 박호용,[50] 정재

---

38) 박호영, 〈尹東柱論의 문제점 — 저항시 여부〉, 《現代詩》 1집, 문학세계사, 1984.

39) 홍정선, 〈尹東柱 詩研究의 현황〉, 위의 책.

40) 김수복, 〈한국 현대시의 상징 유형 연구 : 김소월과 윤동주의 시를 중심으로〉, 단국대학교 박사학위 논문, 1990.

41) 최문자, 〈윤동주 시 연구 — 기독교적 원형 상징의 수용을 중심으로〉, 성신여자 대학교 박사학위 논문, 1995.

42) 박노균, 〈1930년대 한국시에 있어서의 서구 상징주의 수용 연구〉, 서울대학교 박사학위 논문, 1992.

43) 강신주, 〈한국현대기독교시연구 : 정지용, 김현승, 윤동주, 최문순, 이효상의 시를 중심으로〉, 숙명여자대학교 박사학위 논문, 1992.

44) 박춘덕, 〈한국 기독교시에 있어서 삶과 신앙의 상관성 연구 : 윤동주·김현승·박 두진을 대상으로〉, 부산대학교 박사학위 논문, 1993.

45) 박의상, 〈윤동주 시의 사회심리학적 연구 : 자기화과정을 중심으로〉, 인하대학교 박사학위 논문, 1993.

46) 구경분, 〈윤동주 동시 연구〉, 인하대학교 교육대학원 석사학위 논문, 1996.

47) 조승기, 〈한국현대시에 나타난 비극적 서정성 연구 : 이육사와 윤동주 시의 전통 적 맥락을 중심으로〉, 성균관대학교 박사학위 논문, 1990.

48) 이계숙, 〈윤동주와 이육사 시의 대비연구 : 주요 이미지 분석을 중심으로〉, 동국 대학교 교육대학원 석사학위 논문, 1990.

49) 김의수, 〈尹東柱 詩의 解體論的 研究〉, 서울대학교 석사학위 논문, 1991.

50) 박호용, 〈백석과 윤동주 시의 비교연구〉, 한국외국어대학교 교육대학원 석사학

규,51) 강성자,52) 이정화,53) 최상,54) 왕신영,55) 이경숙,56) 문현미57)
등이 윤동주의 시를 비교문학적 측면에서 논의하는 여러 시도를 보
여주었다.

　윤동주 시 연구의 새로운 활로를 모색하려는 신진 연구자들의 노
력은 2000년대 이후에도 지속된다. 박민영,58) 최숙인,59) 이황직,60)
최은성,61) 홍장학,62) 김창환,63) 유은하,64) 정의열,65) 최종환,66) 구

위 논문, 1992.

51) 정재규, 〈이육사와 윤동주 시의 비교연구〉, 부산대학교 교육대학원 석사학위 논
　　문, 1992.
52) 강성자, 〈서정주와 윤동주의 자의식 비교〉, 한국교원대학교 석사학위 논문,
　　1993.
53) 이정화, 〈윤동주와 이장희 시의 내면의식 고찰〉, 원광대학교 석사학위 논문,
　　1995.
54) 최상, 〈한국 현대시에 투영된 유년기 체험의 시적 특질에 관한 연구 : 윤동주,
　　정지용, 백석을 중심으로〉, 원광대학교 석사학위 논문, 1996.
55) 왕신영, 〈尹東柱와 다찌하라 마찌조〉, 《비교문학》 별권, 한국비교문학회, 1998.
56) 이경숙, 〈윤동주 시의 발전과정 연구 ─ 정지용 시와의 비교를 중심으로〉, 인하
　　대학교 교육대학원 석사, 1999.
57) 문현미, 〈윤동주의 나르시즘적 존재론 ─ 윤동주와 릴케 시문학의 거울 모티브를
　　중심으로〉, 《한국시학연구》 제2호, 한국시학회, 1999.
58) 박민영, 〈1930년대 시의 상상력 연구〉, 한림대학교 박사학위 논문, 2000.
59) 최숙인, 〈제3세계 문학과 탈식민주의 ─ 필리핀의 호세 리잘과 한국의 윤동주〉,
　　《비교문학》 제27집, 한국비교문학회, 2001.
60) 이황직, 앞의 글, 2002.
61) 최은성, 〈윤동주 ‘序詩’의 텍스트언어학적 분석 연구〉, 고려대학교 석사학위 논
　　문, 2002.
62) 홍장학, 〈尹東柱 詩 다시 읽기 ─ 原典과 상호텍스트성(INTERTEXTUALITY)
　　硏究〉, 서강대학교 석사학위 논문, 2002.
63) 김창환, 〈윤동주 시 연구 ─ 윤리적 주체의 형성과정과 타자현상을 중심으로〉,
　　연세대학교 석사학위 논문, 2003.
64) 유은하, 〈한용운과 윤동주 시 비교 연구〉, 고려대학교 석사학위 논문, 2003.
65) 정의열, 〈윤동주 시에서의 "새로운 주체" 연구〉, 서울대학교 석사학위 논문, 2003.
66) 최종환, 〈현대시에 나타난 기독교 죄의식의 심리학적 연구 ─ 윤동주, 김종삼, 마

마키 쓰토무[67] 등의 논의를 중심으로 다양한 방법론으로 윤동주의 시에 접근하려는 노력이 있었으며, 그 가운데 홍장학, 이황직의 논문은 오오무라 마스오의 문제제기[68]에 대응되는 국내 연구자들의 원본 확정 시도를 보여준다는 점에서 의미가 있다.

윤동주에 대한 일본학자들의 관심 또한 짚고 넘어가지 않을 수 없다. 대체로 일본학자들은 일본에서의 행적을 포함한 윤동주의 개인적 이력, 죽음의 원인, 또는 다른 시인과의 비교 등에 관심을 가졌다. 먼저 윤동주의 묘소를 발견하고 성적표 등의 구체적인 신상자료를 확인했으며《사진판 윤동주 자필 시고전집》[69] 발간에도 중추적 구실을 담당한 오오무라 마스오의 논의[70]를 대표격으로 들 수 있다. 이를 포함해 이부키 고,[71] 김찬정[72] 등의 연구는 구체적인 자료를 제시하고 있어 도움이 된다. 또한 '윤동주 시비 건립 위원회'의 연구서[73]는 윤동주가 수감되었던 감옥의 내부구조, 판결문 전문, 유학시절의 행적 등 국내 연구에서 발견할 수 없던 정보를 제공해 주목할 만하며, 이케다 이사오,[74] 호소미 가즈유키[75] 등의 글은 비

종기의 시를 중심으로〉, 경희대학교 박사학위 논문, 2003.

67) 구마키 쓰토무, 〈윤동주 연구〉, 숭실대학교 박사학위 논문, 2003(이 논문은 체계적으로 연구사를 정리하고 있다).

68) 오오무라 마스오, 앞의 책, 2001.

69) 왕신영 외 엮음, 《윤동주 자필시고전집(증보판)》, 민음사, 2002.

70) 大村益夫, 〈尹東柱 事跡について〉, 《朝鮮學報》 121, 朝鮮學會, 1986.

71) 伊吹鄕, 《空と風と星と詩》, 記錄社, 1993.

72) 金贊汀, 《抵抗詩人尹東柱の死》, 共同印刷株式會社, 1984.

73) 尹東柱詩碑建立委員會, 《星うたう詩人》, 三五社, 1997.

74) 池田 功, 〈尹東柱と石川啄木〉, 《明治大學敎養論文集》 286, 明治大學敎養論文集刊行会, 1996, pp.19~46.

75) 細見和之, 〈言葉と記憶 ― ツェラン、カツェネルソン、尹東柱 ― 〉, 《思想》 890, 岩波書店, 1998, pp.110~122.

교문학적 논의로 일본 내 윤동주 연구의 지평을 확대하였다는 의미를 갖는다.

이렇듯 다양한 연구가 개진된 시점에서 다시금 윤동주의 시를 거론하는 이 책의 연구 목적은 첫째, "누구나 쉽게 접근할 수 있는 반면에 그 숨은 의미를 쉽게 해득하기 어려운 정신사적 바탕"을 찾아내어 "서로 엇갈리기만 하고 연구의 중첩이 이루어지지 않는 현실을 타개할"76) 연구 방법론의 모색에 있다. 둘째, 선행연구의 성과에 드러난 세 가지 취약점 — ① 접근방법으로 말미암은 해석의 제한성,77) ② 언어적 분석에 바탕을 두지 않은 자의적 의미 부여의 가능성,78) ③ 원전에 대한 인식의 부재79) — 을 극복하기 위함이다. 셋

---

76) 김옥순, 〈윤동주 시의 이해와 감상의 출발점〉, 권영민 엮음, 앞의 책, 1995a, p.107.

77) 많은 경우 선행연구들은 시대와의 연관성이나 사상의 차원 — 여기에서 시대란 단순한 시간적 개념에 그치는 것이 아니라 정치, 경제, 문화 등의 사회 전반을 포함한 의미이며, 사상이란 그러한 시대적 현상들이 실현되어 표면으로 명백히 부상된 구성체를 뜻한다 — 에서 윤동주의 시를 바라본다. 그리고 그러한 역사적, 정신사적 접근으로 윤동주의 시와 시대성의 관계, 윤동주 시의 사상적 특성 등과 관련된 주목할 만한 연구성과들이 속속 등장하게 되었으나, 다른 한편으로는 윤동주 시의 의미지평을 제한시켜 놓는 결과가 초래되기도 하였다.

78) 활발한 논의에도, 그동안의 연구성과는 개별 작품들의 내재적 원리를 규명하여 윤동주 시의 유기적 연관성을 규명하는 데 지나칠 정도로 소홀했다. 물론 기호학, 구조주의, 텍스트 언어학 등의 내재적 연구방법론을 적용하여 윤동주의 시를 바라본 소중한 성과들이 있었으나, 채택된 방법론 자체가 지닌 한계로 이들 연구는 도식적이거나 제한적인 의미 도출이라는 단점을 드러내고 만다. 이러한 문제는 일차적으로 하나의 틀로 규정하기 힘든 윤동주 시의 특성에 연유한 것이고, 정론화된 수많은 논의의 양산으로 해석의 지평이 제한된 탓이기도 하다. 따라서 이 책은 자의적 해석의 가능성을 경계한 가운데 내부적 계기를 밝혀 선행연구들의 성과를 입증하고, 윤동주 시의 특질을 총체적으로 규명해낼 방법론을 모색하려는 목적을 갖는다.

79) 원전 확정에 대한 외국학자 오오무라 마스오의 강한 문제제기는 한국학계에 커다란 반향을 일으켰다. 그 뒤 오오무라 마스오와 문제의식을 공유한 뜻있는 한국

째, '근대', '탈근대'에 이어 '탈식민주의' 담론이 주목받아 식민지 시대의 한국근대문학에 대한 재인식이 요청된 상황에서 윤동주의 시에 관한 새로운 시각의 평가가 필요하다는 인식 때문이다.

이러한 문제 제기를 바탕으로, 이 책은 선행연구들의 성과를 계승하는 가운데 상징이 윤동주 시의 중심원리로 작용함을 규명하고, 상징을 통해 윤동주 시의 다양성을 총체적으로 조망할 수 있는 가능성을 모색해보고자 한다. 선행연구들은 대체로 이 책에서 주목하는 '상징'80)을 논의 중간에 부분적으로 다룰 뿐이어서 윤동주의 시

학자 몇 명과 유족들이 윤동주의 직필초고와 퇴고과정을 고스란히 사진으로 담은 《사진판 자필시고전집》을 출간하게 되었다. 따라서 이제 윤동주 시 연구는 더 이상 원본 확정의 문제에서 자유로울 수 없는 새로운 전환기를 맞게 되었다고 할 수 있다. 독자의 이해를 돕기 위해 표준어 번역에 의존하던 연구풍토가 원본을 확정하는 연구자들의 후속논의로 전환되면서 이황직, 홍장학의 학위논문에 이러한 관심이 표출되었고, 홍장학의 학위논문을 출간한 문학과지성사의 《정본 윤동주 전집 원전연구》(2004)와 연세대학교출판부의 《하늘과바람과별과詩─원본대조 윤동주 전집》(정현종 외 편주, 2005) 같은 두 권의 정본 전집이 출간되는 결실이 나타났다.

하지만 오기를 바로잡는 경우, 표준어로 치환하는 경우, 행을 구분하는 경우 등에서 그들이 제시한 원본 확정에도 부분적으로 동의하기 어려운 경우가 있다. 따라서 출간된 정본 전집의 성과를 존중하는 가운데 원본 확정의 문제에 대한 일반적 합의가 도출될 때까지 개별 연구자들의 충분한 논의가 진행되어야 할 것이라고 생각한다. 원전 확정에 대한 인식의 대두는 윤동주의 시에 대한 새로운 접근양태를 요청한다. 이는 미발표작의 문제, 역사적 특수성, 희소가치 등의 이유로 말미암은 접근의 제한성 때문에 원본과 유리된 연구가 암묵적으로 용인되어 왔던 윤동주 시 연구풍토의 변화를 의미한다. 따라서 그러한 문제의식을 공유한 이 책역시 논의의 대상이 된 원본 확정의 기준을 제시하고, 이를 바탕으로 윤동주 시의 존재의미를 상징구조의 유기적 총체성 속에 밝혀내고자 한다.

80) 국내학자들의 상징에 관한 연구는 크게 '상징'과 '상징주의'로 나뉘어 전개되어 왔다. 전자는 주로 원형상징 또는 개별적 상징에 치중한 분석이 주종을 이루는데, 윤동주와 김현승이 기독교 사상을 비극성의 측면에서 밀도 있게 그려냈다고 평가하면서 물, 불 등의 원형상징에 초점을 맞추어 두 시인의 작품을 세밀히 분석한 최문자의 논의(《현대시에 나타난 기독교 사상의 상징적 해석》, 태학사, 1999)가

에 대한 다른 측면의 접근에 견주어 상징에 관한 연구성과가 턱없이 부족한 형편이다.[81] 또한 이들 연구의 대부분이 상징의 유형을 나누는 데 초점을 두어 상징의 구조를 규명하거나 다양한 상징유형의 의미에 종합적으로 접근하려는 시도가 아직까지 이루어지지 않았다. 따라서 이 책에서 전개할 상징에 대한 해석학적 접근은 상징을 통한 총체적 접근을 시도함으로써 윤동주 시 연구의 시야를 확대한다는 점에서 의의를 갖는다고 할 수 있다. 단순히 상징 분석의 차원에 머무르는 것이 아니라 개별 상징과 작품의 상관관계를 살펴 상징구조의 의미를 규명하고, 이를 바탕으로 한국근대문학사에서 윤동주의 시가 차지하는 고유한 위치를 찾아내려는 것이다.

이상의 연구 목적에 기반을 두고서 이 책은 첫째, 시 텍스트의 언어와 구조에 대한 실증적인 분석에서 출발하여 상징에 대한 해석이 사변적이거나 추상적으로 떨어지는 것을 막고, 일차적 의미에 가려진 상징의 비의(秘意)를 밝혀내는 과정에서 시작 전반을 꿰뚫는 상징의 중심원리와 그것에서 파생된 다양한 의미층위를 도출함으로써, 윤동주의 시가 갖는 특수성과 보편성을 가시화해서 시를 제한적으로 해석한 기존 연구의 한계를 극복, 보완하고자 한다. 둘째, 윤동주 시의 원전을 확정한 가운데 시의 중심원리를 밝혀내고 그것의 타당성을 규명하여 유기적 총체성 속에서 시작 전반에 대한 전체적 조망을

대표적인 예이다.
81) 앞에서 언급한 김열규의 〈윤동주론〉(앞의 글, 1964)과 마광수가 박사학위 논문으로 제출한 〈尹東柱 硏究 : 그의 詩에 나타난 象徵的 表現을 中心으로〉(앞의 책, 1984), 그 연장선상에 있는 이건청(〈윤동주 시의 상징연구〉, 김학동 편, 앞의 책, 1997), 김흥규(앞의 글, 1974), 정의홍(〈윤동주 시의 정신사적 성격〉, 김학동 편, 위의 책), 최문자(위의 책) 등의 논의가 윤동주 시의 상징 연구에 도움이 될 만한 시사점을 던져준다.

꾀하려고 한다. 마지막으로 상징으로 매개된 주체의 자기 이해 과정에 나타난 윤동주 시의 근대 인식을 살펴보고, 이를 바탕으로 한국 근대문학사에서 그의 시가 갖는 위상과 의의를 검토할 것이다.

B. 연구 방법과 대상

윤동주의 시에는 근원적인 '말할 수 없음'과 외부적 환경의 특수성으로 말미암은 '말할 수 없는 것'이라는 두 요소가 직접적 표현을 불가능하게 하는 요인으로 작용한다.[82] 역사진화론적 방법으로 윤동주의 시에 접근한 수많은 연구들은 후자의 측면에 한정시켜 시를 해석함으로써 시의 특질을 제대로 규명하지 못하는 한계를 드러냈고, 내면적 정결성으로 윤동주의 시를 규정한 연구들 또한 그의 시가 갖는 풍부한 의미의 층위를 제한적으로 다루어 그 전모를 파악하지 못하는 등 그동안 윤동주 시 연구는 많은 시행착오를 겪어 왔다. 따라서 그와 같이 무수한 윤동주론이 쏟아져 나온 현시점의 윤동주 시 연구에 무엇보다 요청되는 것은 상기한 두 요소를 합리적으로 연계하여 설명할 수 있는 총체적인 방법론의 모색이라 할 수

---

82) 비트겐슈타인은 '말할 수 없는 것'의 영역에 대한 관심, 세계관을 보여질 수 있는 것을 통해 표현하려는 노력에 대해 언급한 바 있다. 의미 있는 진술은 사태(세계)를 진술하는 것이다. 그러나 언어와 세계의 관계를 논하려면 세계(사태) 밖으로 나가야 한다. 그러므로 언어와 세계의 관계는 단지 보여질 수 있을 뿐 말해질 수 없다. 이는 시력이나 거울을 통해 사물을 볼 수 있으나 그 자체는 볼 수 없는 것과 같다. 확정된 의미부여 방식이 존재하지 않는 언어들(형이상학, 윤리학 등)에 고정된 의미를 부여하려 한다면 오히려 유아적, 독선적이 될 수 있다(김원웅, 《현대를 연 사상가들》, 사회정책연구소, 1991, p.299 참조).

있겠다. 이러한 문제의식은 서술될 수 없는 것의 근원적 연관성을 표현하는 문학적 방법인 '상징'[83]의 쓰임에 주목하여 윤동주의 시가 안고 있는 윤리, 역사, 종교, 실존의 의미를 밝혀보려는 이 연구의 방향성을 설명해준다. 상징 자체가 갖는 인식의 매개적 기능과 상징의 총체적 의미구조를 통한 존재 의미의 해석과정까지를 포함[84]하는 이 연구는 주체와 타자를 분리시키는 동시에 연결하는 상징적 언어[85]의 범주를 수용하여 논의를 전개할 것이다.

《하늘과바람과별과詩》는 관습적으로 쓰이는 상징을 시 속에 포함시킴으로써 새롭게 의미를 부여한 최초의 시집으로 평가받는다.[86] 즉 특정한 개별상징이 탈신화화와 재신화화라는 이중의 과정을 거쳐 시인의 개별적 상징으로 재문맥화된다는 점에서 윤동주의 시는 해석학의 기본원리에 닿아 있다고 할 수 있다. 이를 규명하기 위해 이 책에서는 언어의 측면에서 출발하여 존재의 측면으로 넘어가는 상징해석학[87]을 윤동주의 시를 연구하는 방법론으로 채택할

---

83) 상징은 인간의 무의식에 가려져 직접적 언술로 표현되지 못하는 것까지를 드러내준다. '상징'이라는 2차적 언술 체계를 거쳐 실체를 부여받음으로써, 1차적 언술로 발현되지 못한 말, 하지 못한 채 남겨진 말의 한계가 극복될 수 있는 것이다.

84) 존재의 문제에 세심한 관심을 기울이는 윤동주 시의 특성에 대한 고찰은 그가 크게 영향받은 릴케가 "독일 시문학사 상으로 〈나〉를 처음으로 문제삼은 시인으로 평가된다(김재혁, 〈독일의 시문학은 우리나라 시인들에게 무엇을 주었나〉, 《현대시학》 397(34권 4호), 2002, p.163)"는 사실에서도 시사점을 얻을 수 있다.

85) 강영안, 《주체는 죽었는가 ― 현대철학의 포스트 모던 경향》, 문예출판사, 1996, pp.21~22.

86) 정의홍, 앞의 글, 1997, pp.125~126.

87) 리쾨르가 바라보는 상징 해석은 텍스트 분석에서 시작하여 결국 인간의 자기 이해와 존재 이행의 문제로 직결되는 것이다(폴 리쾨르/양명수 역, 《해석의 갈등》, 아카넷, 2001, p.360).

  * 앞으로 위의 책을 인용할 때는 폴 리쾨르/박병수·남기영 편역, 《텍스트에서 행동으로》(아카넷, 2001)와 구분하기 위해 《해석의 갈등》은 '폴 리쾨르, 앞의 책,

것이다.[88] 이러한 상징 연구는 단순한 문화, 역사적 해석이 아니라 의식구조의 규명을 통한 인간학적 접근을 최종 목적으로 삼는다.[89] 이러한 방법으로 윤동주의 시를 분석함으로써 특수에서 시작하여 보편으로 나아가는 과정에 내재된 상징의 다의성을 밝혀내는 한편, 상징 해석에 따르는 윤동주 시의 주체상을 규명해 그의 시세계가 갖는 특수성과 보편성을 총체적으로 연구하려는 것이다.

즉, 이 책은 ① 시대, 사회와의 연관성에 바탕을 둔 알레고리적 해석이 제한해버린 윤동주 시의 다층적 측면을 발견·복원하고, ② 언어적 측면의 상징 분석을 통해 다의성을 도출해냄으로써 구체적 분석이 결여된 거시적 논의들의 자의적인 해석 가능성을 경계하는 한편, ③ 그들 상징 전반을 관통하는 총체적 의미의 범주가 존재론, 곧 주체의 의미 규명으로 향하고 있음을 밝혀내려는 시도이다. 형식적 측면에 지나치게 집중한 기존 논의들의 한계를 보완하기 위해, 언어적 측면의 텍스트 분석에서 출발한 상징의 연구가 의미론적 분석이나 제한된 해석에 머무르지 않도록 개별상징의 의미를 존재층위로 귀결시켜 총체적인 상징구조의 의미를 규명하려는 것이다. 이는 반성작업으로서의 해석인 '해석학적 순환'의 과정에 따라, 언어차원의

2001a'로, 《텍스트에서 행동으로》는 '폴 리쾨르, 앞의 책, 2001b'로 표기하기로 한다.

88) 이는 일차적으로 텍스트에 충실한 연구태도에서 출발한 것으로, 어휘의 표면적 의미에 제한되지 않는 상징 이면의 풍부한 의미층위를 총체적으로 밝혀 윤동주의 시가 갖는 심층적 의미망을 구현하려는 시도이다. 나아가 상징이 윤동주 시의 중심원리로 쓰이게 된 연유를 밝혀내는 과정에서 여전히 '저항시인가 서정시인가' 등의 분분한 논의를 끌어내는 그의 시가 종국적으로는 인간에 대한 근원적 관심으로 귀결될 수 있음을 구체화된 여러 상징의 형태들을 종합적으로 조명하여 밝혀보려 한다.

89) 멀치아 엘리아데/이동하 역, 《성과 속 : 종교의 본질》, 학민사, 1983, p.128.

구조분석과 존재론의 차원을 연결해 시 상징의 풍요로운 의미층위와 결부된 존재의 문제를 규명하는 상징의 해석과정을 통해 수행된다.

윤동주 시의 상징을 연구하기 위해, 이 책은 논자에 따라 다양하게 전개된 상징의 이론[90] 가운데 리쾨르(P. Ricoeur)가 개진한 상징해석학[91]으로 범위를 제한하여 논의를 전개하기로 하겠다.[92] 리쾨

90) 플라톤이 초월적 실재에 대한 인간의 인식능력에 주목한 이래, 그노시스 철학과 다양한 성상숭배자들이 상징에 대한 관심을 이어 왔다. 그러나 상징에 대한 이들의 논의는 뒤랑이 '성상 파괴주의'라 이름 붙인 13세기 아리스토텔레스의 개념주의와 물질적 합리주의, 16세기 데카르트의 기호학적 과학주의, 경험주의, 19세기의 실증주의 등에 따라 과학적, 역사적 설명으로 대체되는데 서구 문명의 흐름을 주도해온 것은 이러한 부정의 흐름이다. 18세기의 낭만주의, 19세기의 상징주의, 20세기의 초현실주의 등의 문예사조와 정신분석학, 언어학, 현상학, 해석학, 사회학, 인류학, 종교학 등의 다양한 학문분야에서 상징에 대한 연구는 유행처럼 일기 시작해, 인류학자인 레비-브릴의 원시적 사고에 대한 연구, 카시러의 상징적 함축성, 엘리아데의 종교현상학, 뒤르켐이 주창한 사회나 집단의 투사, 말리노프스키, 터너, 메리 더글라스 등 인류학자들에 의해 연구된 상징 발생의 문화적 전통과 맥락, 슐레징거, 화이트헤드, 에른스트 존슨 등 언어학자, 철학자, 인식론자 등이 밝혀낸 인간정신활동에서 상징이 갖는 기능, 스승 가스통 바슐라르의 업적을 비판적으로 계승한 질베르 뒤랑의 상징 연구 등 대표적 논의들이 개진되었다(박성아, 〈종교적 상징의 연구를 위한 이론적 기초 : 폴 리쾨르를 중심으로〉, 서울대학교 석사학위 논문, 1998 참조).

91) 상징해석학과 직접적으로 관련된 리쾨르의 저술들은 《악의 상징(La Symbolique du mal)》(1960)과 《해석에 대하여 : 프로이트 연구(De l'interprétation : Essai sur Freud)》(1965), 《해석의 갈등(Le Conflit des interprétation)》(1969), 《해석이론(Interpertation Theory : Discourse and the Surplus of Meaning)》(1976)이 있으며, 《해석학과 인문사회과학(Hermeneutics and the Human Science : Essays on language, action and interpretation)》(1981), 《텍스트에서 행동으로(Du Texte à l'action : Essis d'hermeneutique Ⅱ)》(1986)에서도 이와 관련된 간접적인 언급들을 찾아볼 수 있다.

92) 리쾨르는 인간의 자기 이해 속에 주체를 세우려는 노력과 욕망이 들어있다고 보는데, 이때 자기 이해는 의식 속에서 직접 일어나지 않고 남이 해놓은 말을 해석하는 과정을 거쳐 얻어진다. 여기서 '말'은 정신분석학, 현상학, 신학 등의 영역을 포괄하는 것으로, 구조주의, 정신분석학, 현상학 등 기존 철학의 인간에 대한 해

르는 항상 시적인 차원을 필수적인 것으로 주장하였다. 이는 의지의
철학에 관한 명제 이래로 그의 전 작업의 지평에 속하는 것이다.[93]
상징, 참여, 윤리, 공동체, 행동에 대한 자신의 관심을 시적인 것과
함께 생각하려 한 리쾨르는 상상력의 창조력, 곧 인간이 자기 자신
에 이르는 과정의 원동력을 "신화적 — 시적 기능"이라고 규정지었
다.[94] 언어표현 이외에 달리 존재론적 이해의 방식이 없다고 보고
언어 표현물인 상징과 신화의 해석을 통해 인간 존재의 문제를 규
명하고자 하였던 것이다. 이는 생각하는 나의 확실성을 주창한 근대
적 주체[95]의 자기 정립성을 부정하는 것으로, 주체의 자기 파악이
나 자기 이해가 더 이상 직접적인 것이 아니라, 주체의 구체적 삶의
현장에서 자신을 드러낸 매개적 언어 표현물들에 대한 해석으로 이

석 사이에 발생하는 갈등을 인정하면서 새로운 주체상을 모색하는 리쾨르 이론의
근간이 된다. 이 책에서 리쾨르의 상징해석학을 연구방법론으로 선택한 것은, 리
쾨르의 철학이 추상적이고 본질적인 문제를 다루고 있으나 역사적, 사회적 인간
이라는 전제 아래 출발하고 언어를 매개로 한 주체의 자기 이해를 보여준다는 점
에서, 윤동주 시의 대표적 특성인 반성을 시대적, 사회적 함의를 놓치지 않는 가
운데 새롭게 조명할 수 있을 것이라 판단했기 때문이다. 이는 이 연구의 목적이
원형상징 등의 초시간적 상징의 유형이나 주체를 부정하는 형태의 상징이론을 바
탕으로 상징의 유형이나 개별적 의미를 파악하는 데 있는 것이 아니라, 상징 전반
의 구조를 파악해 그러한 상징이 구현해낸 주체상을 파악하는 존재론적 의미 탐
구에 놓여 있음을 보여준다. 주체의 불완전성, 오류가능성을 반복, 강조하는 이
책의 논지는 데카르트가 전개한 인식의 우위성에 대한 비판의식을 담고 있다. 그
러나 이는 회의 자체에 대한 부정이 아니라, 그러한 회의의 결과로 남은 인식의
확실성에 대한 비판이다. 그러한 점에서 이 책은 근대에 속하면서 근대를 넘어서
려는 리쾨르의 해석학 이론을 방법론으로 취하였다.

93) 프랑수아 도스/이봉지 외 옮김, 《폴 리쾨르 삶의 의미들》, 동문선, 2005, p.472.
94) 위의 책, pp.498~499 참조.
95) 근대적 주체는 인간정신의 본성에 관한 데카르트의 제2성찰인 사유하는 존재의
    자기 확실성을 거쳐 스스로의 현존을 입증하는 주체의 모습으로 대표된다(르네
    데카르트/이현복 역, 《성찰》, 문예출판사, 1997, pp.42~55 참조).

루어져야 한다는 사고이다.96) 직접적으로 직관에 의해 자기 자신을 안다는 '코기토' 전통의 주관성과 가장 반대가 되는 것, 구조분석을 통해 텍스트에 의해 작용되는 '매개' 안에서만 주체가 자기를 이해할 수 있다는 관점인 것이다.97)

리쾨르에 따르면 해석학은 ① 분석의 우회를 통한 반성의 간접적 접근, ② 동일성과 대조하는 길을 통한 자기성의 일차적 결정, ③ 타자성과의 변증법이라는 길을 통한 자기성의 이차적 결정과 같은 세 개의 문제틀이 분절되는 장소이다.98) 《악의 상징》 이래 상징을 경유하는 우회로는 반성의 매개적 '기호'에 대한 연구와 결부된 자아 반성의 우회로 형태를 취하였다. 즉, 리쾨르가 주창한 상징해석학은 반성철학인 주체철학에 그 뿌리를 두고 있다.99) 그에 따르면 반성이란 존재로 가는 중간단계로 기호의 이해와 자기 이해 사이의 연결이며,100) 상징 언어를 거친 반성은 '자아(the ego)'를 버림으로써 '자기(the self)'를 찾는 작업이다. 이는 직관이 아니라, 그러한 상징이 작품화된 시기의 작가와 독자의 맥락, 그리고 현시점에서 그 작품을 대하는 우리의 맥락으로부터 거리를 두는 소격화(疏隔化, distanciation)를 거쳐 다시금 상징이 갖는 의미론적 자율성에 의해 투사된 자기의 의

---

96) 리쾨르가 주창한 '자기의 해석학'은 "데카르트가 고양시킨 코기토와 니체가 실망스럽다고 표명한 코기토" 즉, 근대철학의 흐름 속에 나타난 코기토의 정립과 그에 대한 공격 모두와 거리를 두고 있다(폴 리쾨르/김웅권 옮김, 《타자로서 자기 자신》, 동문선, 2006, pp.13~45).

97) 폴 리쾨르/박병수·남기영 편역, 《텍스트에서 행동으로》, 아카넷, 2001b, p.132 참조.

98) 폴 리쾨르, 앞의 책, 2006, p.393.

99) 폴 리쾨르/톰 존슨 편역/윤철호 역, 《해석학과 인문사회과학 ; 언어, 행동, 그리고 해석에 관한 논고》, 서광사, 2003, p.75 참조.

100) 폴 리쾨르, 앞의 책, 2001a, p.21.

미를 찾아가는 전유(專有, appropriation)의 과정, 즉 "독자의 현재적 상황에 대한 텍스트의 적용 문제"[101]인 자기화의 과정으로 반성을 불러일으키는 해석의 기능을 나타낸다.[102]

반성은 해석이 되어야 한다(La réflexion doit devenir interprétation).[103] 상징의 해석을 통한 주체의 자기 이해 과정은 상징을 통해 매개되는 자기 이해로서, 저자의 주관적 의도를 텍스트의 객관적 의미에 종속시키지 않고 텍스트의 의미를 현실화함으로써 독자의식의 지평을 확장하는 것을 추구한다.[104] 톰 존슨은 이러한 리쾨르의 해석학을 철학적 반성, 즉 상징적 의미가 지시하는 바를 따라감으로써 인간 실존에 대한 더욱 깊은 이해에 도달할 것이라는 가정을 전제하는 반성으로의 길이라고 설명한 바 있다.[105]

리쾨르의 이론에서 은유와 텍스트는 모두 문장, 즉 담화적 측면을 기본으로 삼고, 소격화와 전유, 설명과 이해의 과정에서 상호 관계를 지닌다.[106] 이러한 은유는 상징의 언어적인 외피이다. 은유가

---

101) 폴 리쾨르, 앞의 책, 2003, p.253. 소격화와 전유를 통해 작품 앞에서 주체가 자기를 이해하는 과정에 대한 자세한 설명은 같은 책, pp.252~255 참조.

102) 이와 같은 거리두기의 해석학적 기능에 대한 부가적 설명은 폴 리쾨르, 앞의 책, 2001b, pp.127~134 참조.

103) Paul Ricoeur, De l'interprétation : Essai sur Freud, édition du seuil 27 ; rue Jacob, Paris Ⅳ, 1965, p.54. 존 톰슨은 반성이 해석학과 연결되어야 하는 까닭이 단지 실존이 그 외적인 현현을 통해서만 파악될 수 있기 때문만이 아니라, 직접적 의식이란 것이 해석학적 비판을 통해 가면이 벗겨지고 극복되어야 하는 착각이기 때문이라며 리쾨르의 명제를 지지하는 입장을 밝힌 바 있다(폴 리쾨르, 앞의 책, 2003, p.50).

104) 위의 책, pp.49~51 참조.

105) 위의 책, p.30.

106) 의미(sense)와 이에 대한 설명의 차원에서는 은유에서 텍스트로 나아가고, 작품이 세계와 자아를 지시하는 차원, 즉 해석 자체의 고유한 차원에서는 텍스트에서 은유로 나아가는 상호성, 설명과 이해의 해석학적 순환, 텍스트의 지엽적 현

인간 경험의 심연에서 의미론적 표면과 전의미론적 표면을 관련시키는 힘은 바로 상징의 이차원적 구조에서 나온다.[107] 따라서 리쾨르가 텍스트 개념의 수립으로 해석의 차원, 설명에서 이해로의 전환에 구체적으로 접근하고 있지만, 단어와 문장, 은유와 텍스트의 관계가 상징과 연관되는 점을 고려해 볼 때, 리쾨르가 의미하는 해석학은 겹뜻을 가지는 텍스트, 즉 언어 밖의 현실을 말하고(dire) 지시하는(montrer) 상징의 모호함을 거쳐 말의 모호함 속에서 존재의 모호함을 말하는[108] 주체의 자기 이해의 문제로 귀결된다고 할 수 있다. 이는 이 책에서 윤동주의 시를 해석하는 관점이 현실, 역사, 실존의 문제와 관련된 상징의미를 밝혀 존재의미를 규명하는 것과 결부된다는 사실을 보여준다.

이와 같이 사람의 마음속에 있는 자기의식이 상징의 매개를 거쳐 형성된다는 리쾨르의 해석학 이론은 우의(allégorie)적 해석이 놓칠 수 있는 의미를 건져낸다. 리쾨르는 이러한 측면을 설명하기 위해 악을 윤리의 문제로 다루려는 우의적 관점이 놓친 비극성을 예로 든 바 있다.[109] 위에서 언급했듯이 리쾨르의 초기 저작들에서 중요하게 취급된 상징은 이중성을 특질로 지닌다. 리쾨르는 이를 "겹뜻을 지닌 표현"으로 부를 것을 제안하면서 "상징이란 직접 의미, 일차 의미 또는 문자 의미가 흘러 넘쳐 다른 의미, 곧 간접 의미, 이차 의미,

---

상으로서의 은유에 대한 설명과 결부된 시의 해석에 대한 자세한 논의는 위의 책, pp.291~319 참조. 설명과 이해, 텍스트의 탈은폐적 힘을 거쳐 형성된 주체의 자기 이해에 대한 자세한 논의는 위의 책, pp.257~290 ; 폴 리쾨르/김윤석·조현범 옮김, 《해석이론》, 서광사, 1996, pp.123~157, pp.169~198 참조.

107) 위의 책, p.121.

108) 폴 리쾨르, 앞의 책, 2001a, pp.70~86 참조.

109) 위의 책, pp287~413 참조. 아담신화와 뱀의 유혹에 대한 자세한 고찰은 폴 리쾨르의 《악의 상징》(양명수 옮김, 문학과지성사, 1994) pp.221~261 참조.

또는 상징 의미를 낳는 의미 구조를 가리키는데, 이때 이차 의미는 반드시 일차 의미를 거쳐 생"기고 그러한 이중 의미 표현을 다루는 것이 해석학의 작업이라고 정의 내린 바 있다.[110] 이러한 '의미의 이중성'으로 말미암아 상징은 기호(signe), 우의, 유비(analogie)와 차별화된다.[111]

---

110) 위의 책, p.16.

111) 리쾨르의 이론체계에서 기호는 문장과 대조되는데, 이들 각각은 기호론과 의미론, 가상성과 실제성, 지시(reference)와 의미(sense)의 특성과 대응된다. 문장은 기호들로 이루어져 있지만, 그 자체 기호는 아니다. 이 같은 의미와 지시 층위의 문제는 의미 작용의 이중성에 의해 의미의 과잉에 접근하는 상징과 우의의 원리와 결부된다. 일차적인 의미 작용을 거쳐야만 이차적인 의미작용을 획득할 수 있는 상징이 이중의미(double-meaning)를 지니는 의미론적 구조를 특징으로 하는 것과 달리, 우의는 직접 개념을 포착할 수 있으며 개념에 바로 접근할 때에는 무시될 수 있는 것으로, 일단 그 기능이 끝난 다음에는 삭제할 수 있는 수사학적 절차에 지나지 않는다(폴 리쾨르, 앞의 책, 1996, pp.33~35, p.88, pp.101~104).

111) 이러한 대조적 특성은 동일화하는 지시성으로서의 유비와 유사성을 기반으로 하는 상징의 차이에서도 드러난다. 지시성을 띤 기호가 항상 드러날 수 있는 하나의 실체적 의미를 나타낸다면, 유비는 동일성을 기반으로 구체적 의미를 지시하고, 우의는 드러내기 어려운 의미의 실체를 형상화하며, 상징은 기의가 전혀 겉으로 드러나 보이지 않는 경우, 즉 직접적인 의미 안에 다른 의미가 주어지는 동시에 감춰지는 언어를 가리킨다. 이는 기표와 기의의 이원성 또는 그렇게 구성된 기호에 대한 지시물의 이원성이 아니라 의미 자체의 이원성이다. 달리 말해 상징은 의미와 사물의 관계가 아니라 의미의 건축구조, 즉 일차적, 명시적, 축자적 의미에 덧붙여진 이차적, 함축적 의미의 이중적 이원성으로 이루어진 의미구조라 할 수 있다. 따라서 언어가 일차적 지시대상을 넘어서 지향하는 다른 의미를 내포한 기호로서의 상징은 항상 애매모호함을 속성으로 갖는다. 상징이란 해석을 요구하는 이중의미의 언어표현이고, 해석이란 그러한 상징의 해독을 목표로 하는 이해의 작업이다. 우의가 하나의 개념으로부터 출발하여 하나의 형상에 이르는 것과 달리, 상징은 본래 형상적이며 다른 그 무엇보다도 그 자체로 관념의 원천이다. 우의가 이미 해석이라면 상징은 의미를 환기시키거나 암시한다는 점에서 해석에 앞선다(박성아, 앞의 글, 1998 참조).

상징은 생각을 불러일으킨다.[112] 달리 말해 생각은 객관적 표현물인 언어, 곧 상징을 거쳐 매개된다. 이 같은 상징의 매개작용으로 주체는 잃어버림과 발견이라는 자기 이해의 과정을 거치게 된다. 이렇듯 인간존재를 간접적으로 파악하는 리쾨르의 상징해석학에서 인식론은 존재론의 일부분을 형성하기 때문에, 상징의 매개작용을 기반으로 한 주체의 자기 이해 과정에 대한 연구는 윤동주 시의 존재론적 특성을 규명할 수 있는 방법론이 된다. 또한 전통신학의 해석학과 차별화된 철학의 영역에 속하며 역사적, 현실적 인간관을 강조하는 리쾨르의 이론은 원형상징 등의 초시간적 이론으로 설명할 수 없는, 시대성과 결부된 윤동주 시의 특질을 규명해낼 수 있는 방법론이기도 하다.

이 연구는 상징으로 매개된 자기 이해가 존재 인식의 방법이 된다는 리쾨르의 상징론(①)을 해석의 애매성(의미의 이중성)이 반복해 나타나는 언어적 형식이라는 상징의 본질적 측면(②)과 결부시켜 윤동주 시의 상징을 분석함으로써 상징의 의미구조와 주체 인식의 상호 관련성을 밝혀보려는 시도이다.

이를 위해 첫째, ②의 상징 개념을 바탕으로 윤동주 시의 분석대상을 선정하기로 하겠다. 애매성이라는 상징의 특성은 해석과정에서 재구성된다. 이 책에서는 해석의 애매성을 초래하는 구체적 언어표현이 윤동주의 시 전반에 걸쳐 반복적으로 나타난 경우를 중심으로 시의 상징을 논하도록 하겠다. 그러나 상징의 의미를 제한하지 않는 가운데 이 부분에 개입될 수 있는 해석의 자의성을 차단하고 합리적 타당성을 확보하기 위해 이 연구는 해석들 간의 갈등을 인

---

112) 폴 리쾨르, 앞의 책, 2001a, p.310.

정한 리쾨르의 상징해석학 원리를 기본틀로 도입하여 언어적 상징 분석에서 출발해 주체 인식의 문제에 접근할 것이다.

둘째, ①의 원리에 따라 윤동주 시의 주체 인식이 근대적 주체론과 구별되는 지점을 규명해내도록 하겠다. 이를 위해 리쾨르의 주체 물음에 나타난 차원들을 그가 반성과 분석의 유기적 관계보다 더 근본적이고, 심지어 자기성과 자체성의 대비보다 더 근본적이라고 한 자기성과 타자성의 변증법적 관계에 기반을 두고 분석해보도록 하겠다.[113] 세계의 한 사실인 고유한 신체의 경험 차원,[114] 언술의 주체로부터 언술행위 자체로 확대되는 인칭 문제와 관련된 목소리로서의 언술 차원,[115] 상호 주관성의 관계에 따라다니는, 자기 아닌 타자라는 명시적 의미에서의 이방인으로서 타자[116] 및 상호 개인적인 관계가 확대된 역사적 공동체 ― 국민·민족·지방 등 ― 와 더불어 살기의 구조를 말하는 제도의 차원[117]에서 윤동주 시의 상징이 구현한 존재의미에 접근하는 각 장의 작업은 결국 상징이라는 언어적 차원의 매개 아래 구현된, 주체, 타자라는 두 범주의 상호 관련성으로 포섭된다.

이 책의 구성을 구체적으로 살펴보자면, Ⅱ장에서는 '신체', '자

---

113) 폴 리쾨르, 앞의 책, 2006, p.417.
114) 고유한 신체의 문제는 우리가 유일한 시·공간적 구조에 속하기 때문만이 아니라 그것이 객관적 세계와 관련되기 때문에 전면에 등장한다. 자기성은 신체가 그 매개라 할 수 있는 '고유한' 타자성을 함축하는데, 이러한 타자성은 이방인의 타자성보다 선결되어야 한다(위의 책, pp.55~57, pp.420~428 참조).
115) 위의 책, pp.65~84 참조.
116) 위의 책, p.420, pp.433~448 참조.
117) 위의 책, p.261. 윤성우의 《폴 리쾨르의 철학》(철학과 현실사, 2004, pp.61~62)에는 상기한 타자성의 영역들에 대한 설명들이 종합적으로 정리되어 있다.

연', '장소' 등 실존에 부여된 조건을 매개로 한 주체의 반성적 자기 인식을 다룬다. 인간 안에 속한 자연인 '신체'의 유기성은 의지의 자각 없이 비반성적 방식으로 나타나는 자발성을 띤 주체의 기관이면서, 주체를 세계와 연계시키는 유기적 매개의 구실을 한다. 환경으로서의 '자연'이 인간의 의지에 제공하는 필연성 또한 간과될 수 없다. '자연'은 인간과 유리된 물질적 매개이지만, 인간의 시선이 이에 투과되면서 자신을 바라보는 주체의 욕망을 매개하게 된다. 한편 윤동주의 시에는 이러한 신체, 자연과 마찬가지로 주체의 자기 이해를 간접화하는 또 하나의 중요한 매개적 상징이 존재하는데, 이는 세계와 주체를 시공간적으로 매개해 실존의 방식을 결단하게 하는 '장소'의 특성을 지닌 상징형태이다.

Ⅱ장이 상징의 매개를 거친 반성행위를 통해 주체가 자기를 인식하는 과정을 고찰한다면, Ⅲ장의 상징유형은 그러한 인식의 외부적 확장에 대한 관심에서 출발한다. 이 경우 윤동주의 시에 등장하는 타자의 모습은 '얼굴이 있는',[118] 즉 배려가 기본이 된 직접 접촉하는 타자와 정의를 지향하는 제도나 사회로서의 '얼굴이 없는' 타자, 그리고 '절대적' 타자인 신으로 분류될 수 있다. 윤동주의 시에서 이들 각각은 독립된 대상으로 고립되어 있는 것이 아니라, 주체가 자기 자신으로 되돌아오는 활동인 반성을 매개하여 주체를 대상화하는 상징[119]의 기능을 갖는다.

이러한 타자의 상징은 자기 자신에게 집중하는 무한한 주체적 반

---

118) 리쾨르는 '얼굴'로 타자를 인지하는 레비나스의 영향을 받은 바 있다(엠마누엘 레비나스/강영안 역, 《시간과 타자》, 문예출판사, 1996, pp.116~117).

119) P. Ricoeur/trans. by Denis Savage, *Freud and Philosophy : an essay on interpretation*, New Haven : Yale University Press, 1970, p.51.

성을 요구하며, 대상과의 관계에 대한 주체의 자세를 보여준다. 윤동주의 시에서 이는 ① 윤리적 반성, ② 시대적 상황에 대한 응전의 방식, ③ 죄의 인식과 불안에도 포기하지 않는 희망의 형태로 나타난다. 자기 인식이 또 다른 주체인 타자와의 관계성 속에 실천행위로 드러남으로써 타자에 대한 배려, 정의에 대한 관심, 신앙의 자세 등으로 확장되는 주체의 자기 해석 과정을 보여주는 것이다. 이때 각각의 단계는 주체의 실존방식을 나타내는데, 절망에서 희망으로 옮겨가는 그 같은 전이는 키에르케고르가 윤리적 실존의 상태에서 종교적 실존의 상태로 넘어가는 것으로 분류한 '선택'의 상황을 보여주는 것이기도 하다.[120]

한편 주체 인식, 타자와의 관계성, 역사 인식의 측면[121]에서 이러한 상징의 매개적 인식은 1930년대 식민 통치 아래 '환멸'의 특징을 보인 여타 작가들과 윤동주의 근대 인식을 구별해주는 지표가 되기도 한다. 그의 시적 상징들 속에는 근대적 개인으로서의 주체, 생각하는 나의 확실성에 따라 존재의미가 결정되지 않는 주체, 주체의 시선이 투과된 에쿠멘적 공생체로서의 자연,[122] 서구적 근대와 일본의 근대가 혼재하던 식민지기 한국 근대의 특수한 모습이 내포되

---

120) 김종두, 《키에르케고르의 실존사상과 현대인의 자아이해》, 앰애드, 2002, pp.132~149 참조.

121) 반성은 언제나 특수한 전통의 문화적 산물에 대한 해석으로부터 시작되어야 하기 때문에, 무장소(無場所, nowhere)로부터 말할 수 없다. 이러한 해석은 반성을 '구체적'으로 만들며, 반성을 사회 역사적 세계에 관련된 모든 학문분야의 방법과 결과에 개방한다(폴 리쾨르, 앞의 책, 2003, p.49).

122) "'에쿠멘'이라는 용어는 전통적으로 '지구상에서 인류가 살고 있는 부분'을 뜻하며, 아직 인간에 의해 더럽혀지지 않은 부분과 대조적인 의미로 정의된다." 에쿠멘에 대한 보다 자세한 정보는 오귀스탱 베르크의 《대지에서 인간으로 산다는 것》(김주경 역, 미다스북스, 2001, pp.87~107) 참조.

어 있다. 이와 같은 분류는 기획, 행위, 결단[123]이라는 실존주의적 존재 인식이 나타내는 주체에 수용(승복, Je consens)하는 주체로서의 비의지적 특성[124]이 가미된 윤동주 시의 새로운 주체상을 파악하기 위한 분석틀이다.

리쾨르가 수동성과 타자성의 세 요소로 제시한 것은 고유한 신체(körper, corps),[125] 타인으로서의 타자성, 의식이다. 타자성은 다의성을 지니고 있으며 자기와 세계 사이의 매개물인 신체와, 이방인과 자기의 상호 주관성의 관계에 따라다니는 타자성, 그리고 양심이라는 의미에서 의식이라는 자기 자신과 맺는 관계의 수동성으로 나뉜다.[126] 이들은 스스로를 자각하게 하는 자기 인식의 매개기능을 담당함으로써, 생각하는 정신으로 존재의 확실성을 입증한 근대적 주체의 자기 인식과 구별되는 윤동주 시의 새로운 반성형태를 담보한다.

이어지는 IV장은 앞에서 말한 상징의 유형 분류와 특성 규명을 통해 윤동주 시의 존재론적 의미를 점검하고, 그것이 시의 의미구조와 맺는 관련성을 밝히는 작업이다. 여기에서는 II, III장에서 살펴본 상징의 매개구조를 '주체의 객관화'와 '주체의 확장'으로 특징짓고, 이들 각각이 윤동주의 시에 공통으로 나타난 반성의식과 현실극복의지(낙관적 전망)를 드러내며 한국근대문학의 특성에 소속되는 동시에 이를 위반하기도 한다는 점을 규명하게 된다. 그리고 이상의

---

123) "나는 존재한다"고 말하는 것은 "나는 원하고, 움직이고 행한다"를 말하는 것이다(폴 리쾨르, 앞의 책, 2006, p.423).

124) 윤성우, 앞의 책, 2004, pp.64~67 참조.

125) '고유한 신체'는 단순한 자체성을 넘어 내면의 수동성, 따라서 타자성의 영역 전체를 지칭하며 이 영역의 중심을 구성한다. 이와 달리 '육신(leib, chair)'은 하나의 공통적 본성이 구성될 수 있게 해주는 토대인 짝짓기를 가능케 하기 위해 구상된 개념이다(폴 리쾨르, 앞의 책, 2006, p.423, p.425).

126) 위의 책, pp.419~467 참조.

작업을 거쳐 결론 격인 V장에서는 윤동주의 시에 접근하는 상징 해석 방법의 의의를 최종적으로 논의할 것이다.

논의의 대상이 된 윤동주 시의 원본 확정을 위해, 이 책에서는 시인의 자필원고[127] 가운데 ① 자필자선시집 〔하늘과바람과별과詩〕에 수록된 작품의 경우는 원래의 표기형태 그대로를 존중하여 원전으로 인정하고, ② 자선시집과 습작노트에 중복되어 수록된 경우에는 자선시집의 것을 원전으로 인정하고, ③ 습작노트에 실린 시들과 습유 작품인 낱장 원고들은 각각의 퇴고과정을 추적하여 원전을 확정하고 그 사항을 명기하는 것을 원칙으로 삼는다. 또한 ④ 습작원고가 신문이나 잡지 등에 발표된 경우에는 이를 원전으로 삼되, 윤동주의 가필 퇴고흔적과 습작노트의 기록을 비교하여 원전을 확정한다.

---

127) 왕신영 외 엮음, 앞의 책, 2002 참조.

Ⅱ

주체의 자기 이해를 매개하는 상징의 유형

윤동주 시의 주요한 특징인 '반성'은 매개를 거친 간접적 인식의 형태로 나타난다. 이 장은 주체를 제한하는 실존의 조건으로 주어진 상징유형이 자기 이해의 매개기능을 담당함으로써, 정신의 확실성으로 자기의 존재를 입증한 근대적 주체의 자기 인식과 구별되는 윤동주 시의 새로운 주체상을 형성하는 과정에 대한 고찰이다.

동·서양을 가리지 아니하고 철학사를 지탱해온 근원에 진리에 대한 물음이 근거해 있다면, 데카르트 이후의 근대 서양철학을 지배해온 것은 단연 주체의 문제라 할 수 있다. "생각하는 나의 확실성"을 강조하는 데카르트의 유명한 명제 "cogito ergo sum"[1]의 영향으로 세계의 중심에 인간 주체를 위치시켜 온 서양 사상사는 줄곧 정신의 우위성을 강조해 왔다. 그러나 20세기 전반기에 벌어진 두 차례의 세계대전으로 이성의 우위에 대한 확고한 신념이 흔들리기 시작하면서 종교학을 진원지로 그 파급범위를 넓혀오던 학설, 곧 인간 존재를 영, 혼, 육의 총체적 결합으로 인식하려는 움직임이 힘을 얻게 된다.[2]

이 연구는 전자의 한계를 비판하고 후자의 관점을 지지하는 입장에 선다. 특히 이 장에서는 리쾨르의 자기 해석학을 중심으로 윤동주의 시에 나타난 상징이 자기 인식의 매개적 기능을 담당하게 됨을 규명하면서, 내면세계만을 강조할 때 놓칠 수 있는 주체의 면모를 새롭게 조명해보기로 하겠다.

리쾨르는 하이데거의 존재론을 수용하면서, 기투된 세계 안의 존재인 주체가 텍스트·상징·은유·이야기 등의 언어적 매개를 거쳐 스

---

1) 르네 데카르트, 앞의 책, 1997, pp.42~55 참조.
2) C. A 반 퍼슨/손봉호, 강영안 옮김, 《몸 영혼 정신 : 철학적 인간학 입문》, 서광사, 1985, pp.187~213 참조.

스로를 이해한다는 자기의 해석학을 주창한다.[3] 그리고 이로써 인간 존재에 대한 순수한 반성이 직접적으로 수행될 수 없는 측면에 직면한다는 사실, 즉 사람의 마음속에 있는 자아의식은 상징의 매개를 거쳐 형성된다는 점을 보여준다. 리쾨르는 구체적인 인간 실존을 제외하고 인간의 본질을 기술하기보다 초월과 오류 사이의 존재인 인간 실존을 기술하는 경험현상학적 기술을 전개하는데, 이때 인간은 사유 속에서만 규정되는 것이 아니라 오류를 범하고 제한된 인식 속에서 사유하며 구체적인 역사 속에 현존하는 존재형태로 규명된다.[4] 이렇듯 유한성을 통한 무한을 사유하는 것, 의지적인 것과 비의지적인 것의 변증법이 리쾨르의 인간학적 철학에서 중심을 형성한다.

이 장의 각 절은 실제적 삶에서 주체를 제한하는 요소로 작용하는 고유한 신체(A), 주체의 욕망을 매개하는 자연(B), 실존의 근거인 장소(C)가 상징으로 쓰인 경우에 대한 고찰이다. 사람의 마음속에 있는 자기의식은 상징을 통해 형성되며, 그 일차상징이 저절로 해석학을 일으키는 단계에 가서야 추상 언어가 생긴다.[5] 직관에 의하지 않고 상징으로 매개된 자기의식으로서의 반성이 인간의 앎, 감정, 욕망, 노력 등과 결부되는 자기 해석의 과정인 것이다. 이번 장에서 주체의 유한성을 특징화하는 요소로 제시할 '몸', '자연', '장소'의 상징 역시 주체의 앎, 감정, 행위 등과 결부되어 있다.[6]

---

3) 정기철, 〈존재와 이야기 : 하이데거와 리쾨르의 해석학적 현상학〉, 한국 해석학회 편, 《해석과 이해》, 지평문화사, 1996, pp.71~75 참조.
4) 김종걸, 〈리쾨르의 인간학적 해석학〉, 위의 책, pp.31~35 참조.
5) 폴 리쾨르, 앞의 책, 1994, p.23.
6) 순수이성, 실천이성, 판단이성으로 삼분한 칸트의 이성 분류에 상응하여 리쾨르는 인간 실존의 세 가지 의식을 이론의식(앎), 실천의식(행함), 감정의식(느낌)으로

A. 유기적 매개인 몸과 주체의 유한성

'몸'은 인간 존재의 비의지성을 나타내는 대표적인 요소이다. 인간이 자신의 의지로 좌우할 수 없는, 인간에게 속한 '자연'7)으로서의 몸인 '신체'는 생물학적 의미의 몸인 '육신'을 뜻하지 않는다. 이는 성적으로 중화된 몸, 즉 양성(兩性)으로 분화되지 않은 신체를 의미하는 것으로, 상대적으로 성적 욕구가 없는 이 같은 몸에서 욕구, 기질, 습관 등의 양상이 더 명확히 드러날 수 있다. (감정과 다른 육체적) 열정이 허영, 가장, 나르시시즘의 차원으로 전환되는 것이다.8)

이러한 몸의 규정은 생리, 심리, 사유, 느낌, 욕구의 역동적 복합성으로 몸을 파악한 니체의 사유와 상통한다. 니체는 인간이 몸을 통해 삶의 깊이와 높이를 획득하며 영혼의 위대함을 실현할 수 있다는 테제를 내세운다.9) 이는 감각으로 받아들인 것을 부정하고, 눈, 머리, 손, 몸통 등의 인간 신체를 물질적 본성 일반 및 그 연장(extensio), 그리고 연장적 사물의 형태, 그것의 양, 크기, 수, 존재 장소, 그것이 지속하는 시간 등의 단순하고 보편적인 상태로 사물화, 대상화10)하며 소박한 자연주의자로 회귀한 데카르트의 인식과

분류한다(김종걸, 앞의 글, 1996, pp.40~41).

7) 리쾨르는 첫 저서인 *Philosophie de la volonté le volontaire et l'involontaire*(Paris : Aubier-Montaigne, 1950)의 서문에서 liberté(자유)와 nature(자연, 본성)를 각각 le volontaire(의지적인 것)와 l'involontaire(비의지적인 것)에 등치시키고 있다.

8) S. H. Clark, *Paul Ricoeur*, London : Routledge, 1990, p.22 참조.

9) 김정현, 《니체의 몸 철학》, 지성의 샘, 1995, p.187.

10) 르네 데카르트, 앞의 책, 1997, pp.34~38 참조.

구별되는 것이다.

몸과 삶으로 되돌아가고자 했던 니체의 철학에서 정신은 몸을 매개로 표현되는데, 이는 플라토니즘에서 벗어난 디오니소스 철학의 등장을 예고한 것이었다. 인간은 몸을 실마리로 하여 인간의 참된 본성을 파악할 수 있으며, "모든 의식된 것은 단지 이차적으로 중요할 뿐이다"라는 니체의 외침은 의식활동으로서 정신을 중시하던 이전 철학에 대한 전복의 기도인 것이다. 이렇게 몸은 주체의 문제와 인간의 실천적 행위 문제를 규명하는 작업의 출발점이 될 수 있다.[11]

이상과 같이 몸의 범주를 규정하는 것은 이 책이 가진 몸에 대한 관심이 결국 인간의 존재론으로 직결되는 것임을 말해준다. 구체적으로 이는 윤동주 시의 주체상이 몸의 상징으로 자기 이해를 매개함으로써, 몸에 집중한 철학자인 니체와 리쾨르가 펼친 근대적 주체 인식에 대한 반론에 필적하는, 새로운 모습의 주체로 형상화함을 규명하는 작업이 될 것이다.

윤동주의 시에서 주체의 낯선 모습은 먼저 몸의 상징으로 나타난다. 이때 몸은 현존을 넘어서지 못하는 인간 존재의 유한성을 입증하는 조건이다. 다양한 시어들로 형상화된 몸 가운데 '가슴', '뼈', '눈', '발', '얼굴', '간' 등이 인간의 존재성을 표현하는 대표적인 예가 된다. 이들 몸의 상징은 윤동주 시의 존재의미를 탐구하는 작업에서 주요한 대상으로 다루어져야 함에도 그동안의 연구들에서 그

---

11) 인간은 몸을 실마리로 하여 부분적으로 투쟁하면서, 또 부분적으로는 서로 병렬적으로 정렬되거나 복속되어 정렬되면서, 그 개체적 존재의 긍정 속에서 알게 모르게 전체를 긍정하는 살아 있는 존재의 복수성으로서 인간을 알게 된다(김정현, 앞의 책, 1995, pp.169~177 참조).

다지 주목을 받지 못했다. 따라서 여기에서는 위에 열거한 윤동주 시의 몸 관련 시어들 가운데 Ⅲ장에서 타자성과 연관시켜 논의할 '손'을 제외한 시어 '눈'과 '발'을 주체의 자기 이해를 매개하는 몸 상징의 대표적 유형으로 채택하여 논의를 전개하도록 하겠다.

이와 같이 몸 상징의 범주를 규정하는 것은 윤동주 시의 다른 몸 관련 시어들에 견주어 '눈'과 '손', '발'의 상징이 상호 밀접한 연관성 속에 형상화되며 신체기관이 갖는 유기적 관계성을 대표적으로 드러내기 때문이다. 이러한 특성은 〈길〉이라는 시에서 잘 드러난다.12)

〈길〉에는 〈懺悔錄〉, 〈自画像〉13) 등 주체 인식을 나타낸 대표적인 시들에서 발견되는 시선의 형태가 내재되어 있다. 〈길〉에서 "담"으로 제시된 단절과 분리의 상황은 '눈'의 물리적 기능을 약화하여 그 감각기능을 "손"으로 전이시킨다. 또한 "손"으로 더듬는 행위가 "길"을 걷는 행위와 등치됨으로써 "눈"의 기능에서 전이된 "손"의 감각은 다시금 '발'의 기능으로 옮겨가게 된다. 그 결과 길을 걷는 것으로 형상화된 '발'의 기능은 무언가를 더듬는 '손'의 모색행위와 상통하는 의미를 갖는다. 이 같은 모색은 삶을 형상화한 것으로 잃은 것을 찾는, 곧 자기의 참모습을 파악하려는 '눈'의 시선과 비슷하다. 이렇게 〈길〉은 인간의 존재성을 집약적으로 대표하는 '눈'의 상징과 '손', '발'의 상징이 갖는 유기적 관계성을 대표적으로 보여준다.

---

12) 이에 대한 구체적인 논의는 Ⅱ.C.2에서 행할 〈길〉의 분석을 참조.

13) 류양선은 두 번째 원고노트 〔窓〕의 말미에 미완의 상태로 적혀 있던 〈自像画〉가 수정, 보완되어 자필시집 맨 앞 부분에 〈自画像〉으로 변경되어 게재된 것에 주목하며 이 시가 윤동주 창작시기에서 제2기를 마감하고 제3기로 출발하는, 또는 전반기에서 후반기로 넘어가는 분수령이 된다고 의미를 부여한 바 있다(류양선, 《한국 현대문학의 탐색》, 역락, 2005, pp.185~186 참조).

‘눈’이 인간의 내면, 곧 의지 활동의 기관이라면, ‘발’은 세계 속에서 이를 이행하는 행위의 기관이다. 행위를 담당하는 몸은 도구가 아니라 인간과 분리될 수 없는 기관으로서 의미를 가지게 된다[14]는 점에서 인간 존재와 유기적 관계에 놓이게 되며, 자아의 내면세계만을 강조할 때 놓칠 수 있는 주체상의 규명을 가능하게 해준다. 그런데 윤동주의 시에 형상화된 ‘발’은 행위를 자신 있게 표출하는 형태로 나타나지 않는다는 점에서 주체의 내면적 의지를 나타내는 ‘눈’과 비슷한 특성을 지닌다. 그러한 ‘눈’과 ‘발’의 상징이 주체의 자기이해를 매개하는 과정을 Ⅱ장에서 살펴볼 것이다. 여기서 논의할 이들 ‘눈’과 ‘발’의 특성은 Ⅲ장에 들어 ‘손’, ‘눈’, ‘귀’의 감각으로 전이된다.

1. 무력한 ‘눈’과 본래적 주체

윤동주의 시에서 ‘눈’의 상징은 ‘뜬 눈’, ‘뜨는 눈’, ‘감는 눈’의 시선으로 삼분되어 반복된다. 자기 인식과 관련시켜 볼 때, ‘뜬 눈’은 주체의 분화로 귀결되는 반성행위를 나타내고, ‘뜨는 눈’은 특정 계기로 말미암은 각성을 의미하며, ‘감는 눈’은 죄의 인식을 상징적으로 드러낸다. 이들 각각은 오류가능성을 지닌 불완전한 주체에 대한 낯섦의 감정과 거부감을 내포하는데, 이는 기존 논의에서 ‘들여다보기’의 형태로 다루었던 윤리적 반성과 맥락을 같이 한다.

그러나 이 책에서 다루려고 하는 ‘눈’의 상징은 ‘뜬 눈’의 상징에 나타난 해석의 애매성 —〈自畫像〉에서 “어쩐지”로 표현된 감정의

---

14) 윤성우, 앞의 책, 2004, p.66 참조.

근원과 같은— 이 '뜨는 눈', '감는 눈'의 상징형태와 연계되어 유한성이라는 인간 실존의 조건을 드러낸다는 사실을 규명함에 있어서 윤동주의 시에 대한 기존 논의와 구별된다. 이 같은 주체 인식은 Ⅱ.A.2.에서 '발'의 상징이 내포한 존재적 특성으로, Ⅲ.A.1에서는 '손'이 상징하는 윤리적 공동체의 모습으로 변주된다.

　윤동주의 시에 나타난 주체의 반성은 자신이 행한 그릇된 행위에 관한 것이 아니다. 그것은 세상에 던져진 존재가 경험세계에서 필연적으로 겪을 수밖에 없는 불행의 상태와 같이 주체의 행위여부를 떠나 이루어지는 반성이다. 리쾨르에 따르면 죄는 내면의 운명이다. 그는 이를 거짓된 앎을 가리키는 상징으로 설명하는데, 윤동주의 시에서 리쾨르가 역설한 그 같은 인간 실존의 조건은 '눈'의 상징을 통해 정면으로 응시된다.

　　산모퉁이를 돌아 논가 외딴우물을 홀로 찾어가선 가만히 드려다봅니다.

　　우물속에는 달이 밝고 구름이 흐르고 하늘이 펼치고 파아란 바람이 불고 가을이 있습니다.

　　그리고 한 사나이가 있습니다。
　　어쩐지 그 사나이가 미워저 돌아갑니다。

　　돌아가다 생각하니 그사나이가 가엽서집니다。도로가 드려다 보니 사나이는 그대로 있습니다。

다시 그사나이가 미워저 돌아갑니다.

돌아가다 생각하니 그사나이가 그리워집니다.

우물속에는 달이 밝고 구름이 흐르고 하늘이펼치고 파아란 바람이 불고 가을이 있고 追憶처럼 사나이가 있습니다.

〈自画像〉 전문

〈自画像〉의 1, 2연에는 판타지 문학에 자주 등장하는 새로운 공간으로의 진입양상이 나타난다.[15] 이때 1연에 나타난 시선의 양태인 '들여다보기'는 비밀의 공간으로 진입하기 위한 통과제의적인 행위를 나타내며, 그 관문이 되는 "외딴우물"을 "홀로" 찾아간다는 설정은 그러한 의지적 행위에 부여된 신성성을 보여준다.[16] 그 결과 〈自画像〉의 "우물"은 내 모습을 비추는 대상이 아니라, '-이 있습니다'로 제시된 독립된 세계와 거기에 존재하는 3연의 "한 사나이"라는 독자적 존재를 포함한 공간으로 변화한다. 그리고 이는 주체의 대상관계에 주관으로 치우치지 않는 객관성을 부여한다. 새롭게 설정된 공간에 "한 사나이"를 등장시킴으로써, 방백을 통한 '햄릿'의 내면적 갈등이 자아내는 극적효과를 시 속에서 창출하는 동시에 센티멘탈조의 감정으로 치우치지 않는 객관적 주체 인식을 이끌어내는 것이다. 따라서 그 관문을 거쳐 제시된 2연의 "우물속" 광경은 이제 단순한 '재현'이 아니라 새로운 공간의 '표현'이 된다. "달",

---

15) 〈소년〉에는 〈自画像〉의 환상적 분위기와 공간적 특성이 보다 극명하게 나타난다.
16) 구약시대 제사장들이 회막 안에 외부인의 출입을 금하였다는 사실은 그러한 신성성 부여의 한 예가 된다.

"구름", "하늘", "가을"과 같이 물속에 비친 자연의 모습이 "파아란 바람이 불고"와 같이 재현될 수 없는 현상으로 제시되고, 3연의 "한 사나이"는 우물 속을 들여다보는 외부세계의 주체와 분리되어 독자적 존재로 나타난다.

물론 "自画像"이라는 제목은 암묵적으로 3연의 "사나이"를 물에 비친 주체의 모습으로 판단할 것을 강요한다. 이는 독자의 기대지평을 미리 조정하여 작가의 의도를 벗어남 없이 수용케 하는 효과를 갖는다. 그러나 이 시의 낯선 공간 설정으로 말미암아 독자는 당연한 수순의 기대지평을 벗어나 새로운 국면으로 나아갈 것을 요구받게 된다. 독자의 시선이 주체의 '눈'을 매개로 객관화된 주체의 자기 이해를 경험하는 것이다.[17]

독자가 겪는 그 같은 혼란스러움은 이어지는 연들에서 주체의 행위와 감정을 표현하는 시어들을 통해 가시화된다. '미워지다 → 가여워지다 → 다시 미워지다 → 그리워지다'라는 감정표시 형용사들의 변이가 그에 따른 동작을 수반하는 동사들인 '돌아가다 → 도로 가 들여다보다 → 다시 돌아가다 → (도로 가 들여다보다)'와 결합되어 대응 양상을 나타낸다. 이러한 갈등은 주체의 분리로 말미암은 정체성 혼란에서 비롯된 것인데, 그 과정에서 주체와 "사나이" 사이의 거리는 "한 사나이"에서 "追憶처럼" 있는 "사나이"로 좁혀진다. 3연에서 처음 대면하게 된 나의 모습이 낯선 "한 사나이"였다가 이미

---

17) 〈自画像〉의 "객관화된 인물은 결국 윤동주의 자아의식이자 우리들 모두의 보편화된 원형이다(김현자, 《한국 현대시 읽기(개정판)》, 민음사, 1999, p.126)"라는 김현자의 언급은 주체와 결부된 윤동주 시의 상징이 시인 자신과 독자의 자기 해석까지를 끌어낼 수 있다는 이 책의 원리를 간접적으로 시사한다. 시의 의미를 해석하는 데서 "詩人과 詩의 관계", "詩人과 話者"의 관계에 대한 김흥규(앞의 글, 1974)의 언급으로부터도 시사점을 찾을 수 있다.

등장한 인물을 일컫는 지시관형사가 덧붙어 "그 사나이"로, 그리고 2, 3연을 결합하여 반복, 변형시킨 마지막 연에서는 다시 "追憶처럼" 있는 "사나이"로 변모하는 것이다.

"지나간 일을 돌이켜 생각함"[18]이란 뜻을 가진 명사 "追憶"에는 과거("지나간 일")와 현재("돌이켜 생각함")의 시간성이 내포되어 있다. "追憶"되는 사건은 이를 회상하는 주체의 기억 속에 중요하거나 특별한 의미로 각인된 것이다. 여기에서는 "사나이"의 존재를 인식한 3연의 주체가 4, 5연에 걸쳐 겪는 감정과 행위의 변화가 낯선 존재였던 "한 사나이"를 "追憶"이라는 의미 있는 과거로 바꾸어 놓은 원인으로 작용한다.[19]

그렇다면 이제 그러한 혼란을 초래한 근본원인을 탐구해보도록 하겠다. 왜 주체는 그 "사나이"를 받아들이는 과정에서 그렇듯 격심한 감정 변화에 따른 혼란스러운 행위양상을 보여야 했을까? 이에 대해 시인은 "어쩐지"라는 도무지 명쾌하지 않은 대답을 들려준다.

3연에서 주체는 낯선 사나이에게 "미움"을 느낀다. 그러나 3연의 1행과 2행 사이에는 그러한 "미움"을 초래할 만한 인과관계가 전혀 제시되지 않았다. 단지 거기에 "어쩐지 그 사나이가 미워저"와 같이

---

18) 국립국어연구원, 앞의 책, 1999, p.6130.

19) 최동호는 〈自画像〉에 대한 분석을 통해 "우물에 투영된 사나이의 심상에서 화자가 과거적 자아를 회상하고, 그 속에 있는 본래적 자아를 (현재는 그렇지 못하니까) 그리워하는 내향적 의식을 드러낸다는 점에서 의식의 지향성을 규명하는 하나의 단서가 된다"고 한 바 있다. 이는 현재와 과거의 시간성이 결부된 이 시의 "追憶"이 단순한 과거 회상이 아닌 지향성의 의미화를 나타낸다는 지적이다(최동호, 〈윤동주 시의 의식현상〉, 권영민 엮음, 앞의 책, 1995a, pp.486~487). 한편 류양선은 '추억처럼'이란 표현에 와서 사나이('나')는 나에게 완전히 수용, 통합되어 나의 인격 속에 용해된다면서 이는 새로운 출발을 위한 통합으로 시 전반부의 분리, 분열은 결국 통합을 위한 분리, 분열이라고 언급하였다(류양선, 앞의 책, 2005, pp.209~210).

전혀 합리적이지 못한 주관이 개입되었을 뿐이다. 이때 "어쩐지"는 이유를 알 수 없다는 것, 즉 상대에 대한 미움이 어떤 특별한 계기 또는 상대의 잘못 때문에 생겨난 것이 아님을 나타내는 어사이다. 이는 합리적 이성의 활동범위를 벗어난 직관의 영역에 속한 문제로, 〈懺悔錄〉의 주체가 '거울'을 바라본 직후 느끼게 되는 '욕됨'의 감정과 상통한다. 〈自畵像〉의 "사나이"라는 존재가 스스로를 바라보는 주체의 시선에서 형상화되었음을 반추해볼 때, 이 '욕됨'과 '미움'의 감정은 '거울'을 바라보는 '눈'의 시선을 매개로 자기의 본질을 인식하는 존재, 객관화의 극점을 통과해 절대적 주관으로 선회하는 시선을 감지케 한다. 이 경우 여기서 말하는 절대적 주관이란 감정이나 이성의 활동이 개입되지 않은 순수한 직관적 파악능력을 의미한다. 결국 부사 "어쩐지"의 '이유 없음'은 '억지스러움'이나 '그냥'과 같은 일반적 의미가 아니라, '합리적 세계의 질서로 설명할 수 없는 이유로' 또는 '현실 속 주체의 이성으로 파악할 수 없는'과 같은 의미로 설명되어야 한다. 이는 주체의 "自畵像"이 그의 행위로 말미암은 잘못이 아니라 세상에 던져진 존재가 근원적으로 껴안게 마련인 죄의 속성으로 얼룩져 있음을 암시한다.

　이렇게 1, 2연의 독립된 공간 설정은 '눈'의 시선을 매개로 간접화된 주체의 자기 인식을 형상화한다. 이는 현실의 원리로 설명될 수 없는 비의인 존재의 근원적 속성을 효과적으로 나타내는 것으로 나르시시즘과 구별된 윤동주 시의 주체 인식을 보여준다.[20] 존재의

---

20) 김현자는 〈自畵像〉의 나르시스적 요소에 관해 언급하며 "물을 들여다보는 동작은 같지만 윤동주의 이 시에서는 그 정반대의 의식을 나타내고 있는 점에 주의해야 할 것이다. 여기서 그의 자세는 우물(즉 자신의 내부)에 물이 고이기를 기다리는 처지(그 긴 기다림의 자세)인 것이다"라고 말했다(김현자, 앞의 책, 1999, p.126). 한편 김윤식은 '우물'이 인간이 만들었다는 점과 깊이에 관여되었

악한 본성을 인식하고 이를 고백하는 것이 어떠한 의미를 갖는지
〈懺悔錄〉의 상징을 통해 좀 더 자세히 논해보도록 하겠다.

　　　파란 녹이 낀 구리 거울속에

　　　내얼골이 남어있는것은

　　　어느王朝의遺物이기에

　　　이다지도 욕될가。

　　　나는 나의懺悔의글을 한줄에 주리자、

　　　—— 滿二十四年一個月을

　　　무슨깁븜을바라살아왔든가

　　　내일이나 모레나 그어느 즐거운날에

　　　나는 또 한줄의 懺悔錄을 써야 한다。

　　　—— 그때그 젊은나이에

　　　웨그런 부끄런 告白을 했든가。

다는 점에서 '샘'과 구별된다면서 그 우물의 깊이를 동굴과 같은 폐쇄적 공간(릴
케, 프란시스 잠, 정지용, 백석으로 표상되는 내면세계로서의 동굴의식)과 동가
(同價)인 윤동주의 내면세계에 빗대어 설명하고 있다(김윤식, 〈캄캄한 뇌우(雷
雨) 속에 얻은 몇 알의 붉은 열매 (1)〉, 《文學思想》 380호, 문학사상사, 2004,
pp.228~231 참조). 이렇듯 '샘'과 구별되는 '우물'에 대한 인식은 윤동주 시의
주체가 우물물을 들여다보는 행위와 나르시시즘이 변별적 성격을 지닌다는 것을
암시적으로 제시한다. 윤동주의 시와 나르시시즘의 관련성을 프랑스 상징주의
시와 결부시킨 상세한 논의는 임현순의 〈윤동주, 자화상의 상호텍스트성 연구 ―
리파떼르의 상호텍스트성 이론을 중심으로〉(《이화어문논집》 19, 이화어문학회,
2001, pp.245~246)를 참조.

　　밤이면 밤마다 나의거울을

　　손바닥으로 발바닥으로 닦어보자

　　그러면 어느 隕石밑우로 홀로거러가는

　　슬픈사람의 뒷모양이

　　거울속에 나타나 온다.

〈懺悔錄〉전문

　1연에서 "나"는 "파란 녹이 낀 구리 거울"에 '남겨진' 자신의 모습을 바라보며 '욕됨'의 감정을 느낀다. 〈自画像〉의 "우물"을 들여다보는 행위와 이 시의 "거울"을 바라보는 행위에 내재된 '자아 성찰'의 의미는 이미 수많은 논의를 거쳐 자세히 입증되었고, 다른 많은 시인들의 작품에서도 이러한 '거울' 모티프가 '우물'과 동일시되어 나타난 바 있다.

　그러나 좀 더 자세히 들여다보면 윤동주 시의 "거울"과 "우물"이 그 자체로 자신의 참모습을 바라보게 해주는 매개체 구실을 담당하는 것은 아님을 알 수 있다. "거울"과 "우물"이 주체를 객관화하는 독립된 공간을 형성하고, 그러한 상황에서 '눈'의 시선을 매개로 자신의 참모습을 바라보는 주체상이 형성되는 것이다. 성찰의 매개인 이들 "거울", "우물"의 상징은 존재의 본질을 들여다보는 '눈'의 매개를 거쳐 자기를 성찰하는 시선이 확장된 형태로 설명될 수 있다.

　이렇게 "거울"이나 "우물"물에 투영된 윤동주 시의 주체상은 감각과 이성에 따라 포착된 현실의 모습과 차이가 있다. 비록 현실 속에 포함되어 있기는 하지만, "거울"과 "우물"이 현실과 분리된 독립된 공간을 형성하여 유한한 존재인 주체가 시선을 매개로 다다르게 되는 실재를 형상화하기 때문이다. 이때 실재에 다다를 수 있는 길은 "거울"과 "우물"을 통해 형상화된 '눈'의 매개인 내부적 시선에 따라 형성된다. 위에 인용한 〈自画像〉, 〈懺悔錄〉의 '눈'이 물리적 '뜬 눈'의 형태로 나타나지 않은 것은 바로 이를 대체하는 현실 속 매개물인 '거울', '우물'을 차용하고 있기 때문이다. 빅토르 위고는 이러한 일을 "자신의 내부를 통해 외부를 바라보는 일"이라고 표현하면서 인간 내부에 존재하는 "깊고 어두운 거울", "우물"을 통해 우리는 거대한 세계를 보게 된다고 말한 바 있다.[21] 독립된 새로운 공간에 객관화된 자신의 모습을 설정하는 이 같은 과정은 연민이나 감정에 치우침 없이 실존을 파악하고자 하는 주체의 의지를 대변해 준다.

〈懺悔錄〉은 그러한 '거울' 모티프가 사용된 '눈'의 매개가 나타난 대표적 작품이다. 이 시에는 2, 3연에 걸쳐 두 번의 참회가 등장한다. 2연의 참회가 현재시점의 행위라면, 3연의 그것은 미래시점의 참회를 보여준다. 줄표에 따라 시각적으로 구분되면서 전자는 삶의 의의를 되묻고, 후자는 미래의 어느 시점인 "그어느 즐거운날"에 행해질 첫 번째 참회에 대한 부끄러운 고백을 나타내는 것이다.[22] 그리고 이러한 2, 3연의 참회는 4연에서 "밤"마다 "거울"을 닦는 행위

---

21) 알베르 베갱/이상해 옮김, 《낭만적 영혼과 꿈 — 독일 낭만주의와 프랑스 시에 관한 시론》, 문학동네, 2001, p.136 참조. 앞으로 논의하게 될 '감는 눈'의 상징 (Ⅲ.B.1.)이 깨어있는 상태에 대한 단순한 부정이 아니라, 실재를 바라보기 위한 '불구의지'라는 것 또한 이와 같은 맥락에서 논의될 수 있다.

22) 첫 번째의 참회를 "부끄러운 고백"으로, 두 번째의 참회와 참회록 작성 이후의 (그리고 도일(渡日) 이후의) 시 쓰기를 부끄러움의 상태를 벗어난 "슬픈 고백"으로 단정짓고 있는 김윤식의 주장은 그가 언급하고 있는 〈懺悔錄〉의 두 번째 고백과 〈쉽게씨워진詩〉에 '부끄러운'이라는 시어가 직접적으로 제시되고 있다는 점을 미루어보아서도 재고되어야 한다(김윤식, 앞의 글, 1974, pp.231~232 참조).

로 변주되어 다시 반복된다.[23)]

어두운 "밤"은 성찰하기 좋은 시간인 동시에 잠을 자는 시간이기도 하다. 그러한 시간에 "거울"을 닦는다는 것은 이성을 동원한 주체의 자기 성찰로는 파악할 수 없는, 꿈의 세계와 같은 무의식을 거쳐 다다를 수 있는 깊은 심연을 바라보겠다는 의지를 반영한다. 따라서 마지막 연의 접속사 "그러면"은 단순한 연접을 의미하지 않고, 그렇게 거울을 계속 닦으면 "隕石밑우로", 곧 우주와 연계된 현실공간—무의식의 세계와 통합된 의식, 이성의 세계—으로 전이된 배경에서 자신의 참모습을 발견할 수 있다는 확신을 드러낸다. 마지막 행의 "거울속에 나타나온다"가 '-면'에 호응하는 추정이나 가능성의 표현이 아닌 사실의 진술형태로 제시되었다는 점 또한 이를 뒷받침해준다.[24)]

이때 "어느 隕石밑우로 홀로거러가는/슬픈사람의 뒷모양"으로 거울 속에 비친 자신의 모습을 표현한 것은 홀로 외딴 우물가를 찾아가 낯선 한 사나이를 대면하던 〈自画像〉의 객관화된 주체가 변주된 형태라 할 수 있다. 사람들이 객관적 현실이라는 이름 아래 알고 있는 것은 실재(Réel)가 아니다. 삶과 뒤섞여 있는 실재는 우리 내부에

---

23) 거울을 "손바닥으로 발바닥으로" 닦는 행위를 상, 하의 원형상징과 결부시키면 '정신과 육체', 즉 '온몸과 마음을 다해'와 같은 의미로 해석될 수 있다.

24) 이 지점에서 동일한 상징의 방법을 취하고는 있지만 욕됨의 감정에서 출발한 윤동주 시의 자기반성은 1930년대 후반에 나타난 환멸의 형태와 변별된다. 1930년대에 나타난 허무주의와 환멸감은 극단적인 자기 환멸의 형태를 띠고 선과 악을 구분해줄 중심마저 부정하는 면모를 보인다. 류보선은 1930년대 후반 문인들이 당대를 이상과 현실이 분열된 시기로 파악하였고, 상징으로 이를 표현해 눈앞에 놓여 있는 현실 속으로 파고들지 못했기 때문에 리얼리즘적 성과로 나아갈 수 없었다고 평가한다(류보선, 《한국 근대문학의 정치적 (무)의식》, 소명출판, 2005, pp.313~319 참조).

서만, 무의식 속에서만 도달될 수 있는 것이다.[25] 따라서 독립된 새로운 공간에 객관화된 자신의 모습을 상정하는 윤동주 시의 형상화 방식은 연민이나 감정에 치우침 없이 실존을 파악하고자 하는, 곧 실재에 다다르고자 하는 주체의 의지를 대변해주는 것이라 하겠다.

그런데 열심히 거울을 닦으면 1연의 녹이 제거되고 환하게 웃는 나의 얼굴을 볼 수 있어야 할 텐데도, 밤마다 닦는 〈懺悔錄〉의 거울[26] 속에 나타난 것은 철저한 고독 속에 자신을 대면하며 "홀로거러가는/슬픈사람의 뒷모양"이다. 뒷모습은 진실을 말해준다. 감정을 포장하여 거짓웃음으로 치장할지라도 돌아서는 뒷모습에 드리운 슬픔의 그림자는 말없는 웅변처럼 그 사람이 지닌 아픔을 고스란히 전달해준다. 따라서 거울 속에 비친 나의 모습을 5연에서처럼 "슬픈 사람의 뒷모양"으로 묘사한 것은 2, 3연에 나타난 고백과 동일한 맥락의 변형된 "懺悔"를 형상화한 것이라 할 수 있다. 1연에 제시된 '욕됨'의 감정이 거울을 바라본 직후의 직관이었던 것과 달리, 2, 3연의 참회를 거쳐 제시된 5연의 이러한 '슬픔'은 자신의 실재를 대면한 자가 발견한 본질적 속성에 대한 고백을 내포한다.

다음에 인용할 〈또다른故鄕〉을 통해 분화된 주체가 나타내는 실존의 모습[27]과 지향의식에 대해 더 자세히 살펴보도록 하겠다. 정

---

25) 알베르 베겡, 앞의 책, 2001, p.139 참조.

26) 〈懺悔錄〉의 거울을 닦는 행위는 〈自畵像〉의 감정변이와 그에 따른 행동변화에서 나타난 주체의 탐구와 동일한 맥락의 반복성을 보여준다.

27) 이를 위해 여기서 잠시 19세기의 한 루체른 철학자의 주장을 살펴보도록 하겠다. 신비신학과 연계된 자연철학자였던 트록슬러(Troxler)는 생명을 그 자체로 파악하는 능력의 상실은 원죄에서 비롯된 것으로 "원초의 순결을 간직하고 있을 때의 그들로 되돌아온 영혼과 육체의 화해 안에서만 완벽이 있을 수 있다"면서 생명의 충실한 이미지인 인간은 영혼과 육체로 나뉘는 그 분리 때문에 최초의 통일성을 상실하게 되었고 그 본질이 네 가지로 분류된다고 역설한 바 있다. 이는

신분석적 방법을 동원하여 이 시를 읽어낸 논의28)는 이미 김흥규에 의해 비판받은 바 있다.29) 그러한 문제제기를 딛고서 여기에서는 〈또다른故郷〉에 나타난 주체의 분화가 고민과 반성을 거쳐 스스로 서지만 정작 자신을 온전히 소유할 수 없는 존재를 보여준다는 차별화된 결론을 이끌어내고자 한다.

> 故郷에 돌아온날밤에
> 내 白骨이 따라와 한방에 누엇다。
>
> 어둔 房은 宇宙로 通하고
> 하늘에선가 소리처럼 바람이 불어온다。
>
> 어둠속에 곱게 風化作用하는
> 白骨을 드려다 보며
> 눈물 짓는것이 내가 우는것이냐
> 白骨이 우는것이냐

이 책에서 이야기하는 주체의 불완전성에 대한 사고를 보여주는 것으로, 트록슬러는 인간을 전통적 이원론에 따라 영혼과 육체로 나누지 않고 육체(corps) — 체세포(soma) — 영혼(ame) — 정신(esprit) 들로 사분(四分)해 이를 테트락티스(Tétraktys)라 불렀다(알베르 베겡, 앞의 책, 2001, pp.160~163 참조).

28) 이러한 논의의 대표적인 예로는 "白骨", "아름다운 魂", "나"를 각각 이드, 초자아, 이드와 초자아의 중간적 자아로 분리한 문덕수의 분석(《現代詩의 理解와 鑑賞》, 三友出版社, 1982, pp.304~305 참조)과 융(C. G. Jung)이 전개한 집합무의식의 원형이론을 도용해 "白骨", "아름다운 魂", "나"를 "집합무의식 속의 '自己(The Self)' 원형"으로 풀이한 정재완의 견해(《한국현대시인연구》, 전남대학교출판부, 2001, pp.272~294 참조)를 들 수 있다.

29) 김흥규, 앞의 글, p.668. 그러나 심리학의 용어를 사용하지 않았을 뿐 그 논의의 골자는 정신분석학적 접근들과 크게 다르지 않다.

아름다운 魂이 우는것이냐

志操 높은 개는
밤을 새워 어둠을 짖는다。

어둠을 짖는 개는
나를 쫓는 것일게다。

가자 가자
쫓기우는 사람처럼 가자
白骨몰래
아름다운 또다른 故鄉에가자。

〈또다른故鄕〉 전문

〈또다른故鄕〉의 공간적 특성 또한 앞의 시들과 마찬가지로 주체의 불완전성 문제와 관련을 맺는다. 〈自畵像〉, 〈懺悔錄〉에서 볼 수 있던 독립된 공간 설정이 객관적 현실공간을 우주적 공간으로 확장, 연결시킨 형태로 변주된 것이다. "어둠속에" 형상화된 3연의 "風化作用" 또한 "밤"마다 "손바닥", "발바닥"을 동원하여 "거울"을 닦던 〈懺悔錄〉의 행위와 닮아 있다.30) "宇宙"와 연계된 1, 2연의 이 같은 공간 설정은 판타지적 분위기를 조성하며31) 3연의 상황을 예고한다.

---

30) '풍화작용'은 주위환경의 영향으로 암석이 점차 파괴되고 분해되는 자연현상으로 정의할 수 있다. 이 책에서 그러한 "風化作用"을 〈懺悔錄〉의 자기 반성과 연계시킨 관점과 관련된 자세한 설명은, 자기 인식을 매개하는 '바람'의 상징에 대해 논의한 Ⅱ.B.2를 참조.

31) 여기에 제시된 "방"과 "바람"의 상징성은 각각 Ⅱ.C.1과 Ⅱ.B.2에서 자세히 다루

앞에서 '밤'이라는 시간성은 무의식이 활동하는 꿈의 영역에 해당한다고 했다. 주체의 온전한 이해를 위해, 실재에 가닿기 위해 객관적 현실공간이 우주적 공간으로 확장·연결되고, 이성의 영역과 무의식이 활동하는 꿈의 영역이 맞닿게 되는 것이다. 이러한 2연의 시·공간적 구성은 3연에서 볼 수 있는 주체의 혼재를 초래한다. 3연에 형상화된 "어둠속"의 "風化作用"은 그러한 맥락에서 이해할 수 있다.

3연에 제시된 두 개의 행위인 "風化作用"과 '들여다보며 울기'를 살펴보면, 전자의 행위주체가 "白骨"이고, 후자의 행위주체는 '나'이거나 "白骨", 또는 "아름다운 魂"임을 알 수 있다. 이때 "白骨"은 두 경우 모두에서 행위주체가 될 수 있는 가능성을 지닌다. 이와 달리 후자의 세 주체는 완전하게 분리된 독립적 개체로 나타나지 않는다. 이들은 각자 위상을 지니되 총체성 속에서 완전해지는 존재이다. 각각이 구별된 시어로 나뉘어 달리 표현되고 있음에도 "눈물 짓는 것이" 누구인가에 대한 명확한 답이 제시되지 않은 것이다.[32] '나'와의 관련성을 내포하는 동시에 "白骨"의 독자성을 표현한 1연의 "내 白骨"은 그러한 특성을 반영한 시어라 할 수 있다.

그런데 3연에 들어서면서 분리된 개체이던 '나'와 "白骨" 사이에 가로놓인 정체성의 경계지표가 흔들리기 시작한다. 또한 그로 말미암아 시에 내재된 두 층위의 행위주체가 세 층위로 증식하게 되는데, 그 가운데 첫째는 "風化作用"의 주체인 "白骨", 둘째는 이를 바

게 될 것이다. 판타지적 공간의 특성에 대해서는 〈自画像〉과 관련된 앞의 논의를 참조.

32) 앞에서 살펴본 〈自画像〉의 "어쩐지"나 〈懺悔錄〉의 "어느 王朝의遺物이기에/이다지도 욕될까"에서도 이와 비슷한 상황을 찾아볼 수 있다.

A		B		C
風化作用하는 '白骨'	바 라 보 기 ←	'나' ('白骨'을 바라보며 우는) **'白骨'** '아름다운 魂'	바 라 보 기 ←	(상황을 지켜보는) 텍스트 밖의 **'나'**

라보며 우는 주체인 '나', "白骨", "아름다운 魂", 마지막은 그러한 시적 상황을 지켜보는 감춰진 시선인 또 하나의 '나'이다. 결국 이렇게 '눈'의 시선을 매개로 분리된 이들 세 층위의 개체는 하나의 주체 인식을 보여주게 된다.

그런데 좀 더 자세히 들여다보면 두 개의 '눈'에 의한 3연의 '바라보기'가 행위주체인 퍼소나의 위치와 시적 화자의 위치에서 각각 이루어진 것임을 알 수 있다. 이들은 독립적 존재는 아니지만 각기 고유한 특성을 가지고 있다. 전자에 해당하는 '나'가 시적 상황의 '역할'에 더 충실하다면, 후자의 '나'는 그 상황의 '전달'에 치우쳐 있는 것이다. 이렇게 퍼소나와 시적 화자 사이에 가로놓인 보이지 않을 정도의 작은 간극이 극대화하면서, 화자이면서 동시에 화자의 시선에 포착된 대상인 "나"는 그 사이에 벌어진 거리만큼의 객관성을 부여받게 된다. 이상의 논의를 도표로 가시화하면 다음과 같다.

위의 도표에서 '바라보기'를 중심으로 분리된 A의 '白骨'과 B의 행위주체인 '白骨', 그리고 B의 '나'와 C의 '나'는 동일하면서도 미묘한 차이를 지닌 변별적 존재이다. B의 세 개체와 마찬가지로 A와 B의 "白骨", 그리고 B와 C의 '나' 또한 미묘한 차이를 지닌 것이다.

앞에서 살펴본 〈懺悔錄〉의 거울 닦기가 "슬픈사람의 뒷모양"을 만들어냈던 것과 같이, 〈또다른故鄕〉에 나타난 "白骨"의 "風化作用" 은 지켜보는 이(들)의 "눈물"을 자아낸다. 그 "눈물"은 실재에 가닿 았을 때, 곧 존재의 가려진 부분까지 인식하게 되었을 때 흘리게 되 는 것으로 인간 실존의 어찌할 수 없는 죄의 속성을 인식한 자가 느 끼는 가없는 슬픔을 나타낸다. 이렇듯 총체적 인식이 이루어진 그 순간 존재를 구성하는 '나'와 "백골", "아름다운 魂"이 한데 어우러 지며 그들 사이의 경계가 무너진다. 죄의 속성을 지닌 "白骨"의 "風 化作用"을 바라보는 세 실존 양태인 "나", "白骨", "아름다운 魂" 사 이의 구분이 모호해지는 것이다.[33]

그 결과 화자와 퍼소나가 거의 일치되는 다른 연들과 달리 3연의 목소리는 주체의 모습을 총체적 관점으로 바라보는 객관적 시점에 서 발화된다. 즉 이 시에서 "風化作用"하는 "白骨"의 "눈물"은 실존 의 괴로움을 체감하는 자의 고민과 반성을 나타낸다. 그리고 이러한 반성은 "白骨", '나', "아름다운 魂"으로 분화된 주체가 '눈'의 매개 를 거쳐 인식한 자기의 불완전성 ― 이는 현실 속에 던져진 인간들 의 부조리 경험에서 비롯되는데 ― 을 보여준다. 결국 시선을 기준 으로 위 도표의 A, B, C항에 속한 각각의 위상이 변별될 수 있다는

---

33) 〈또다른故鄕〉에서 "風化作用"하는 "白骨"의 "눈물"은 실존의 괴로움을 체감하는 자의 고민과 반성을 의미한다. 반성을 거쳐 나타나는 주체의 불완전성이 "白骨", '나', "아름다운 魂"와 같이 분절된 개체의 모습으로 나타난 것이다. 그런데 각각 이 구별된 시어로 나뉘어 달리 표현되고 있음에도 이 시에는 "눈물 짓는것이" 누 구인가에 대해 명확한 답이 제시되지 않았다. 이 부분을 해석하기 위해 정신분석 학에 기대는 방법이 의미를 지니기 위해서는 윤동주의 시 전반에 걸쳐 정신분석 학적 특성을 지닌 시들을 발견할 수 있어야 한다. 그렇지 않고 유독 이 시 한 편 에만, 게다가 주체의 삼분화를 설명하기 위해서만 심리학적 방법론을 도입하는 것으로는 윤동주 시의 주체상에 대해 논리적으로 설명할 수 없다.

점에서 그 시선을 담보한 '눈'은 주체의 자기 이해 작용을 매개하는 상징의 기능을 담당한다고 할 수 있다.

이들 "나", "白骨", "아름다운 魂" 각각의 내포적 의미를 살펴보기 위해서는 3연 이후의 변화된 시적 상황을 고려해볼 필요가 있다. 시의 전개상황을 살펴보면 4, 5연의 "어둠을 짖는", "志操 높은 개"에서 추정 가능한 '개 짖는 소리'를 기점으로 3연까지의 혼재양상이 무너지고 다시금 시의 국면이 현실의 '나'에게로 전환됨을 알 수 있다. "어둠"이 짙게 드리우는 '밤'은 잠과 꿈의 세계이며 무의식의 세계이다. 그러한 '밤'에 잠을 자지 않고 "어둠을 짖는" "개"의 소리가 등장하면서 3연까지 완만하게 진행되던 시적 리듬이 빠른 템포로 변화되어버린 것이다.

그런데 5연에서 이러한 "어둠을 짖는 개"의 행위는 "나를 쫓는" 행위에 대응된다. "어둠을 짖는 개"의 소리를 들은 주체가 쫓기는 자신을 떠올리는 것이다. 개의 짖는 행위와 누군가를 쫓아버리는 행위의 유사성에 바탕을 둔 이러한 추정을 통해 시구의 나머지 부분인 "어둠"과 "나" 사이의 연관성을 추론해볼 수 있다. 그 경우 5연의 "나"는 "어둠"을 맛본 자, 곧 실존의 비의, 그 총체적 근원에 가 닿은 적이 있는 또 다른 "나"를 의미하게 된다. 총체성이 깨어진 뒤 다시 현실로 돌아오게 된 "나"는 이제 옛날의 상태 그대로 머무를 수 없게 된다. "개" 짖는 소리[34]가 밤의 정적을 깨뜨리는 곳에서는

---

34) 많은 논자들이 "志操 높은 개"를 주체의 각성과 결단을 촉구하는 선각자와 같은 위치에 올려놓고 있다(김윤식, 앞의 글, 1974 ; 김현자, 《한국시의 감각과 미적거리》, 문학과지성사, 1997, p.196 ; 김흥규, 앞의 글, 1974, p.669). 이러한 해석이 역사적 관점의 측면에서 이루어진 것이라면, 3, 4연에 한정된 경우에만 그 타당성을 인정받을 수 있다. 시의 유기적 총체성을 고려하면, 그 기준만으로 시 전반을 논리적으로 설명하는 데 어려움이 발생하기 때문이다.

더 이상 "白骨"의 "風化作用"이 일어나지 않기 때문이다. 이때 5연의 "어둠"은 2연에서 우주와 통하게 된 "어둔 房"의 "어둠"이고, "개"가 짖는 소리는 이 "어둠"을 쫓는 동시에 나를 그 "어둔 房"으로부터 "또다른 故鄕"으로 향하게 추동질하는 소리이다. 이렇듯 "宇宙"와 결부된 '어둠'을 쫓는 무형의 '소리'가 자기 인식과 결부되어 나타나고,[35] 그러한 인식의 결과 "또다른 故鄕"이라는 새로운 실존의 상황을 지향하게 된다는 〈또다른故鄕〉의 시적 전개는 필연적으로 이 시의 해석을 종교적 관점으로 이끈다.[36]

다시 2연으로 돌아가 보면 폐쇄된 공간인 "방"이 "宇宙", "하늘"과 연계되는 상황을 목도할 수 있다. 그리고 그 속에서 윤동주 시의 주체는 적나라하게 드러난 실존의 모습을 목도하게 된다. 〈自画像〉, 〈懺悔錄〉에 나타난 주체의 갈등이 개인의 윤리적, 도덕적 측면에 한정된 것이 아니었듯이, 〈또다른故鄕〉에 형상화된 주체의 분화와 "白骨"의 풍화작용은 인간의 한계를 넘어선 시선으로 자신의 참모습을 바라보게 된 자의 내적 갈등을 초래한다.

그러한 자각을 거쳐 자신의 한계를 넘어설 수 없는 실존의 슬픔을 깨달은 주체는 계속적인 성찰을 요구받는다. 죄의 속성을 지닌 자신을 꾸짖는 듯한 "개"의 소리에 쫓겨 "白骨몰래" 고양된 영혼을 간직한 순수성의 상징으로서 "아름다운 魂"을 지향하는 것이다. 이

---

35) 이러한 소리의 특성과 결부된 종교적 상징의 양상에 대해서는 Ⅲ.C.1을 참조.
36) 영혼이 다른 세계로 향하는 것이 운명이라는 사상은 영혼불멸설의 가장 특징적인 면이다. 영혼이 이 지상의 현실보다 먼저 있었기 때문에 지상의 몰락과정에 편승되지 않고, 영원한 이데아의 세계, 곧 이 세계가 그 그림자일 뿐인 정신적 현실과 내적인 관계가 있는 것이다. 이 관점에 따르면 몸은 사라질 수 있으나 영혼은 계속 존재한다(C. A. 반 퍼슨, 앞의 책, 1985, p.45). 〈또다른故鄕〉의 경우 외에 이러한 실존의 분화양상은 윤동주의 또 다른 시편에서 '그림자'의 상징(Ⅲ.A.1)으로도 형상화된다.

경우 "志操 높은 개"는 현실의 주체를 고양된 영혼의 상태로 이끄는 성령의 목소리와 동일한 구실을 담당하면서 주체를 신앙적 자세로 회귀시키는 존재성의 상징이 된다.

결국 이 시의 "白骨", "나", "아름다운 魂"은 각각 키에르케고르가 말한 세 가지 실존양태인 심미적 실존,[37] 윤리적 실존, 종교적 실존에 해당된다고 할 수 있다. 그 경우 "白骨"의 "風化作用"은 삶의 불안 때문에 절망에 다다르는 '죽음의 병'을 의미한다. 이는 이성의 작용이 초래한 것인데, 절망에 의해 분해되는 그 같은 상황으로 6연에서 "가자 가자"라는 의지의 발현으로 나타난 절대적 결단이 요청된다.

이때 지향점인 "아름다운 또다른 故鄕"은 자기 실현의 새로운 가능성을 보여주는 지점, 이성의 작용이 통용되지 않는 장소이다. 거기에 도달하기 위해서는 이성적 판단을 넘어선 "믿음"의 결단이 요구된다. 본질에서 이탈한 인간[38]이 절망의 상태에서 구원의 희망으로 넘어갈 수 있도록 죄의식을 뛰어넘게 해줄 신앙이 필요한 것이다. 여기에 나타난 실존양상의 세 단계는 단절되어 있고 비연속적이다. 따라서 각 단계를 뛰어넘는 것은 의지와 결단이 필요한 "선택"의 문제가 되며, 그러한 선택에는 신 앞에서 홀로 선다는 자각과 신앙에 대한 결단이 요구된다.[39] "눈물"로 말미암아 윤리적 실존이 종교적

---

37) 키에르케고르는 심미적 실존을 돈 후안류와 파우스트류로 나누었는데, 여기서 제시한 심미적 실존은 후자의 경우에 해당된다.

38) 이 시에서는 동일자의 여러 형태인 "白骨", '나', "아름다운 魂"으로 드러났다.

39) 많은 철학자들이 기독교 사상의 뿌리에서 플라톤의 흔적을 발견한다. 플라톤의 인간 이해는 신적인 것을 배경으로 인간을 보는 관점과 유사점이 있다. 인간이 자기의 자리를 설정하기 위해 끊임없이 움직이기에 탈중심적 존재라는 것이다. 인간의 진정한 모습이 자기 밖에 놓여 있다는 의식은 불안의식을 불러오고 그리움과 동경을 자아내며, 그러한 인간의 생은 '어떤 다른 곳'에 대한 신적인 그리움으로 가득 차 있다(C. A. 반 퍼슨, 앞의 책, 1985, pp.46~53 참조). 인간은 영혼

실존의 단계로 넘어가면서 절망의 상태에서 (영생의) 희망으로 전환되는 것이다.[40] 이는 단계적인 것으로 '몸'에 대한, 곧 현실의 '자기'에 대한 관심이 '타자'에 대한 관심으로 확대되고, 죽음과 절대자의 인식을 거쳐 존재의 근원에 도달하는 과정을 보여준다. 따라서 〈또 다른故鄕〉의 주체 인식은 정신분석학적 분석과 구별되며, 인식의 매개인 '몸'의 중요성을 강조한다는 점에서 여기에서 사용한 '무의식' 또한 정신을 실재로 규정한 심리학적 범주의 그것과 구분된다.

앞에서도 살펴보았듯이 윤동주의 시에서 이 같은 주체의 자기 인식은 독립된 공간으로 진입하는 특수한 시적 상황에서 전개된다. 그 속에서 인간 유한성의 조건인 '눈'을 매개로 '바라보기', '들여다보기'가 이루어지는 것이다. '눈'의 시선으로 매개된 반성은 자신의 오류가능성에 대한 고백이며, 그러한 본성을 목도한 자가 느끼는 내적 갈등의 표현이다. 따라서 "하늘을 우르러/한 점 부끄럼이 없기를" 바라는 윤동주 시의 소망은 도덕, 윤리 차원의 정결성으로 온전히

의 진보를 위해 지상적, 육체적 존재를 동반하고 동굴로 돌아오게 된다. 영혼이 몸의 삶으로 돌아오게 되는 것이다. 플라톤이 주장한 영혼과 몸의 이원론은 존재론적 이론이 아니라 윤리적, 종교적 색채를 띤 것이다. 영혼의 기능을 세 가지로 나눠(《파이드로스》의 수레꾼과 두 마리 말, 《국가》의 사람, 사자, 괴물) 이를 각각 몸의 세 부위(머리, 가슴, 배)와 그에 상응하는 덕(지혜, 용기, 절제)에 대응시킨 것은 기독교의 삼위일체 사상과 비슷하다.

40) 이상의 해석은 윤동주의 시의식이 뿌리를 두고 있는 기독교 사상에 토대를 두고 검증될 수 있는 부분이다. 기독교의 진리는 구원에 대한 절대적인 관심을 포함한다. 객관적 불확실성에도 내면적 정열을 포기하지 않는 신앙의 모습은 윤동주의 시에서 죄의식으로 말미암은 불안의 상태가 희망의 상태로 옮겨갈 수 있는 원동력으로 작용한다. 그리고 이러한 전이를 위해서는 자기 자신에게 집중하는 무한한 주체적 반성이 요구된다. 그러한 주체적 반성이 대상과의 관계에 대한 자세에서도 동일하게 나타남은 물론이다. 윤리적 실존이 종교적 실존으로 이행하는 과정에 대해서는 다음 절(Ⅱ.C.1)에서 자세히 논의하기로 한다.

설명될 수 없다. 이는 말 그대로 부끄러움이 없을 수 없는 자신의 오류가능성에 대한 고백이며, 그러한 본성을 목도한 자가 느끼는 내적 갈등의 표현이다. 이와 같이 윤동주 시의 자기 반성은 이성적 범주에 제한되는 것이 아니라, 오류가능성을 지닌 유한한 인간이라는 참된 본질에 대한 주체의 자기 인식 과정까지 포함한 것이다.

그러나 자신의 한계를 인식하는 그 같은 상황 가운데서도 윤동주의 시는 절망으로 떨어지지 않는다. 그의 시에는 자기와 세상을 바라본 자가 끝까지 놓치지 않는 '희망'이 내재되어 있기 때문이다. 그리고 그 희망은 '믿음'의 문제를 포함한다.41) 이는 윤동주 시의 사상적 뿌리에 놓인 기독교적 세계관의 영향을 보여준다. 그렇지만 윤동주의 시는 특정한 종교적 범주에 제한되지 않는 보편적 의미를 포함하기도 한다. 그의 시에서 회고적 도피나 초월적 세계관이 나타나지 않는 것은 이러한 이유 때문이라 할 수 있다. 이에 대해서는 다음 장에서 다시 논하기로 하겠다.

한편 "우물"과 "거울"이 등장하지 않은 다음 시편들에서는 '눈'의 시선을 매개로 자신의 환부를 목도한 자가 고백의 언어로 표출한 주체 인식이, '바라보기'나 '들여다보기'로 실체를 파악하는 것이 불가능한 상태에서 자기 이해를 보여주는 또 다른 형태로 형상화된다.

①　잃어 버렸습니다.
　　무얼 어디다 잃었는지 몰라
　　두손이 주머니를 더듬어
　　길에 나아갑니다.

---

41) 희망을 품을 수 있는 것은 현존의 유한성을 인식한 자의 시선이 세상에 놓인 악의 종말을 바라보기 때문이다(폴 리쾨르, 앞의 책, 2001a, pp.478~479).

······

돌담을 더듬어 눈물 짓다
처다보면 하늘은 부끄럽게 프름니다。

풀 한포기 없는 이길을 걷는것은
담저쪽에 내가 남어 있는 까닭이고、

내가 사는것은、 다만、
잃은것을 찾는 까닭입니다。

〈길〉 부분

② 이제 어리석게도 모든것을 깨다른다음
오래 마음 깊은속에
괴로워하든 수많은 나를
하나、둘 제고장으로 돌려보내면
거리모통이 어둠속으로
소리없이사라지는힌그림자、

······

내모든것을 돌려보낸뒤
허전히 뒷골목을 돌아
黃昏처럼 물드는 내방으로 돌아오면

信念이 깊은 으젓한 羊처럼

하로 종일 시름없이 풀포기나 뜯자。

〈힌그림자、〉부분

　위의 두 시에서는 특정 공간 속 인물로 환치된 주체의 분화양상
이 상반되게 전개된다. ①은 매개와 단절의 양가적 공간개념을 통
해 분화된 주체의 합일에 대한 염원을 드러냈고, ②는 공간 확산에
수반된 새로운 형태의 합일을 보여준다. 전자가 설명할 수 없는 직
관적 상실감을 극복하기 위해 처절하게 고민하는 주체의 모습을 그
려냈다면, 후자에는 주체의 분화와 갈등이 종료된 이후 맞이하게 된
새로운 국면—〈自画像〉에서 볼 수 있던 것과 같은—이 제시되어
있다. 이는 굳이 ①과 ②의 창작일자가 선후관계에 놓인다는 사실
을 거론하지 않고서도 설명될 수 있는 부분이다.[42]

　①에서 "잃어 버렸습니다."라는 강한 단정의 표현은 주의를 환기
시키며 느닷없이 시상을 전개시킨다. 그런데 그러한 확신이 이어지
는 행에서 "무얼 어디다 잃었는지 몰라"라는 자신감을 잃어버린 형
태로 바뀐다. 이는 잃어버렸다는 사실 자체가 불분명하다는 말인데,
그럼에도 이 시의 시상은 무언가를 잃어버린 사실을 전제로 전개된
다. "무얼 어디다 잃었는지"도 모르면서 상실을 사실로 확정한 것이
다. 그러한 불합리한 확신의 근원에는 〈懺悔錄〉과 〈自画像〉에서 볼
수 있던 매개적 시선의 변주, 보이지 않는 영혼의 존재를 감지하는

---

42) ①은 1941년 9월 31일, ②는 1942년 4월 14일에 창작되었다. 〈또다른故郷〉의
　　창작일자 또한 ①과 같은 1941년 9월이라는 점에서 1941년에 창작된 두 시에 표
　　출된 시의식의 유사성이 다음해에 창작된 ②와 차이를 보이고 있음을 간과해버릴
　　수는 없다. 이는 시를 단순히 연대기적으로 분류하는 작업을 넘어 윤동주 시의
　　궤적과 시의식의 변모를 연계해서 추적할 수 있는 단서를 제공하기 때문이다.

것과 같이 논리적 설명이 불가능한 본질 직관의 상황이 놓여 있다. 이는 죄의 속성을 지닌 자신의 실체를 직관적으로 감지한 자가 토해낸 고백의 언어라 할 수 있다.

그런데 ①의 주체는 그러한 본질을 '눈'으로 확인할 수 없다. 매개체인 "우물"이나 "거울"이 제시된 〈懺悔錄〉, 〈自畫像〉과 달리 이 시에는 "담"이 가로놓여 있기 때문이다. 여기서 '눈'의 물리적 기능이 무력화되고, "담"은 주체의 시선에 단절과 분리만을 돌려주게 된다. 그리고 그 결과 다른 시들에 나타난 '눈'의 감각기능이 "손"의 행위로 전이되면서43) '눈'의 시선을 대신한 "손"의 '더듬는' 행위로 말미암아 절연체로서의 "담"은 '눈'의 시선과 결부된 "우물", "거울"과 마찬가지로 특수한 공간 속에 '나'를 분화시킨다.

①에서 "손"은 "주머니"를 더듬고 "돌담"을 더듬는다. 그러한 탐색의 손길은 1연의 직관적 상태를 분화된 주체에 대한 인식과 합일 의지로 변환시킨 원동력이다. 언급한 바와 같이 1연의 강한 단정은 주의를 환기하며 느닷없이 시상을 전개시킨다. "무얼 어디다 잃었는지"도 모르면서 상실을 사실로 확정한 것이다. 이는 보이지 않는 영혼의 존재를 감지하는 것과 같이 논리적으로 설명되지 않는 본질직관의 상황을 나타낸다.

불확실한 확신의 정체를 밝혀내는 작업은 시가 전개됨에 따라 i) 길을 걷다 ii) 손으로 돌담을 더듬다 iii) 살아가다 iv) 잃은 것을 찾다 등의 과정을 거치며 기정사실로 변모된다. 이때 i)과 ii)의 기능적 동일성이 iii), iv)와 상관관계를 맺으며 '발(Ⅲ.A.1)'— i)의 걷는 행위는 신체기관인 '발'을 전제로 한다 — 과 '손

---

43) 이러한 타자와의 연합을 전제하는 '손'의 상징 의미에 대해서는 Ⅲ.A.1을 참조.

(Ⅲ.A.1)'의 의미를 확장시킨다. 그리고 이 지점에서 삶의 이유라고 한 "잃은것을 찾는" 행위가 앞에서 살펴보았던 '눈'의 시선과 동일한 맥락에 놓이게 되면서, 인간의 존재성을 집약적으로 대표하는 '눈'의 형상이 '손', '발'과 유기적 관계성 아래 놓이게 된다.

그렇다면 삶의 이유라고 한 "잃은것을 찾는" 행위는 어떤 의미를 갖는가? 이는 앞에서 살펴보았던 '뜬 눈'의 상징의미와 동일한 맥락에 놓인다. 그런데 그러한 모색의 과정에서 "눈물 짓다/쳐다보면 하늘은 부끄럽게" 푸르다고 했다. 눈물이 나고 부끄럽다는 것은 주체를 인식하는 것이 결코 즐겁거나 행복한 과정이 아님을 의미한다. 이는 〈또다른故鄉〉의 "白骨"이 흘리던 눈물과 동일한 맥락에서 발화된 고백이다. 분화된 자기의 모습을 인지하고 그것을 바로 보려할 때, 자랑스러운 내 모습이 아닌 부끄럽고 욕된 자신의 '환부'를 직시할 수 있게 되는 것이다.[44]

윤동주의 시에서 이러한 제한된 감각은 직접 눈에 보이는 것이 진실이 아님을 간파한 자가 '눈'을 감음으로써 이면에 감추어진 진짜 모습을 보겠다는 의지로 발현된다. 자신의 오류가능성, 악한 본성에 대한 인식이 '눈'을 감고 실체를 '바라보려는' 의지로 나타난 것이다.

'실명(失明)'이 세계와의 단절을 가져오는 동시에 필연적으로 진리에 대한 인식으로 이끌어주는 구실을 하는 것은 고대 서양의 비극에서부터 현대에 이르기까지 무수한 작품들에서 종종 나타난 모티프이다. 골드만은 그리스 비극을 분석하면서 의심쩍고 모호한, 모

---

44) 그러한 부끄러움의 감정이 〈序詩〉에서와 마찬가지로 하늘을 대상으로 발생했음에 주목해보아야 한다. 이는 인간의 한계성과 비교되는 절대적 대상에 대한 인식에서 비롯된다.

순에 가득 찬 우주에서 "살아 있는 사람들 가운데에서도 신체적인 불구 때문에 세상을 등진 몇몇 사람들만이 진실을 지켜나갈 수 있었다"면서, 진실을 알았기 때문에 장님이 되거나 타협을 거부하고 죽음을 택한 티레시아스, 오이디푸스, 아약스, 크레옹, 필록텍트, 안티고네 등이 보여주는 '거부의 비극'이 하나의 '상징' 기능을 하고 있음을 규명해낸 바 있다.[45] 윤동주가 많은 영향을 받은 릴케의 《신시집》에도 '새로운' 관점, 감각적이자 감각을 초월한 사실주의 세계에 대한 인식이 드러난다.[46]

그런데 이 시에서는 '감는 눈'으로 바라본 불완전한 시선의 형태가 '눈'의 기능을 대신하는 "손"의 감각을 거쳐 표출되었다. 여기에 수반된 의지는 보이지 않는 담 저쪽에 또 하나의 내가 남아 있다는 확신에서 비롯된 것이다. 따라서 비록 눈물이 날 정도로 부끄러운 모습일지라도 잃어버린 나의 참모습을 찾으려는 주체의 시선은 생의 이유가 될 정도의 절대적 의미를 갖게 된다.

한편 ②에는 그러한 '환부 들여다보기' 이후의 상황이 나타난다. "이제 어리석게도 모든것을 깨다른다음/오래 마음 깊은속에/괴로워 하든 수많은 나를/하나, 둘 제고장으로 돌려보내면"이라는 고백에서 분화된 주체의 모습은 〈自畵像〉, 〈懺悔錄〉의 '우물 들여다보기'나 '거울 들여다보기'에서 볼 수 있었던 단수의 형태로 등장하지 않는다. "수많은 나", 각자 소속된 공간이 다른 "나"들이 여럿 등장하는 것이다. 일차적으로 이러한 "나"의 분화는 주체를 타자의 위치에 놓는 윤동주의 주체 인식 방법인 '자기의 대상화'를 보여준다.

---

45) 루시앙 골드만/송기형·정과리 옮김, 《숨은 신》, 연구사, 1986, pp.80~82 참조.
46) 조두환, 《라이너 마리아 릴케》, 건국대학교출판부, 2001, pp.58~60, pp.62~65 참조.

또한 "나"의 분화는 내가 단일한 속성을 지닌 개체가 아님을 나타낸다. 이때 주체는 하나이면서 여럿인 존재이다. 겉으로 드러나는 모습은 하나이나 내면에 여러 "나"가 존재하는 것이다. 그와 같은 인식은 "달과던등에 빚어./한몸에 둘셋의그림자、(〈거리에서.〉)"라든지 "짝잃은 조개껍대기/한짝을 그리워하네//아릉아릉 조개껍대기/나처럼 그리워하네(〈(童謠)조개껍질.〉)", "내 모든것을餘念없이、/물결에 써서 보내려니(〈異蹟〉)" 같은 시에서도 나타난다. 표면에 드러난 "나"의 모습 이면에 감추인 진짜 "나(들)"를 인식하기 위한 이 같은 몸부림은 윤동주 시의 중심틀을 이루는 주체 인식을 형성한다. 눈에 보이지 않는 것을 보고자 눈을 감는 주체의 의지적 행위에 내재된 불구의식, 수많은 비의들을 이면에 감춘 상징을 창작방법으로 채택한 사실 또한 동일한 맥락에서 윤동주 시의식의 고유한 특성을 설명해준다.47)

그런데 그렇듯 열망하며 찾았던 "나"의 모습을 보게 된 뒤, 곧 주체의 본모습을 깨닫게 된 이후의 상황은 〈懺悔錄〉의 마지막 연과 전반적으로 비슷한 분위기를 띤다. 〈懺悔錄〉에서 거울을 닦은 뒤 "어느 隕石밑우로 홀로거러가는/슬픈사람의 뒷모양"이 나타난 것처럼, 여기에는 "허전히 뒷골목을 돌아" 방으로 돌아와 "信念이 깊은 으젓한 羊처럼/하로 종일 시름없이 풀포기"를 뜯는 "나"의 모습이 나타나는 것이다. 이는 생을 다해 찾고 싶던 담 저편의 또 하나의 나에게서 아름다움이 아닌 환부를 발견했기 때문으로 생각할 수 있다.

일반적으로 시인 윤동주는 "하늘을 우르러/한점 부끄럼이 없기를、" 염원할 정도로 맑고 정결한 사람으로 알려져 있다. 그런데 정작 그의

---

47) 한편 윤동주의 시에서 이러한 인식은 동일한 실존의 조건을 공유한 이들과의 공동체 인식으로 나타나기도 한다.

시에 나타난 주체의 자기 인식은 그리 아름답지도 자랑스럽지도 못한
모습을 하고 있다. 윤동주 시의 주체는 금단의 열매를 맛보고 실존의
비의를 알아버린 최초의 인류처럼 부끄러워한다. 본질에 내재된 오류
가능성을 알게 된 자의 눈에 비친 자화상은 그러한 연유로 아름답지
못하다.

그 같은 실존 인식[48]은 "내사 이湖水가로/부르는 이 없이/불리
워 온것은/참말異蹟이 외다。(〈異蹟〉)"의 고백에 나타난 종교적 인
식의 지평에 그 뿌리를 두고 있다.[49] "湖水"의 물을 들여다보며 자
기의 모습을 발견하게 된 나는 ②의 내가 "수많은 나를/하나、 둘
제고장으로 돌려보내"듯이, "내 모든것을餘念없이、/물결에 써서 보
내려" 한다. "湖面으로 나를불려내소서。"라고 "당신"을 상정한 〈異
蹟〉의 그 같은 고백이 이 시의 마지막 연에서 "信念이 깊은 으젓한
羊처럼/하로 종일 시름없이 풀포기나 뜻자。"로 변주된 것은 깊은
신념(믿음)으로 얻을 수 있는 (시름없는) 평화와 자유에 대한 희구

---

48) 이는 실존주의자들이 주창하던 본질과 분리된 개념의 실존이 아니라, 리쾨르에게
　서 보이는 것과 같이 현실의 실존을 통해 본질에 다가서는 주체 인식을 의미한다.
49) 신에 의지하여 자신의 죄를 바라보는 윤동주 시의 주체에게서 아우구스티누스가
　존재를 증명해낸 방식과의 유사성을 발견할 수 있다. 아우구스티누스는 데카르트
　가 생각하는 존재의 확실성을 증명해내기 1,300년 전에 이미 '나는 오류를 범한
　다. 그러므로 나는 존재한다(Si fallor, sum)'라고 '오류를 범하는 자신'을 발견하
　였다. 그런데 이는 인간의 생각하는 능력으로 깨닫게 되는 것이 아니라 그러한
　발견을 가능하게 해주는 다른 존재, 곧 신의 존재를 필요로 한다. 따라서 이러한
　인식은 데카르트의 방법론적 회의가 보여준 논리적 증명과 다른 차원의 '믿음'을
　전제로 한다. 지식에 선행되는 신앙에 의거해 신의 존재를 증명한 것이다. 윤동주
　의 시에서도 그러한 신앙의 모습이 동일하게 나타난다. 자기의 죄를 알아버린 자
　가 신에게 의지할 때, 그는 그 고통의 멍에를 벗어던지고 신 안에서 누리는 구속
　의 자유를 맛볼 수 있다. 이때 죄는 원죄에 제한된 문제가 아니라, 인간의 자유의
　지에 내재되어 있는 죄를 범하기 쉬운 속성까지를 포함한다.

를 보여준다. 하지만 이는 당면현실이 아니라 미래 시제로 제시된 이상적 모습이다. '-면 -(하)자'의 용법을 활용한 가상의 지향점인 것이다.

직접 대면을 통한 자기 인식 이후 주체가 현실에서 모색한 희망의 변주는 이처럼 도덕주의와 구별된다. 윤동주의 시를 특징짓는 윤리적 특성이 일반적 의미의 도덕이나 윤리와 달리 자유의지의 문제와 연관되는 것이다. 타고난 죄의 속성으로 말미암은 유혹을 신앙의 힘으로 억제하는 기독교적 신앙의 자세가 그러한 '윤리'와 결부된다.

① 밤이 어두었는데
　눈감고 가거라.

　　……

　발뿌리에 돌이 채이거든
　감었든 눈을 왓작떠라。
　　　〈눈감고간다〉 부분

② 빨리
　봄이 오면
　罪를 짓고
　눈이
　밝어
　　　〈또太初의아츰〉 부분

한편 ①, ②에서 볼 수 있는 '뜨는 눈'의 상징은 앞에서 살펴본 '뜬 눈', 그리고 그와 결부시켜 언급한 '감는 눈'의 상징 형태[50]와도 연계되어 나타난다. 이때 '뜨는 눈'은 특정 계기로 말미암은 개안(開眼)을 의미하고, '뜬 눈'과 '감는 눈'은 주체의 성찰과 반성을 의미하는 응시의 시선을 나타낸다.

①에서 "발뿌리에 돌이 채이"면 "눈"을 뜬다는 것은 눈을 감음으로써 진실을 목도할 수 있는 시선을 확보한 주체가 현실상황에 직면하게 되자 비의지적 신체의 일부였던 이전의 '눈'이 아닌, 행위를 이행하는 신체기관으로서의 '눈'으로 바라볼 수 있게 되었음을 의미한다. 새로운 것을 볼 수 있게 된 ①의 이 같은 시선은 ②에서도 동일하게 나타난다.

②에서 시인은 만물이 소생하는 "봄"이 오면 "눈이/밝어"라고 했다. 윤동주의 시에는 이처럼 계절의 변화를 동반한 시간성의 표현이 빈번하게 등장한다. 그의 시에서 '봄'은 과거의 시간성인 동시에 인고의 시간을 거쳐 도래할 미래의 희망으로 제시된다. 그리고 그 '봄'은 현재의 실존상황과 맞물리는 경우 표면적으로 해독될 수 없는 역설적 의미로 상징화된다.[51] 그런데 ②에서 그러한 "봄"이 "눈이/밝어"와 결부되어 나타났다. 이때 두 사건을 연계해주는 것은 "罪를

---

50) '감는 눈'의 상징 의미에 대한 자세한 분석은 Ⅲ.B.1을 참조.
51) 윤동주의 시에서 '봄'은 대체로 음산함, 우중충함, 등지다 등의 어휘와 함께 쓰이곤 한다. 그러나 이를 암울한 시대배경의 의미로 해석하는 것은 그의 시를 단순화시키는 결과를 초래하게 된다. 과거의 시간이나 이상 속에 존재하지 않는 '봄'의 시간성은 현재적 시간을 무화시켜 시간성의 혼재를 가져온다. 그러한 특성을 지닌 윤동주의 '봄'은 역사적 실존의 저항의식, 윤리적 실존의 자기 반성, 종교적 실존의 죄의 고백과 같은 실존상황을 함의하게 된다. 그리고 이는 식민지 시대의 여타 시인들의 시에 나타난 '봄'의 상징의미와 차별된 윤동주의 고유한 '봄'을 만들어낸다.

짓"는 상황이다. 결국 이 시에 나타난 '뜬 눈'의 상징은 "봄"과 "罪"를 열쇠말로 삼아 해석될 수 있다.

일반적으로 '봄'의 '밝음'은 '어둠'이 사라진 상황을 의미한다. 하지만 ②에서는 그러한 '밝음'이 자신의 죄를 인식하게 되는 계기로 작용하였다. 외부의 빛인 '봄'빛이 내부로 향하자 "눈이/밝"아졌다는 것은 외부적 시선이 내부적 시선으로 전이되면서 자신의 본성을 파악할 수 있게 되었음을 의미한다. 이는 자신의 본성을 직시하기 위해 눈을 감는 '감는 눈'의 시선이 지닌 내포적 의미와 상통한다. 그리고 눈을 감음으로써 형성된 영역에서 '감는 눈'의 시선은 특정 공간에 진입하여 자신의 본질을 목도하려 한 '뜬 눈'의 시선과 연계된다.

이상의 논의에서 살펴본 것과 같이 윤동주의 시에서 '눈'은 자기 이해의 매개로 작용하는 주요한 몸 상징으로 쓰인다. 이러한 자기 인식과 관련하여 '뜬 눈', '뜨는 눈', '감는 눈'의 상징은 각각 주체의 분화로 귀결되는 반성행위, 특정 계기로 말미암은 각성, 죄의 인식을 의미한다. 오류가능성을 지닌 낯선 주체에 대한 그 같은 거부감은 기존 논의에서 '들여다보기'의 형태로 다루었던 윤리적 반성과 맥락을 같이 한다.

'자아반성'과 '내면성'이라는 키워드로 흔히 설명되는 윤동주의 시에서 윤리적 의미를 찾아내는 것은 별반 새로울 것이 없어 보인다. 이 책의 논의는 이제까지 자기 인식, 곧 직접적인 의식의 활동으로 해석되어온 윤동주 시의 자기 반성이 '몸'이라는 구체적 장소를 통해 이루어진다는 것을 규명했다는 점에서 기존 논의들과 구분된다.

특히 이 책에서 제시한 '눈' 상징의 해석이 차별화되는 지점은 그

러한 '뜬 눈'의 상징에 나타난 해석의 애매성이 '뜨는 눈', '감는 눈'
의 상징형태와 관계를 맺으면서 유한성이라는 인간실존의 조건을
드러낸다는 사실을 규명한 데 있다.

2. 무거운 '발'과 불안한 주체

여기에서는 앞 절에서 살펴본 '눈'의 상징과 연계해 이제까지 자
기 인식, 곧 직접적인 의식의 활동으로 풀이되어온 윤동주 시의 자
기 반성이 '발'이라는 구체적 '몸'의 형태를 통해 형상화되고 있음에
주목해보고자 한다.[52] 이 경우 윤동주 시의 '반성'에 내포된 윤리적
의미는 구체적인 몸 상징을 통한 실존의 해석으로 제시된다.[53]

앞에서 '눈'을 통해 살펴본 윤동주 시의 존재에 대한 관심은 존재

---

52) 반성은 부수고 무너뜨리는 해석을 바란다. 왜냐하면 일차적으로 의식이란 거짓
의식이고 '스스로를 아는 체'하기 때문이다. 나의 의식은 나의 인식이 되어야 한
다. 직접 의식은 오직 증상이며 그래서 바깥의 증언에 따라 해석해야 한다. 그런
식으로 반성은 모든 직접 의식과 멀어진다(폴 리쾨르, 앞의 책, 2001a, p.360 참
조).

53) 푸코는 인간의 몸을 가장 사소하고 국소적인 사회실제들이 거대한 규모의 권력
체계와 결합되어 있는 장소로 규정했다. 그러한 사회생활의 기원에 바로 상징이
자리하고 있다. 상징 기능은 사회생활의 기원일 뿐 결과가 아니다(L. Strauss). 따
라서 상징은 처음부터 존재해왔다. 인간의 인식, 곧 앎이 연속적이라면 상징은 불
연속적인 것으로 이성과 맞서 있다. 그리고 윤동주의 시에서 몸의 상징은 인식의
연속성을 벗어나 몸이라는 불연속적 상징이 무의식의 측면에 깔려 있는 '반성'을
어떻게 의식의 차원으로 끌어올리는지를 보여준다. 그러한 특성을 지닌 윤동주
시의 주체는 새로운 의미를 가지는 개인이다. 이는 의식의 우위에 대한 공격을
의미한다. 상징은 모방, 반영으로서의 재현이 아니라 표현이다. 따라서 윤동주 시
의 인간 상징을 해석하기 위해서는 그 인간을 '재현'하는 것이 아니라 '표현'하는
상징을 찾아내는 작업이 선행되어야 한다. 이 장에서 분절된 '몸'이라는 구체적
상징형태를 통해 윤동주 시의 주체상을 규명하려는 시도는 그와 같은 연유에서
비롯된다.

자립의 조건인 동시에 인생길을 걸어간다는 유비적 표현으로 대체
될 수 있는, 곧 삶을 살아가는 행위의 기관이기도 한 '발'의 상징을
통해서도 형상화된다. 다음 시들을 통해 일반화된 존재성을 표현하
는 '발'에 대해 살펴보기로 한다.

　① 너들너들한 襤褸 찢겨진 맨발、(《(散文詩)、츠르게네프의 언덕.》)

　② 땅검의 옴겨지는 발자취소리、(〈힌그림자、〉)

　인간의 신체기관 가운데 '얼굴'과 '눈'이 존재성을 집약적으로 응
축하고, '손', '귀', '입'이 타자와의 소통을 매개하는 구실을 한다면,
가장 역동적인 '발'은 천상적 존재의 특성을 나타내는 '날개'와 대비
된 지상적 존재의 행위기관이라는 의미를 갖는다.
　①의 '발'은 그 자체에 역동성을 포함하고 있지는 않지만, "찢겨
진"이라는 수식어가 덧붙음으로써 "너들너들한 襤褸"에서 연상할
수 있는 것과 같이 고난의 역정을 거친 삶의 경로를 함의한다. 이
경우 '발'은 인생을 함축적으로 담고 있는 존재성의 상징이 된다.
　②의 경우에는 역동적 행위가 보다 직접적으로 제시된다. 여기에
서 행위의 주체는 인간이 아니라 "땅검"으로 제시된 자연현상이다.
이와 같이 의인화를 통해 자연현상을 표현한 ②의 "발자취소리"는
존재성을 확인할 수 있는 지표가 되며, 청각화된 ②의 '발'은 시어
"옴겨지는"과 결부됨으로써 이동성을 확보하며 행위기관의 이미지
를 부여받게 된다.
　한편 윤동주의 시에서 '발'은 역동성을 갖는 행위의 기관으로 나
타나지 않고 멈춰서 있는 '발'이나 무거운 '발'의 형태로 형상화되기

도 한다. 그리고 그 경우 이들 '발'은 존재성을 드러내는 상징으로 그치지 않고 주체의 자기 이해를 매개하는 기능을 담당한다.

> 바람이 작고 부는데
> 내발이 반석우에 섯다。
>
> 강물이 작고 흐르는데
> 내발이 언덕우에 섯다。
>
> 〈바람이불어〉 부분

이 시에서는 "바람이 작고 부는데/내발이 반석우에 섯다。"가 "강물이 작고 흐르는데/내발이 언덕우에 섯다。"와 대구를 이루며 새로운 해석의 국면을 맞이한다. 이들 두 연에는 불어오는 "바람"을 맞으며 반석 위에 서고, 흐르는 "강물"을 내려다보며 언덕 위에 선 주체의 모습이 형상화된다. 이들 "바람"과 "강물"은 유동성의 측면에서 주체의 "발"과 대비된다. 전자가 계속해서 움직이고 이동하는 속성을 지니는 것과 달리, 후자는 "반석" 또는 "언덕"에 고정된 상태로 묘사된 것이다. 이때 전자는 주체가 직면한 외부적 상황을 나타내고, 후자는 "내발"로 표현된 주체 자신의 개인적 상황을 형상화한다.

개인의 내면적 상황과 연계되어 주체의 괴로움을 표현하는 "바람"과 결부된 1연의 "발"은 다음 연에서 "강물"을 바라보는 시선을 동반한다. 이렇게 "우물"을 들여다보고, "宇宙"로부터 불어온 "바람"이 초래한 풍화작용을 들여다보며 자기 인식을 나타낸 〈自画像〉, 〈또다른故郷〉의 '눈' 상징과 연계되면서, 외부적 상황과 내부적 상황이 유기적으로 관계를 맺는 가운데 이 시의 "발" 상징은 단순히 신체를 지칭하는 용어의 차원을 벗어나게 된다. "바람"처럼 이리저리 흔들리지도 않고, "강물"처럼 쉴 새 없이 흐르지도 않고서 "반석"과 "언덕"을 디디고 굳건히 선 〈바람이불어〉의 "발"이 괴로움을 근원적으로 껴안은 존재의 무거움을 드러내며 상징의 기능을 담당하게 되는 것이다.[54]

① 발에 터분한 것을 다 빼여 바리고

黃昏이 湖水우로 걸어오듯이

나도 삽분 걸어 보리 잇가?

〈異蹟〉 부분

② 흐르는 달의 힌물결을 밀처

여윈 나무그림자를 밟으며、

北邙山을向한 발거름은 무거웁고

孤獨을伴侶한 마음은 惢으기도하다。

〈달밤〉 부분

③ 順伊가 떠난다는 아츰에 말못할 마음으로 함박눈이 나려、슬픈 것 처럼 窓밖에 아득히 깔린 地圖우에 덥힌다.

---

54) 이는 존재에 대한 불안과 부조리의식을 나타낸다. 키에르케고르는 그러한 불안감을 "죽음에 이르는 병"으로 지칭한 바 있다. 사르트르, 카뮈 등 프랑스 실존주의자의 작품을 통해서도 실존주의의 부조리의식을 확인할 수 있으며, 윤동주에게 영향을 미친 릴케의 작품에서도 인간의 불안정성에 대한 사고를 찾아볼 수 있다. 그러한 불안감은 사고와 존재의 비동일성에서 초래된 것으로 '외적인 현실계의 불안성과 내면의 본질적 불안감(O. F. 볼노브/최동희 옮김, 《실존철학이란 무엇인가》, 서문당, 1996, p.75)' 양자 모두를 포괄한다.

......

> 눈이 녹으면 남은 발자욱자리마다 꽃이 피리니 꽃사이로 발자욱
> 을 찾어 나서면 一年열두달 하냥 내마음에는 눈이 나리리라.
>
> 〈눈오는地圖〉 부분

먼저 ①의 시에 표현된 "터분한 것"에 대해 살펴보도록 하겠다. 사전적 정의에 따르면 '터분하다'는 '고리타분하다'의 준말로 "사람의 성미나 하는 짓이 너무 고리삭고 흐리터분하다"와 같이 정의되어 있다. 이때 '고리삭다'는 "젊은이의 성미나 언행이 풀이 없어 늙은이 같다", '흐리터분하다'는 "사물이나 현상 따위가 똑똑하지 못하고 흐리다" 또는 "성미가 분명하거나 산뜻하지 못하다" 등의 뜻을 갖는다.55) 곧 사람에게 적용될 때, 이 단어는 품성을 지칭하는 의미로 쓰인다.

그런데 이 시에서 "터분한"이란 단어는 "발에 터분한 것을 다 빼여 바리고"에서처럼 "발"과 결합해 쓰이고 있다. "발"을 존재론적 차원의 상징어로 해석한 앞의 논의를 상기해보면, "발에 터분한 것을 다 빼여 바리고"에 무언가 흐릿하고 분명하지 않은, 현재의 젊은이답지 못한 "터분한" 상태를 벗어나면 "나도 삽분" 걸을 수 있을 것이라는 희망이 내포되어 있음을 알 수 있다.

제목인 "異蹟"이 지시하듯이, '다른 자취'로 표현된 주체의 행위가 "黃昏이 湖水우로 걸어오듯이"로 비유되어 물 위를 걸은 성경 속 예수의 '기적(奇蹟)'과 결부되면서, 물 위를 걷는 의미를 내포한 "나

---

55) 국립국어연구원, 앞의 책, 1999, p.6379, p.425, p.7109.

도 삽분 걸어 보리 잇가?"는 시상전개에 있어 개연성을 얻게 된다. 이렇듯 신화적 상징을 차용한 〈異蹟〉은 예수를 닮기 원하는 소망을 피력한 시 〈十字架〉와 마찬가지로 주체의 소망을 통해 발현된 현실인식의 한 단면을 보여준다. 개인이 속한 역사적 상황인 동시에 인간실존이 던져진, 실재로서의 세계인 현재의 상황을 벗어나 새로운 상태로 전환할 수 있기를 희구하는 소망과 그러한 변혁의 지난함에 대한 인식이 종교적 상징을 통해 표현된 것이다.

한편 ②의 경우는 종교적 상징이 아닌 보편적 상징을 동원하고 있다. 표면적으로 이 시는 달밤에 걸어가는 이의 모습을 묘사하는데, 자세히 들여다보면 1, 2행과 3, 4행이 각각 외부적 상황과 결부된 묘사와 개인적 상황에 대한 진단으로 이루어져 있음을 알 수 있다. 또한 전자가 후자로 전이되면서 후자를 구성하는 3행과 4행이 개인적 상황표현이라는 범주 안에서 외면적 행위묘사와 내부적 심리묘사로 나뉘게 된다. 그 가운데 3행에는 일반적으로 '죽음'을 상징하는 "北邙山"이 등장하는데, 이를 "向한 발거름은 무거웁"다는 것은 이 시의 주체가 죽음을 인식하고 있음을 암시해준다.

죽음은 체험하는 순간 그것 자체를 인식하는 것이 불가능해지는 대상이다. 리쾨르는 이러한 죽음을 미래에 관한 가장 확실한 지식이지만 체험은 아니라고 규정지었다. 엄밀히 말해 죽음의 확실성이란 하나의 앎일 뿐 체험으로 얻어지는 것이 아니라는 것이다.[56] 그러한 관점에 따르면 인간은 다른 사람의 죽음을 통해 간접적으로 죽음을 체험하고 불완전하게 자신의 죽음에 대해 알게 된다. 그리고 이 경우 타인의 죽음이 결집된 장소인 "北邙山"을 향하는 ②의 "발

---

56) 윤성우, 앞의 책, 2004, p.39 참조.

거름"은 주체가 죽음을 향해가는 여정인 동시에, 타인과 공유할 수 없는 존재의 고독함을 응축한 상징이 된다. 4행의 "孤獨"이 앞 행의 "北邙山"과 대응되고 '죽음'을 인식한 '슬픔'의 상태인 "孤獨을伴侶"한 행위가 '무거운 발걸음'의 형상으로 가시화되면서, '죽음'을 인식한 존재에게 엄습한 '슬픔'의 내면상태를 나타내는 것이다.

①, ②가 "발", "발거름"을 시어로 채택해 실존의 문제를 다루었다면, ③의 "발자욱"에는 존재의 흔적이 스며들어 있다. 자필원고를 살펴보면 ③의 "말못할 마음으로"와 "슬픈것 처럼"에 물결모양의 밑줄이 그어진 흔적을 발견할 수 있다. "눈"을 묘사하는 두 시구는 시상의 전개에 따라 "눈이 녹으면 남은 발자욱자리마다 꽃이 피"고, 그 발자욱을 보는 "내마음"에 일 년 내내 "눈"이 내릴 것이라는 역설의 상황으로 변화한다. ③에 형상화된 "눈"은 "함박눈이 나려、" → "地圖우에 덥힌다." → "눈이 녹으면" → "내마음에는 눈이 나리리라"의 양상으로 변화한다. 그렇지만 그와 같이 '내리고', '덮이고', '녹고', '내리는' "눈"은 자연의 순환현상을 나타내지 않는다. 이 "눈"은 물리적 세계의 "눈"과 내면세계에 내리는 "눈"으로 나뉘는데, 마음의 "눈"이 실제의 "눈"을 묘사하는 데 쓰인 비유들로 귀환하면서 일 년 내내 "내마음"에 내리는 "눈"으로 종결되는 이 시의 심상은 슬픔과 안타까움의 감정을 함의한다.

그런데 이같이 "마음"에 "눈"이 내리는 상황은 "꽃사이로 발자욱을 찾어 나서면"이라는 조건을 전제로 성립되었다. 여기서 "발자욱"은 "눈"이 올 때 떠나간 "順伊"가 만들어놓은 "발자욱", 곧 그녀의 존재가 남긴 자취이다. "발자욱"의 그러한 존재적 특성은 "발자욱자리마다" "꽃"이 핀다는 생명성의 표현과 결부되면서 더욱 명확해진다. 또한 이는 과거의 "窓밖", "地圖"라는 공간기표가 "눈"을 매개로 현재의 "발자욱자리"로 대체되었다가 "내마음"이라는 새로운 영역으로 귀결되는 '공간 → 인간 + 공간 → 인간'의 전이과정으로 뒷받침될 수 있다. 새롭게 대체된 공간 속 "눈"이 자아내는 이 같은 정서는 과거에 대한 향수 때문에 발생한 것인 동시에 존재의 근원에 대한 고민에서 비롯된 불안의식에 토대를 둔 것이기도 하다.

앞에서 언급한 바 있듯이 자필원고 서두에서 밑줄을 그은 ③의 정서적 표현은 '감정의 간접화'라는 공통분모를 가지며 이 시 전반의 의미구조를 지배한다. 섬세한 서정으로 표현된 이별의 아쉬움이라는 표면적 의미가 공간 상징으로 매개됨으로써 현실에 발이 묶인 자의 심리적 지향점을 드러내는 방향으로 시상을 전개시키는 것이다.

윤동주의 시에서 '발'은 흔들리지 않고 고정되어 있는 형태로 형상화된다. 이는 존재가 지닌 근원적 불안과 부조리의식의 언저리에 서린 극복의지를 상징적으로 보여준다. '발'의 그 같은 특징은 이타적인 현실계에 대한 투쟁을 역사적 현실의 근거로 보는 실존철학의 사고57)에 닿아 있는 동시에 윤동주의 시에 내재된 희망의 세계관58)과 이를 담아내는 서정적 특성과 연계된다.

이상에서 윤동주의 시에 나타난 몸 상징이 주체 이해의 매개로 작용하는 경우를 살펴보았다. 〈自畵像〉, 〈懺悔錄〉, 〈또다른故鄕〉은 '뜬 눈'의 상징으로 규합될 수 있는 시선의 양태를 보여주었는데, 이

---

57) O. F. 볼노브, 앞의 책, 1996, p.71.
58) 김남조는 윤동주 시의 이러한 특질을 '절대 희망'의 복음으로 규정하면서 "밤이면 밤마다 나의 거울을/손바닥으로 발바닥으로 닦아 보자"라는 〈懺悔錄〉의 한 구절에 그러한 희망의 본성인 불퇴전의 응락성이 함축되어 있다고 설명한다(김남조, 〈윤동주 — 자아 인식의 변모 과정을 중심으로〉, 권영민 엮음, 앞의 책, 1995a, p.50).

들 시선은 '우물', '거울', '방' 등을 주체가 자기와 대면하는 새로운 공간으로 전이시켜 그 주체가 '눈' 상징을 매개로 본질을 인식하게끔 이끄는 구실을 한다. '뜬 눈'의 시선이 초래한 그 같은 주체의 분화양상은 〈길〉, 〈힌그림자、〉 등에서도 유사한 변주를 보여준다.

본질을 직시하는 '뜬 눈'의 시선은 '감는 눈'의 상징과 결부되어 죄의 속성을 직관적으로 파악한 자의 진실을 목도하려는 의지를 매개하기도 하는데, 〈눈감고간다〉, 〈또太初의아츰〉의 경우에 이는 특정계기로 말미암아 개안하게 되는 '뜨는 눈'의 상징으로 변주되어 나타난다. 이렇듯 윤동주의 시에서 이들 세 유형의 '눈' 상징 — '뜬 눈', '뜨는 눈', '감는 눈' — 은 각각 자기 인식과 관련하여 주체의 분화로 귀결되는 주체의 반성행위, 특정계기로 인한 각성, 죄의 인식을 의미하며 실존을 바로 보려는 주체 인식을 매개하는 상징의 기능을 한다.

한편 '눈'의 상징을 통해 살펴본 유한성, 오류가능성을 지닌 존재성으로서의 '발'은 〈바람이불어〉, 〈異蹟〉, 〈달밤〉, 〈눈오는地圖〉에서 '무거운 발'의 형상을 통해 존재가 걸머진 생의 무거움, 불안의식, 부조리의식 등을 상징적으로 드러내었다. 일반적으로 '눈'은 인간내면의 의지활동을 담당하는 기관으로, '발'은 이를 이행하는 행위의 기관으로 인식되나, 윤동주의 시에서 '발'은 적극적인 행위의 기관이 아니라 부동으로 흔들리지 않는 '발', 무거움의 요소와 결부되어 행위를 저지당하는 형태로 상징화된다. 이는 존재의 근원에 대한 고민에서 비롯된 불안의식에 토대를 두는데, 죽음을 인식한 그 같은 사고의 근저에는 포기할 수 없는 생의 의지, 미래에 대한 희망을 내포한 낙관적 세계관이 도사리고 있다.

여기에서는 윤동주의 대표작이라 할 수 있는 〈懺悔錄〉, 〈病院〉

등에 나타난 '발'에 대해 언급하지 않았다. 이들 시의 '발' 상징은 다음 절에서 장소적 특성과 결부시켜, 그리고 Ⅲ장에서는 윤리적 지향성을 함의한 '손'의 상징과 연계시켜 논의하게 될 것이다. 그러한 논의의 확장을 통해 윤동주의 시 전반에 걸쳐 나타난 '발' 상징의 유기적 의미에 대한 고찰이 가능해질 것이다.

이렇듯 주체와 분리될 수 없는 유기적 조건인 동시에 주체가 지닌 비의지성을 나타내는 '몸'은 상징으로 쓰이며 주체의 자기 인식을 매개하는 기능을 한다. '몸'은 현존을 넘어설 수 없는 인간존재의 유한성을 입증하는 조건이다. 비의지적으로 부여된 몸을 나타내는 상징은 현존의 유한성을 의지적으로 온전히 타개할 수 없는 주체의 고뇌를 매개해준다. 이때 상징은 모방, 반영으로서의 재현이 아니라 표현이다. 따라서 윤동주 시의 주체상을 밝혀내기 위해서는 그 인간을 '재현'하는 것이 아니라 '표현'하는 상징을 찾아내는 작업이 선행되어야 한다.[59] 이 책에서 '눈'이라는 구체적 몸 상징의 형태로써 윤동주 시의 주체상을 규명하려 한 것은 그러한 연유에서 비롯되었다.

한편 이는 독자의 독서행위 과정에서 시의 상징 해석에 주어진 정보가 자기 현존의 유한성을 자각시켜 주는 경우를 보여주기도 한다. 시 해석의 과정에서 독자는 시적 주체의 자기 이해 과정에 자신의 존재의미를 투사한다.

윤동주 시의 주체는 의식의 우위에 대한 공격을 나타낸, 새로운 의미를 가지는 개인으로서의 주체이다. 그의 시에 나타난 현존의 유한성에 대한 인식은 인간에 대한 관심을 통해 인간중심주의를 넘어서고자 한 근대의 초극의지를 반영한다. 몸은 푸코의 언급과 같이

---

59) 폴 리쾨르, 앞의 책, 2001a, p.360 참조.

저항과 전복의 근거지가 될 수 있다.[60] 이 절에서 '눈'과 '발'의 몸 상징으로 살펴본 윤동주 시의 객관적이고 엄중한 자기 반성은 그와 같은 근대의 자기 규율과 맥락을 같이 하지만, 스스로의 자율성에 따라 존재성을 담보 받는 근대적 개인의 모습이 아니라 자신의 불완전성을 감지한 개인이 그러한 유한성의 조건을 매개로 존재의 의미를 탐구해가는 과정을 보여준다는 점에서 근대적 주체의 자기 인식과 구분된다.[61] 그러나 자기 인식의 확실성을 부정하면서도 주체의 해체를 부르짖지도 그 중요성을 간과하지도 않는다는 점에서 윤동주의 시는 데카르트의 주체에 대한 포스트모던 철학자들의 비판과도 거리를 둔다.

B. 물질적 매개인 자연과 주체의 욕망

"모든것이 흐르는 속에 어렴푸시빛나는 街路燈, 꺼지지 않는것은 무슨象徵일까?(〈흐르는거리〉)"[62] 이는 윤동주의 전 작품을 통틀어

---

60) 고부응 외, 《탈식민주의 — 이론과 쟁점》, 문학과지성사, 2003, p.339.
61) 김종걸, 앞의 글, 1996, p.31~35 참조.
62) 이는 '상징'에 대한 시인의 태도를 보여준다. 윤동주는 주변의 사물을 단순한 소재, 묘사의 대상 또는 감정 이입의 대상으로 사용하는 데 그치지 않는다. 그가 관심을 가진 것은 사물 이면에 숨겨진 비의, 곧 사물의 상징적 의미이다. 사물들이 상징이 된다는 것은 그 존재를 통해 무슨 의미 있는 의도를 실현한다는 것이다. 곧 생각을 불러일으키기 이전에 말로 하게 하려는 의도이다. '사물'을 통해 '드러나는' 상징은 '말'을 통해 '뜻하는' 상징의 모태 구실을 한다(폴 리쾨르, 앞의 책, 1999, p.24). 이 장에서는 윤동주의 시에서 그러한 일반적 자연사물이 독자적인 상징의 형태를 취하며 인간의 존재성을 투사하는 경우를 의미화할 것이다.

유일하게 '상징'이란 단어가 시어로 채택된 예이다. "街路燈"에서 "꺼지지 않는것"의 상징의미를 발견하고자 했던 윤동주의 이 같은 시선은 '자연'을 인간존재가 투사된 대상으로 시 속에 구현했다.

윤동주의 시를 대상으로 한 그동안의 선행연구들은 다양한 방법으로 자선시집의 제목인 "하늘과바람과별과詩"에 속한 '자연'의 의미를 규명하려 하였고, 그로 말미암아 윤동주 시의 '자연'은 어느 정도 일반화된 의미를 갖게 되었다. 그러한 상황에서 이 책에서 다시금 '자연'을 논의의 중심에 놓는 까닭은 이미 전범이 되어버린 의미의 합의가 다른 한편으로는 기존에 형성된 의미의 틀 속에 윤동주 시의 지평을 제한시키는 측면이 있기 때문이다.

윤동주가 남긴 4편의 산문 가운데 하나인 〈花園에 꽃이 핀다〉에는 '자연'에 대한 시인의 관점이 구체적으로 드러나 있다.[63] 그 산문에서 "죽는 날까지 하늘을 우르러/한점 부끄럼이 없기를、/잎새에 이는 바람에도/나는 괴로워했다。"는 〈序詩〉의 고백은 "나는 世界觀, 人生觀, 이런 좀더큰 問題보다 바람과 구름과 햇빛과 나무와 友情, 이런것들에 더많이 괴로워해 왔는지도 모르겠습니다。"라는 진술로 변형된다. 그에게 있어서 "花園"으로 대표된 "풀", "꽃" 등의 자연은 —"細胞 사이마다 간직해"둔 "몸"으로 겪은 생의 체험이 몇 줄 글로 화하기까지의 인고과정이라고 표현된— 참된 글에 대한 외경심보다 숭고한 가치를 지닌다.

이렇듯 시의식이 집약된 주요한 소재인 윤동주 시의 '자연'이 인간의 존재성을 드러내는 상징의 형태로 쓰였음이 인정될 수 있는 사실이라면,[64] 그의 시에서 '자연'은 인간을 포함하는 모든 존재자

---

63) 윤동주, 〈花園에 꽃이 핀다〉, 왕신영 외 엮음, 앞의 책, 2002, pp.122~124.
64) 윤동주의 시에는 표면적으로 표상과 정서의 세계가 드러난다. 시 속에서 이들을

를 포괄하는 전체요, 존재 자체를 가능케 하는 존재의 근원이며 원천이 된다.[65] 상호 포함 관계를 가지면서 타자적 위치에 서 있는, 또한 동시에 확장과 대립관계를 지니는 이들 '인간'과 '자연' 상징이 형성하는 복잡한 관계의 그물망을 풀어가는 것이 이 장의 주된 작업이 될 것이다.

다시 말하면 이는 A절에서 살펴보았던 신체성을 가진 주체가 존재하는 삶의 현장, 세계 내 존재인 인간을 둘러싼 주변환경으로서의 자연(사물)이 상징의 차원으로 들어가서 어떠한 다양한 사고들을 내포하고 있는가를 찾아보는 작업이라 할 수 있다.[66] 즉 B절에서는 기존의 연구에서 보여주지 못한 자연 상징들의 숨겨진 의미를 발굴하고 독자적 특징을 변별적으로 제시함으로써 '물', '바람', '하늘', '별' 등의 우주적 인식을 보여주는 자연 상징들이 실존의식의 투영을 나타내는 매개로 작용함을 논구하게 될 것이다. 이때 세계 내 타자로서의 자연은 상징화를 통해 주체와 매개, 소통, 단절 등의 상호작용을 하는 투사된 풍경[67]으로 나타나게 된다.

표현하는 상징의 관계는 의식차원이나, 경험의 차원으로 해명할 수 있는 것이 아니다. 이는 의식의 차원을 뒤로 미루고 '의식 자체를 환원'하는 것으로 리쾨르는 이를 상징 해석의 출발점으로 보았다. 현상학에서 '환원'은 뜻의 시작을 의미한다. 후설은 주관주의를 벗어나 사물의 본질을 바라보는 본질직관을 환원으로 설명했다. 이때 주관은 객관의 지위를 획득할 수 있게 되지만, 의식을 환원한다는 점에서 상징 해석은 현상학과 조금 거리를 둔다.

65) 강영안,《자연과 자유 사이》, 문예출판사, 1998, p.24. 이 경우 자연은 인간의 정신으로 규정되는 대상이 아니라, 신과 같은 근원적 실체(스피노자), 합목적성(칸트), 주체성(셸링)을 지닌 자연이다.

66) 여기에서 후설의 현상학적 환원은 비로소 해석학적 순환으로 모습을 바꾸게 된다. 현실계의 상징 이면에 감추어진 성스러운 존재성을 파악하기 위해서는 상징 이면에 감추어진 신비한 비밀을 믿어야 한다. 이해를 위해 믿어야 하고, 믿기 위해 이해해야 하는 해석학적 순환을 통해 존재의 목소리를 감지하는 것이다.

67) '풍경'의 의미화에 대한 구체적인 논의는 가라타니 고진의《일본 근대문학의 기

1. 고립된 ‘물’과 현실 극복의 기도

시 속에 나타나는 자연은 현실 그 자체의 실재가 아니다. 시라는 예술형식에 포섭됨으로써 현실 속의 자연은 “현실 원리에 저항할 수 있는” 새로운 세계[68]가 된다. 따라서 시인이 시 속에 구현한 자연은 새롭게 부여된 실재의 모습을 취하게 된다.

먼저 부드러움과 난폭함의 양가적 속성을 지닌 ‘물’[69]은 윤동주의 시에서 ‘비’, ‘눈’, ‘구름’, ‘안개’ 등으로 다양하게 변주된다. 이는 먼저 (복수의 ‘나’인 ‘우리’를 포함한) ‘나’를 잠식해버리는 물로 나타나며, 현실의 장애인 난폭한 물로 형상화되어 차단된 공간에 주체를 소외시킨다. 그러한 소외를 통해 윤동주 시의 주체는 시대를 바라보고 자기를 대면한다.

이렇게 윤동주의 시에서 자연은 주체 — 객체 사이의 긴밀한 상호 침투를 보여주는 대상으로 변모한다.[70] 여기에는 엄정하게 자기

원 2》(박유하 옮김, 민음사, 1997) 참조.

68) 마르쿠제에 따르면 인간과 자연은 오직 현실에서 소외된 형태 속에서만 분명하게 될 수 있다. 이는 인간과 사물들이 기존의 법칙과 현실원칙을 위반할 때 나타나는데, 그 경우 예술의 가공적인 세계가 오히려 진실한 현실로 나타나게 되며, 기존의 현실을 변화시킴으로써 정상성의 억압, 기존의 중압이 해소되어 인간과 사물이 새로운 빛 속에, 자기 고유의 빛 속에 나타나게 한다(허버트 마르쿠제/김문환 편역, 〈예술의 영구성〉, 《마르쿠제 미학사상》, 문예출판사, 1989, p.247).

69) ‘물’은 인류의 집단무의식을 근원으로 삼는 대표적 원형상징 가운데 하나이다. 이때 ‘물’은 순수, 정화, 생명의 근원, 재생, 무상, 사랑 등의 상징의미를 갖는다. 그런데 기실 ‘물’은 다음 항에서 살펴볼 ‘바람’과 마찬가지로 양가성을 그 특질로 삼는다. 맑고 깨끗한 물은 그 이면에 변덕, 변화를 내재한다. 일반적으로 순리에 따르는 흐름을 보여주지만, 때로 역정을 내듯 광폭해지기도 한다. 너그러운 ‘물’이 조급함이라는 또 하나의 얼굴을 감추고 있는 것이다. 바슐라르가 이야기한 “크세륵세스 콤플렉스”는 부드러움과 난폭함이라는 물의 이 같은 양가적 속성을 잘 보여준다.

를 바라보는 시선과 그리움의 눈물이 혼재되어 있다. 다음의 시들을
통해 이를 상세히 살펴보기로 하겠다.

> 하로도 검푸른 물결에
> 흐느적 잠기고…… 잠기고……
> 저 — 웬 검은고기떼가
> 물든 바다를 날아 橫斷할고、
>
> 落葉이된 海草
> 海草마다 슬프기도 하오。
>
> 西窓에 걸린 해말간 風景画、
> 옷고름너어는 孤兒의설음
>
> 이제 첫航海하는 마음을 먹고
> 방바닥에 나딩구오…… 딩구오……
>
> 黃昏이 바다가되여
> 오늘도 數많은 배가
> 나와함께 이물결에 잠겨슬 게오。

〈黃昏이바다가되여〉71) 전문

---

70) 개별자와 전 우주적 리듬이 일치할 때, 실재에 대한 유추적 인식이 가능해진다.
   윤동주가 취한 시학의 방식은 18세기 서구 낭만주의자들의 그것과 유사하다. 그
   의 시에 나타난 몽환적 풍경은 낭만주의자들의 꿈에 대한 관심에 맞닿아 있다(알
   베르 베겡, 앞의 책, 2001, pp.120~154, pp.177~210 참조).
71) 윤동주는 두 번의 퇴고를 거쳐 ① 〔나의習作期의 詩아닌詩〕(왕신영 외, 앞의 책,

제목에서 짐작할 수 있듯이 이 시는 황혼 무렵의 창밖 풍경을 그리고 있다. 그러나 정작 시의 전개는 제목이 형성한 기대지평을 여지없이 무너트리는 방향으로 진행된다. “검푸른 물결”이 넘실대는 해면 위로 검은 고기떼가 날아오르는 광경을 묘사한 1연은 공포감을 자극하기에 충분한 장면이다. 비현실적인 생경함이 유발하는 충격은 어느 틈에 육지와 바다 사이의 경계를 허물어트리고, 그곳에서 화자의 모습은 “海草”→“孤兒”→“배”의 형상으로 변주된다. 그리고 이들 각각은 절망감, 슬픔, 소외의식, 단절감, 설움, 극복의지 등을 현상적 화자인 “나”에게 투영한다.

“첫航海하는 마음을 먹고/방바닥에 나딩구”는 4연의 바다와 지상의 혼재를 기점으로 이 시는 “黃昏이바다가되여”와 같은 비현실적 상황에 접어들게 된다. 그리고 이러한 변화로 말미암아 “첫航海하는 마음”으로 부푼 기대, 희망, 원대한 포부의 날개를 지녔던 “나”는 “오늘도” 검은 격랑에 잠식되어 축 쳐져버린 채 검은 물결에 잠겨버리고 만다. 이때 ‘물’에 내재된 악마적 이미지는 “黃昏”에 미적 요소가 제거된 기울어가는 시간성을 부여한다. 결국 이 시에서 주목해야 할 부분은 “西窓”에 비친 “黃昏”이 “바다”가 된 비현실화가 아니라, “數많은 배가/나와함께” 그 바다에 잠기는 장면이라 할 수 있다. ‘침전’의 과정을 통해 형성된 비현실적 고립공간 속에서 주체가 엄정히 자기를 대면하게 되는 것이다.

윤동주의 시에서 하강의 이미지를 동반한 ‘물’의 상징은 부정의식

2002, pp.48~49), ② 〔窓〕(위의 책, p.67), ③ 습유작품(위의 책, p.168)의 자필원고 세 편을 남기고 있다. 이 가운데 ②의 원고 상단에는 “첫 習作集에서 轉記. 다시, 원고지 낱장에 轉記X書”라고 연필메모가 남겨져 있다. 퇴고상태를 면밀히 살펴보면 이 시의 퇴고가 ① → ② → ③의 순으로 진행되었음을 알 수 있다. 따라서 ③을 원본으로 확정한다.

을 함의한다. 그런데 이 시에서는 그러한 물의 하강성이 공간의 비현실화와 결부된다. 현실성을 상실한 그곳에서는 아름다운 황혼의 풍경 대신 난폭한 '물'의 횡포로 유린된 "海草"가 슬픔을 전달한다.

  1937년 정초에 창작된 〈黃昏이바다가되여〉는 첫 습작노트에 기록된 뒤 두 번째 습작노트에 '겨울', '밤' 등을 나타낸 몇 편의 동시들과 함께 전기(轉記)되었다. 동시들 사이에 배치된 이 시는 당시 집중적으로 창작된 동시에 내재된, '가면'을 쓰고 시대와 주체를 바라보는 시선72)의 변주이다. 여기에 내재된 현실 부정의식은 이 시의 공간과 주체상에 비현실적 요소를 부가하게 되는데, 그러한 변화를 주도하는 것이 바로 "물"의 상징이다. 데카당스 이미지가 현실에 대한 부정의식에서 비롯된 비현실화를 형상화하는 것이다.73) 다음에 인용할 〈肝〉 역시 동일한 시작방법을 보여준다.

> 바닷가 해빛 바른 바위우에
> 습한 肝을 펴서 말리우자、
>
> 코카사쓰山中에서 도맹해온 토끼처럼
> 둘러리를 빙빙 돌며 肝을 직히자.
>
> 내가 오래 기르든 여윈 독수리야!
> 와서 뜨더먹어라、 시름없이

---

72) 윤동주의 시에 나타난 퍼소나의 차용은 시대에 대한 응전의 태도를 나타낸다.
73) 尹圭涉, 〈知性問題와휴매니즘 = 三十年代인테리겐챠의行程〉 (1)~(6), 《朝鮮日報》, 朝鮮日報社, 1938.10.11~20. 당시 윤동주는 데카당스와 저항의 관계를 역설한 윤규섭의 글을 수차례에 걸쳐 스크랩한 바 있다. 이 경우 데카당스는 세계를 파악하는 주체의 관점, 세계와 역사에 대한 인식을 의미한다.

너는 살지고
나는 여위여야지、 그러나、

거북이야!
다시는 竜宮의 誘惑에 않떠러진다。

푸로메디어쓰 불상한 푸로메디어쓰
불 도적한 죄로 목에 맷돌을 달고
끝없이 沈澱하는 푸로메드어쓰、

〈肝〉 전문

　　이 시의 난해함은 일차적으로 동·서양의 신화, 설화 등 여러 서사적 요소가 복합적으로 차용, 중첩된 사실에 기인한다.[74] 이러한 복잡한 토대 위에서 1연의 "습한 肝", 5연의 '거북이'와 '용궁', 6연의 "沈澱" 등 '물'과 관련된 시어들이 시적 공간을 비현실화함으로써 해석의 애매성이 더욱 배가된다. 이때 5연의 '물'은 설화 속 배경

---

74) 그러한 애매성은 구체적으로 ① 시의 생경함을 두드러지게 하는 신화, 설화의 복합적 차용, ② 주체와 타자의 대상관계, ③ 시의 구조를 지배하는 '물'의 상징성 때문에 나타난다. 이 시와 더불어 윤동주의 시편 가운데 해석상의 애매성을 보여주는 대표작인 〈또다른故鄕〉은 모두 1941년 가을 창작되었다. —〈또다른故鄕〉은 9월, 〈肝〉은 11월 29일로 창작일자가 표기되어 있다 — 당시 시인은 서정주의 《화사집》을 즐겨 읽고, 키에르케고르, 도스토예프스키, 발레리, 지드, 보들레르, 잠, 릴케, 장 콕토의 작품과 정지용, 김영랑, 백석, 이상의 시편에 심취했다고 한다. 따라서 두 시의 난해성을 형성한 요인을 논하는 데 있어서 동·서양의 다양한 작품들 — 이는 전통성과 현대성, 순수미와 현실의식, 전원시와 도시시 등의 대조적 경향을 모두 포괄한다 — 을 집중적으로 접했던 윤동주의 독서체험이 미친 영향을 고려해봐야 할 것이다.

을 설명해 줄 뿐이지만, 생명성의 상징인 '肝'과 주체의 투영인 "푸로메디어쓰"와 관련된 '물', 즉 주체와 관련된 '물'은 그러한 애매성으로 말미암아 상징이 된다. 1연에 나타난 "습한 肝"과 마지막 연의 "沈澱"이 실제 신화의 내용과 달리 "푸로메디어쓰"에게 하강의 이미지를 부여하며 상징의 위치로 옮겨간 것이다. 이는 잠식하는 '물'의 비현실적 요소와 결합해 부정적 시선을 만들어내던 〈黃昏이바다가 되여〉의 변주된 형태라 할 수 있다.

이 시의 1연에 나타난 "습한 肝"의 물 이미지는 마지막 연의 "沈澱"이라는 시어와 관계를 맺으며 상징의 위치로 이동한다. 실제 신화의 내용과 달리 "푸로메디어쓰"에게 하강의 이미지를 부여한 것은 이 시에서 "沈澱"이 지니는 상징성을 설명해준다.[75] 그런데 여기

---

75) 여기에서 "토끼", "거북이", "竜宮" 등 한국 고전설화의 소재와 "푸로메디어쓰", "독수리", "코카사쓰山"과 같은 서양 고대신화의 소재가 새롭게 구성한 관계망 속에서 현재적 실존으로서의 시적 주체는 전자가 지닌 과거의 시간성이 시공을 초월한 원초적 생명력으로 살아나도록 현재화하는 구심점 기능을 담당한다. 시적 주체인 '나'는 토끼, 푸로메디어쓰 등 간접화된 인물에 자신을 투영하는데, 이집트 상형문자에서 '토끼'가 존재의 개념을 정의하는 결정적 기호였다는 박호영의 언급을 이와 관련시켜 볼 수 있다(박호영, 〈저항과 희생의 남성적 톤 — 대표시 「간」의 구조 분석〉, 권영민 엮음, 앞의 책, 1995a, p.359). 토끼는 소유를 가장한 탓으로, 푸로메디어쓰는 자신의 소유가 아닌 것을 인간에게 훔쳐다준 까닭에 난관에 봉착한다. 비극적 영웅은 모험과 고통을 통해 자신이 대표하는 종족의 한계에 대한 기대와 경험을 자기 자신 안에 새겨주는 전형적 형상이 된다는 리쾨르의 언급은 이들의 희생이 직면한 고초의 유사성을 설명하는 데 시사점을 던져준다. 이렇듯 표면적 상관관계가 부재하는 두 이야기를 택해 시인은 힘없는 작은 주체(여기서는 '작은 주체'를 윤동주 시에 나타난 새로운 실존으로서의 주체상을 나타내는 의미로 사용한다. 내포적 의미의 차이가 있긴 하지만, 이 용어는 신범순의 논의에서 빌려 왔음을 밝힌다. 신범순, 《한국현대시의 퇴폐와 작은 주체》, 신구문화사, 1998, pp.149~163 참조)의 희생의식을 상징적으로 나타낸다. 이와 같이 연관성의 문제가 해소되면서 이 시는 혼종성의 혐의를 어느 정도 벗어날 수 있게 된다.

에서 주목해봐야 할 부분은 5연의 단언이다. "습한 肝"을 말리며 그것을 지키던 "토끼"는 "푸로메디어쓰"의 모습과 중첩되면서 그가 기르던 "독수리"에게 "肝"을 내어주는데, 정작 구토설화에 함께 등장했던 '자라'를 연상케 하는 5연의 '거북이'에게는 단절을 선언한다. 독수리를 위해서는 기꺼이 간을 제공하지만, 거북이의 유혹에는 '반복은 없다'며 간을 내어줄 수 없다고 외치는 토끼의 모습에서 그가 지켜야 할 대상인 "간"의 상징의미를 짐작해볼 수 있다.

결국 〈黃昏이바다가되여〉에서 보았던 하강하는 '물'의 부정성은 〈肝〉의 마지막 연에서 "푸로메디어쓰"의 끝없는 "沈澱"으로 형상화되며 물속에 단절된 공간을 형성하여 주체를 고립시킨다.[76] 〈肝〉보다 약 반 년 뒤에 창작된 〈쉽게씨워진詩〉가 '沈澱'이 지닌 의미상 난점을 해소시킬 중요한 해석의 동인을 제공해준다.[77]

---

76) '沈澱'을 반성하는 자의식으로 해석하면서 "고난 속에서 내면적 깊이로 향한다"고 설명한 최동호의 논의는 '하강하는 물'을 의식과 관련시켜 고립된 공간 속에서의 자아대면이라 해석한 이 책의 논지와 상통하는 측면이 있다. 최동호, 《韓國現代詩의 意識現象學的 研究》, 고대민족문화연구원 출판부, 1989, p.124.

77) 윤영철은 〈肝〉이 "자신의 나약성을 새삼 확인하면서도 거대한 폭압적 실체의 시적 전형"이라 할 수 있는 '용궁(竜宮)'을 향해 오히려 "끝없이 침전(沈澱)하는 프로메테우스"이기를 선택한 시인 윤동주의 고결한 정신을 드러낸다면서, "윤동주에게 있어 시는 철두철미 나날의 자기성찰적인 기록, 즉 일성록(日省錄)의 성격"을 띠고 있으므로 이를 황현의 《매천야록(梅泉野錄)》에 나타난 의연한 대결정신과 견줄 수 있다고 언급한 바 있다. 그의 주장 가운데 가장 흥미로운 부분은 "윤동주에게 있어 유교적 교양이 그의 사상을 지배하는 기독교적 세계관과 상충하지 않는다"고 한 부분이다(윤영철, 《서정적 진실과 시의 힘 : 윤영철 평론집》, 창작과비평사, 2002, pp.354~355 참조). 이러한 견해는 신화, 설화적 상징들이 교차하는 시인 〈肝〉이 "〈토끼전〉과 〈프로메테우스 신화〉란 두 고전을 차용하여 저항과 희생이라는 이질적인 정신적 지향을 무리 없이(박호영, 앞의 글, 1995, p.367)" 표현할 수 있었다는 평가와도 무관하지 않다.
상징해석학은 신화를 역사적 사실로 받아들이는 근본주의와 신화에서 도덕을 찾는 합리주의 사이에서 그 길을 찾을 수 있다. 윤동주의 시에 등장하는 기독교적

　　　窓밖에 밤비가 속살거려
　　　六疊房은 남의 나라、

　　　……

　　　땀내와 사랑내 포그니 품긴
　　　보내주신 學費封套를받어

　　　……

　　　나는 무얼 바라
　　　나는 다만、홀로 沈澱하는것일가?

　　　……

　　　六疊房은 남의 나라.
　　　窓밖에 밤비가속살거리는데、

　　　……

　　　나는 나에게 적은 손을 내밀어

신화와 그리스·로마 신화의 상징은 역사적 사실의 옷을 입고 현재성의 모습으로 등장한다. 또 한편으로는 이를 통해 개인과 공동체의 윤리 인식을 보여준다. 따라서 상징해석학의 입지와 윤동주 시의 상징은 동일한 기반 위에 놓인 것이라 할 수 있다.

> 눈물과 慰安으로잡는 最初의 握手。
>
> 〈쉽게씨워진詩〉 부분

이 시에서도 하강하는 '물'의 변주형태가 발견된다. '물'은 전반부의 "밤비", "땀"이 인용한 3연의 "沈澱"과 어우러지며 "밤비", "눈물"로 전이되는 양상을 보인다. "沈澱"을 중심으로 공간적, 시간적 이질화가 발생하면서 조국을 식민지화한 "남의 나라"에 내리는 어두운 "밤비", 고국의 부모님이 흘리신 수고로운 "땀", 주체의 "沈澱", 흐르는 "눈물" 모두가 하강의 방향성을 갖게 되는 것이다.[78]

떨어지는 이들 '물'이 주체를 잠식하는 과정에서 이 시의 "六疊房"은 비현실적인 독립공간으로 변한다. 새로운 공간으로의 진입은 주체의 자기 인식을 보여주는 〈自画像〉의 "우물" 상징(Ⅱ.A.1)과 결부된다.[79] 따라서 그곳에서 발생한 "沈澱"의 행위는 어두운 현실, 실존의 위기와 같은 부정적 상황에서 자기를 대면하는 주체의 행위를 상징하게 된다. 이는 〈肝〉의 "沈澱"이 주체의 행위작용을 나타냈던 것과 연관된다.

지금까지 살펴본 〈黃昏이바다가되여〉, 〈肝〉, 〈쉽게씨워진詩〉 등에 쓰인 '물'의 상징은 시의 공간과 주체에 비현실적 요소를 부가하여 현실에 대한 부정의식을 표출하는 형태로 나타났다. 하강하는 '물'은 현실 속에 그와 차단된 비현실적 공간을 형성하여 주체를 소외시키고, 그곳에서 주체는 자기를 대면하게 된다. 고립된 공간에서

---

78) '하방(下方)'은 원형상징에서도 부정적 의미군에 속한다.

79) 〈自画像〉의 '눈' 상징과 공간적 특수성의 관계에 대해서는 임현순의 〈매개된 인식으로서의 윤동주 시의 눈〉(《한국근대문학회 제12회 학술대회 논문집》, 한국근대문학회, 2005, pp.51~54) 참조.

자기를 대면하는 주체의 시선은 〈自画像〉의 '우물', 〈산골물〉의 '시내'를 배경으로 전개된 '들여다보기'를 통한 자기 대면의 성찰적 태도80)에 닿아 있는 것으로 윤동주 시의 주요한 특성인 자기 반성이 변주된 형태를 보여준다.

한편 윤동주의 시에서 '물'은 흘러가는 형상으로 상징화되기도 한다. 맑음, 투명함, 약동성 등의 속성이 부가되어 생명성, 자기 쇄신, 그리움, 새로운 희망의 도래 등의 긍정적 의미를 지니는 흘러가는 '물'은 그 속에 '슬픔'의 속성을 내포한다. 이 또한 하강하는 '물'이 매개하는 공간화의 특수성과 결부된 주체 인식의 변주라 할 수 있다.

> ① 가슴속깊이 돌돌 샘물이 흘러
>   이밤을 더부러 말할이 없도다。
>
> ……
>
> 그신듯이 냇가에 앉어스니
> 사랑과 일을 거리에 맥기고
> 가마니 가마니
> 바다로 가자、
> 바다로 가자、
>
> 〈산골물〉 부분

> ② 내사 이湖水가로

---

80) 이에 대한 자세한 논의는 앞의 Ⅱ.A.2를 참조.

부르는 이 없이
불리워 온것은
참말異蹟이 외다.

……

하나、 내 모든것을餘念없이、
물결에 써서 보내려니
당신은 湖面으로 나를불려내소서。
〈異蹟〉 부분

③ 강물이 작고 흐르는데
내발이 언덕우에 섯다。
〈바람이불어〉 부분

인용한 시들에서도 고립된 공간을 형성하는 '물'과 주체 인식의 연관관계를 찾아볼 수 있다. 여기에는 '우물', '거울' 상징과 비슷한 범주에 속하는 "湖水", "강물", 그리고 "거리"에서 동떨어진 산골 "냇가"가 등장한다. "이湖水가로" "부르는 이 없이/불리워 온것은 (②)" "더부러 말할이 없"이 "냇가"에 앉은 ①의 고립적 상황과 동일하다. 또한 "언덕우에" 선 주체가 "발"로 표현된 곳에서는(③) ② 에 형상화된 비현실적 상황이 발견된다. 이때 ①~③의 "물"은 주체 인식과 결부된 상징의 쓰임을 갖는다.

①에서 주체의 "가슴속"과 외부의 공간은 '흐르는 물'의 속성으로 연결되어 "바다"를 지향한다. '흐르는 물'이 아닌 "湖水"에 자신의

모습을 비춰본 ②의 주체가 "물결에 써서 보내려니"와 같은 유동성의 표현을 사용한 이면에도 이와 같은 '흐르는 물'의 지향적 속성이 내재되어 있다. 이는 '물'을 매개로 한 고립된 공간 형성이 주체 인식을 통해 새로운 국면을 지향하는 상징적 의미로 연결됨을 보여준다. ③에서도 '흐르는 물'의 유형은 자기를 비추어보는 주체 인식과 결부되어 나타난다. 이때 '물'의 자기 성찰적 특성은 '발'의 실존적 속성(Ⅱ.A.2)과 결부되어 그 존재론적 의미가 배가된다.

그런데 자기와의 대면을 매개한 '물'에 앞에서 살펴본(Ⅱ.A.1) 쓸쓸함, 슬픔, 외로움 등의 속성이 부가되어 있다. 이는 ①, ②, ③에 나타난 호젓하고 쓸쓸한 분위기의 고독한 자기 대면에서뿐만 아니라, "봄바람을 등진 초록빛바다/쏘다질듯 쏘다질듯 위트럽다.//잔주름 치마폭의 두둥실거리는 물결은./오스라질듯 한끝 輕快롭다.(〈風景〉)", "그래도 맑은 강물은 흘러 사랑처럼 슬픈얼골— 아름다운 順伊의 얼골은 어린다.(〈少年〉)"에서 볼 수 있는 "봄바람", "초록", "輕快"와 같은 긍정적 시어와 "등진", "위트럽다",81) "오스라질듯" 등의 결합, "사랑처럼 슬픈"이라는 시구에서도 발견된다. 여기에 내재된 역설의 의미는 현실에 대한 위기의식과 미래에 대한 희망의 공존으로 형상화된 윤동주 시의 변증법적 의미구조를 함축하며, 고립된 공간과 흐르는 '물'의 연계에서 볼 수 있던 주체 인식의 속성과 상통한다.

결국 윤동주의 시에서 '물'의 상징은 현실적 배경 속에 고립된 공간을 형성함으로써 그 속에서 주체가 자신의 본질과 대면하게 만드

---

81) 현재의 표준어인 '위태롭다'의 북한식 고어의 형태이다(조재수 편, 《남북한말 사전》, 한겨레신문사, 2000, p.466). 한글학회 편찬 사전의 '위투럽다'와 관계된 표현으로 추정된다(한글학회, 《우리말 큰사전》, 어문각, 1992, p.3217).

는 자기 이해의 과정을 공간적으로 매개한다. 이는 이성의 작용에 따른 직접적 인식이 아니라 상징의 매개를 통한 주체의 간접적인 자기 이해라는 윤동주 시의 특성을 보여준다.

그 경우 주체의 자기 대면은 현존과 결부된 현실 인식을 동반하며, 현존의 유한성과 현실의 불합리성에 슬픔과 괴로움을 느낀 주체가 현존을 벗어나려고 하는 지향적 욕망, 곧 현실 극복 의지를 함의하게 된다. 고립된 공간을 형성하는 '물'의 상징에 내포된 그 같은 현실 극복의 지향성은 윤동주의 다른 시편들에서 '현실 속에서 이루어지는 초극'의 형태로 변주된다.[82]

2. 확장하는 '바람'과 주체의 성장

자선시집의 제목인 "하늘과바람과별과詩"를 구성하는 "하늘", "바람", "별"은 윤동주의 "詩"를 구성하는 중요한 모티프이다. 이들은 모두 천상에 속한 것으로 상(上)방향의 원형상징이 지닌 고결함, 높음 등의 의미소를 지닌다. 특히 "하늘", "잎새", "바람", "별"이 시의 주체인 "나"를 중심으로 배열되어 시의식의 지향점을 나타내는 〈序詩〉는 자아 각성의 외부적 자극을 나타낸 "바람",[83] 동경의 지향점을 의미하는 "별" 등의 자연사물이 상징으로 유연하게 제시된 대표

---

82) 윤동주의 시에 나타난 현실 극복 의지가 탈현실적 특성을 띠지 않고 현실 속에서 타개책을 모색하는 방식으로 나타나는 것은 과거 회귀, 이상향 추구 등으로 전개된 동시대 여타 시인들의 시와 구별되는 특성이다. 이에 대한 자세한 논의는 III.B.3에서 〈또다른故鄕〉의 구체화된 형태를 살펴보며 다시 언급하기로 하겠다.

83) "바람은 무언가 괴로움을 불러일으키는 원인이거나 촉매로서 작용한다"는 김재홍의 언급은 '무언가'의 실체에 대해 구체적으로 규명하지 않았지만 '바람'이 자기 이해의 매개적 기능을 담당하고 있음을 직관적으로 파악한 경우라 할 수 있다 (김재홍, 〈운명애와 부활 정신〉, 권영민 엮음, 앞의 책, 1995a, p.230).

적인 경우로, 윤동주의 시의식을 집약하고 있다는 평가를 받아왔다.

윤동주의 시에서 '바람'은 순수한 자연의 사물로 묘사되기도 하고, 다른 사물과 연관을 맺기도 하며, 〈序詩〉에서처럼 주체와 관련되어 나타나기도 한다. 이러한 '바람'은 상징의 형태로 제시될 경우 인간의 범주와 교호하는 특성을 갖는다. '물'의 하방성과 대립되는 상방성의 '바람' 또한 주체의 자기 이해를 매개하는 자연 상징으로, 대부분의 경우 '감각화'를 동반하고 나타나 '공간화'를 통한 주체 인식을 보여준 '물' 상징의 형상화 방식과 구별된다.

이러한 '바람'의 상징은 이동경로에 따라 유동적으로 이동하는 바람과 자그마한 소용돌이를 일으키며 회전하는 바람으로 양분된다. 바슐라르가 "부드러움인 동시에 격렬함이요, 수수함인 동시에 錯亂"[84]이라고 정의내린 '바람'의 이가성을 포함한 윤동주 시의 바람은 청각·시각으로 지각된 바람으로 변주되어 주체의 자기 이해를 매개한다. 그 경우 '바람'은 갈등, 위안이라는 내면작용의 계기인 동시에 주체를 세계, 우주적 영역으로 확장시키는 동인이 되는데, 이는 공히 실존의 위기, 존재의 의미를 되묻는 성찰과 결부되어 있다.

> 달밤의 거리
> 狂風이 휘날리는
> 北國의 거리
> 都市의 眞珠
> 電燈밑을 헤엄치는.
> 쪽으만人魚 나.

---

84) 가스통 바슐라르/정영란 역, 《공기와 꿈》, 민음사, 1993, p.463.

달과뎐등에 빗어.

한몸에 둘셋의그림자、

커젓다 젹어젓다、

궤롬의 거리

灰色빛 밤거리를.

걷고있는 이마음.

旋風이닐고 있네.

웨로우면서도.

한갈피 두갈피.

피여나는 마음의그림자、

푸른 空想이

높아젓다 나자젓다。

〈거리에서.〉전문85)

1연의 "狂風"과 2연의 "旋風"이 나타내는 '바람(風)'을 중심으로 이 시의 두 연은 비교, 대조의 대응구조를 형성한다. 이때 '바람'이라는 공통분모는 1연과 2연을 연계시키지만, 어디선가 거세게 불어온 1연의 "狂風"이 물리적 세계의 외부적 상황을 표현했다면, 2연에서 회오리 일 듯 자생적으로 발생한 "旋風"은 3행의 온점(.)에 의해 "이마음"과 분리됨으로써 ① 물리적 공간에 부는 바람을 나타내고, 7행의 "마음의 그림자"와 결부되면서 ② "마음"속에 인 바람으로 해석될 가능성을 갖는다. 이러한 해석의 애매성은 1연의 물리적 상황

---

85) 왕신영 외, 앞의 책, 2002, pp.29~30 ; 홍장학, 앞의 책, 2004, pp.32~34 참조.

이 2연의 심리적 상황에 투사되어 물리적 공간과 주체의 내면공간이 상호침투됨으로써 발생한 것이다.[86]

그런데 두 경우 모두에서 주체의 위치는 "거리"로 제시되었다는 점에 주목해보아야 한다. 안착되지 못하고 이곳에서 저곳으로 계속해서 이어지는 "거리"의 이동성은 그 "거리" 위에 불고 있는 '바람'과 닮아 있다. 공기를 타고 대기를 '흐르는' 그러한 '바람'의 속성은 거리의 바람("狂風") → 물(급류)로 변주되면서 (걷다) → '헤엄치다'의 전환을 예고한다. 이때 '물'과 '바람'의 변주가 주체의 행위로 연계되는 것은 이들 '자연' 상징이 주체의 자기 이해와 맺는 긴밀한 상관관계를 말해준다.

그 같은 '바람'의 매개작용으로 주체는 스스로를 "쪽으만人魚"로 대상화하면서 "한몸에 둘셋의그림자"로 형상화된, 곧 시각적으로 분화된 자기를 인식하게 된다. 여기서 인간인 동시에 물고기이기도 한 가상적 존재 "人魚"는 두 발로 온전히 현실을 디딜 수 없는 소아(小我)로서의 자기이다. 이처럼 스스로를 대상화하는 자의식의 양상은 이후 "한몸에 둘셋의그림자"와 같은 형태로 변주되면서, 앞에서 살펴본(Ⅱ.A.1) 것과 같이 윤동주의 다른 시편들에서 발견할 수 있는 주체의 분화와 그 맥락을 같이 하게 된다.

그러한 변환은 1연 2행의 "狂風"을 기점으로 한 공간의 전이와 더불어 전개된다. 자필원고를 자세히 살펴보면 시인이 1연 3행에 대해 "都市의 별들엔" → "都市의 眞珠街" → "都市의 眞珠"순으로

---

86) 윤동주의 시에 나타난 '감은 눈' 상징의 확장형태에서도 이와 비슷하게 몸 상징과 공간 상징의 혼합형태를 취한 상징의 변주양상을 살펴볼 수 있다(임현순, 〈윤동주 시의 상징에 나타난 불구의식과 실존의지〉, 《한국시학회 제14회 전국학술대회 논문집》, 2004, pp.101~106 참조).

퇴고의 흔적을 남기고 있음을 발견할 수 있다.[87] 여기서 "달밤", "狂風" 등 천상과 연관된 또 하나의 중요한 심상인 "별"이 "헤엄", "人魚" 등 바다와 연관된 "眞珠"로 바뀌게 되는데, 이는 '물'의 상징에 수반된 공간, 곧 현실적 요소가 제거된 비현실적 공간으로의 전환과 관련이 있다.[88]

2연에 이르러 그러한 공간의 전이는 실제의 거리와 내면의 공간을 연계시킨 형태로 보다 구체화된다. 1연의 "달밤"이 2연의 "궤롬"으로, 실제의 "그림자"가 "마음의그림자"로 치환되면서 물리적 현상에서 심리적 현상으로 전이되는 것이다. 이를 따라 "狂風"이 휘날리는 "달밤의 거리"를 걷고 있던 1연의 대타의식은 외부공간을 내면공간으로 투사하며 2연의 행위주체를 "旋風이닐고 있"는 "마음"으로 변화시킨다. 그리고 그러한 연계현상은 "몸"의 '대소(大小)'를 "마음"의 '고저(高低)'로, "몸"과 연관된 "달", "電燈"[89]을 "마음"과 물리적 공간이 시각적으로 혼재된 "灰色빛"[90]과 연결시키며 심리범주를 '시각화'한다.

이렇게 "狂風이 휘날리는/北國의 거리"와 "旋風"이 이는 "궤롬의 거리"에서 '바람'은 외부공간으로부터 내면의 심리현상으로 전이되며 주체의 자기 이해를 감각화시키는 매개가 된다. 주체의 갈등을 유발하는 외부적 계기이면서 파괴적 힘의 원천인 동시에 내면에서

---

87) 왕신영 외, 앞의 책, 2002, p.29.
88) 〈自画像〉에서 볼 수 있는 판타지 공간으로의 진입양상과 관련된 공간의 전이에 대해서는 임현순, 앞의 글, 2001, pp.267~268 참조.
89) "달", "電燈"과 관련된 빛에 관한 상징의미는 Ⅲ.C.1을 참조.
90) 흰색과 검은색의 혼합이라는 '회색'의 본질과 '재(炭)'에 비유되는 "마음"의 결합은 이러한 시어의 선택이 심리적 요인과의 혼융을 염두에 둔 것이었음을 반증해 준다.

발생된 갱생의 의지를 나타내기도 하는 것이다.

그 결과 "狂風이 휘날리는" 거리를 걷는 주체의 마음에 일어난 "旋風"은 "웨로우면서도" "푸른 空想"을 키울 수 있는 힘을 만들어낸다. 내면에서 조용히 소용돌이치며 일어나는 부드러운 '바람'이 전자의 광폭함을 잠재울 수 있는 마음의 힘으로 형상화된 것이다. "狂風" 때문에 나누어진 "한몸에 둘셋의그림자"와 "旋風"의 작용으로 "한갈피 두갈피./피여나는 마음의그림자、"는 '바람'을 매개로 한 간접적 인식이 가시화된 예이다. 불어오는 바람("狂風")으로 물리적 경계를 넘어선 분열된 주체("한몸에 둘셋의그림자")가 내면의 호흡("旋風")을 통해 소생의 열정("한갈피 두갈피./피여나는 마음의그림자、"), 곧 생의 의지를 얻게 된 것이다. 이렇듯 이 시의 '바람'은 내면적 갈등과 생의 의지를 동시에 유발함으로써 주체의 자기 이해를 시각화하는 매개로 쓰였다고 할 수 있다.[91]

> 죽는 날까지 하늘을 우르러
> 한점 부끄럼이 없기를、
> 잎새에 이는 바람에도
> 나는 괴로워했다。
> 별을 노래하는 마음으로
> 모든 죽어가는것을 사랑해야지
> 그리고 나안테 주어진 길을
> 거러가야겠다。

---

91) 이 시는 일차적으로 역사적 배경에서 해석될 수 있지만, 그 이면에 주체 인식을 자극하는 실생활의 모든 계기를 포함하는 의미도 지니고 있다.

　　오늘밤에도 별이 바람에 스치운다.

〈序詩〉 전문

　　이 시는 미약한 바람에 흔들리는 잎새처럼 작은 자극에도 괴로워하는 섬세한 주체의 내면세계를 잘 드러낸 윤동주의 대표작이다. 여기에서는 "하늘", "잎새", "바람", "별" 등의 자연사물이 "나"를 중심으로 배열되면서 시의식을 집약하는 상징으로 유연하게 제시된다.

　　"잎새에 이는 바람에도/나는 괴로워했다."라는 1연의 독백은 다음 연에서 "오늘밤에도 별이 바람에 스치운다."와 같은 자연현상의 관찰로 이어진다. 많은 선행연구들은 이 시의 "잎새에 이는 바람"을 "실존을 방해하는 외부적 조건",92) "인간적 존재를 소모시키는 무기력"93) 등으로 규정하면서 그로 말미암은 주체의 갈등이 "너무 강하게 인간의 고뇌를 안고 있었"94)는데, 이는 "삶의 괴로움에 대처한 순수의 의지"95)를 지녔던 시인의 성격적 측면에서 비롯된 것이라고 말해왔다.

　　그런데 이러한 평가는 독자 개개인의 직관이나 전기적 사실에 근거한 의미의 규명인 경우가 많아 "시인이 무엇 때문에 괴로워하고 부끄러워하는지 그 구체적인 대상을 이 시로서는 이해할 수 없"고 다만 시인의 "양심에 대한 필요 이상의 결백증, 무언가 속죄하고자 하는 마음, 티없이 살고자 하는 아름다운 심성 등을 짐작할 수 있을 뿐"96)이라는 견해가 피력되기도 했다. 여기에서는 그러한 직관적

---

92) 마광수, 앞의 책, 1984, p.39.
93) 김현자, 앞의 글, 1984 ; 권영민, 앞의 책, 1995a, p.262 재인용.
94) 김용직, 〈어두운 시대의 시인과 십자가〉, 위의 책, p.122.
95) 김흥규, 앞의 글, 1974, p.673.
96) 오세영, 〈윤동주의 시는 저항시인가〉, 권영민 엮음, 앞의 책, 1995a, pp.376~377

해석의 한계를 극복하기 위해 시의 내부적 계기를 밝혀 "바람"의 상
징의미를 새롭게 조명해보기로 하겠다.

　1연에서 대기 중에 부는 무형의 "바람"은 "잎새"의 흔들림으로 시
각화되었다. 이 경우 "바람"은 주체의 괴로움을 유발한 원인이 된다.
"잎새"를 흔드는 "바람"이 그것을 바라보는 "나"의 내면에 파문을
일으켜 "나"와 "잎새" 사이에 정서적 동화가 이루어지게 된 것이
다.97) 이때 공간과 공간, 사물과 사물을 연결시키는 유동체인 "바
람"은 "나"와 "잎새" 사이의 정서적 매개체로 작용한다. 그리고 그
"바람"으로 말미암아 "나"는 자기의 영역을 넘어 우주 공간으로 확
장된다. 이러한 확장은 윤동주 시의 특징인 엄정한 자기 인식의 조
건을 마련해준다. 여기서 반성은 주체를 확장시키는 "바람"과 동경
의 지향점인 "별"을 모두 포함한 "하늘"을 우러르는 행위가 촉발한
것으로, 그러한 반성행위는 이어지는 행에서 "사랑"이라는 삶의 자
세로 귀결된다.

　〈序詩〉 전반은 1인칭 주체의 '고백' 형식으로 구성되어 있다. 그
러한 주체의 고백 속에는 과거에 대한 반성과 미래에 대한 다짐, 그
리고 현재의 현실 인식이라는 시간성이 혼재되어 있다. 그리고 연의
구분을 분기점으로 각각의 시간성은 과거와 미래(1연), 현재(2연)의
양상으로 나뉘게 된다.98)

　　참조.
97) "대기 속에서 봄을 맞는 잎새들의 움직임 속에는 바로 우리들의 가슴과 통하는
　　어떤 은밀한 교감이 있다(가스통 바슐라르, 앞의 책, 1993, p.428)."
98) 이승훈은 이러한 〈序詩〉의 시간구조를 의식하고 있으나, 1연/2연의 관계를 '내
　　면세계/외면세계', '주관적 현실/객관적 현실'로 이분화해 도식화함으로써 2연을
　　자연현상으로 단순화시켜 버리고 만다(이승훈, 〈윤동주의 〈서시〉 분석〉, 권영민
　　엮음, 앞의 책, 1995a, pp.437~438 참조).

이러한 시간의 분절화는 근대의 직선적 시간관과 구분되는 윤동주 시의 시간의식을 단면적으로 드러낸다. 주기적, 순환적, 반복적이었던 근대 이전의 시간관과 달리 근대적 시간관 속에는 자연과학의 발전, 진화론의 영향 등으로 선조적, 직선적, 동질화, 분화 가능성, 시계적 시간, 미래에 대한 선취 등의 진화적 개념이 내포되어 있다. 따라서 미래에 대한 지향성을 보인다는 점에서 〈序詩〉의 시간성은 근대적 시간의식의 범주에 포함될 수 있지만, 그러한 미래가 '죽음'에 대한 인식과 결부되어 있고 이를 통해 현재를 되돌아본다는 점에서 진화론적 시간개념과 구별된다.[99] 이는 종말론적 세계관을 통해 미래에 대한 희망을 투사하는 기독교적 시간관의 영향을 보여주는 것으로서, 시 전반을 지배하는 '고백'의 어조[100]와 기독교적 세계관의 정수인 '사랑'으로 귀결된 시상 전개가 그러한 〈序詩〉 해석을 뒷받침해준다.

김윤식·김현이 "부끄러움의 미학"을 전형적으로 보여주는 시로 규정한[101] 이후 〈序詩〉의 주제는 많은 경우 치열한 윤리의식의 표명으로 이해되어 왔다.[102] 그러나 이러한 자기 고백의 기저에 놓인 종교의식의 측면을 간과해버리면 이 시가 내포한 중요한 의미를 놓쳐버릴 가능성이 있다. 〈序詩〉에 나타난 '고백'은 "잘못의 체험"이 언어로 형상화된 것인데,[103] 그것이 종국에 "사랑"으로 귀결되고 있

---

99) 이진경, 《근대적 시공간의 탄생》, 푸른 숲, 1997, p.101 참조.

100) 리쾨르는 히브리나 헬라 문학에서 잘못에 대한 의식이 실존상태에서 터져 나오도록 폿대를 꽂는 언어가 새로 생겨나는 모습을 언급하며 고백, 신화, 사변 사이의 돌고 도는 원에 대해 설명한다(폴 리쾨르, 앞의 책, 1994, pp.17~23 참조).

101) 김윤식·김현, 《한국문학사》, 민음사, 1973, p.207.

102) 이황직은 이 부분을 《맹자》〈盡心〉上의 "仰不愧於天 俯不作於人(우러러 하늘 앞에 부끄러움이 없고, 엎드려 남에게 (죄를) 짓지 않는다)"와 결부시켜 의미화하며 이 시에서 유교의 윤리적 절대성을 본다(이황직, 앞의 글, 2002, p.264).

다는 점에서 이 시에 대한 종교적 해석의 가능성을 배제할 수 없기 때문이다. '사랑'은 신성과 인성을 모두 소유한 예수가 실천으로 보여준 기독교적 진리의 정수(Ⅲ.C.2 참조)인 동시에 윤동주가 제시한 시인의 사명이기도 하다. 그리고 〈序詩〉의 주체는 그러한 숙명을 의지적으로 받아들인다. 결연한 다짐을 나타내는 종결어미를 사용한 "사랑해야지"나 "나안테 주어진 길을／거러가야겠다."는 그러한 고백 이후 시인이 가진 삶에 대한 자세를 보여준다.

그런데 주체의 굳은 다짐에도 불구하고 2연에서도 여전히 "바람"은 불고 있다. 2연의 "오늘밤에도"라는 표현은 1연과 2연의 의미적 연속성을 담보해준다. "오늘"이라는 시간성의 반복은 결국 영원에 가닿게 된다. 그리고 그 반복을 통해 "하늘"을 우러르던 지상의 "나"는, 천상과 지상을 연결하는 수직적 매개체인 나무 끝에 위태하게 매달린 "잎새"에 투영되어 천상의 "별"에 다가선다.

여기서 2연의 "별"은 동경의 대상인 1연의 "별"과 변별된다.[104]

---

103) 이는 "잘못에 대한 체험"이 "언어로 수반된" 윤동주 시의 고백을, 상징언어로 매개된 자기 해석으로 바라본 이 책의 접근방식에 타당성을 부여해준다(폴 리쾨르, 앞의 책, 1994, p.22).

104) 윤동주의 시에서 낮의 빛인 '해'와 밤의 빛인 '별', '달', '불', '전등' 등은 '어둠'과 대치되어 형상화된다. 이는 한편으로 해, 별, 달 등 자연의 빛과 촛불, 등불, 와사등, 전등, 가로등 등 문명의 빛으로 이분화되거나 뜨거운 '빛'과 차가운 '빛'의 두 가지 형상으로 구분될 수 있다. 작열하는 태양, 뜨거운 촛불 등으로 형상화된 뜨거운 빛은 치열한 생의 순간, 약동하는 삶의 모습을 표상하는 한낮의 기운을 담고 있다. 이와 달리 '푸른 햇빛', '새벽빛', '달', '별' 등 어둠을 밝히는 기능을 지닌 아침과 밤의 차가운 빛은 로고스, 이성 또는 도리, 이상(理想) 등으로 표상되는 동경의 지향점을 상징한다. 이렇게 윤동주의 시에서 지는 태양은 사색의 시작이고, 끓는 태양은 위로와 희망인 동시에 내 양심의 등불이기도 하다. 한편 '별'은 동경, 이상향, 사랑의 대상이며 때로 사랑의 징표를 상징하기도 한다. 이들 '빛'의 상징은 개인적, 사회·역사적 차원을 포괄하고 고통을 조명하며 생의 의지를 상징적으로 나타낸다. 선악과를 따먹은 원죄를 조명한 하나님의

기존의 논의들이 "별"의 의미를 '동경의 지향점'으로 압축하고 있지만,[105] 2연의 "별"은 더 이상 멀리 있는 동경의 대상이 아니다. 이는 "잎새"로 매개된 1연의 "나"가 투사되어 하늘에 형성된 또 하나의 주체이고, 극도의 도덕적 정결성으로 자신을 제어하고 생명을 사랑하며 천명을 따르는 지상의 빛나는 별인 시인이며, 칸트가 미의식의 정점으로 제시한 존재[106]를 상징한다.[107] 곧 2연에 형상화된 "바람"에 스치는 "별"은 불완전한 인간으로서의 자기 인식이 상징화된 것이라 할 수 있다. 이때 계속해서 부는 "바람"은 (완전한 신성과 구별된) 지상의 인간에게 주어진 사명의 시간을 의미하며, 주체의 괴로움을 "별"로 시각화하여 자기 이해를 매개한다.

이로써 1연과 2연을 각각 8행, 1행으로 불균등하게 구분한 시인의 의도를 파악할 수 있다. 그동안 논자들은 이렇듯 의미와 밀접한 연관을 갖는 이 시의 형식상 특성에 대해 크게 주목하지 않았다. 그러나 여기에서 그러한 형식적 특성과 연관된 "바람"은 "나"→"잎새"→"별" 사이의 상호 교감을 가능하게 해주며 주체를 우주적으로 확장시키는 인자가 된다. 동시에 이는 "詩人이란 슬픈 天命(《쉽게 씨워진 詩》)"을 시각화함으로써 주체에게 자기의 정체성을 상기시켜

목소리로 형상화되든 극한의 식민지 상황을 극복하려는 염원으로 형상화되든 간에, 조명방식에는 차이가 있지만 이들은 시적 주체를 둘러싼 어두움 속의 희망을 나타낸다.

105) 마광수, 앞의 책, 1984, pp.28~37 참조.
106) 칸트는 미의 이상이 인간 형태의 도덕적인 것에 대한 표현으로 성립된다며 인간의 존재를 미의식의 정점으로 제시한 바 있다(I. 칸트/이석윤 역, 《판단력비판》, 박영사, 1974, pp.97~98 참조).
107) 이는 윤동주가 1930년대에 우세함을 보이던 실존주의 경향에 영향을 받았음을 시사해준다. 당시 그가 스크랩했던 평론들 가운데 다수가 실존주의와 관련이 있다는 사실은 그러한 영향관계를 확인시켜 준다(왕신영 외, 앞의 책, 2002, 부록).

주는 인식의 매개이기도 하다. 이들 "바람"과 "별"을 포함한 "하늘"을 우러르는 행위로 촉발된 주체의 반성은 윤동주의 시의식을 규정짓는 "사랑"의 자세로 귀결된다.

윤동주는 자신의 섬세한 성정을 시인으로 운명 지어진 자질로 받아들였다. 앞 장에서 살펴본 "끝없이 沈澱하는 푸로메드어쓰、(〈肝〉)"의 이미지 차용과 "나는 무얼 바라/나는 다만、홀로 沈澱하는것일가?(〈쉽게씨워진詩〉)"와 같은 자문행위는 그가 시인으로서의 사명을 자각하고 있었다는 추정에 힘을 실어준다.[108]

이렇게 윤동주는 스스로의 실존의미를 시인으로서의 존재성에서 찾았다. 그런데 정작 윤동주 시의 주체는 그러한 숙명을 흔쾌히 수용하지 못한다. 생의 마지막까지 부끄러움과 괴로움 속에서 시 쓰기를 통해 자신의 존재를 확인해온 시인의 자화상은 한없는 실존의 불안과 번민으로 점철되어 있다. 하지만 그 괴로움이 어둡고 탁한 빛깔인 것은 아니다. 시인으로서의 운명이 스스로의 자질로 감당하기에 너무 벅찬 것이라는 자기 인식의 한편에 그러한 운명을 존재자에서 존재로의 인생길을 안내해주는 (동경의 별과 같은) 지향의 대상으로 받아들이는 의식이 내재해 있기 때문이다. 다음의 시에서도 이러한 "바람" 상징과 존재의미의 관련성을 확인할 수 있다.

> 바람이 어디로부터 불어와
>
> 어디로 불려가는 것일가、

---

[108] 윤동주의 가족들이 당시의 관행적인 비석문구 작성형식을 따르지 않고 "詩人尹東柱之墓"라는 비문을 새긴 사실에서(송우혜, 앞의 책, 2004, p.471) 생전에 윤동주가 시인으로서 지녔던 소명의식을 짐작해볼 수 있다.

      바람이 부는데
      내 괴로움에는 理由가 없다。

      내 괴로움에는 理由가 없을가、

      단 한女子를 사랑한 일도 없다。
      時代를 슬퍼한 일도 없다。

      바람이 작고 부는데
      내발이 반석우에 섯다。

      강물이 작고 흐르는데
      내발이 언덕우에 섯다。

〈바람이불어〉 전문

'바람'이라는 주요 모티프를 대상으로 윤동주의 시의식을 집약한 '괴로움'에 대해 그간 많은 연구들이 있었음에도, 〈序詩〉, 〈또다른 故鄕〉 등의 '바람'에 밀려 이제까지 이 시의 '바람'이 전면적으로 다루어진 경우는 찾아보기 힘들다. 이러한 현상은 명확한 해답을 제시하지 않는 질문과 모호한 어구의 반복과 같은 특징에서 비롯된 해석의 애매성으로 말미암은 것이라 할 수 있다.

"바람이 어디로부터 불어와/어디로 불려가는 것일가、" 자유롭게 부는 바람을 보며 던진 1연의 자문은 3연에서도 동일한 양상으로 전개된다.[109) 이때 이들 1연, 3연의 의문형 문장 뒤에 부가된 쉼표 (、)는 그러한 자문이 사유의 지속으로 연결될 것을 암시해준다. 앞에서 언급했듯이 이러한 의문은 2연에서 "바람이 부는데/내 괴로움에는 理由가 없다."는 진술로 제시된다. 3연의 "내 괴로움에는 理由가 없을가."라는 물음은 '괴로움의 이유가 무엇일까' 하는 궁금증이고, 2연에서 단정형을 사용해 발화한 진술("내 괴로움에는 理由가 없다.")에 대한 재고(再考)이며, 자신의 괴로움이 현실의 특정한 사건들에서 연원한 것이 아닌 보다 근원적인 문제임을 보여주는 암시이기도 하다. 두 행이 맺는 문법상의 관계에 따라 2연은 i) '바람이 부는데도 불구하고'나 '바람은 부는데'와 같이 앞, 뒤 행을 상반된 의미로 상정하는 경우와 ii) "바람이 부는" 외부의 자연현상과 "괴로움"이라는 나의 내면적 현상을 연계시키는 경우로 해석될 수 있다.110) 이러한 해석의 애매성이 진술의 확실성을 재고하는 3연의 의문으로 나타나게 된 것이다.

인식의 불확실성을 경험한 주체는 이제 외부적 현상인 "바람"의 근원을 궁금해하던 1연의 사유영역을 벗어나 불어오는 "바람"과 같이 근원을 알 수 없는 내부적 "괴로움"의 원인을 집요하게 추적하기 시작한다. 그런데 치열한 고민 끝에 이 시의 주체는 그러한 괴로움이 사랑으로 인한 것도 시대적 아픔으로 인한 것도 아니라는 결론에 도달한다. 물론 이를 반어적인 겸양의 어조로 받아들여 이 시에서 (젊은이의) 사랑에 대한 고뇌, 시대에 대한 통탄을 읽어낼 수도

---

109) 프랑스 상징주의자인 발레리는 "바람이 분다. 살아봐야겠다"라는 자기 다짐의 형식을 통해 "바람"을 생의 의지를 추동질하는 외부적 자극으로 표현하였다. 이와 달리 윤동주의 퍼소나는 연극의 방백에서처럼 짐짓 내포독자를 상정하지 않은 듯한 자문의 제스처를 취하며 바람이 부는 상황과 결부시켜 사고과정을 진술한다.

110) i) 바람이 시종(始終)을 알 수 없는 것과 같이 나의 괴로움의 연유를 아는 것 또한 지난(至難)한 일이다. ii) 바람에도 근원이 존재하듯이 내 괴로움에도 이성으로 파악할 수 없는 뿌리가 존재한다.

있다. 그러한 해석의 수용 여부를 떠나 이 부분에서 주체의 괴로움은 특수한 개별자의 감정상태를 넘어 실존으로서 인간이 느끼는 근원적 괴로움이라는 일반화된 범주로 옮겨간다.

눈으로 실체를 확인할 수는 없는 "바람"을 청각으로 지각할 수 있듯이, 증명할 수 없는 내면의 괴로움은 역설적으로 살아 있음을 느끼게 해준다. 모든 본질은 실제적인 존재에 대해 알지 못해도 사유될 수 있다.[111] 이 시에서 "바람"의 근원을 사유하던 주체는 이렇게 "바람"을 통해 지각된 "괴로움", 곧 감각화를 통해 사유된 자신의 본질을 인식한다. "바람"이 그치지 않고 "작고" 불듯이 주체의 "괴로움"도 자신의 존재를 증명이나 하듯이 잦아들 줄 모르는 것이다. 마지막 두 연의 대응구조에서 이 같은 "바람"이 가시적 실체를 지닌 "강물"의 흐름으로 시각화됨으로써 주체의 자기 인식 의지가 '바람'으로 촉발된 주체의 성장과 '물'의 매개를 통한 자기 대면의 상황을 연계시킨다. 이는 주체의 인식을 매개하는 윤동주 시의 자연 상징인 "바람"과 "물"의 관련성을 나타내준다.

한편 이렇듯 움직임의 속성으로 주체의 자기 인식을 시각화한 매개로서의 "바람"은 다음과 같이 청각과 결부되어 나타나기도 한다. 이 경우 '바람'이 초래하는 괴로움, 불안의 감정은 자연에 대한 감각, 느낌, 인상에서 비롯된 것이 아니라 자기의 존재성을 인식하도록 이끄는 또 다른 존재성과의 연결을 전제하게 된다.

　　① 불꺼진 火독을

---

111) 존재 자체가 본질이 되는 신과 달리 인간을 비롯한 창조물에게 있어서 존재와 본질은 별개일 수밖에 없다(안쏘니 케니/강영계·김익현 옮김, 《토마스 아퀴나스》, 서광사, 1984, pp.92~101 참조).

안고도는 겨울밤은 깊엇다。

재(灰)만 남은 가슴이
문풍지 소리에 떤다。

〈가슴3〉 전문

② 「山林의 검은波動우으로 부터
어둠은 어린 가슴을 질밟는다.」

발거름을 멈추어
하나、둘、어둠을 헤아려본다
아득하다

문득 닢아리흔드는 져녁바람에
솨 —— 무섬이올마오고.

〈山林 (詩)〉 부분112)

③ 어둔 房은 宇宙로 通하고
하늘에선가 소리처럼 바람이 불어온다。

---

112) 윤동주는 이 시에 대해 세 편의 자필원고를 남기고 있다. ① 첫 번째 습작노트
에 실린 것(왕신영 외, 앞의 책, 2002, pp.33~34), ② 두 번째 습작노트 〔窓〕에
실린 것(위의 책, pp.61~62), ③ 낱장으로 남겨진 습유작품(위의 책, p.167)이
그것이다. 그 가운데 ①, ②에는 창작일자가 동일하게 표기되어 있으나 ②에 ①
을 퇴고한 흔적이 남아있기에 시기적으로 ②를 나중 시기의 기록으로 판단할
수 있다. 한편 ③에는 창작일자가 표기되어 있지 않으나, ②를 기본 텍스트로
퇴고한 흔적이 발견되므로 이들 작품 가운데 ③을 원본으로 채택하기로 한다.

어둠속에 곱게 風化作用하는

白骨을 드려다 보며

〈또다른故鄕〉 부분

〈序詩〉에서 시각적으로 인지되던 "바람"이 ①에서는 "문풍지 소리에 떤다。"와 같이 청각과 시각의 결합으로 변주된다. ②의 경우에는 그 "바람"이 "山林의 검은波動", "넢아리흔드는"의 시각적 이미지와 "솨──"라는 의성어를 동반한 청각적 이미지의 결합으로 나타난다. ③에서도 "바람"은 "어둔", "風化作用" 등의 시각적 요소와 "소리처럼"이라는 청각적 요소를 동반하고 형상화된다. 이들 ①, ②, ③의 '바람'은 "가슴"을 떨게 하고, 짓밟고,[113) 무섭게 하고, 가루로 만들어 버린다. "재(灰)", "검은", "어둠" 등의 시각적 요소가 청각적 심상과 결합되면서 〈序詩〉의 "바람"과 달리 불안감을 조성하는 것이다.

이때 "재(灰)만 남은 가슴이/문풍지 소리에 떤다。(①)"에는 앞에 인용한 〈거리에서.〉의 "灰色"에서 볼 수 있던 범주의 혼합이 나타난다. 꺼진 "火[불]"에서 "재(灰)"로 변화하는 연의 전개가 "불꺼진 火독"이라는 물리적 상황을 "재(灰)만 남은 가슴"과 같은 내면 공간으로 전이시킨 것이다. 이와 같이 "불꺼진 火독을/안고도는" 깊어가는 "겨을밤"이라는 정황이 초래한 해석의 애매성을 풀어나가는 과정은 1연의 외부적 상황과 2연에 제시된 내부적 상황의 연계와 관련된 시의 전개를 설명해준다. "겨을"의 추운 밤을 따뜻한 불이 아닌 "재

---

113) 첫 번째, 두 번째 습작노트에 "짓밥고", "짓밟고"로 표기되어 있고, 습유작품에서도 초고에는 "짓밥고"로 표기되었으나 퇴고과정에서 "질밟는다"로 수정되었다. 조재수, 《윤동주 시어 사전》, 연세대학교출판부, 2005, p.560 참조.

(灰)"만 남은 "火독"의 미미한 온기만으로 견뎌보려는 주체의 의지가 "불꺼진 火독"→"재(灰)"의 변환과 더불어 물리적 실체를 벗어난 내면적 범주인 "가슴"의 존재성으로 전환되는 것이다. 이 경우 "재"라는 시어에 병기된 이음동의어의 한자("灰")는 〈거리에서.〉의 "灰色"이 보여주었던 심리적 상황과의 연계를 암시한다.

그런데 이렇듯 외부적 정황에서 내면적 상황으로의 전이에 내포된 부정성이 청각적인 "문풍지 소리"로 형상화된 "바람"으로 말미암아 변화한다. 이는 "재"와 같이 식어버린 회색빛 내면의 '떨림'을 유도하는데, 그 '떨림'이 전하는 공포의 분위기는 시대적 함의를 지니기도 하지만 '소리'가 초래하는 불안감으로 인한 존재성 체험을 통해 죽어버린 생명성을 융기시키기도 한다.114)

윤동주의 시에서 '소리'로 형상화된 '바람'은 주체의 불안을 초래한다. 이는 앞 절에서 몸 상징을 통해 살펴본 실존의 불안의식과 관계를 맺는다. 본질이 존재의 외부에 있다는 의식에서 촉발된 불안 때문에 신체를 가진 존재자는 세계 자체를 불안의 대상으로 인식하게 된다. 위에서 살펴본 괴로움의 근원에는 이러한 존재의 불안이 내재되어 있다. 따라서 윤동주 시의 자기 반성을 일개인의 윤리의식으로 제한시켜버리는 것은 주체의 자기 이해 과정에 매개로 작용하는 세계, 타자의 존재를 무시하고 이를 단순한 심리작용의 영역에 가둬버리는 결과를 초래하게 된다.

하지만 그렇다고 불안을 수반한 청각화된 '바람'을 외부적 압력으

---

114) 하이데거는 위협하는 것은 아무 데도 없다는 것이 불안의 대상이 지닌 성격이라고 규정했다. 위협하는 것은 이미 거기에 존재하고 있으나 동시에 확인할 수 없기에 불안을 조성한다. 이러한 불안으로 하이데거의 기투된 현존재는 자기의 가능성을 찾게 된다(마르틴 하이데거/소광희 옮김, 《존재와 시간》, 경문사, 1995, p.269, p.271 참조).

로 해석할 수는 없다. ①에서 "문풍지 소리"에 떠는 "가슴"으로 형상화된 인식의 과정은 불안을 초래한 "바람"을 매개로 이루어진 것이었다. 여기에는 앞에서 설명한 것과 같은 존재의 가능성이 기투되어 있기 때문이다. 그러한 두려움의 상황에서 윤동주 시의 주체는 불안을 초래한 대상을 매개로 자기의 가능성을 향해 스스로를 기투한다.115)

②에서는 그 같은 "바람"의 작용이 보다 직접적으로 나타난다. 여기에서 "바람"은 "山林"을 뒤흔들어 "波動"을 만들고, "닢아리"를 흔들어 무서운 소리를 낸다. 윤동주의 동시에 사용된 "바람"이 일반적으로 "애기바람이/나무가지에서 소올소올(〈봄〉)", "저녁에 바람이 솔솔.(〈童謠、해빛.바람、〉)"에서처럼 밝고 경쾌한 느낌을 전달했다면, 이 시에서 볼 수 있는 "바람"의 청각화는 극심한 불안을 동반한다. 그리고 그러한 불안감은 "山林의 검은波動"과 "닢아리흔드는 져녁바람에" 무서움을 느끼는 상황으로 전이된다. "솨——"라는 의성어와 "검은", "져녁" 등의 시어가 자아낸 부정적 어감의 영향으로 "잎새"를 흔들던 〈序詩〉의 "바람"과 비슷한 강도의 "져녁바람(②)"이 강풍과 흡사한 인상을 주게 되는 것이다.

하지만 그러한 차이가 있음에도 두 시의 "바람"은 '괴로움'과 "무섬"이라는 불편한 감정을 느끼게 한다는 공통점을 지닌다. ②의 흔들리는 "닢아리"는 〈序詩〉의 "잎새"와 마찬가지로 주체의 투영을 내포한다. 결국 이를 "흔드는" "바람"은 공통적으로 '괴로움'과 "무섬"

---

115) 이는 절대적 타자인 신에 대한 인식을 보여주는 것으로, 이 지점에 이르면 존재가 느끼는 이유 없는 불안의 원인이 더욱 명확하게 규명될 수 있다. 윤동주의 시에는 이같이 충만한 언어로 현현해 주체를 소환하여 예언적 주체의 소명을 인식하게 도와주는 절대타자를 상징하는 '소리'도 나타나는데, 그러한 상징의 유형에 대해서는 다음 장(III.C.1)에서 자세히 살펴보기로 한다.

이라는 불편한 감정을 느끼게 함으로써 주체의 자기 이해를 감각화시키는 매개기능을 담당하게 된다.

바슐라르는 고통받는 나무, 뒤흔들리는 나무는 온갖 인간 열정의 이미지를 제공해줄 수 있다고 했다.116) 이러한 견해는 "바람이 팽이처럼 돈다。/나무가 머리를 이루 잡지 못한다。//내敬虔한 마음을 모서드려/노아때 하늘을 한모금 마시다。(〈소낙비〉)"에서 고통받는 나무의 이미지를 주체의 자세로 전이시킨 윤동주의 시작 특성과도 상통한다.117) 이와 같이 〈山林 (詩)〉의 "바람"은 주체의 내적 갈등, 자기 인식의 고통을 유발하는 매개체 구실을 한다. 그리고 그러한 "바람"의 작용으로 윤동주 시의 주체는 성장하게 된다.

한편 간접적으로 청각화된 ③의 "소리처럼" 불어오던 "바람"은 다음 연에서 시각화된 주체의 자기 이해 과정을 나타내는 "어둠속에 곱게 風化作用하는/白骨"로 전이된다. 이는 앞에서 살펴본 자기 대면의 상황을 의미하는데, 이때 "하늘"에서 불어온 "바람"이 주체의 위치를 "宇宙"로 확장시킨다. 여기에서 "宇宙"는 어두움이라는 속성을 공유한 "房"의 변이형으로 확장적 공간의 의미를 가지며 그러한 확장의 양상은 주체의 성장을 함의한다. 이는 "바람"을 통한 주체의 확장을 보여준 〈序詩〉의 시적 상상력과 유사하다.

이렇게 윤동주의 시에서 '어두운 밤'과 '바람'은 주체가 자기를 대면하게 만드는 매개로 작용한다. ①의 "겨울밤", "문풍지 소리"와 ②의 "어둠", "져녁바람"과 마찬가지로 이 시(③)에 "風化作用"으

---

116) 가스통 바슐라르, 앞의 책, 1993, p.430 참조.
117) 김우창이 윤동주의 산문 〈별똥 떨어진 데〉를 인용하며 여기에 나타난 '나무'는 정치적 해결이 아닌 내적 충실, 유기적 성장을 의미한다고 한 논의를 참고할 수 있다(김우창, 〈손들어 표할 하늘도 없는 곳에서 ― 윤동주의 시〉, 권영민 엮음, 앞의 책, 1995a, p.175).

로 형상화된 "바람" 또한 인식을 감각화한다. 이 같은 특성은 "어둠과 바람이 우리窓에 부닥치기前(〈사랑의殿堂〉)"에서도 유사하게 변주되어 나타나는바, 다음 절에서는 그러한 어두운 '방'이 주체의 실존적 대결을 매개하는 상징으로 쓰이는 상황에 대해 살펴보기로 하겠다.

'자연'은 인간을 포함한 모든 존재자를 포괄하는 전체요, 존재 자체를 가능케 하는 존재의 근원이며 원천이다.[118] 윤동주의 시에서 이 '자연'은 인간 안의 자연(본성)인 유기적 '신체'와 달리 물질적 특성을 지니고 자기 인식에 대한 주체의 욕망을 도구적으로 매개하는 상징으로 쓰였다. '자연'이 단순한 사물과 같은 대상성으로 국한되지 않고, 상징의 차원에 포섭되어 주체의 자기 인식에 매개적 기능을 담당하는 것이다.

이제까지 살펴본 바에 따르면 Ⅱ.B.1의 〈黃昏이바다가되여〉, 〈肝〉, 〈쉽게씨워진詩〉 등에 나타난 '물'의 상징은 차단, 독립된 비현실적 공간을 형상화함으로써 주체가 외부로부터 소외되어 자기를 직시할 수 있는 조건을 형성한다. 그리고 이는 시의 공간에 비현실적 요소를 부가하여 현실에 대한 부정의식을 표출하는 기능을 담당하였다.

많은 경우 윤동주 시의 '물'은 하강의 이미지를 동반하고 주체를 잠식해버린다. 그러한 난폭한 물은 차단된 공간에 주체를 소외시킨다. 현실로부터 유리된 공간에서 행해진 이 같은 자기 인식의 과정은 현실에 대한 부정의식을 담고 있다. 이는 차단된 공간을 형성하여 주체를 소외시킴으로써 시대를 바라보는 시인의 시선, 무기력한

---

118) 강영안, 앞의 책, 1998, p.24.

자기를 대면케 하는 주체 인식의 매개인 '물'의 상징의미를 내포한다.[119]

한편 고립된 공간 진입을 보여준 '물'과 달리 역동적으로 주체의 욕망을 매개하는 Ⅱ.B.2의 '바람'은 청각·시각으로 지각되는 '바람'으로 형상화된다. 이때 '바람'은 (공포가 수반된) 갈등, 위안 등이 수반된 주체의 자기 인식을 내면작용이 아닌 감각화를 통해 지각의 형태로 외면화하는 매개기능을 담당한 상징이 된다. 한편 주체를 세계, 우주적 영역으로 확장시키는 동인이 되기도 하는 윤동주 시의 '바람'은 '하늘', '별', '식물' 등과 결부되어 외부공간과 내면의식을 연계시키는 역동적 특질을 보여주며, 공히 실존의 위기, 존재의 의미를 되묻는 성찰에 닿아 있다.

이와 같이 윤동주의 시에서 '자연'은 사물 자체로서의 1차적 의미를 거쳐 주체가 자기를 인식해가는 과정에 매개의 구실을 한다. '자연'이 1차적 의미를 통과해 2차적 의미를 지향하는 상징으로 쓰였다는 점에서 윤동주 시의 시작방법과 의미 사이에 형성된 긴밀한 연관관계를 확인할 수 있다.[120]

---

119) 맑음, 투명함, 약동성의 속성이 부가된 흘러가는 '물' 또한 주체를 잠식하는 '물'과 마찬가지로 현실을 극복하고자 하는 주체의 욕구를 상징한다.

120) 여기에서는 그러한 '자연' 가운데 형상화의 과정에서 유사성을 보이는 '바람'과 '물'의 상징에 제한해 주체의 자기 이해를 매개하는 상징의 특성을 살펴보았다. 이 책에서는 그동안 거의 언급되지 않았던 시편들을 논의의 중심으로 끌어들여 이를 규명하려고 노력하였다. 부수적으로 언급한 '하늘', '별', '식물'의 상징의미나 자연 상징과 몸 상징의 연계에 대한 집중적인 논의가 전개된다면 상징이 주체의 자기 인식을 매개하는 과정을 살펴본 이 책의 논지가 보다 면밀하게 입증될 수 있을 것이다.

C. 시공간적 매개인 장소와 주체의 결단[121]

A, B절에서 보았던 '몸', '자연'과 마찬가지로 이 절의 '장소' 또한 시공간적으로 인간의 현존을 지배하는 인식의 매개로 작용한다. 정적인 폐쇄성과 움직임이 있는 개방성으로 이분될 수 있는 '공간'은 윤동주의 시에 편입되면서 그러한 대립구도를 넘어선다. 실존의미의 확인을 매개하는 총체적 시공간성인 '장소'[122]로 연계되는 것이다.

1. 어두운 '방'과 소외 극복의 의지

윤동주의 시에서 '방'이라는 장소는 차가움, 어두움, 겨울 등 부정적 특질을 지닌 요소들과 함께 등장한다. 이러한 '방'은 피곤한 삶의 휴식처가 아니라, 피로가 연장되어 주체가 소외와 자기 대면을 경험하는 곳이다.

> ① 暮下로 손구락질할 수돌네房처럼 칩은 겨을보다
>
> 해바라기가 滿發할 八月校庭이 理想곮소이다.

---

121) 리쾨르는 의지행위로서의 결정을 생각과 판단으로 이해했다. 이는 '기획'으로서의 결정으로 미래지향적이고, 가능성, 능력과 연관되는 의미를 지닌다(김종걸, 앞의 글, 1996, p.39).

122) 오귀스탱 베르크는 근대성이 모든 장소를 하나의 보편적인 공간으로 동일시함으로써 장소의 특성을 약화시켰다면서, 장소는 물리적 범위에서도, 생태학적 범위에서도 결코 특성을 잃고 보편적 공간이 될 수 없다고 역설한다. 장소에는 인간의 의식에서 출발한 가치가 배어 있으며, 인간존재는 물리적 장소와 에쿠멘적 관계에 놓인다는 것이다(오귀스탱 베르크, 앞의 책, pp.214~215).

……

나는 아마도 眞實한世紀의 季節을많아、

하늘만보이는 울타리않을뛰처、

厂史같은 포시슌을 직혀야 봄니다。

〈寒暖計〉 부분

② 쉬는 時間마다

나는 窓역흐로 함니다。

……

이글이글 불을 피워주소、

이방에 찬것이 설임니다。

〈窓〉 부분

③ 후어 — ㄴ한 房에

遺言은 소리업는 입놀림。

……

平生 외롭든 아버지의 殞命

감기우는 눈에 슬픔이 어린다。

외딴집에 개가 짓고

휘양찬 달이 문살에 흐르는 밤。

〈遺言〉 부분123)

인용한 세 편의 시에서는 "방"이라는 장소와 결부된 몇 가지 특징이 확인된다. 이는 위에서 언급한 바 있는 부정적 요소와 결합하는 경우를 말하는데, ①에서는 "零下", "칩은 겨을" 등 '방'과 관련된 요소들이 "해바라기가 滿發할 八月校庭"의 이상성과 대조되며 그러한 특성을 부각시킨다. 따뜻하고 화사한 "校庭"과 대비된 "수돌네房"의 부정적 특질은 그 다음 부분에서 "하늘만보이는 울타리않"에 갇힌 주체의 위치로 치환된다.

'방'에 부여된 폐쇄성에 대해 김열규는 "퇴행의식(退行意識)에 짝하여 모태(母胎)에의 환원을 기원하는 윤동주의 무의식으로부터 기원하는 것"으로 규정했고, 〈힌그림자、〉와 같은 시는 "광장공포증"이라는 용어로 설명하기조차 했다.124) 그러나 윤동주 시의 '방'은 폐쇄성을 극복하고 싶은 욕망이 실존적 대응을 통한 극복의지로 형상화된 것이다. 두 번째 인용한 시를 통해 이를 자세히 살펴보기로 하자.

②의 "방" 또한 ①과 비슷하게 "찬것"의 부정적 심상을 포함하고 있다. 그러나 ①이 부정성에 대한 극복의지를 직접적 행동으로 표출하고 있는 것과 달리, ②의 경우는 소극적인 면모를 보일 뿐이다. ①의 주체가 "포시슌"을 뛰쳐나오는 적극적 자세를 견지하는 반면, ②의 주체는 자유가 주어진 범위 안에서 폐쇄성에 반기를 드는 것이다. "窓"을 통해 외부와 간접적인 소통을 함으로써 ②의 주체는 춥고 답

---

123) 이 시는 [窓]에 기록된 후 1939년《朝鮮日報》에 실렸다. 여기에서는 후자를
원본으로 확정한다(왕신영 외, 앞의 책, 2002, p.81, p.185).
124) 김열규, 앞의 글, 1964, p.672, pp.679~680.

답한 상황을 벗어나고 싶은 욕망을 표출한다. 비록 그러한 간절함이 "陰酸한鷄舍에서 쏠러나온/外來種 레구홍、(〈닭〉)"처럼 직접적 행위로 표출되지는 못하였지만, 이 같은 욕망의 발현은 방의 폐쇄성을 무의식의 측면에서 설명한 김열규의 논의와 부합되지 않는다.

한편 ③에서는 위에서 보았던 폐쇄되고 답답한 느낌의 방과 차별된 새로운 형태의 "房"이 발견된다. "후어ㅡㄴ한 房"으로 묘사된 ③의 독자적 특성은 그곳에서 진행된, 흡사 제의와 같은 의식의 순간과 결부된다. 이때 ①, ②의 방에 내재된 부정적 요소가 ③의 방에 부재하는 까닭은 "遺言", "외롭든", "殞命", "슬픔", "외딴" 등의 시어에 드리운 죽음의 그림자, 소외의식 등이 이미 부정성을 내포하고 있기 때문인 것으로 추정된다. 하지만 외부공간과 단절되어 있다는 점에서 이 "房" 또한 앞의 '방'들이 보여준 것과 다르지 않은 폐쇄성을 특질로 삼고 있다. 이렇듯 공간적 배경인 '방'은 '밤'이나 '겨울'과 같은 시간성과 결합하면서 시공간적 특성을 지닌 '장소'의 의미를 갖게 된다. 또한 이는 주체의 자기 이해를 매개하는 상징으로 작용한다.

한편 "후어ㅡㄴ한 房"에서 볼 수 있던 '방'의 폐쇄성이 〈病院〉에서는 보다 확장되고 개방적인 장소로 전이되어 형상화된다.

> 살구나무 그늘로 얼골을 가리고. 病院뒷뜰에 누어、젊은 女子가 힌 옷아래로 하얀다리를 드려내 놓고 日光浴을 한다. 한나절이 기울도록 가슴을 알른다는 이 女子를 찾어 오는 이、나비 한마리도 없다. 슬프지도 않은 살구나무가지에는 바람조차 없다.
>
> ……

　　女子는 자리에서 일어나 옷깃을 여미고 花壇에서 金盞花 한포기를
　따 가슴에 꼽고 病室안으로 살어진다.

〈病院〉 부분

　"病院"은 윤동주가 연희전문 졸업시기에 맞추어 발간할 계획이었
던 자선시집 〔하늘과바람과별과詩〕의 표제로 염두에 두었던 제목이
다. 정병욱의 증언에 따르면, 윤동주는 처음에 시집 제목을 "病院"
으로 하려 했던 이유에 대해 "지금 세상이 온통 환자투성이이기 때
문이"라며 "병원이란 앓는 사람을 고치는 곳이기 때문에 혹시 앓는
사람들에게 도움이 될 수 있을지도 모르지 않겠느냐"고 설명했다고
한다.125) 당시 그는 졸업 기념으로 시집 77권을 자비출간하려 했으
나, 시기가 좋지 않다는 이양하 교수의 조언을 받아들여 출간을 늦
춘 것으로 알려져 있다. 이러한 사실을 고려해보면 시인 스스로 이
시에 내재된 시의식이 다른 시편들의 기본골자가 될 수 있다고 생
각했다는 추정이 가능하다. 이 시의 구체적인 의미에 대해서는 다음
장(Ⅲ.A.2)에서 자세히 고찰하기로 하고, 여기에서는 시의 공간적
배경으로 설정된 "病院"과 그 안에서 활동하는 인물들의 관계성을
통해 그러한 장소적 특성이 갖는 상징성을 중점적으로 분석해보기
로 하겠다.
　〈病院〉의 1연에는 한 "女子"가 "日光浴"을 하고 있는 장면이 제
시된다. 그녀는 찾아오는 이가 아무도 없는 소외된 사람으로 "病院",

---

125) 이양하 교수의 만류로 미루게 된 자선시집의 출간 대신 윤동주는 19편의 시를
　　원고지에 손수 적어 필사본 시집을 세 권 만들었다. 그 가운데 한 부를 후배였던
　　정병욱에게 건네주었는데, 윤동주는 당시 〔하늘과바람과별과詩〕로 썩어 있는 표
　　지에 '병원(病院)'이라고 써넣어주며 정병욱에게 시집의 제목에 대해 설명하였
　　다고 한다(송우혜, 앞의 책, 2004, p.316 참조).

"뒷뜰", "그늘" 등 햇빛이 잘 들지 않는 외딴 곳을 선택해 "日光浴"을 한다. 비일상적인 이 "日光浴"의 상황은 "살구나무 그늘로 얼골을 가"린 채 "힌옷아래로 하얀다리"만 내어놓는 "女子"의 소극적 태도에서도 동일하게 나타난다.

그런데도 왜 그녀는 굳이 "日光浴"을 자청하는 것일까? 아니 좀더 정확히 말해 시인은 왜 그녀의 행위를 "日光浴"이라는 단어로 규정하고 있는 것일까라는 물음이 발생한다. 이와 같은 해석의 애매성을 해결하기 위해서는 앞 장에서 존재성의 상징으로 논의한 "발"의 의미로 다시금 돌아가 봐야 한다.

〈病院〉에서 여인은 "다리"만을 햇빛에 노출시키고 있다. 여기서 "다리"는 앞 장에서 살펴본 '발'의 변주라 할 수 있다. 존재성을 함축한 "다리"에 비추는 소량의 햇빛은 그녀의 그늘진 삶에 비추일 희망의 가능성을 암시한다. 일종의 제의와 같이 제한된 "日光浴"의 시간을 경험한 뒤 "女子"가 가슴에 꽂은 "金盞花"는 상징적으로 그러한 해석의 가능성을 보여준다. "나비 한마리" 찾아오지 않는 여인은 "바람"조차 일지 않는, "슬프지도 않은" "살구나무 그늘로 얼골을 가리"운 채 "하얀다리를 드려내 놓고 日光浴을 한다". 삶을 추동할 "바람"조차 불지 않는 현실에 의해 그늘진 동시에 "슬프지도 않은" 그 현실을 외면하는 "女子"의 가리운 "얼골"은 더 이상 그녀의 존재성을 대표하지 못한다. "그늘"이 익숙한 삶의 터전이 되어 버린 그녀에게 이전에는 주된 가치를 부여받지 못하던 하반신의 "다리"가 존재성의 상징으로 새롭게 부각된 것이다. 이와 같은 가치전도의 상황은 "그늘"로 가리운 "얼골"과 "하얀다리"에서 볼 수 있는 수식어구의 속성으로도 확인된다. 햇빛의 밝음이 병을 앓는 여자의 "가슴"으로 전이되면서 "女子"의 "가슴"에 피게 된 "金盞花"의 밝은 빛깔이 소외된 상황에서 희망의 도래를 보는 주체의 시선을 암시적으로 드러내는 것이다.126) 이렇게 이 시의 "日光浴"은 여인과 '꽃'의 관계에 개연성을 제공해준다.

그런데 이러한 비일상적 상황이 전개된 시적 장소인 "病院"은 외부세계로부터 단절된 특수한 공간이다. 이는 앞에서 '방'을 통해 살펴본 폐쇄적 공간의 속성(Ⅱ.A.1)과 상통한다. 〈또다른故鄉〉의 '방'에서 주체가 경험한 분화와 자기 대면이, 폐쇄된 공간인 "病院"에서는 여인의 모습에 자기를 투영시켜 바라보는 주체의 모습으로 변주된 것이다. 나아가 그곳에는 "女子"와 식물성 '꽃'의 결합으로 말미암아 방의 폐쇄성이 극복될 가능성 또한 암시되어 있다.

윤동주의 시에서 "방"의 폐쇄성을 극복하기 위한 적극적인 시도는 공간의 경계를 허무는 형태로 등장한다. 앞에서 논의한 〈窓〉, 〈寒暖計〉 등의 시에서 그러한 의지는 "窓"에 다가가거나 "울타리"를 뛰어넘는 등의 직접적인 행동으로 표출되었다. 이는 "暗黑이 창구멍으로 도망한.(〈초한대.〉)", "문풍지를/쏘 ― ㄱ、쏙. 쏙(〈童謠、해빛. 바람、〉)", "이제 窓을 열어 空氣를 밖구어 드려야 할턴데(〈돌아와보는밤〉)" 같은 시에서도 경계성 인식을 중심으로 간접화되었다. 경계공간인 '창', '문', '울타리'― 일반적으로 이러한 경계공간은 '벽', '담' 등의 경계표시로도 변주될 수 있으나, 윤동주 시에서 '벽'이나 '담'은 경계를 무너뜨리는 폐쇄성 극복의 양상을 보이지 않는다― 를 넘어서는 주체의 행위가 '방'의 폐쇄성을 극복하려는 의지의 표출로 드러난 것이다.

한편 다음 예들에서는 직접적 행동이 수반되지 않은 또 다른 형

---

126) 〈病院〉에서 나와 여자의 관계성이 갖는 의미에 대한 고찰은 Ⅲ.A.2를 참조.

태의 폐쇄성 극복양상이 발견된다. 이는 공간 자체의 성질 변화를 통해 '방'의 폐쇄성을 극복하고, 그 공간개념을 확장시키는 방식으로 나타난다.

① 壁과 天井이 하얗다。房안에까지 눈이 나리는 것일까、
〈눈오는地圖〉 부분

② 밖을 가만이 내다 보아야 房안과같이 어두워 꼭 세상같은데
〈돌아와보는밤〉 부분

③ 어둔 房은 宇宙로 通하고
하늘에선가 소리처럼 바람이 불어온다。
〈또다른故鄕〉 부분

먼저 ①과 ②에서 시인은 외부적 상황인 "눈"과 '어두움'을 "房안"으로 끌어들여 폐쇄된 내부적 공간인 '방'과 외부적 공간인 '세상'을 연결하고 있다. ③에서 그러한 연계적 특성은 보다 적극적인 양상을 띤다. ③의 "房"은 외부적 요소를 끌고 들어오는 데 그치는 것이 아니라, 아예 공간의 경계를 허물어트린 형태로 나타난다. 이미 앞에서 윤동주 시의 '방'이 폐쇄적 공간인 동시에 "세상", "우주"로 확장됨으로써 새로운 상징적 의미를 갖게 된다는 사실을 살펴본 바 있다. ③에 형상화된 "房"은 그러한 확장을 보여주는 경우로, 폐쇄적 공간 안에 갇혔던 주체의 인식적 확장을 상징적으로 드러낸다.

①과 ②의 "房"이 외부의 시공간적 특질과 결합하거나 비유적으로 외부와 연계되는 양상을 띠었다면, ③에 나타난 "房"의 경계 허

물기는 공간의 확장과 시간의 무화를 동반하고 나타난다. 이러한 특성은 이들 장소에 비현실적 특성을 부여하는데, 이는 앞 절에서 (Ⅱ.A.1) 살펴보았던 특정공간으로의 진입을 통한 자기 인식의 양상과 동일한 상징적 의미를 갖는다. 결국 ①~③의 '방'은 자기 대면 상황의 매개적 기능을 담당한 '우물', '거울', '호수', '병원' 등이 변주된 형태의 상징유형이라 할 수 있다.[127]

그러한 '방'에서 주체는 "세상으로부터 돌아"와 참된 자기를 돌아보는 엄정한 시간에 직면한다. 이 같은 자기 대면은 앞에서 살펴본 소외상황 ― 이는 세계로부터의 소외, 타자로부터의 소외, 자기 자신으로부터의 소외를 포함한다 ― 을 극복하려는 실존적 대결을 암시한다. 그리고 소외를 극복하는 자기 대면의 장소를 상징하는 '방'은 부정적인 닫힌 공간의 폐쇄성을 벗어나 다음 항에서 논의할 '길'의 상징으로 변주된다.

2. 소명의 '길'과 가능성의 모색

자기 대면을 경험한 실존이 '방'이라는 폐쇄성의 공간을 벗어나 발을 디딘 곳은 열린 공간인 '길'이다. 그곳에 발을 디뎠다는 것은 주체가 계속해서 이동해야 하는 자신의 운명을 수용했음을 의미한다. 이는 자신에게 주어진 길을 걸어가겠다는 운명에 대한 순응의지, 소명의식 등으로 풀이될 수 있다.

잃어 버렸습니다。

---

[127] '방'이라는 장소적 상징을 매개로 경험되는 주체의 자기 이해 양상에 대해서는 Ⅱ.A.1의 〈또다른故鄕〉의 분석을 참조.

무얼 어디다 잃었는지 몰라

두손이 주머니를 더듬어

길에 나아갑니다。

돌과 돌과 돌이 끝없이 연달어

길은 돌담을 끼고 갑니다。

......

길은 아츰에서 저녁으로

저녁에서 아츰으로 통했습니다。

돌담을 더듬어 눈물 짓다

처다보면 하늘은 부끄럽게 프릅니다。

풀 한포기 없는 이길을 걷는것은

담저쪽에 내가 남어 있는 까닭이고、

내가 사는것은、 다만、

잃은것을 찾는 까닭입니다。

〈길〉 부분128)

1연의 "주머니"에는 앞 항에서 살펴본 '방'의 폐쇄적 공간성이 내

---

128) 왕신영 외, 앞의 책, 2002, pp.161~163.

재되어 있다. 그런데 "더듬어"라는 시어에서 그러한 폐쇄공간을 벗어나려는 주체의 자발적 의지를 엿볼 수 있다. 이 같은 주체의 행위는 서두에 제시된 갑작스러운 상실의 경험 — "잃어 버렸습니다." — 에서 비롯된 것이다.

이 시는 그러한 상실과 되찾음의 과정을 보여주는 여정의 기록이다. 이는 "길"이라는 공간이 그곳에 진입하기 이전에 거하던 "주머니"의 공간성과 대조적 입지에 놓여 있음을 의미한다. 따라서 여기서 조명하는 "길"은 위에서 살펴본 머무르는 닫힌 공간의 폐쇄성과 상반되며 이동하는 열린 공간의 개방성을 속성으로 삼는다.

1연에서 주체는 "주머니"를 탈출해 "길"에 나아간다. 그런데 이 "길"을 따라가는 주체의 모습이 1연에서 "두손"이라는 분절된 신체의 양상으로 형상화되었다. 2연에서는 그 길이 돌담을 끼고 간다고 했다. 이러한 "돌담"은 "길"을 인식할 수 있는 표지가 된다. 그런데 인용한 4연에서 1연의 그 "손"이 다시금 주체의 신체기관으로 회귀하여 2연의 그 "돌담을 더듬"는다. 표면적으로 이는 1연에서 폐쇄된 장소를 벗어나려 하던 '손'이 열린 공간에 속한 4연에서 다시 본래의 기능으로 돌아간 것으로 이해될 수 있다. 그러나 행위의 주체였던 1연의 '손'은 4연의 상황이 단순히 담을 만지는 물리적 행위가 아니라, 1연에서 볼 수 있던 모색행위의 연장임을 보여주는 지표의 기능을 담당한다. 이는 폐쇄된 장소를 벗어나 나아간 "길"이라는 장소에도 여전히 또 다른 유형의 폐쇄성이 존재한다는 것을 말해준다. "돌과 돌과 돌이 끝없이 연달아" 이어진 길은 무한히 열린 속성을 지니고 있지만, 다른 한편으로 그 "길"의 실체가 "돌담"으로 인해 규정되고 있다는 사실은 이 시의 '길'이 모든 부정성을 벗어버린 희망의 지향점으로 제시되지 않는다는 것을 보여주기 때문이다.

아직 해결되지 않은 폐쇄성을 극복하기 위해 주체는 끊임없이 모색행위를 지속한다. 인용한 5연에서 그러한 모색은 "걷는" 행위로 제시된다. 앞의 연들에서 모색행위를 담당하던 "손"129)이 '발'이라는 신체기관으로 전환된 것이다. 앞에서 살펴보았던 "발"의 상징의미는 마지막 두 연의 "길을 걷는" 행위를 "내가 사는것"의 실존의미로 대응시킨 윤동주의 시의식을 이해하는 데 도움을 준다.

이렇듯 '손'이 존재성의 상징인 '발'로 전환되는 경계에 제시된 "하늘은 부끄럽게 프릅니다"라는 고백에서 볼 수 있듯이, "돌담을 더듬"는 모색의 과정이 안겨준 좌절의 경험으로 눈물짓는 주체에게 "하늘"은 '부끄러움'을 느끼게 만드는 대상이다. 이는 공생하는 타자로서의 자연인 '하늘'이자 앞 장에서 살펴본 자기 반성의 조건이며, 다른 한편으로는 다음 장에서 〈또다른故鄕〉을 통해 살펴보게 될 지향적 공간의 상징형태이기도 하다.

한편 그러한 '부끄러움'은 윤동주 시의 주체가 "길을 걷"게 만드는 원동력으로 Ⅱ장에서 분화된 자기를 들여다보던 주체의 모습과 연결된다. 그러나 "담"의 단절성으로 말미암아 이 시에 나타난 '뜬 눈'의 감각은 '더듬는 손'으로 변주된다. 여기서 '손'은 분화된 주체를 바라보는 자기 성찰적 주체의 시선인 '뜬 눈'의 상징성과 융합된다. 이렇게 "담저쪽에" 남아 있는 분화된 자신의 실체를 더듬던 '손'이 자연스럽게 존재성에 대한 탐색인 걷는 '발'의 상징으로 변환되면서 문제는 다시금 주체의 실존으로 돌아오게 된다.

이상에서 살펴본 〈길〉의 상징성은 폐쇄성을 벗어나려는 모색의 과정, 곧 폐쇄성을 벗어나 단절, 소외를 극복하고 타자(또 다른 자

---

129) 그러한 모색행위가 타자와의 연합을 지향하는 모색으로 나타나게 되는 '손'의 상징에 대해서는 Ⅲ.A.1을 참조.

기)와 조우하고 싶은 주체의 욕망이 반영된 것이었다. 그런데 정작 모색행위를 담당한 '손'은 현실의 장벽에 부딪히고, 열린 공간에서 닫힌 공간의 폐쇄성을 경험하면서 소망하던 타자와의 연합이 그다지 녹록하지 않은 일임을 깨달은 주체는 계속해서 주어진 그 길을 '걸어가게' 된다. 이는 마지막 연에서 "사는것"이라는 말로 환치된 '손'과 '발'의 여정, 곧 인간 실존의 기록을 함의한다.

위에서 살펴본 '길'은 모색의 '길', '길'을 걷는 행위의 필연성 등에 대한 설명을 담고 있었다. 그런데 주체 앞에 전개된 내가 걸어갈 길, 내가 사는 길이 항상 순탄하고 평안한 것은 아니다. 그 길은 "풀 한포기 없는(〈길〉)" '길'이고, 겨울이 되면 "말똥 동그래미(〈겨울〉)"가 얼어 있기도 한 "안개속에 잠긴 거리(〈흐르는거리〉)"이며, "빗속에 젖어(〈돌아와보는밤〉)" 내가 비를 맞고 걸어갈 '길'이기도 하다. 앞에서 살펴본 바 있는 열린 공간이 갖는 폐쇄성, 그리고 노상에 놓인 여러 가지 상황 등은 그러한 여정을 지속시키겠다는 의지를 현실화시켜 길을 걷는 주체와 그 공간을 만든 주체가 동일화될 수 없다는 사실을 보여준다.

결국 〈序詩〉의 "나안테 주어진 길을/거러가야겠다."에 나타난 열린 공간의 특성을 지닌 '길'은 시적 주체를 비롯한 수많은 개개인의 눈앞에 제시된 길, 곧 자신이 만들지 않은 그 길을 걸어야만 하는 자기 운명에 대한 자각을 상징화한 것이라 할 수 있다.[130] 자신에게 주어진 사명을 따르고 감당하겠다는 그러한 소명의식은 주체의 자기 인식과 타자와의 관계를 모두 포함한다. 그리고 이는 시대의 예

---

130) 김우종은 〈序詩〉와 〈十字架〉의 연관성을 설명하며 이들을 "사명시(使命詩)"로 명명하였다(김우종, 〈암흑기 최후의 별— 그의 문학사적(文學史的) 위치〉, 권영민 엮음, 앞의 책, 1995a, pp.145~151 참조).

언자로서 시인에게 주어진 소명에 대한 윤동주의 인식을 보여주는 것이기도 하다.

> 내를 건너서 숲으로
> 고개를 넘어서 마을로
>
> 어제도 가고 오늘도 갈
> 나의길 새로운길
>
> 문들레가피고 까치가 날고
> 아가씨가 지나고 바람이 일고
>
> 나의길은 언제나 새로운길
> 오늘도…… 내일도……
>
> 내를 건너서 숲으로
> 고개를 넘어서 마을로
>
> 〈새로운길〉 전문

윤동주의 시에는 '길'을 걷는 자가 그 여정에서 만나게 되는 수많은 풍광들, 부딪히게 되는 사건들이 고스란히 편입되어 있다. '냇가'에 앉아 자신의 모습을 바라보는 자기 성찰의 시간 동안 주체의 분화를 경험한 〈새로운길〉의 주체는 이를 극복하기 위해 현실 속에서 새로운 지향점을 찾아 나선다. 이때 분열된 주체의 화합이 이루어질 수 있는 곳은 다음 장에서 살펴보게 될 '또 다른 고향'으로서의 "숲"

이며, "고개를 넘어" 다다르게 될 "마을"이다. 이 경우 주체가 경험하는 "고개"라는 장소 또한 전자와 마찬가지로 "마을"에서 충족될 수 있는 요소가 부재하는 과정을 함의한다. 여기에서 만난 사람들은 〈(散文詩)、츠르게네프의 언덕.〉의 주체와 소년들처럼 서로를 받아들이지 못한다. 그들은 단지 "自己네끼리 소곤소곤 이야기"할 뿐 또는 나를 "힐끔 돌아볼 뿐" 나의 부름에 화답하지 않는다. 여기저기를 돌아보아도, 아무리 목 놓아 불러보아도 "언덕우에는 아무도 없"었다는 것이다.131) 이는 앞 항에서 〈病院〉을 통해 살펴본 단절감과 소외의식의 동류로, 닫힌 공간의 폐쇄성과 더불어 "길"이 지닌 또 하나의 부정적 측면을 나타낸다. 또한 그러한 부정적 특성은 '방'의 폐쇄성을 극복하고 나아간 '길'이 지향적 장소가 아니라, 그곳에 도달하기 위해 '잃어버린 것을 찾는' 과정임을 암시한다. 이렇게 윤동주의 시에서 '방'으로부터 '길'로 이동하는 양상은 부정과 긍정의 이항대립적 속성을 지닌 두 공간을 지향점을 향해가는 이행의 과정으로 연계시킨다.

그리고 그 여정의 끝에서 비로소 주체는 화합의 장소, 사랑과 충일의 장소인 "마을"로 향하게 된다. 이러한 공간성의 전이는 2, 4연에 제시된 "나의길은 언제나 새로운길"이라는 인식에 기반을 둔다. 주체에게 이 "길"은 "어제도 가고 오늘도 갈", 또한 "내일도" 동일하게 걸어갈 "나의길"인 것이다. 여기서 "길"은 역사적 시간성을 함의한 '길'일 뿐만 아니라 미래에 대한 희망을 잃지 않는 현존의 자세까지도 상징적으로 나타낸다. 이러한 "길"에서 직선의 시간관은 그 의미를 잃어버리게 된다. 미래의 선취라는 근대적 시간관의 특성이

---

131) 〈(散文詩)、츠르게네프의 언덕.〉에 대한 자세한 분석은 Ⅲ.A.1을 참조.

과거, 현재, 미래라는 시간성의 무화로 말미암아 무한히 반복되는 현재 중심으로 변화하게 되면서, "길"은 현재적 시점에서 미래를 끌어안는 시간적 특성을 내포한 장소로 변모해 주체의 자기 이해를 매개하게 된다. 그 "길"에서 만난 "문들레"의 개화와 "까치"의 비상, 지나가는 '아가씨', 불어오는 외부의 "바람"132)에 주체가 자기를 투영하게 되는 것이다.

이렇게 인생의 여러 경험을 포함한 "길"은 끊임없이 역사적 실존으로서의 시대 인식, 윤리적 실존으로서의 자기 성찰, 그리고 종교적 실존으로서의 신앙의 실천 등 자신의 사명을 감당하는 자가 지나가야 하는 수행의 공간이요, 단절과 절망이 소통과 희망으로 연계되는 현재적 순간의 실존이 과거에 지나쳐 온 여정이요, 오늘을 거쳐 내일도 지나갈 현재적 미래의 도상(途上)이다. 이러한 장소적 상징으로서 "길"의 의미는, 윤동주 시의 지향점이 탈현실적 초월성으로 나타나지 않고 현세에서 실존적 대응을 통해 새로운 가능성을 모색하는 형태로 상징화된다고 한 앞의 논의들과 동일한 맥락에 놓인다.

이상에서 살펴본 바와 같이 윤동주의 시에서 '방'은 차가움, 어두움, 겨울 등의 부정적 특질을 지닌 요소들과 함께 등장한다(이 책에서는 그러한 어두움의 속성을 '차가운 빛'과 '뜨거운 빛'으로 이분화된 상징과 대비해 설명하였다). 이때 '방'은 삶의 휴식처가 아니라, 피로의 연장으로 자기 소외와 자기 대면이 발생하는 장소이다. 윤동주 시의 '방'이 갖는 폐쇄적 속성은 그것을 극복하려는 욕망으로 말미

---

132) 이때 "바람이 일고"라는 표현은 이 시의 "바람"이 존재에 대한 성찰을 불러일으키는 '내면의 바람'으로 치환될 수 있음을 보여준다.

암아 경계를 허무는 형태로 등장하면서 실존적 대응을 통한 극복의 지를 형상화한다.

이러한 '방'이라는 폐쇄된 장소에서 자기 대면을 경험한 자가 이를 벗어나 발을 디딘 곳은 열린 공간인 '길'이다. '길'에 나아갔다는 것은 주체가 계속해서 이동해야 하는 자신의 운명을 수용했음을 의미한다. 자신에게 주어진 길을 걸어가겠다는 그 같은 소명의식은 주체 인식과 타자와의 관계를 모두 포함한다.

그런데 수많은 풍광, 여정에서 부딪히게 되는 사건들을 고스란히 시의 시공간 속에 편입시킨 윤동주의 '길'은 모든 부정성을 벗어버린 희망의 지향점으로 제시되지 않는다. 열린 공간이 갖는 폐쇄성의 아이러니, 노상에 놓인 여러 가지 상황 등이 여정을 지속시키겠다는 의지를 현실화하면서, 아직 해결되지 않은 폐쇄성을 극복하기 위해 시의 주체는 '길'을 걸으며 끊임없이 모색행위를 지속한다. 이렇듯 윤동주 시의 지향성은 탈현실적 초월성으로 나타나지 않고, 현실에서 실존적 대응을 통해 새로운 가능성을 모색하는 주체의 결단으로 상징화된다.

현실의 시공간적 '장소'는 윤동주의 시에 편입되면서 시적 주체의 현실 극복 의지를 반영하는 상징의 기능을 담당하게 된다. 이는 표면적으로 정적인 폐쇄성을 띠는 장소과 움직임이 있는 열린 장소로 구분될 수 있는데, 그와 같은 이분화는 한편으로 다음 장에서 살펴보게 될 "고향", "또다른故鄕"의 상징의미와 연계될 수 있다. 이 절에서는 윤동주의 시에서 닫힌 공간으로서의 '방'과 열린 공간으로서의 '길'이 시간성과 결부되면서 이항대립적 구도를 넘어 주체의 자기 이해를 매개하는 장소 상징으로 쓰이는 양상을 살펴보았다.

III

타자관계의 상징과 인식의 확장

Ⅱ장에서 현존의 조건이 상징의 형태로 주체 인식을 매개하는 과정을 살펴본 데 이어 여기에서는 세계, 곧 현존재를 둘러싼 외부적 관계성을 나타내는 상징이 자기 이해를 매개하는 데서 도출될 수 있는 윤동주 시의 주체상에 대해 살펴보도록 하겠다. 하이데거는 인간의 현존재를 '세계 내 존재'로 파악하였는데, 이때 세계는 인간에게 주어진 외적인 세계의 조건들과 자기의 삶의 조건 모두를 포함한다.[1] Ⅱ장의 반성행위가 내부적 인식을 넘어 외부적 관계성을 통한 자기 해석의 단계로 확장되는 것이다. 이는 타자와의 관계성 속에서 상징으로 매개되는 주체의 실천행위를 포함한다.[2]

주체가 자기 인식의 영역을 넘어 실천적 행위를 통한 자기 해석을 체험하게 되는 과정에 매개기능을 하는 상징을 파악하기 위해 이 장에서는 윤동주 시의 타자유형을 직접 만날 수 있는 얼굴이 있는 대면적 타자(A), 개별적 얼굴로 확인되지 않는 집합적 타자인 사회(제도)(B),[3] 얼굴을 숨긴 절대적 타자인 신(C)으로 삼분하였

---

1) 한편 이는 야스퍼스가 말한 주체적인 현존재와 객관적인 현실계의 두 가지를 모두 포함한다. 키에르케고르는 "실존생활에서 사고는 어떤 이질적인 매개물 속에서 활동한다"는 말로 이러한 관계성을 언급한 바 있다. 이렇듯 현존재에게 주어진 조건으로서의 몸, 자연, 장소가 주체의 자기 이해를 매개하는 상징으로 쓰이는 경우에 나타난 존재의미를 살펴보는 것이 Ⅱ장의 주된 작업이었으며, Ⅲ장에서는 타자와의 관계성을 나타낸 상징이 주체의 자기 이해를 매개하는 경우를 고찰해보기로 하겠다.

2) 실존에 대한 인식은 실존생활이라는 활동이 그에 대립하는 현실계에 저항하는 데서 실현된다는 경험으로부터 출발한다. 그러므로 실존의 이 첫 경험 속에는 이미 자아와 세계라는 지워버릴 수 없는 이원성과 동근원성(同根原性)이 암암리에 인식되어 있다(O. F. 볼노브, 앞의 책, 1996, pp.64~67).

3) 권택영은 실존주의 모더니즘이 주체가 품고 있는 타자성은 밝혔으나 그것을 정치적 영역으로 확장시키지 못한 한계를 안고 있다고 역설한 바 있다. 이 책에서 다루는 사회·정치적 영역의 타자관계 상징은 윤동주 시의 정치적 함의가 모더니즘의 그러한 한계를 극복하게 해준다는 사실을 보여준다(권택영, 〈현대문학과 타자개

다. A절에서 살펴 볼 타자관계의 상징은 행위의 영역, 특히 책임이 문제시되는 윤리적 영역에서 발생하는 주체의 자기 이해에 깊숙이 관여한다. B절에서 다루는 타자관계는 주체의 자기 실현을 가능하게 하고 개별적 타자와 주체의 관계를 영속시킬 수 있는 매개조건인 사회, 정치적 영역에 대한 고찰이다. 한편 C절에서는 윤동주의 주체가 보유한 고유성으로서의 종교적 배경에 대해 설명한다. 이러한 종교적 타자관계 속에서의 주체 이해는 Ⅱ장에서 주체의 유한성과 오류가능성의 인지로 초래된 자기 반성의 조건이 된다.

또한 타자관계의 상징과 관련된 각 절의 세부항목은 ① 유한성의 조건인 몸의 제한된 감각을 통해 비동일성을 인지하는 타자관계[4] ② 비동일성으로 초래된 타자관계 ③ 동일성을 기반으로 형성된 공동주체로서의 타자관계로 구분된다. 이 책에서는 이렇듯 타자와의 관계가 독립적인 두 개별체의 만남에 국한되지 않고 주체의 자기 이해를 가능하게 하는 매개조건으로 작용함을 상징 분석을 통해 파악함으로써 선행연구의 시야를 확장, 구체화하고자 한다.

A. 대면적 타자관계와 윤리적 지향

여기에서는 선행연구들이 '도덕적 정결성', '윤리적 결벽성'[5] 등

념), 《현대시사상》 29, 고려원, 1996, p.102).
4) 이는 Ⅱ.A에서 주체의 유한성을 결정짓는 조건이었던 몸 상징과 결부된다.
5) 마광수, 〈동양적 자연관을 통한 '부끄러움'의 극복 ─ 대표시 〈별 헤는 밤〉의 구조 분석〉, 권영민 엮음, 앞의 책, 1995a, p.350.

으로 논의해온 윤리적 지향성이 타자에 대한 배려, 책임의식에서 비롯된 주체의 실천행위, 곧 관계성을 매개로 파악한 자기 이해임을 구체적 시 분석을 통해 규명하고자 한다.

앞 장에서 살펴본 〈또다른故鄕〉에는 주체 내의 위상을 설정함으로써 주체의 절대성을 벗어나는 방법이 형상화되었는데, 이는 개별적 기능을 갖되 스스로 온전한 존재를 형성할 수 없는 윤동주 시의 주체상을 보여준다. 기독교의 삼위일체론과 마찬가지로, 그러한 주체를 제대로 파악하기 위해서는 각 개체를 동근원성의 전제 아래 전체적으로 인식하는 관점이 필요하다.

주체를 바라보는 이러한 시각은 윤동주의 시에 나타난 타자관계와 공동체의식에도 동일하게 확장, 적용된다. 반성하는 주체의 윤리성은 동일한 불완전성을 지니고 있는 무수한 타자들과의 연합 — 이는 직접적 대상관계를 맺는 연합이 아니다 — 을 통해 공동체를 형성한다. 윤동주의 시에서 이러한 공동체의 상징에는 언제나 윤리적 색채가 드리운다. 그 결과 시 속에 상정된 주체와 타자 사이의 관계는 대상성을 넘어서 반성의 차원으로 옮겨간다. 주체의 내면에서 볼 수 있는 반성의 관계가 윤리적 공동체 속에서도 동일하게 행해지는 것이다.

그러한 윤리적 지향성은 '손'의 상징을 통해 분화된 주체, 낯선 타자와의 화해의식으로 나타나기도 하고, 고통받는 타자를 대면했을 때 그 아픔을 공유하는 주체의 모습으로도 드러난다. 이는 불완전한 주체 사이에 형성된 타자관계로, 반성하는 주체의 윤리성이 타자들과 연합함으로 실천된다는 사실을 보여준다.

한편 타자와의 비동일성에서 초래된 심리적 단절이 '멀어진 사람들'로 유형화된 '가족', '친구'의 영역에서는 외부적 상황이 초래한 물리적 단절의 형태로도 나타난다. 이러한 물리적 단절의 상황은 돈

호법을 사용하거나 '부르다'의 동사를 활용해 대상에게 직접 다가가
는 '그리움'의 심리적 작용을 통해 극복된다. 이어지는 B, C절에서
는 타자관계 속에서 발견되는 주체의 모습을 역사적, 종교적 관점으
로 확장해 살펴보게 될 것이다.

1. 내민 '손'의 연대와 화해의 시도

이제 앞 장에서 전개한 〈懺悔錄〉 논의의 연장선에서 죄에 관한
종교적 인식이 윤리적 공동체에 대한 시각으로 연결되는 양상을 살
펴보기로 하겠다.

> 파란 녹이 낀 구리 거울속에
> 내얼골이 남어있는것은
> 어느王朝의遺物이기에
> 이다지도 욕될가.
>
> ……
>
> 밤이면 밤마다 나의거울을
> 손바닥으로 발바닥으로 닦어보자
>
> 그러면 어느 隕石밑우로 홀로거러가는
> 슬픈사람의 뒷모양이
> 거울속에 나타나 온다。
>
> 〈懺悔錄〉 부분

　종교적 뉘앙스를 내재한 "懺悔"가 "거울"을 닦는 행위로 표현된 이 시에서 주목해봐야 할 부분은 "손바닥으로 발바닥으로 닦어보자"라는 시행이다. 윤동주의 시에서 '거울을 닦는' 행위가 자기 반성이나 참회의 의미를 갖는다는 것은 많은 논자들이 동의해온 해석이다. 그러한 참회, 자기 반성이 여기에서는 "손바닥"과 "발바닥"을 동원한 행위로 나타났다는 사실을 주목해봐야 한다.6) 인체의 방향성을 기준으로 분할해볼 때, "손바닥"과 "발바닥"은 일차적으로 상방과 하방의 원형상징과 결부될 수 있다. 그 경우 전자는 정신적인 것을, 후자는 육체적인 것을 함의한다는 해석이 가능하다. 따라서 "손바닥으로 발바닥으로"는 신체부위를 지칭함으로써 정신과 육체를 아우르는 인간의 총체성을 나타내는 시구라 하겠다.7)

　그런데 거울을 닦는 주체의 행위는 "손"과 "발"의 지문 때문에 불완전해져 "거울"을 닦는 것이 아니라 문지르는 결과를 초래하고 만다. "밤이면 밤마다" 행해진 끊임없는 '거울 닦기'가 거울의 불투명성만을 증대시키는 것이다. 이렇듯 최선을 다했건만 "손바닥"과 "발바닥"이 만들어낸 지문 때문에 물리적 세계에서 행해진 주체의 '거울 닦기'는 실패로 돌아가고 만다. 지문이 만들어낸 얼룩으로 밤마다 '거울 닦기'가 계속될 수밖에 없는 것이다.8)

　매일 밤 전심전력을 다하여 "거울"을 닦는 주체의 행위는 프로메

---

6) Ⅱ.A.1에서는 이를 원형상징과 결부시켜 '온몸과 마음을 다해'와 같이 해석한 바 있다.

7) "성찰의 정신작용이 손바닥·발바닥의 육체적인 느낌으로 전이되어 있다"면서 이 구절에서 관념을 감각적 이미지로 전환하는 윤동주 시의 특성을 찾아낸 김현자의 언급에서도 그러한 인간관이 간접적으로 드러난다(김현자, 앞의 책, 1997, p.196).

8) 말끔하지 못한 "거울"은 다음 연에 나타날 슬픈 모습을 예고한다. 마지막 연에 제시된 거울 속 "슬픈사람의 뒷모양"에서도 눈먼 자가 들려주는 예언자적 목소리(Ⅱ.A.1)와 같은 선구자적 소명의식(Ⅱ.C.2)이 발견된다.

테우스나 시지푸스에게 내려진 천형(天刑)의 원형적 반복성과 유사한 속성을 지닌다. 하지만 신의 노여움을 사 피동적으로 형벌을 받게 된 신화 속 인물들과 달리 윤동주 시의 주체는 스스로 부과한 형벌로 고통을 받게 된다. 따라서 그의 행위는 속죄의 의미를 갖는다. 여기서 그러한 속죄의 행동이 "懺悔錄"이라는 제목 아래 제한된 것은 이 시의 속죄행위가 종교적 측면과 밀접한 연관을 갖고 있음을 설명해 준다.

〈懺悔錄〉의 감정변이는 '밤'의 무의식, 참회, 수용의 감정이 '낮'의 의식, 욕됨, 거부의 감정으로 나타난 결과이다. 종교적 죄의식은 대척지점에 놓인 신의 존재를 상정하기 마련이다. 따라서 '거울 닦기'로 형상화된 〈懺悔錄〉의 반복적 형벌은 신화적 인물들의 경우와 달리 일개인의 행위에 대한 응분의 대가가 아니라 선천적으로 타고난 죄의 속성에 대한 공동체적 반성과 결부된다.

인용된 첫 번째 연에서 그러한 인식양상이 구체적으로 확인된다. 여기서 나를 욕되고 부끄럽게 만드는 죄는 "어느王朝의遺物"에서 비롯된 것이라고 했다. 이는 끊임없는 이민족의 침략 속에 수탈당해 온 대한민국의 선조국가들을 나타내는 어사일 수 있으나 과거 조상들의 죄를 추궁하려는 의도를 내포하기보다는 자신의 죄를 추적하는 단초의 기능을 한다.9) 반면 "어느"라는 미지칭이 사용된 사실로 미루어볼 때, 한편으로 이는 인류의 근원적 원죄를 염두에 둔 표현이라고 할 수 있다.

따라서 다양한 심층적 의미를 고려해볼 때, 이 시에서 "懺悔"를

---

9) "우리의 (개인적인) 기억의 끈이 끊어지는 곳에다 역사의 끈을 맨다. 그렇게 해서 우리 자신의 존재가 우리에게서 달아나버릴 때 우리 조상들의 존재 속에서 살아간다(알베르 베겡, 앞의 책, 2001, p.88)."

유도하는 것은 원죄와 같은 공동체적 죄에 대한 인식이라고 결론지을 수 있다. 식민국가의 한 지식인 청년이라는 퍼소나가 고백의 언어로 표출한 "懺悔"의 대상이 특정한 개인이 범한 죄과에 국한되지 않고, ― 역사적 시간성의 개입 여부와 관계없이 ― 공동체적 연대감에서 촉발된 죄의식으로 확대된다는 것이다. 이러한 해석은 앞에서 언급하였던 "손바닥으로 발바닥으로 닦어보자"라는 시행의 상징의미로도 뒷받침될 수 있다.

그렇다면 깨끗하게 하기 위해 거울을 닦는 일반적 상황에 위배되는 시의 전개를 이해하기 위해, 이 시에 동원된 "손바닥"의 상징적의미에 대해 좀더 자세히 살펴볼 필요가 있다.

停車場 푸랕옴에
나렷을때 아무도없어、

다들 손님들뿐、
손님같은 사람들뿐、

집집마다 看板이없어
집 찾을 근심이없어

빨가케
파라케
불붓는文字도없이

모퉁이마다

慈愛로운 헌 瓦斯燈에

불을 혀놓고、

손목을 잡으면

다들、 어진사람들

다들、 어진사람들

〈看板없는거리〉 전문

인칭 (대)명사의 활용을 따라 시의 전문을 해석해 보면, 1연의 "아무도없어、"가 2연의 "손님들뿐、/손님같은 사람들뿐、"이라는 시구와 의미적으로 연결되어 '아는 사람이' "아무도 없어、"의 의미로 이해된다. 이로 말미암아 1, 2연의 시적 상황에 낯선 공간이 불러일으키는 객창감이 부여된다. 그리고 그 낯선 곳을 시인은 "看板없는거리"라고 명명한다. 그곳은 "看板이없"고 "불붓는文字도없"는 곳이다.

이때 "看板"이 없다는 것을 자기 나라의 말과 글을 사용하지 못하는 식민지인의 비애라고 해석할 수도 있다. 그러나 자세히 들여다보면 정작 시의 본문에서 "看板이없"다는 사실이 원인이 되어 "집찾을 근심이없"고, "빨가케/파라케/불붓는文字도없"기에 "慈愛로운 헌 瓦斯燈"에 불을 켜는 정겨운 광경이 전개됨을 알 수 있다. 처음 정거장 플랫폼에 내렸을 때의 지극한 낯설음이 어느새 도시문명의 복잡다단함을 벗어난 정겨움으로 변화한 것이다. 결국 이 시에 표면적으로 드러난 객창감은 오랜만에 고향에 돌아온 귀향자가 고향의 모습을 재발견하는 과정으로 형상화된다.

이는 1930년대에 우리 문단의 수많은 작가들이 경도되었던 모더니즘의 경향과 차이가 있다. 여기에는 도시문명으로 상징되는 근대 이방국가들이 훼손한 우리 고유의 정체성에 대한 향수와 "근심"을 가져다준 식민치하의 발달된 문명, 전쟁물자를 동원해 약소국을 침탈하는 근대성의 그늘에 대한 거부가 나타난다. 과거에의 회귀를 주창하지도 새로운 문물을 찬양하지도 않았던 윤동주의 근대성에 대한 관심은 이렇듯 당대 여러 시인들의 그것과 구분된 새로운 모더니티의 형태로 나타났다.10)

시의 마지막에 오면 처음 부분에서 발견되던 낯선 이질감이 정겨움으로 변화해 있음을 발견하게 된다. 6연의 "손목을 잡으면/다들、어진사람들"에 두드러지게 나타난 그 같은 특징에는 식민지 상황이라는 당면현실에서 벗어나고 싶은 주체의 욕구가 반영되어 있다. "손목을 잡"음으로써 존재감 없는 낯선 이들로 형상화된 2연까지의 타자가 의미 있는 존재로 탈바꿈하여 주체와 성품까지 알고 있는 신뢰관계를 맺게 된다. 불신의 벽이 허물어지고 폐쇄되어 있던 주체가 개방되는 상호 소통의 국면에 접어들게 된 것이다.

다음에 인용한 예들을 통해 그러한 '손(목)을 잡는' 행위로 상징된 윤동주 시의 타자의식을 보다 자세히 살펴보기로 하겠다.

① 사랑하는동무 朴이여! 그리고 金이여! 자네들은 지금 어디 있는가? 끝없이 안개가 흐르는데、

「새로운날아츰 우리 다시 情답게 손목을 잡어 보세」 몇字 적어

---

10) 물론 김기림을 비롯한 여타 모더니즘 경향의 시인들에게서도 근대문명이 초래한 부정적 측면에 대한 비판의식을 찾아볼 수 있다. 그러나 그들의 비판의식은 기본적으로 압도적 근대문명의 발전적 개념을 바탕에 깔고 있다는 점에서 윤동주의 모더니티 인식과 구별된다. 이에 대한 보다 자세한 논의는 Ⅲ.B.2를 참조.

포스트속에 떠러트리고、

〈흐르는거리〉 부분

② 窓밖에 밤비가 속살거려
六疊房은 남의 나라、

……

생각해보면 어린때동무를
하나、 둘、 죄다 잃어버리고

나는 무얼 바라
나는 다만、 홀로 沈澱하는것일가?

人生은 살기어렵다는데
詩가 이렇게 쉽게 씨워지는것은
부끄러운 일이다。

六疊房은 남의 나라.
窓밖에 밤비가속살거리는데、

등불을 밝혀 어둠을 조곰 내몰고、
時代처럼 올 아츰을 기다리는 最後의 나、

나는 나에게 적은 손을 내밀어

> 눈물과 慰安으로잡는 最初의 握手。
>
> 〈쉽게씨워진詩〉 부분

③ 살그먼히 애딘 손을 잡으며

『너는 자라 무엇이 되려니』

『사람이 되지』

아우의 설흔 진정코 설흔 對答이다。

슬며 ─시 잡엇든 손을 노코

아우의 얼굴을 다시 드려다 본다。

싸늘한 달이 붉은 니마에 저저、

아우의 얼굴은 슬픈 그림이다。

〈아우의印象畵〉 전문11)

위 예문의 타자유형을 분석해보면 ①은 "사랑하는동무"인 "朴"과 "金"을, ②는 분화된 타자인 자기를 대상으로 삼고, ③에는 "애딘 손"을 가진 "아우"가 등장함을 알 수 있다. 이들 시에 나타난 대상과 손(목)을 잡는 행위에는 공통적으로 〈看板없는거리〉에서 발견되는 정감(情感)이 수반되어 있다.

그렇다면 그러한 타자성의 정체는 무엇인가? 먼저 이름 전체가 구체적으로 명시되지 않은 ①의 경우를 보자. 여기에서 "朴"과 "金"

---

11) 〔窓〕에 수록된 이 시는 1938년 9월 15일에 창작된 후 1938년 10월 17일 《朝鮮日報》에 실렸다. 여기서는 후자를 원본으로 확정한다(왕신영 외, 앞의 책, 2002, pp.92~93, p.185).

은 "사랑하는동무"의 대표단수격 명사로 그리움의 대상을 표상한다. 이는 〈별헤는밤〉에 나타난 "小學校때 冊床을 같이 햇든 아이들의 일홈과、佩、鏡、玉 이런 異國少女들의 일홈"과 같이 "아름다운 말 한마디"의 가치를 갖는 것이며, 거기에 내포된 그리움의 감정은 ②의 "어린때동무를/하나、둘、죄다 잃어버리고"에서도 발견된다.

그런데 이러한 감정의 반복적 유형화를 살펴보다 보면, 윤동주가 지속적으로 천착해온 유년에 대한 향수의 기저에 깔린 특수성을 발견하게 된다. 그의 시에서 과거는 대체로 훼손되지 않은 원형성으로 나타난다. 이는 현실과 동떨어진 과거, 지금은 멀어진 사람들이 존재하던 과거이다. 그런데 자세히 살펴보면 동시라는 특정 장르를 표방한 시작을 제외하고는 윤동주 시의 유년시절이 현재에 입지를 두고 있는 주체의 위치에서 언급될 뿐 결코 과거로 회귀한 시간성으로 나타나지 않음을 알 수 있다. 그의 시 속에 형상화된 과거의 사람들은 언제나 '그리움'을 매개로 현재를 과거의 시간성과 연계하며 불합리한 현실을 드러내는데, 그러한 과거지향성이 과거 자체로의 회귀로 나타나지 않고 언제나 현재의 시점으로 발화되는 것이다.12)

한편 ②의 분화된 주체의 모습에서 발견되는 타자성은 자기애의 형태를 취한다. 이는 동시대 시인 이상의 시에 나타난, 대립적으로 분화된 주체상과는 다르다.13) 인용한 1, 5연에 제시된, 대립적 타자인 "남의 나라"에 선점(先占)되어 손을 잡는 대상으로서의 '또 다른 나'가 "나"의 대척지점에 놓일 수 없기 때문이다. 이렇게 윤동주의 시에 나타난 "나"의 분화는 극단적인 단절의 양상을 보이지 않고,

---

12) 이에 대한 보다 자세한 논의는 Ⅲ.B.3을 참조.
13) 이상의 시 〈거울〉에 형상화된 '악수 받지 못하는 나'는 화해할 수 없는 타자로 나타난 주체의 분열상을 보여준다.

애정 — 자기애, 조국애를 포함한 — 에 기반을 둔 주체의 괴로움을 암시적으로 드러낸다.

시를 좀 더 자세히 들여다보면, ②에서 시적 주체를 괴롭히는 부끄러움의 근원에 현재의 내 모습이 놓여 있음을 알 수 있다. 그리고 이 지점에서 '옛 친구들과 떨어져 남의 나라에 유학 와서 시를 쓰고 있는 나'와 "時代처럼 올 아츰을 기다리는 最後의 나"가 조우하게 된다. "홀로 沈澱하는" "나"와 "時代처럼 올 아츰을 기다리는 最後의 나"로 대표되는 이러한 주체상은 "窓밖에 밤비가 속살거리"는 "六疊房은 남의 나라"라는 시공간성이 역전, 변형된 시연들과 각각 결부됨으로써 변별적 특성을 갖는다. "홀로 沈澱하는" "나"는 부끄러움을 느끼는 현실 속의 주체이고, "時代처럼 올 아츰을 기다리는 最後의 나"는 주체의 미래상을 보여주는 가능태인 것이다. 이러한 현재의 "나"가 미래의 "나"로 나아가기 위해서는, 곧 부끄러운 "나"가 희망적인 "나"로 발전하기 위해서는 마지막 연에 나타난 "적은 손을 내밀어/눈물과 慰安으로잡는 最初의 握手", 즉 (갈등과 대립이 아닌) 화해와 협력의 제의적 행위가 필요하다.

이제 ③의 시를 중심으로 그러한 대상관계 속에 나타난 타자성에 대해 살펴보기로 하겠다. ①, ②, ③은 각각 인칭을 기준으로 3인칭, 1인칭, 2인칭이 중심이 된 대상관계로 분리될 수 있다. 이때 "아우"로 지칭된 ③의 "너"와 나눈 문답내용을 살펴보면, 이 시의 주체가 아우의 대답인 "사람이 되지"를 "설흔 진정코 설흔 對答"으로 규정하고 있음을 발견할 수 있다. 무엇이 아우의 대답을 천진한 동심의 발로가 아닌 지극한 설움으로 느끼게 한 것일까? 세상의 이치에 대해 아무런 판단기준을 갖지 않은 어린 아우의 대답에서 — 의도하지 않은 것이었을지라도 — 주체는 사람답지 못한 삶으로 몰아가는 당면현실과 그러한 현실을 초래한 근본원인을 본다. 이는 비단 자신들을 속국민으로 만든 나라에 대한 분노만을 나타내지는 않는다. 여기에는 전쟁을 일으켜 타인을 짓밟으려는 인간의 야욕과 존엄성이 경시되는 비윤리적 세계의 휴머니티 상실에 대한 서글픔이 내재되어 있다.

결국 ③에 형상화된 "아우"는 사랑스런 피붙이만을 의미하지 않는다. "아우"는 ①, ②에서 3인칭, 1인칭으로 제시된 사람들이 겪었을 비통함을 경험하지 못한, 훼손되지 않은 순수성을 간직하고 있는 이들을 상징적으로 나타낸다. 더하여 이는 유년시절의 자신과 동무들이 지닌 원초적 생명성으로 그 의미가 확장될 수 있다. 따라서 그러한 "아우"의 "손"을 놓고 그의 얼굴을 들여다보는 주체의 행위는 거울 속의 자기 자신을 들여다보던 윤동주 시의 거울 모티프[14]가 변주된 형태로 간주된다. 핏줄로 연결된 "아우"라는 존재는 또 하나의 주체, 특히 과거의 자기 모습까지를 포함한다. 즉, "아우"의 얼굴을 들여다봄으로써 자기 자신을 객관화해 바라보게 된 윤동주 시의 주체는 세상의 죄악과 맞부딪게 된 생명체의 순수성을 오염시키는 현실에 대해 슬픔을 느끼게 된다. 이와 같이 "손"을 잡는 행위로 말미암은 공동체적 연대의식을 전제로 한, 변형된 주체의 자기 인식에는 윤동주의 시에 내재된 동일운명체로서의 공동체의식이 내포되어 있다.

공동체적 인식에서 비롯된 그러한 화해의식은 앞에서 논의한 〈看板없는거리〉의 "손목을 잡으면/다들、어진사람들"에서도 발견되는 것이었다. "손목"을 잡는 행위를 전제로 할 때, "다들、어진사람들"

---

14) 이와 관련해서는 앞 장의 II.A.1을 참조.

임을 알게 된다는 것이다. 여기서 "다들"이라는 시어는 쉼표로 분리되어 그 의미가 강조되는데, 앞에서 인칭을 기준으로 분류했던 타자의 유형을 떠올려 보면 "다들"이 모든 인칭을 포괄적으로 나타내는 명사로 이데올로기와 국적을 초월한 인류 전체, 곧 "남"으로 표현된 '일본'까지를 포함한 어사로 분류될 수 있음을 알 수 있다.

그런데 이들 공동체를 묶어 주는 중심에 "어진"이라는 수식어가 놓여 있다. "마음이 너그럽고 착하며 슬기롭고 덕행이 높다"15)는 뜻을 지닌 '어질다'는 '악하다'의 반대 의미항에 놓인다. 따라서 "손목을 잡으면"이라는 가정 아래 제시된 이상적 가능태인 "어진"에는 현실을 지배하고 있는 악에 대응하는 방식으로서 "윤리적 공동체"라는 새로운 세계상을 희구하는 주체의 태도가 담겨 있다. 이때의 윤리는 도덕의 차원에 제한되는 것이 아니라 "타자의 얼굴을 직접적으로 그리고 전체적으로 환영하는 것"16)이라 할 수 있다. "손목을 잡으면" 그들이 누구이더라도 "어진사람들"임을 알게 되리라는 그 같은 믿음은 윤동주 시의 타자 인식이 타자를 나와 대립되는 단절된 존재가 아닌, 나를 포함한 단일운명의 공동체로 파악한다는 사실을 보여준다.

---

15) 국립국어연구원, 앞의 책, 1999, p.4230.
16) 타자에 대한 나의 의무를 깨닫는 것은 더 이상 인식론적 문제가 아니라, 타인의 얼굴(visage d'autrui)에 응답하는 것, 타인을 환영하는 것, 타인에게 말을 걸고 대화하는 것이다. …… 타자의 얼굴이 나타내는 현현, 표현은 비폭력이며 나에게 자유가 아닌 책임(responsabilité)을 부여한다. 책임을 토대로 형성되는 자아와 타자의 관계는 흡수, 동화, 장악, 폭력이 아니라, 다원성과 평화이다. …… 타인과의 만남에서 그의 얼굴이 현현하는 근원적 윤리어를 받아들일 때 자아의 자기중심성은 타자에게로 開示되며 윤리적 자아로 전환된다(김연숙, 〈E·Levinas의 他者倫理에서 倫理的 疏通에 관한 연구 : 얼굴·만남·대화〉, 《국민윤리연구》 44호, 한국국민윤리학회, 2000, pp.83~100 참조).

　　이러한 논의를 바탕으로 다시금 이 항의 처음에 분석의 대상으로 삼았던 시 〈懺悔錄〉으로 돌아가 보면, 앞 장에서 논의한 "발"과 "손"의 의미관계를 추정해낼 수 있다. 윤동주의 시에서 "발"은 존재의 문제, 곧 실존에 대한 인식을 드러내는 데 쓰였고(Ⅱ.A.2), "손"은 화해와 현실의 극복을 위한 타자와의 연합을 상징하였다. 따라서 "손바닥으로 발바닥으로" 거울을 닦는, 전 존재를 다한 〈懺悔錄〉의 반성행위에는 타자와의 연대와 결부된 주체의 자기 인식이 반영되어 있다고 할 수 있다. 이는 윤리적 공동체로서 타자를 염두에 둔 실존의식의 반영이다.

　　지금까지 살펴보았듯이 윤동주의 시에서 '손'이라는 신체 상징을 통해 매개된 타자는 '분화된 자기', '유한성을 지닌 주체'의 모습으로 제시되었다. 그리고 손(목)을 잡는 주체의 행위는 타자관계의 낯선 이질감을 정겨움으로 변화시켰다. 김현자는 이 같은 윤동주 시의 '악수 이미지가 여러 이항대립을 화해시키는 매개항의 중심적인 이미지가 되며, 이것이 자기 내부로부터 타인들을 향해 확산된다[17]고 말한 바 있다. 그러한 화해의식은 주체의 갈등, 식민지 현실을 벗어나고 싶은 욕구를 반영한다. 나를 포함한 단일운명체로서 '우리'라는 타자 인식의 저변에 근대 이후 서양의 주체 인식과 대별되는 윤동주 시의 고유한 인식체계가 숨어 있는 것이다. 이러한 주체―타자의 관계성은 윤동주 시의 '윤리'가 도덕의식, 내면적 정결성과 같은 개인의 범주에 국한된 것이 아니라 현실에 대응하는 '윤리적 공동체'에 대한 지향성을 내포한 것임을 보여준다.

17）김현자, 앞의 책, 1997, p.210.

2. 심리적 단절과 고통의 공유

'손'의 상징으로 매개된 자기 이해가 내포한 윤리적 지향성은 고통당하는 타자를 대면하고 그 아픔을 공유하는 주체의 모습으로도 나타난다. 이는 불완전한 주체 사이에 형성된 타자관계이고, 반성하는 주체의 윤리성이 타자들과의 연합으로 실천됨을 보여주는 것으로써 단절된 타자와 소외의식을 느끼는 주체의 관계로 형상화된다.

① 아 — 얼마나 무서운 가난이 이어린少年들을 삼키엿느냐!

　나는 惻隱한마음이 움즉이엿다。

　나는 호주머니를 뒤지엿다。두툼한 지갑、時計、손수건 …… 있을것은 죄다있었다。

　그러나 무턱대고 이것들을 내줄 勇氣는 없엇다。손으로 만지작만지작 거릴뿐이엿다。

　多情스레 이야기나 하리라하고 "얘들아" 불러보앗다。

　첫재 아이가 充血된 눈으로 흘끔 도려다 볼뿐이엿다。

　둘재아이도 그러할뿐이 엿다。

　셋재아이도 그러할뿐이엿다。

　그리고는 너는 相關없다는듯이 自己네끼리 소근소근 이야기하면서 고개로 넘어갓다。

　언덕우에는 아무도 없엇다。

　지터가는 黃昏이 밀려들뿐——

〈(散文詩)、츠르게네프의 언덕.〉부분

② 내가 오래 기르든 여윈 독수리야!

와서 뜨더먹어라、시름없이

너는 살지고
나는 여위여야지、그러나、

거북이야!
다시는 竜宮의 誘惑에 않떠러진다.

〈肝〉 부분

③ 살구나무 그늘로 얼골을 가리고. 病院뒷뜰에 누어、젊은 女子가
힌옷아래로 하얀다리를 드려내 놓고 日光浴을 한다. 한나절이 기
울도록 가슴을 알른다는 이 女子를 찾어 오는 이、나비 한마리도
없다. 슬프지도 않은 살구나무가지에는 바람조차 없다.

나도 모를 아픔을 오래 참다 처음으로 이곳에 찾어왔다. 그러나
나의 늙은 의사는 젊은이의 病을 모른다. 나안테는 病이 없다고
한다. 이 지나친 試鍊、이 지나친 疲勞、나는 성내서는 않된다.

女子는 자리에서 일어나 옷깃을 여미고 花壇에서 金盞花 한포기
를 따 가슴에 꼽고 病室안으로 살어진다. 나는 그女子의 健康이
——— 아니 내 健康도 速히 回復되기를 바라며 그가 누엇든 자리
에 누어본다.

〈病院〉 전문

앞 절에서 살펴본 윤리적 공동체성에는 레비나스가 말한 얼굴을

마주 대하는 '나 — 너(moi — toi)'의 집단성이 내재되어 있었다.[18] 이는 Ⅱ장에서 살펴본 오류가능성을 지닌 유한적 주체가 상호성의 타자관계를 맺음을 뜻한다. 반성하는 주체의 윤리성은 동일한 불완전성을 지닌 무수한 타자들과의 연합을 통해 공동체를 형성하는데 윤동주의 시에서 이러한 공동체의 상징에는 언제나 윤리적 색채가 드리운다.

그런데 위에 인용한 시들에는 그러한 연합이 아닌 단절과 소외로 특징지을 수 있는 타자관계가 나타난다. 표면적으로 이는 공동체적 윤리에 위배되는 모습으로 형상화된다. 그러나 그 같은 심리적 단절의 상황은 '부르는 행위', '간', '꽃' 등의 상징체계를 매개로, 소외를 극복하고 타자와의 소통을 시도하는 주체의 행위로 말미암아 새로운 국면으로 접어들게 된다.

우선 직접적 대상관계에서 발생하는 단절의 상황을 살펴보자. 이들은 불러도 들은 체하지 않는 아이들(①), 주체의 소멸이 타자의 풍요로 치환되는 아이러니(②), 환자의 병을 모르는 의사(③)의 유형으로 나뉘어 소외된 주체의 모습을 그려낸다. 그러한 단절감은 "이밤을 더부러 말할이 없도다.(〈산골물〉)", "이렇게 가만가만 혼자서 귓속이약이를 하엿습니다./나는 또 내가뭃으는사이에 ——(〈寒暖計〉)" 등의 시에서도 발견된다.

"(散文詩)、츠르게네프의 언덕."이라는 제목이 암시하다시피 ①은 투르게네프의 작품에서 그 모티프를 차용하였다. 실제로 투르게네프의 시 〈거지〉와 윤동주의 〈(散文詩)、츠르게네프의 언덕.〉은 소재와 시상전개가 많이 닮아 있다. 투르게네프 시의 '늙어빠진 거

---

18) 엠마누엘 레비나스, 앞의 책, 1996, pp.116~117.

지 하나'가 윤동주의 시에서 '세 소년 거지'로 변환되는데, 내줄 것이 아무것도 없어 덥석 거지의 손을 잡고 말았던 투르게네프 시의 주체와 달리 "있을 것은 죄다있"는 윤동주 시의 주체에게는 무턱대고 그것을 내줄 용기가 없다. 〈거지〉의 주체가 '손'을 잡는 직접적인 행위로 거지와 소통하려 했다면 용기 없는 윤동주 시의 주체는 그들을 불러 간접적인 방식의 접촉을 시도한다. 그 결과 투르게네프 시의 주체와 거지는 상호 교감 속에 서로 이해하고 나누는 소통의 관계에 접어들지만, 윤동주 시의 주체는 "세 소년 거지"들과 소통하지 못하는 단절과 외로움의 상황에 직면하게 된다. 산문 〈終始〉의 일절에서도 이러한 관계성을 확인할 수 있다.

> 이찌른 瞬間 많은사람사이에 나를 묻는것인데 나는 이네들에게 너무나 皮相的이된다. 나의 휴맨니티를 이네들에게 發揮해낸다는 재조가 없다. 이네들의 깁붐과 슬픔과 앓은데를 나로서는 測量한다는수가 없는까닭이다. 너무 漠然하다. 사람이란 回數가 잦은데와 量이 많은데는 너무나 쉽게 皮相的이 되나보다. 그럴사록 自己 하나 看守하기에 奔忙하나보다.
>
> 〈終始〉 부분

〈終始〉에는 "漠然"함과 "奔忙"함으로 말미암은 "皮相的" 타자관계가 나타난다. 타자에 대한 윤리적 의무감이 실천으로 이행되지 못함으로써 초래된 이 같은 타자 인식에서 윤동주가 투르게네프의 시를 모티프로 삼아 시를 창작한 연유를 읽어낼 수 있다. 아무것도 내준 것이 없음에도 '손'을 잡는 행위로 인해 상호 간에 적선을 받았다고 느끼는 일종의 소통 상태에 접어든 〈거지〉의 시적 상황은 그러한 이상을 실현하지 못하는 현실의 주체가 꿈꾸는 희망의 가능적 세계이다. 따라서 이를 모티프로 삼아 소극적 행위를 하는 주체의 모습을 형상화한 것은 끊임없는 자기 반성을 통한 저항의식이라는 윤동주 시의 윤리적 특수성과 동일한 맥락의 변주라 할 수 있다.

그러한 단절 극복의 희망은 ②에서 또 다른 형태의 상징으로 나타난다. 소외상황을 극복할 수 있는 희망의 매개가 시의 제목이기도 한 "肝"으로 제시된 것이다. 주체와 유기적 관계를 맺는 신체의 일부분을 상징화하는 이 같은 시작방법은 앞 장에서 언급한 몸 상징 논의와 결부되어 논의될 수 있다.

이 시에 대해 선행연구는 "자신의 육체는 희생을 하더라도 자신의 의식은 예리하게 비판적으로 지니겠다는 뜻",[19] "자신이 저질렀던 건방진 선행을 후회하며 결국은 신의 당초의 섭리와 판단이 옳았다고 생각"[20] 등의 해석을 제시하였다. 그러나 ②의 마지막에서 "그러나,"라는 역접의 접속사가 독립적으로 부각된 것을 고려하면, 이 시의 상황이 '천형'이라는 신화적 의미를 넘어서는 것임을 알 수 있다.[21] 여기서 "나"의 고통과 "독수리"의 풍요가 '간'을 매개로 교차되는 것은 그 둘 사이의 단절과 소외를 의미하지 않는다. "다시는 竜宮의 誘惑에 않떨어진다."는 단절의 선언 때문에 대극적 위치에 존재하게 된 "거북이"의 존재로 말미암아, 표면적으로 대립관계로

---

19) 박호영, 앞의 글, 1995, p.364.
20) 마광수, 앞의 책, 1984, pp.73~74.
21) 구전설화와 그리스신화를 혼용하며 용궁의 유혹에 "다시는" 안 떨어지겠다고 다짐하는 화자의 전언이 함축한 의미를 이해하기 위해서는 당시의 사회적 상황을 고려해봐야 한다. 누군가에게는 내줄 수 없지만, 다른 누군가를 위해 기꺼이 희생하겠다는 점에서 용궁의 유혹에 "다시는" 안 떨어지겠다는 다짐이 당시의 식민상황을 의미하고 있다고 추정해볼 수 있다. 이 시의 복합성은 그러한 저항의 정신을 윤동주의 시 전반을 지배하는 자기 성찰과 관련시킬 수 있는 연결고리가 된다.

보이는 "내가 오래 기르든 여윈 독수리"와 "나" 사이에 "肝"을 매개로 고통을 공유하는 소통의 관계가 형성되는 것이다.

이 시의 희생의식은 속죄양의식으로서의 '예수' 상징과 의미적 유사성의 관계에 놓인다. 이와 관련해 김재홍은 〈肝〉의 "소극적·자책적 저항 정신이 다시금 자기 희생 또는 속죄양의식으로 연결돼 나타난다"22)고 했으며, 박호영 또한 상기한 글에서 〈肝〉의 마지막 연과 〈十字架〉를 '속죄양의식'이라는 공통성으로 연결해 설명하고 있다.23)

하지만 윤동주의 전기적 기록과 연결해보면 그러한 소극적 희생의식은 종교적 의미로 제한되지 않고 저항성과 결부될 수 있다. 시가 창작된 1941년, 일제로부터 계속적으로 창씨개명을 권유받던 윤동주는 도일수속을 밟기 위해 히라누마(平沼)로 개명을 해야만 했다. "아무리 훌융한詩라도 이것이 讀者에게 難解될때는 그價值를일는것이다"24)라는 글귀를 스크랩한 바 있는 시인이 이렇듯 난해한 시를 썼다는 사실과 그것이 그의 시적 경향과 일치하지 않는다는 점에서, 〈肝〉의 시작법이 지니는 특수성은 그러한 억압의 상황에서 아무것도 할 수 없는 무력한 자신의 모습을 현실로 받아들일 수밖에 없었던 시인의 복잡한 심리에서 비롯된 것으로 설명할 수 있다. 이는 윤동주가 "데카당스"를 "소극적 저항"에 비유한 윤규섭의 글을 수차례 스크랩하며 지성과 행동의 결합을 표방한 휴머니즘적 입장이 역사적 입장, 행동의 입장과 연계된다는 주장25)에 동조한 사실

---

22) 김재홍, 앞의 글, 1995, p.219.
23) 박호영, 앞의 글, 1995, pp.365~367 참조.
24) 朴世永, 〈廢苑의 詩壇〉 下, 《東亞日報》, 東亞日報社, 1937.6.15.
25) 尹圭涉, 앞의 글, 1938.

로도 뒷받침될 수 있다.

즉, '불'을 훔친 프로메테우스처럼 끝없는 천형에 처해질지라도 생명과 직결된 "肝"을 내어줌으로써 "내가 오래 기르든" '타자'인 "독수리"를 위해 자신을 희생하기 바라는 시인의 간절한 소망은 역사적 인식에서 비롯된 소극적 저항의 태도를 보여주는 것이라 할 수 있다. 비록 풍자적 의도의 과도함이 복잡한 구성으로 난해함을 초래하고 있지만, 그것이 풋내나는 시작상의 제스처에 그치지 않고 여러 층위의 사유적 배경을 상징의 다의성을 통해 담아낼 수 있음을 보여줬다는 점에서 〈肝〉의 시작방법은 의미를 지닌다.

한편 ③에서는 ①의 호명행위, ②의 간을 내어주는 행위에서 볼 수 있는 소극적 태도가 "의사"와 소통할 수 없는 "나", "그녀" 사이에 형성되는 연계성의 양상으로 변주된다. ③에는 환자의 병을 진단하지 못하는 "늙은 의사"가 등장한다. 그와의 소통부재 때문에 주체가 느끼게 된 "지나친 疲勞"가 단절의 상황을 초래하였으나, 또 한 사람의 소외된 환자인 "女子"를 만남으로써 그러한 절망적 상황을 극복할 수 있는 희망이 생기게 된 것이다. 여기에서 "살구나무"—"女子"—"金盞花"—"나" 사이에 형성된 관계의 그물망은 제목과 연결되며 시의 완결성을 더해준다.

이 시에 등장하는 인물들은 소통하지 않는다. 그들의 시선은 교차하는 일이 없다. "의사"는 "나"의 병을 알지 못하고, 얼굴을 가린 "女子"는 "나"의 시선을 느끼지 못한다. 〈(散文詩)、 츠르게네프의 언덕.〉에서와 같이 여기서의 '만남' 또한 직접적인 대상관계가 아니라 주체가 타자를 멀리서 지켜보는 형태로 간접화되어 나타난다.

그런데 직접적으로 소통하지 못하는 내가 "女子"를 관찰하는 장소가 외부로부터 격리된 "病院"의 "뒷뜰"로 제시되었다. 사회를 구성하는 건강한 사람들로부터 동떨어진 "病院" 안에서도 "뒷뜰"은 진료가 이루어지는 중심으로부터 멀리 떨어져 있다. 이러한 공간적 특성은 "여자"를 바라보는 "나"의 시선(〈病院〉)과 외딴 우물 속에 투영된 또 하나의 자기를 타자의 모습으로 인지하던 주체의 시선(〈自畫像〉)에 유사성을 부여한다. 〈自畫像〉의 "한 사나이"와 마찬가지로 이 시의 "女子"는 "나"의 시선에 대응하지 않는다. 심지어 그곳에는 〈自畫像〉에서 주체를 각성시키던 "바람" 한 줄기조차 없다.

병을 앓는 아픈 이들, 고통이라는 공유점을 지닌 "나"와 "女子" 사이의 단절이 극복될 가능성은 이들을 연결해주는 잠정적 매개체인 '꽃'으로 상징화된다. 그리고 차단된 공간 속의 "한 사나이"에게 묘한 감정의 동요를 느꼈던 〈自畫像〉의 주체와 같이 "여자"를 바라보는 "나"에게도 연민과 동질감 같은 감정이 생겨난다. 시 속에서 세상을 향하는 시선을 대표하는 얼굴[26]을 가린 "살구나무"는 "가슴을 앓른다는" "女子"의 병을 표상한다. 1연 마지막에서 "슬프지도않은 살구나무"로 의인화함으로써 "살구나무"에 감정을 부여한 것은 "女子"가 앓고 있는 가슴의 병이 감정을 느끼지 못하는 것과 관련이 있음을 역설적으로 암시하는 표현이다.

가슴을 앓는 그녀의 병은, 스스로도 모를 아픔을 오래 참다 "病院"을 찾아온 "나"의 증상인 "지나친 試鍊", "지나친 疲勞"와 관련된다. "女子"의 가슴에 꽂힌 "金盞花"는 가슴에 병을 안은 그녀 자신을 상징하는 동시에 처절한 아픔, 그리고 병의 회복을 염원하는 열정에 대한 상징이기도 하다. 이러한 "가슴"의 병이 "女子"와 "나"를 이어주는 매개가 된다. 그녀의 행동을 바라보던 "나"는 "그가 누엇

---

26) 얼굴과 시선의 관계에 대해서는 Ⅱ.A.1을 참조.

든 자리에 누어"보는 행위로 그녀에게 자신을 동화시킨다. 그 순간 "나"의 모습은 그녀 가슴에 꽂힌 "金盞花"에 투영되며, 동일시를 통해 "女子"와 소통하려는 "나"의 모습은 병을 진단하지 못하는 "病院"에 입원한 환자와 같은 당시 우리 민족의 모습으로 확장된다.

그렇다면 이제 "나"와 "女子"의 아픔을 매개해 단절된 타자 사이의 소통을 가능케 한 '꽃'의 의미에 대해 생각해보자. 윤동주의 시에서 다양한 형태로 형상화된 '꽃'은 공통적으로 여성 이미지와 관능의 이미지를 동반한다.

> 봄날 아츰도 아니고
> 여름、 가을、 겨을、
> 그런날 아츰도 아닌 아츰에
>
> 빨―간 꽃이 피여낫네、
> 해ㅅ빛이 푸른데、
>
> 그前날밤에
> 그前날밤에
> 모든것이 마련되엿네、
>
> 사랑은 뱀과 함께
> 毒은 어린 꽃과 함게
>
> 〈太初의아츰〉 전문27)

---

27) 왕신영 외, 앞의 책, 2002, p.151의 표기를 원전으로 확정함.

이 시에서도 "꽃"은 여성성, 관능성과 결부된 채 형상화되었다. 이러한 속성은 "빨―간 꽃"과 "毒" 등의 시어에서 연상되는 '(검)붉은' 색채 이미지와 연관된다. 〈太初의아츰〉에 나타난 '꽃'의 빛깔뿐만 아니라 "누나의 얼골은/해바라기 얼골。(〈해바라기 얼골〉)", "꽃처럼 피여나는 피를(〈十字架〉)", 그리고 앞에 인용한 〈病院〉에 나타난 "金盞花" 등의 꽃 또한 붉은빛을 띤다.

또한 '꽃'은 〈太初의아츰〉이라는 제목이 형성한 기대지평의 영향으로 기독교 창세신화의 공간인 에덴동산의 모티프와 결부된다. 어둠에서 밝음으로의 존재론적 변화가 배태된 공간에서 "빨―간 꽃"이 "사랑", "뱀", "毒" 등과 어우러지는 것이다. 그러한 맥락에서 이 시에 나타난 "뱀"은 〈또太初의아츰〉의 "이앺"와 관계를 맺으며 관능적 유혹자의 이미지를 구축하게 되고, 동일한 여성성을 내포한 '붉은 꽃'은 인간이 지닌 원초적 죄의 속성을 상징하게 된다.

원초적 생명성의 기원인 에덴동산은 직선적 시간관이 지배하기 이전의 원형공간이다. 그곳에서는 봄·여름·가을·겨울을 돌아드는 계절의 순환이 의미를 지니지 못한다. 거기에서 문제가 되는 것은 오직 생명의 시작을 함의한 "아츰"의 상징성이다. 아담과 하와가 직선적 시간의 삶을 살게 되는 순간부터 인류에게는 "毒"으로 응축된 씻을 수 없는 원죄가 지워지지 않는 낙인처럼 주어졌다. 그들의 원죄는 인간들이 저지르는 죄의 시발점으로 "뱀"의 '유혹'과 남녀의 '사랑'에서 비롯된 것이다. 이러한 "사랑"은 이성적 사고를 중시하는 근대적 개인의 출현을 의미한다. 따라서 거룩한 믿음을 잃어버린 인간의 모습과 결부된 이 시의 "어린 꽃"은 죄의 속성이라는 지울 수 없는 환부를 지니고 태어난 나약한 인간의 실존을 상징하게 된다.

그런데 여기서 주목해야 또 한 가지는 그러한 모든 과정이 "그前

날밤에” 예비되었다는 점이다. 시인은 인용한 시구를 두 번 반복하면서 인간의 죄를 필연적인 운명이라고 힘주어 강조한다. 일반적으로 ‘밤’이 지나고 ‘아침’이 밝아오는 것은 모든 갈등의 해소를 의미하지만, 여기에서 “밤”과 “아츰”은 그와 같은 부정과 긍정의 대립적 의미항으로 쓰이지 않았다. 이 시의 “밤”은 밝음을 준비하는 단계의 “어둠”이다. 따라서 “밤”에 예비되어 “아츰”에 “꽃”이 피어나는 시적 상황은 순전함에서 죄로, 믿음에서 이성으로, 순환적 원형의 시간에서 직선적 역사의 시간으로 변화하는 과정을 나타낸다.

그런데 ‘붉은 꽃’과 관련된 이러한 상징의미가 〈十字架〉에 오면 그 의미층위를 달리한다. 〈太初의아츰〉의 꽃이 죄의 속성을 지닌 나약한 인간존재를 상징했다면, 〈十字架〉의 “꽃처럼 피여나는 피”는 “꽃”을 비유의 대상으로 취해 붉은 색채를 공유한 “피”에 무게중심을 둠으로써 흠없고 순전한 예수의 속죄양 모티프를 환기시켰다. 결국 〈十字架〉의 ‘붉은 꽃’은 〈太初의아츰〉의 경우와 달리 죄와 극단의 반대위치에 놓인 구원, 곧 죄의 극복을 의미하게 된다. “十字架”에 흘린 “예수”의 “꽃처럼 피여나는” 붉은 “피”가 이신칭이(以信稱義), 곧 기독교의 구속사역을 믿어 예수를 하나님의 아들, 신의 존재로 인정하는 자에게 값없이 주어지는 선물로서의 구원을 상징하는 것이다.

여기서 〈太初의아츰〉에서 볼 수 있던 존재론적 전환은 다시금 방향을 바꿔 이성의 득세를 잠재우고 믿음의 결단으로, 직선의 시간을 전도시켜 예수의 부활로, 죄로 물든 인류에서 구원받은 새사람으로의 변화를 가져온다. 그 결과 윤동주의 시에서 ‘붉은 꽃’의 개화는 아픔과 고통의 시작이라는 의미와 흠 없는 한 존재의 아픔과 고통으로 상쇄된 상흔이라는 의미를 동시에 역설적으로 내포하게 된다.

"사랑"과 "뱀", "毒"과 "어린 꽃"의 대립적 속성을 결합시키는 이러한 모순성은 신과 악마의 이원성과 결부된 기독교적 상상력의 근간에 닿아 있다. 나아가 '꽃'이 지닌 이 같은 고통의 속성은 〈病院〉에서 아픔을 겪는 "여자"와 "나"를 매개한 '꽃'의 상징성을 설명해 준다.

이와 같이 주체와 타자를 연결하는 매개체의 기능을 하는 윤동주 시의 '꽃'은 다음 산문에서 식물, 자연으로 확장되기도 한다.

한해동안을 내 頭腦로서가 아니라 몸으로서 일일히 헤아려 細胞 사이마다 간직해 두어서야 겨우 몇줄의 글이 일우어짐니다. 그리하야 나에게있어 글을 쓴다는 것이 그리 즐거운 일일 수는 없습니다. 봄바람의 苦悶에 짜들고、綠陰의 倦怠에 시들고、가을하늘 感傷에 울고、爐邊의 思索에 졸다가 이몇줄의 글과 나의花園과 함께 나의 一年은 이루어짐니다.

…… 여기에 花園이 있습니다。

한포기 푸른풀과 하털기의 붉은 꽃과 함께 웃음이있습니다. 노―트장을 적시는 것보다. 牛汗充棟에 무처 글줄과 씨름하는것보다. 더 明確한 眞理를 探求할수 있을런지 보다더많은知識을獲得할수있을런지 보다더 效果的인 成果가있을지를 누가 否認하겠습니까.

…… 단혼자 꽃들과 풀들가 이야기 할수 있다는 것이 얼마나 多幸한 일이겟습니까. 참말 나는 溫情으로 이들을 대할수 있고 그들은 우슴으로 나를 맞어줍니다. 그우슴을 눈물로 對한다는것은 나의感傷일가요.

…… 나는 世界觀、人生觀、이런 좀더큰 問題보다 바람과 구름과 햇빛과 나무와 友情、이런것들에 더많이 괴로워해 왔는지도 모르겟습니다.

〈花園에 꽃이 핀다〉 부분28)

　인용한 부분은 윤동주가 남긴 4편의 산문 가운데 〈花園에 꽃이 핀다〉의 일부를 발췌한 것이다. 여기에는 글을 대하는 시인의 자세와 그가 토로하는 글쓰기의 고충이 나타난다. "細胞 사이마다 간직해" 둔 "몸"으로 겪은 생의 체험이 몇 줄의 글로 화하기까지의 인고 과정은 참된 글에 대한 시인의 외경심을 잘 보여준다. 시인 스스로 감상성을 경계하는 이러한 글은 단순한 감상이나 상념에 그치는 것이 될 수 없다. 글쓰기의 진정성에 대한 그 같은 윤동주의 고민은 "言語는 裝飾하면 死滅한다. 다만 眞實性에 依해서만 生命을 維持한다",29) "어떠케라도 詩다운 詩를 쓸가하는 積極的인 人이 되여야할 것이다",30) "農夫로부터 帝王에 이르기까지 한길로 보배가 되는 갸륵한 글을 名文이라 하노라"31)와 같은 신문 스크랩 구절들에서도 그 흔적을 발견할 수 있다.

　그런데 본문에서 시인은 그렇게 의미를 부여한 글쓰기보다 자연, 특히 "花園"으로 표현한 "풀", "꽃" 등의 식물에서 더욱 숭고한 가치를 발견한다. 시인의 세계에서 이들은 우주의 진리를 안고 있는 독립된 개체로 인간과 동등한 입장에 처해 있다. 그들과 소통하며 인간은 생의 비의를 볼 수 있는 혜안을 얻게 되고, 그 결과 선악을 알게 된 태초의 인류처럼 행복과 괴로움을 동시에 느끼게 된다. "나는 世界觀、人生觀、이런 좀더큰 問題보다 바람과 구름과 햇빛과 나무와 友情、이런것들에 더많이 괴로워해 왔는지도 모르겟습니다."라는 마지막 문장은 "죽는 날까지 하늘을 우르러/한점 부끄럼이 없기

---

28) 왕신영 외, 앞의 책, 2002, pp.122~124.
29) 崔載瑞, 〈휴 — 맨·패로트〉, 《朝鮮日報》, 朝鮮日報社, 1940.2.20.
30) 朴世永, 앞의 글, 1937.
31) 鄭芝溶, 〈옛글새로운정〉 下, 《東亞日報》, 東亞日報社, 1937.6.11.

를/잎새에 이는 바람에도/나는 괴로워했다."는 〈序詩〉의 한 구절을 상기시킨다. 윤동주 시의 주체에게 있어 자연은 심미적 대상이 아니라, 공생하는 벗이요, 참다운 생의 스승이며, 끊임없이 사색하게 만드는 견인차의 구실을 한다. 계절을 넘나들며 시시각각 찾아드는 자연의 풍경들은 관상의 대상이 아니라 생명력을 지닌 타자로 주체의 앞에 선다. 가이아로서의 세계 속에서 꽃 한 송이, 풀잎 한 포기와 스치며 윤동주 시의 주체는 숭고한 울림을 체험한다. '나'와 '너'의 웅숭깊은 대화를 통해 타자의 모습 속에 자기를 투사하는 것이다.

지금까지의 논의에서 살펴본 비동일적 또는 단절적 타자관계에 대응하는 주체의 소극적 태도는 앞 장에서 자기 대면의 반성행위를 통해 살펴본 윤리의 모습과 연결되어 있다. 이러한 윤리는 존재의 불확실성에 동요하며 끝없이 자기 반성을 하는 실존의 모습으로, 리쾨르가 말한바 자기가 믿는 대로 존재하는 나르시시즘에서 벗어나 주체의 참모습을 찾고자 의식차원의 반성이 아닌 참주체를 찾는 작업을 하는 윤리적 공동체의 모습을 나타내기도 한다.[32] 비록 소극적 태도로 나타났을지언정 타자관계에서 심리적 소외를 극복하려는 의지를 발현함으로써 윤동주 시의 주체 ─ 타자관계는 대상관계를 넘어서 반성관계로 옮겨간다. 주체의 내면에서 볼 수 있었던 반성의 관계가 윤리적 공동체 속에서 동일하게 행해지면서 심리적 단절이 극복되고 '우리'[33]라는 공동주체가 형성될 가능성이 암시된 것이다.

---

32) 윤동주 시의 나르시시즘과 관련한 자세한 논의는 Ⅱ.A.1을 참조.

33) 김상봉은 서양적 주체 ─ 타자관계를 넘어선 '우리'에 대한 인식이 서양적 사유와 구분되는 우리 사상의 정체성을 설명해줄 수 있다고 말한다(김상봉, 《자기의식과 존재사유 ─ 칸트철학과 근대적 주체성의 존재론》, 한길사, 1998, pp.361~370).

3. 가족의 부재와 고아의식의 극복

앞 항에서 살펴본 심리적 단절의 상황이 이번 항에서는 '멀어진 사람들'로 유형화할 수 있는 '가족', '친구'의 관계범주에서 외부적 상황이 초래한 물리적 단절의 형태로 형상화된다. 시 속에서 이들은 "멀리" 있거나, "바다"로 떠나거나, 삶의 경계를 넘어간다. 단절의 상황이 초래한 외로움과 그리움의 감정은 돈호법의 형태를 빌려 나타나기도 하고, '부르다'라는 동사와 결부되어 대상에게 직접 다가가기도 한다. 시인이 취한 다양한 퍼소나에 따라 그 존재태를 바꾸는 그리움이라는 심리적 작용을 통해, 윤동주 시의 주체는 물리적 단절로 말미암은 고아의식을 극복하려는 의지를 드러낸다.

季節이 지나가는 하늘에는
가을로 가득 차있습니다。

나는 아무 걱정도 없이
가을속의 별들을 다 헤일듯합니다。

가슴속에 하나 둘 색여지는 별을
이제 다 못헤는것은
쉬이 아츰이 오는 까닭이오、
來日밤이 남은 까닭이오、
아직 나의 靑春이 다하지 않은 까닭입니다。

별하나에 追憶과

별하나에 사랑과

별하나에 쓸쓸함과

별하나에 憧憬과

별하나에 詩와

별하나에 어머니、 어머니、

어머님、 나는 별 하나에 아름다운 말 한마디식 불러봅니다。 小學校때 冊床을 같이 햇든 아이들의 일홈과、 佩、 鏡、 玉 이런 異國少女들의 일홈과 벌서 애기 어머니 된 게집애들의 일홈과、 가난한 이웃 사람들의 일홈과、 비둘기、 강아지、 토끼、 노새、 노루、 「우랑시쓰·짬」 「라이넬·마리아·릴케」 이런 詩人의 일홈을 불러봅니다。

이네들은 너무나 멀리 있습니다。

별이 아슬이 멀듯이、

어머님、

그리고 당신은 멀리 北間島에 게십니다。

나는 무엇인지 그러워

이많은 별빛이 나린 언덕우에

내 일홈자를 써보고、

흙으로 덥허 버리엿습니다。

따는밤을 새워 우는 버레는

부끄러운 일홈을 슬퍼하는 까닭입니다。

> 그러나 겨을이 지나고 나의별에도 봄이 오면
>
> 무덤우에 파란 잔디가 피여나듯이
>
> 내일홈자 묻힌 언덕우에도
>
> 자랑처럼 풀이 무성 할게외다.

〈별헤는밤〉 전문34)

〈별헤는밤〉은 윤동주의 시 가운데 가장 맑고 투명한 느낌을 전달해주는 작품이다. 앞 장에서 살펴본 자연 상징들이 종합적으로 제시된 이 시는 윤동주의 시의식을 집약적으로 응축하고 있다. 감상성이 많이 노출되어 있는 듯하지만, 아련한 그리움의 감정이 시에 내포된 고뇌의 무거움을 희석해 주기에 오히려 효과적이라고 판단된다. 만약 시를 지배하는 감상적 정조가 제거된다면, 〈별헤는밤〉은 지금과 사뭇 다른 어둡고 장중한 분위기를 띠게 될 것이다.

1연에서 하늘은 "가을로 가득 차있"다고 묘사된다. 별이 가득 찬 밤하늘을 그린 이 시에서 '가을'이라는 계절 감각을 찾아내는 것은 쉽지 않지만, 이러한 계절적 배경을 통해 우물 속의 '가을'에서 자기 자신의 모습을 마주하던 〈自画像〉의 주체를 떠올릴 수 있다. 이 시의 주체가 그리움의 감정으로 바라보는 "하늘" 속 "별"은 자신을 투영해주던 "우물" 속 "한 사나이"와 다르지 않다.

그런데 시적 화자는 그 "별"들에 "아름다운 말 한마디식"을 붙인다. 이렇게 명명된 "별"을 매개로 "追憶", "사랑", "쓸쓸함", "憧憬"이라는 추상명사들이 구체적 실체를 지닌 "詩", "어머니"와 동궤에 놓이며, 이 지점에서 "별"과 "어머니"는 이들 개념의 "詩"적 상징이 된

---

34) 이 시의 경우 윤동주의 자선시집에 실린 추후 개작 부분까지를 원전으로 인정하기로 한다(왕신영 외, 앞의 책, 2002, pp.164~166).

다. 이 "별"은 과거의 시간성에 속한 훼손되지 않은 원형성인 "小學校" 친구들, "異國少女"들, 가난한 이웃사람들, 몇몇 동물들, 이국시인들의 범주로도 치환된다. 그들의 "일홈"을 부르는 것은 앞에서 추상적 개념들을 "별"에 투영시킨 명명행위와 다르지 않다. 그러한 호명의 행위는 "내 일홈자"에 느끼는 부끄러움과 벌레의 "부끄러운 일홈"으로 변모한다. 이러한 부끄러움의 감정은 하늘의 "나의별"에 대한 인식으로 전환되고, 결국 마지막 연의 "겨을이 지나고 나의별에도 봄이 오면"처럼 가정을 통해 현재의 부끄러움을 극복하고 "자랑처럼 풀이 무성 할" 미래에 대한 희망을 제시함으로써 현실 극복 의지를 보여준다.

이렇게 "아슬이" 먼 "별"의 상징으로 매개된 이름들은 과거의 시간성에 속한 멀어진 이들의 이름과, 현재의 시간성에 속한 멀리 있는 이들의 이름이다. 시간적, 공간적 거리감 때문에 "사랑"과 "憧憬"의 대상에 대한 "追憶"은 함께 하지 못하는 현실의 "쓸쓸함"을 불러일으키고, 감상성은 종국에 7연의 "어머니"로 집약된다.35) 이때 "어머니"를 부르는 행위는 주체가 호명한 이름 가운데 하나인 릴케의 시 〈기수 크리스토프 릴케의 사랑과 죽음의 노래〉와 관련이 있다. 이 시에서 어머니를 부르며 편지를 쓰는 주체의 행위는 '그리움'의 정서를 매개한다는 점에서 〈별헤는밤〉의 호명행위와 관련해 그 영향관계를 논의할 수 있다.36)

---

35) 오양호는 윤동주의 시에서 "별리의 정한"이 일반적으로 "어머니", "異國少女", "順伊"와 같은 여인상을 동반하고 나타난다는 점을 지적하면서 구원의 대상인 이들 존재가 "하늘", "별"처럼 궁극적 이상이나 희구를 나타내는 대상에 대응된다고 언급한 바 있다(오양호, 〈북간도, 그 별빛 속에 묻힌 고향〉, 권영민, 앞의 책, 1995a, pp.400~402 참조).

36) 이러한 측면에서 윤동주와 릴케의 텍스트에서 중시되는 자기 존재의 확인을 거

　　결국 〈별헤는밤〉에서 "어머니"는 시 전반을 지배하는 '그리움'이
라는 정서의 결정체로서, 그리움의 대상들을 중의적으로 품고 있는
대표명사가 된다. 다음 시들을 통해 확대된 타자로서 "어머니"가 함
축하는 바를 자세히 살펴보기로 하자.

　　　　① 누나가신 나라엔/눈이 아니온다기에。(〈편지〉)

　　　　② 장에가신 엄마 돌아오나(〈童謠、 해빛.바람、〉)

　　　　③ 꿈에가본 엄마게신/별나라 지돈가?/돈벌러간 아빠게신/만주땅
　　　　지돈가?(〈오줌 싸개지도(地圖)〉)37)

　　위에 인용한 시들은 어린 퍼소나의 목소리를 빌려 가족에 대해
서술한 동시이다. 자립적으로 생을 영위할 수 없는 어린아이에게 가
족의 따뜻한 보살핌이 필요함에도, ①～③의 아동은 "눈"이 오지
않는 나라에 가신 "누나(①)", "장"이나 "별나라"에 가신 "엄마(②,
③)", "만주땅"에 가신 "아빠(③)"의 부재로 이들과 멀리 떨어져 있
다. 비단 이 같은 동시가 아니더라도 윤동주의 시에서 가족의 부재
상황은 아이, 아들, 아우 등으로 퍼소나를 치환하며 다양하게 변주
된다.

　　론하며 〈별헤는밤〉의 명명행위가 릴케의 《기도시집》과 닮아 있다고 한 김재혁의
　　논의를 참고할 수 있다(김재혁, 앞의 책, 2002, pp.164～167 참조).
37)《카톨릭 少年》 1월호에 실린 작품을 원본으로 삼되, 윤동주가 잡지 위에 표기한
　　부분을 반영하고, 제목은 [나의習作期의 詩아닌詩]에서 "오줌"으로 퇴고한 흔적
　　을 반영하여 원전을 확정함(왕신영 외, 앞의 책, 2002, p.22, p.183).

① 어머님、/그리고 당신은 멀리 北間島에 게십니다。(〈별헤는밤〉)

② 어머니의 젖가슴이 그리운/서리나리는 져녁 ――(〈南쪽하늘〉)

③ 이런날에는/잃어버린 頑固하던兄을/부르고싶다。(〈이런날.〉)

④ ―― 바다에 眞珠 캐려 갓다는아들/ …… /이밤에사 돌아오나
내다봐라 ――(〈遺言〉)

그들은 "멀리" 있거나(①, ②), "바다"로 떠났거나(④), 삶의 경계를 넘어갔다(③). 하지만 이러한 물리적 거리에도 "누나", "엄마", "아빠", "형", "아들" 등 다양한 모습으로 등장하는 '가족'은 주체의 기억 속에 생생히 살아있다. 이때 과거의 시간에 속한 그들의 모습에 현재성을 부여하는 것은 다름이 아니라 주체가 느끼는 '그리움'의 정서이다. 떨어져 있는 거리와 함께 하지 못한 시간에 비례해 걷잡을 수 없이 커져버린 그리움이 주체의 현존을 지배하며 그 영역을 확대하는 것이다. 그리고 그러한 감정의 파장은 그리움의 대상을 혈연관계인 가족에서 주체가 애정을 지닌 모든 대상으로 확대시킨다.

이들과의 단절로 말미암은 외로움과 그리움의 감정은 ①의 "어머님"이나 "누나!(〈편지〉)", "順아(〈사랑의殿堂〉)", "얘들아(〈(散文詩)、츠르게네프의 언덕.〉)", "괴로운 사람아(〈산골물〉)"처럼 돈호법의 형태로 나타나기도 하고, ③에서와 같이 '부르다'의 동사를 사용해 대상을 지칭하기도 한다. "잃어버린 頑固하던 兄"을 부르고, "별 하나에 아름다운 말 한마디식(〈별헤는밤〉)" 불러보는 주체의 행위가 시인이 취한 퍼소나에 따라 다양하게 그 존재태를 바꾸는 것이다.

이처럼 윤동주의 시에 멀리 떨어진 가족의 형태가 자주 등장하는 것은, 시인이 겪은 유학생활 체험에서 그 일차적 원인을 찾아볼 수 있다. 19세인 1935년 9월 1일부터 이듬해 3월, 신사참배 강요에 항의하여 자퇴할 때까지 약 6개월 동안 윤동주는 본가가 있는 용정을 떠나 평양의 숭실중학교에 유학한 바 있다. 그 뒤 1938년에는 연희전문에 입학하여 서울에서 유학생활을 하였고, 1943년 일본에 건너가 1945년 2월, 29세의 나이로 애달프게 옥사할 때까지, 방학 등으로 몇 개월 동안 일시귀국한 경우를 제외하면 거의 10여 년의 학생시절을 객지에서 보냈던 것이다.

그러나 앞에서 잠시 언급했듯이 그의 시에서 부재하는 가족으로 상징된 타자의 모습은 비단 혈육이라는 범주로 제한되지 않는다. 이는 시인을 포함한 우리 모두의 소중한 가족을 의미하고, 깨어진 당대 민족의 현실을 표상하기도 한다. 즉, 단절된 타자, 부재하는 타자로 형상화된 가족은 사랑으로 매개된 근원적 그리움의 대상을 상징한다. 그리고 그러한 단절을 극복하기 위한 주체의 간절함은 다양한 퍼소나의 형태로 변주되어 나타난다.

① 옷고름너어는 孤兒의설음(〈黃昏이바다가되여〉)

② 어둠은 어린 가슴을 질밥는다。(〈山林 (詩)〉)

③ 애기가 젖달라 울어서/새벽이 된다。(〈애기의 새벽〉)

부재하는 가족의 영향으로 윤동주 시의 퍼소나는 "孤兒", "어린 가슴", "애기"와 같은 '나약한 존재'로 형상화된다. 이들은 설움을 겪고(①) 어둠에 짓밟히고(②) 배고픔에 운다(③). 서럽고, 짓밟히는 무기력함을 전면에 내세운 이들 퍼소나의 공통점은 고아의식으로 설명될 수 있다. 표면적으로 제시된 이들의 나약함 이면에는 그러한 고통의 상황을 초래한 원인에 경종을 울리는 응전의식이 내재되어 있다.

한편 "애기"의 울음(③)으로 자각되는 새벽(종말)의 도래는 "다들 울거들랑 젖을 먹이시요(〈새벽이올때까지〉)"에서 볼 수 있는 예언적 목소리를 내포한다. 이 같은 시대적 예언자로서의 사명감은 멀리 있는 어머니, 다른 나라에 간 누나, 잃어버린 완고한 형, 바다로 떠난 아들 등 가족의 모습으로 형상화되었던 단절의 상황을 혈육에 대한 원초적 그리움과 기다림을 통해 극복하려는 현실에 대한 대응 의지와 상응되는 것이기도 하다.

이상에서 살펴보았듯이 대면적 타자관계는 책임의식이 전제된 주체의 실천행위에서 나타난다. 이는 윤리적 영역의 자기 이해와 관련된 것으로 윤동주의 시에 나타난 주체의 윤리적 지향성이 타자에 대한 배려와 관계있는 것임을 보여준다.

먼저 '손'의 상징으로 연결된 타자관계는 윤동주의 시에 나타난 화해의식이 주체의 갈등뿐만 아니라 현실을 벗어나고 싶은 주체의 욕구, '우리'로 대변된 타자 인식을 나타냄을 보여주었다.

또한 주체의 윤리적 지향성은 고통받는 타자의 아픔을 공유하는 타자관계로 변형되어 〈(散文詩)、츠르게네프의 언덕.〉, 〈肝〉, 〈病院〉 등의 시에서 단절된 타자와 소외의식을 느끼는 주체의 관계로 형상화되었다. 여기에서 윤동주 시의 주체는 '호명행위', '간', '꽃' 등을 매개로 심리적 단절을 극복하며 타자와 소통을 시도한다.

한편 심리적 단절은 외부적 상황이 초래한 물리적 단절로도 나타났다. '가족', '친구'로 유형화된 타자의 영역에서 "멀리" 있거나, "바다"로 떠나거나, 삶의 경계를 넘어감으로써 초래된 단절의 상황이 돈호법의 사용이나 '부르다'의 동사를 통해 전환되는 양상으로 형상화된 것이다. 이렇듯 타자관계에서 비롯된 윤동주 시의 고아의식은 그리움을 동력으로 삼아 물리적 단절을 극복하는 특성을 갖는다.

B. 집합적 타자관계와 역사적 참여

예술과 시는 지상에서의 삶과 유리될 수 없는 것이다.[38] 이 절은 주체의 자기 실현을 가능하게 하고 개별적 타자와 주체의 관계를 영속화할 수 있는 매개조건으로서의 사회(제도)에 대한 논의이다. 식민체험의 역사적 특수성 속에서 사회적 차원의 정의지향성은 거대타자인 사회와 합치될 수 없는 개인의 이질성으로 나타난다. 여기에서는 이러한 이질성에 영향을 받은 윤동주 시의 근대 인식 방법이 지닌 특성을 규명해보도록 하겠다.

윤동주가 살던 당시의 만주를 포함한 한반도 전역에는 양가적 근대성이 혼재하고 있었다. 이는 일본제국주의의 근대성과 서구의 근대성으로 양분되는데, 서구의 근대를 받아들인 일본의 근대성이 식민지 조선이라는 공간에서 그 모태가 된 서구의 근대성과 충돌하고 겨루는 모순양상은 우리의 (탈)식민담론에 내재된 특수성을 인식하

---

38) 옥타비오 파스/김은중 옮김, 《흙의 자식들 외 ─ 낭만주의에서 전위주의까지》, 솔, 1999, p.196.

는 열쇠가 된다. 이는 정치·군사적 측면에서보다 교육, 의료 등의 사회·문화적 측면에서 두드러지게 나타났는데, 일제가 설립한 '관학'과 서양선교사나 민족 부르주아지층이 만든 '사학'의 병존[39]이 그러한 대립의 대표적인 예이다.

이렇듯 근대화로 몸살을 앓고 있던 1930년대의 한국문단은 소위 모더니즘적 경향이 시단의 주류를 형성하고 있었다. 여기에서는 당시 문단의 모더니즘 경향과 관련하여 윤동주 시의 상징이 보여주는 '근대성(modernity)'의 모습을 살펴봄으로써, 당대 역사에 내재된 모순을 상징화하여 식민지 공간의 특수성을 표현해낸 윤동주의 시작 방법에 대해 논의해볼 것이다. 이러한 작업은 한 개인의 존재뿐만 아니라 '나와 너'의 관계를 묻는 주체와 타자의 형이상학까지를 포함한다. 윤동주의 시에서 세계 내 불안한 존재로서의 주체는 재해석된 상징이 구현한 역사 속에서 존재의 의미를 찾는다. 이를 밝혀냄으로써 윤동주 시의 상징에 반영된 1930년대 일제 식민치하, 그 폭력의 세기에 드리운 그림자를 살펴볼 수 있을 것이다.

이러한 작업은 앞 장의 논의와 그 흐름을 같이 하는 것으로서 상징을 특수상황 속에서 심화, 확대시키고, 더하여 상징을 매개로 하는 인간의 자기 이해가 어떻게 초월성을 지향하며, 한편으로는 근대에 대한 초극의 양상으로 나타나는가를 살펴보는 작업이다. 이와 같은 해석학적 순환의 방식은 시 상징의 해석을 통해 "거룩함을 잊은 근대"를 극복할 수 있다는 장점을 갖는다.[40]

---

39) 김진균·정근식, 〈식민지체제와 근대적 규율〉, 김진균·정근식 편, 《근대주체와 식민지 규율권력》, 문화과학사, 1997, p.21.
40) 이는 다음의 C절에서 살펴볼 종교적 상징과 그 흐름을 같이 한다.

1. 감는 '눈'의 시선과 폭력에의 저항

특수한 형태로 반복되어 나타나는 상징의 구조를 추적해 윤동주 시의 특질을 새롭게 조명하려는 이 항의 논의는 크게 두 가지 방향에서 진행될 것이다. 그 하나는 몸 상징으로 살펴본 윤동주 시의 시선에 대한 논의이며, 나머지 하나는 그러한 시선이 투과적 실체로서의 풍경과 결부되어 상징의미를 심화시키는 과정에 대한 고찰이다. 이러한 작업을 통해 윤동주의 시에 나타난 반성하는 주체가 단순히 개인적 윤리, 도덕의 범주에 국한되는 것이 아님을 규명해낼 수 있으리라 기대한다.

Ⅱ.A.1에서 내면을 향하던 '눈'의 시선이 여기에서는 외부로 향하게 된다. 그러한 시선의 방향성은 투과적 실체로서의 풍경과 결부되어 그 의미를 심화시킨 '눈'의 상징구조 분석을 통해 입증된다. 윤동주의 시에서 '감는 눈'의 형태로 상징화된 내재된 시선은 시대를 면밀히 관찰하여 대응하려는 의지적 불구의식의 표출이다. 이는 퍼소나를 치환하는 '가면 쓰기'를 통해 타자와의 직접적 소통을 거부하는 외면행위로도 변주된다. 일례로 동시를 포함한 윤동주의 일부 시편들에서 발견되는 어린아이의 퍼소나는 순진성을 가장한 주체의 의도된 저항성을 보여주는데, 여기에서는 '눈'의 상징과 결부된 아동 퍼소나의 의미를 규명함으로써 윤동주의 시가 갖는 근대적 저항시의 면모를 재조명해볼 수 있을 것이다.

시작상의 퇴고과정을 담고 있는 윤동주의 두 번째 습작노트〔窓〕[41]

---

[41] 윤동주의 세심한 기록습관은 후대 연구자들의 노고를 일정 정도 덜어준다. 습작용 노트에 자필로 또박또박 적어놓은 시편에는 창작연도와 개작일자, 그리고 퇴고과정들이 고스란히 보존되어 있으며, 간혹 "平壤서"와 같이 시를 집필한 장소가

에서는 "베루린",[42] "모욕을 참어라"와 같은 몇몇 낙서의 흔적도 발
견된다. 이 가운데 후자는 〈異蹟〉의 뒷부분에 기재된 것으로 시작
당시의 상황이나 시인의 마음자세 등을 유추할 단초를 제공해준다.
"모욕을 참어라"라는 낙서에는 당대에 드리운 어두운 그림자를 대

기록된 경우도 있어 창작 당시의 상황을 짐작하게 해준다(왕신영 외, 앞의 책,
2002, pp.15~110 참조). 미로의 비너스상 탁본과 '잘 지은 글'을 뜻하는 "藻文"이
라는 활자가 새겨진 첫 번째 습작노트 표지에는 제목 "나의習作期의 詩아닌詩"와
"芸術은 길고 人生은 쩗다"라는 부제가 자필로 씌어 있다. 또 노트 첫 장에는 창
작순서에 따라 목차가 기록되어 얼추 한 권의 시집 형태를 갖추었다. 노트 곳곳에
배인 이 같은 고려에서 시 창작에 임하는 자세와 시에 대한 사랑, 시인의 예술관,
그리고 자신의 시에 대한 겸양과 자부심 등을 읽어낼 수 있다.

 그에 견주어 보면 두 번째 습작노트는 다소 평범해 보인다. "窓"이라는 표제를
붙인 겉표지 앞면의 그림에는 활을 쏘고 고삐를 당기는 포즈의 말 탄 기수 두
명이 상하로 배열되어 있고, 그 상단에 "原稿 ノート"라는 일문표기가 있다. 뒤표
지에는 상단에 문양그림과 그 아래 작은 글씨로 "TOKYO"라는 영문표기가 삽입
되었는데 사진으로는 인쇄여부의 판독이 쉽지 않다. 하지만 앞, 뒤표지가 담고 있
는 정보로 미루어볼 때, 이 노트가 일본에서 제작되었다고 판단하는 데는 큰 무리
가 없어 보인다. 노트에 기록된 시편들은 1936년에서 1939년 사이에 창작되었는
데, 당시는 윤동주가 광명학원과 연희전문에서 수학하고 있을 때이다. 따라서
〔窓〕은 국내에 유입된 일본산 노트를 구해 사용한 것임을 알 수 있는데, 이는
1930년대 한반도에 일본에서 들여온 공산품이 통용되었던 사실을 반증해주는 하
나의 예가 된다. 한편 노트의 속표지에는 나막신을 신은 두 사람이 선창 부둣가에
서 돛단배가 떠 있는 바다와 건너편 풍차를 바라다보는 판화가 등사되었고, 그
그림 위쪽에 첫 번째 습작노트와 마찬가지로 "藻文"이라는 글자가 자필로 적혀
있다. 이는 습작과정에 대한 윤동주의 희망과 기대를 나타내는 동시에 두 번째
노트와 첫 번째 습작노트의 연계성을 보여준다. 실제로 첫 번째 노트에 수록된
여러 시들이 개작되거나 원문상태 그대로 두 번째 노트에 재수록되었는데, 시인
은 그러한 사항을 각각의 노트에 실린 개별시편의 상단에 세밀히 기록하고 있다.
42) 〔窓〕의 맨 끝장에 실린 〈自像画〉의 뒷부분에 기재되어 있다. 〈自像画〉는 독자들
이 〈自画像〉으로 알고 있는 작품의 습작이며 완성되지 않은 형태로 〔窓〕에 기록
되어 있다. 여기서 "베루린"은 독일의 '베를린'을 의미하는 듯하다. 〈自画像〉에 나
타난 '우물' 이미지가 릴케의 그것과 닮아 있음을 상기해보건대, 이 시를 창작할
당시 윤동주는 그가 즐겨 읽던 릴케를 염두에 두고 있었을 것으로 생각된다.

하는 시인의 응전방식이 나타나 있다. 이 글귀가 쓰인 1938년은 만주사변(1931), 중일전쟁(1937) 등의 침략전쟁을 일으킨 일제가 국가총동원령을 발족하며 철저한 군국주의 파쇼체제를 구축하던 시기였다.[43] 당시 일본은 ① 군사력과 경찰력의 증강 ② 철저한 사상통제 ③ 전시체제 강조를 통한 국민생활 감시 등의 방법으로 파쇼체제를 강화해 나갔다. 또한 '내선일체(內鮮一體)'를 강조하고 조선민족의 황국신민화 정책을 추진해 우리말과 글을 금지하고 창씨개명을 단행하는 등 민족말살정책을 지속적으로 전개하기도 하였다. '지원병', '징용', '보국대', '위안부' 등 다양한 형태로 우리 민족을 전쟁에 동원시켰던 것도 1938년 무렵부터 시작된 일이다. 이렇듯 당시 일제의 횡포는 우리 민족 개개인뿐만 아니라 정치·경제·사회·문화의 전 분야에 걸쳐 자행되면서 식민지 지배의 절정을 이루게 된다.[44] 따라서 그러한 고난의 시기에 시인이 원고 말미에 적어 넣은 "모욕을 참어라"라는 구절은 단순히 개인 범주의 낙서로 치부될 수 없다. 거기에는 당시 우리 민족이 겪은 참상에 대한 시인의 분노와 절치부심의 고뇌가 담겨 있다.

정의가 그 의미를 잃어버린 세상에 맞서는 시인의 응전방식은 이렇듯 일단 모욕을 참는 형태로 드러났다.[45] '참는다'는 것은 무언가

---

43) 김윤식, 《한국현대문학사상사론》, 일지사, 1992, p.352 참조.

44) 강만길, 《韓國現代史》, 창작과비평사, 1984, pp.32~37 참조.

45) 광기로 날뛰는 일제치하에서 진실은 왜곡되었고, 용인될 수 없는 폭력의 정당화가 공공연하게 이루어졌다. 하지만 폭력은 정당화될 수 있을지언정 결코 정당성을 가질 수 없다(한나 아렌트/김정한 옮김, 《폭력의 세기》, 이후, 1999, p.85). 정당한 폭력의 규준은 공동체의 보존, 안녕, 평화의 차원에서 행하는 정당방위로 제한되는데 이 또한 보복정의의 차원을 넘으면 안 되고, 특히 전쟁의 경우에는 주권자의 명령, 정당한 근거, 올바른 의도 등이 있어야 한다는 성 토마스의 견해 (정의채, 〈현대사회의 폭력의 의미 — 폭력과 평화에 대하여〉, 《폭력이란 무엇인

를 기대하고 기다리는 자에게만 허락되는 인내이다. 아무런 희망이 없는 미래만 남아있다면, 현재는 그 어떤 의미도 가질 수 없다. "래일은 없나니(《래일은 없다, (어린마음의물은——)》)"라고 외치는 시인에게는 "래일"이 또 하나의 "오늘"이다. 잠깐의 혈기로 맞서 "오늘"로 존재태를 바꿀 "내일"을 소멸시켜버려서는 안 된다. 그러한 대응은 일을 그르칠 뿐 아무것도 해결해주지 못하기 때문이다. 윤동주가 말하는 '참음'은 이렇듯 비겁한 침묵이 아니라 미래를 바라보는 자가 지닌 기다림의 자세를 보여준다. 그와 같은 '참음'의 정신이 윤동주의 다른 시편들에서도 발견된다.

> 太陽을 사모하는 아이들아
> 별을 사랑하는 아이들아
>
> 밤이 어두었는데
> 눈감고 가거라.
>
> 가진바 씨앗을
> 뿌리면서 가거라
>
> 〈눈감고간다〉 부분

가 : 그 본질과 대안—폭력에 대한 철학적 성찰》(2002년도 한국학술진흥재단 기초학문육성 일반연구 연세대학교 철학연구소 공동연구팀 발표논문집), 2003, p.20.)에 비추어볼 때, 2차대전 당시 일본의 전쟁 수행과 식민통치는 그들의 끊임없는 노력에도 본질적으로 결코 정당화될 수 없는 것이다. 당시 자신들의 고유성 속에 한국인을 포함시키려 했던 일본의 책략은 우리 민족의 고유한 이타성을 부인하고 주체성의 장소를 말살하는 폭력적 만행으로 나타났다(오귀스탱 베르크, 앞의 책, 2001, pp.154~156 참조).

우선 텍스트에 충실하여 이 시의 전개를 따라가 보도록 하겠다. 천상에 있는 "太陽"과 "별"은 '빛남'의 속성을 가지고 있는 존재이다. "아이들"은 "太陽"과 "별"을 사랑하지만, 2연에 제시된 상황은 '빛남'의 대칭항에 놓인 '어둠'을 보여줄 뿐이다. '어둠'에 직면한 자는 주위를 분간하기 위해 눈을 크게 뜨고 주의를 기울여 사방을 살피기 마련이다. 그런데 이 시의 주체는 "아이들"에게 "밤이 어두었는데/눈감고" 가라고 상식에 위배되는 조언을 한다.

이러한 비상식적 조언에 숨겨진 의미를 파악하기 위해서는 먼저 "밤이 어두었는데"의 언어적 용법에 주목해보아야 한다. '-는데'는 '-으니'와 동일한 위치에 놓일 수 있는 연결어미이다. '-으니'가 'ㄹ'을 제외한 받침 있는 용언의 어간 또는 어미 '-었-', '-겠-' 뒤에 붙어 앞말이 뒷말의 원인이나 근거, 전제 따위가 됨을 나타내거나 어떤 사실을 먼저 진술하고 이와 관련된 다른 사실을 이어서 설명할 때 쓰이는 연결 어미라면, '-는데'는 '있다', '없다', '계시다'의 어간, 동사 어간 또는 어미 '-으시-', '-었-', '-겠-' 뒤에 붙어 뒤절에서 어떤 일을 설명하거나 묻거나 시키거나 제안하기 위하여 그 대상과 상관되는 상황을 미리 말할 때에 쓰이는 연결어미'[46]이다. 따라서 만일 이 시가 '밤이 어두웠으니'라고 했다면 어두운 밤에 눈을 감는 것이 당연한 수순의 상식적 행동이라는 전제를 깔고 있는 것이지만, "밤이 어두었는데"라고 표현했으므로 단지 "눈감고 가거라"라는 제안을 하기 위한 관련 상황을 언급한 것일 뿐 '어두운 밤'과 '눈 감는 행위' 사이에 문법상 필연적 인과관계를 포함하지 않는다고 할 수 있다.

---

46) 국립국어연구원, 앞의 책, 1999, p.1310, p.4836.

따라서 "밤이 어두었는데/눈감고 가거라."의 시적 의미를 파악하기 위해서는 문법적 의미를 이해하는 것 이외의 다른 측면에서 접근할 필요가 있다. 유종호는 윤동주에게 세계의 어둠을 절감하게 한 것은 기독교적 세계 파악의 영향력 못지않게 당대의 식민지 상황과 그 부정의가 주요한 원인이었을 것이라고 추정한 바 있다.[47] 이와 같이 "밤"과 '어두움'이라는 시어에서 암흑과 같던 시대상을 추출해내는 것은 문학사회학을 비롯한 수많은 연구로 이미 그 의미가 충분히 규명되었다. 따라서 이 책에서는 그러한 선행연구들의 성과를 기반으로 삼아 부정적 심상인 '어두운 밤'이 다음 행의 '눈감는' 행위와 결부되며 윤동주 시의 특수한 개별상징을 만들어내는 점에 주목해 논의를 전개하도록 하겠다.

바른 의기를 가리고 내리눌러야 하는 세상, 못 볼 일들이 벌어지고 이해할 수 없는 일들이 버젓이 자행되는 그곳에서 두 눈을 버젓이 뜬 채 모든 것을 용인할 수는 없기에 시인은 그 상황을 버텨내기 위해 '눈을 감는다'. '눈'은 물리적 실체의 형상을 파악하는 신체기관이며 인간존재를 특징짓는 얼굴에서 가장 응집력 있는 존재의 장소로, 존재의 진리 탐구 또한 인간의 시선에서 출발한다고 할 수 있다. 이렇게 인간의 시선은 상징적 차원과 생태적 차원을 동시에 표현하는데,[48] 시인의 경우 이는 본질을 파악하는 물질적 상상력까지를 포함한다. 그러므로 이 시에서 '눈을 감는다'는 것은 시선을 차단하여 세상의 것을 보지 않겠다는 의지의 발현인 동시에 눈앞에 펼쳐진 거짓과 위선에 호도되지 않고 '마음의 눈'을 통해 이면에 감추어진 진실을 바라보겠다는 의지의 표명이기도 하다.

---

47) 유종호, 〈청순성의 시, 윤동주의 시〉, 김학동 편, 앞의 책, 1997, p.35.
48) 오귀스탱 베르크, 앞의 책, 2001, pp.159~164 참조.

이와 같이 어두운 시대적 상황에서 '눈을 감는' 것은 불구가 되어 세상과 타협하지 않는 자만이 역설적으로 참된 의미의 정상적 생을 영위하는 진실의 수호자가 된다는 확신이 있기에 가능한 행위이다. 이는 '눈을 감는' 행위가 3연의 "가진바 씨앗을/뿌리면서 가거라"로 이어지면서 시상 전개의 의미적 연계성에 따라 '눈을 감는' 것이 단순히 보기 싫은 세상을 거부하는 데 그치지 않고, "씨앗을/뿌리면서" 미래를 준비하는 자세를 내포한 것임을 알게 해준다. 따라서 이 시에 나타난 "눈감고 가거라" 하는 주문은 어두운 시대상에 굴복하지 않고 참된 눈으로 진실을 바라보겠다는 주체의 강한 바람을 담고 있다고 할 수 있다.

물론 진실을 목도하려는 "눈"의 상징이 비단 위에 인용한 〈눈감고간다〉 한 편에만 등장하는 것은 아니다.[49] 〈돌아와보는밤〉, 〈少年〉, 〈사랑의殿堂〉, 〈瞑想〉, 〈遺言〉 등 여러 편의 시에 등장하는 "눈" 또한 '감는 눈'의 형태를 취한다. 이렇게 "눈"은 윤동주의 시 전반에 걸쳐 비슷한 방식으로 유기적 의미군을 형성하면서 상징의 기능을 담당하게 된다.

세상으로부터 돌아오듯이 이제 내 좁은 방에 돌아와 불을 끄옵니다。불을 켜두는것은 너무나 피로롭은 일이옵니다。그것은 낮의 延長이옵기에 ——

---

49) 논의 전개의 흐름상 여기에서는 〈눈감고간다〉의 마지막 연을 생략한 채 수록하였다. 윤동주의 시에는 '감는 눈' 외에도 생략된 연인 "발뿌리에 돌이 채이거든/감었든 눈을 왓작떠라."에서 볼 수 있는 '뜨는 눈'의 상징, 그리고 〈自画像〉 등으로 대표되는 '뜬 눈'의 상징형태가 발견된다. 전자는 〈또太初의아츰〉 등에서 발견되는 것으로 특정 계기로 말미암은 개안을 의미하고, 후자는 응시의 시선을 나타낸 것으로 주체의 성찰과 반성을 의미한다. 이에 대한 자세한 논의는 Ⅱ장을 참조.

이제 窓을 열어 空気를 밖구어 드려야할턴데 밖을 가만이 내다 보
아야 房안과같이 어두어 꼭 세상같은데 비를 맞고 오든길이 그대로
비속에 젖어 있사옵니다。

하로의 울분을 씻을바 없어 가만히 눈을 감으면 마음속으로 흐르
는 소리、 이제、 思想이 능금처럼 저절로 익어 가옵니다。

〈돌아와보는밤〉 전문

이 시에는 ① '비에 젖은 밖', ② '불을 끈 房안', ③ '세상'이라는
세 가지 공간이 등장한다. 이 세 공간은 직유의 용법으로 연결되어
'눈' 상징의 변주형태를 보여주는바, 이와 결부시켜 '감는 눈'의 상
징의미를 재구해보기로 하겠다.

① , ② , ③은 '어두움'이라는 공통분모를 가지고 있다. 그 가운데
③은 "세상으로부터 돌아오듯이"나 "세상같은데"에서처럼 직유의
형식과 결합해 쓰인다. 전자는 "세상으로부터" 떠나 "내 좁은 방에
돌아"왔다는 실제상황을 표현한 것이 아니다. '-듯이'라는 직유의
형식을 취함으로써 "세상"은 "밖"이라는 물리적 공간의 층위를 넘어
선다. "세상같은데"라는 두 번째 직유형식에서도 동일한 상황을 발
견할 수 있다. 이는 "房안과같이"에서처럼 "밖"의 어두움을 묘사하
는 데 사용되었다. 이때 "세상", "房안", "밖"을 연결시키는 것은 바
로 '어두움'이라는 직유용법이다. 이렇듯 ②와 ①의 공간에 동일하
게 드리운 '어두움'이 "세상"으로 비유되면서 '-같은'을 사용한 ③
의 두 번째 용례 또한 물리적 공간을 벗어나 '어두운 현실상황'이라
는 새로운 의미차원에 속하게 된다.

그렇다면 공간적 측면의 분석으로 얻어낸 의미를 다른 각도에서

조명하여 시를 분석해보도록 하겠다. 1연의 "낮"과 2연의 '어두운 밖'에서 연상할 수 있는 '밝음'과 '어두움'의 상반된 의미항은 ③을 공통분모로 삼고 있다. 1연에서 "방"에 돌아온 내가 불을 끄는 것은 "낮"의 피로함으로부터 벗어나고 싶어서라고 했다. 이로써 "낮"의 피로와 "세상"에서 느끼는 피로는 '-듯이'의 직유로 연결되어 유사성의 범주에 속하게 된다. 일반적으로 긍정의 의미항에 속하는 "낮"이 "피로"를 매개로 "세상"과 동가의 위치에 놓이게 된 것이다. 결국 "불을 켜두는것"이 "낮"의 피로함의 연장이라는 1연의 상황은 ③과 결부되며 다른 연들과 맺는 유기적 관계 속에서 새로운 의미를 부여받게 된다. 이 논리에 따르면 '낮(밝음)' : '밤(어두움)' = '부정' : '긍정'과 같은 도식이 성립될 수 있다. 이러한 '밤'의 긍정성은 '밤'의 속성으로 알려진 '어두움'이 "세상"과 동일하게 취급되면서 부정적 의미를 띠었던 2연의 상황과 대조되면서, 1연과 2연에 나타난 '어두움'을 각각 긍정적인 의미와 부정적인 의미로 변별시키게 된다.

그러한 차이는 어디에서 연유하는가? 이에 답하기 위해 다시금 논의의 초점인 '눈을 감다'의 상징성으로 돌아가 보겠다. 앞에서 '눈을 감는' 것이 모순된 세상을 거부하고 참된 진실에 눈뜨고자 하는 의지의 표명임을 밝혀내었다. 1연의 '불을 끄는' 행위에서도 '눈을 감는' 행위에 내재된 의지적 특성을 발견하게 된다. 여기서 중요한 것은 그 행위가 누군가에 의해 실명을 당하는(불이 꺼지는) '피동'의 상태가 아니라, 자발적으로 눈을 감는(불을 끄는) '능동성'에 기반을 두고 있다는 사실이다. 따라서 이러한 관점에서 바라본 1연과 2연의 '어두움'은 불을 끄는 능동적 행위의 결과로 만들어진 '어두움'과 해가 기울자 저절로 찾아든 '어두움'으로 구분된다. 1연의 '어두움'이 "세상"과 동일시되었던 2연의 부정적인 '어두움'과 다른 층위의 상징적 의미를 갖는 것이다.

결국 이로써 마지막 연의 '눈 감는' 행위가 이미 1연에서부터 그 전조를 보여 왔던 것임을 알 수 있다. 이는 단순한 물리적 반응이 아니라, "울분"을 삭이기 위한 의지적 행위이다. ― 이 부분은 앞에서 언급했던 "모욕을 참어라"를 연상케 한다 ― '눈을 감는' 것이 울분을 일게 한 "세상"을 거부하고 진실을 목도하고자 하는 의지의 표명이라는 해석은 이어지는 시구인 "눈을 감으면 마음속으로 흐르는 소리,"의 시상 전개로 뒷받침될 수 있다. 의지적 불구의 상태로 접어들면 혼란스러운 외부를 차단하고 내면에 집중할 수 있게 된다. 그리고 그 결과 이 시의 주체는 세상에 유혹당하지 않고 진실을 바라볼 수 있게 된다. 이렇게 1연과 2연에 나타난 긍정과 부정의 '어두움'은 3연의 '눈 감는' 행위로 귀결되면서 참된 "思想이 능금처럼 저절로 익어"가는 결과를 만들어낸다. 이에 내포된 정·반·합의 변증법적 질서는 〈돌아와보는밤〉의 상징성을 보다 풍요롭게 해준다.

> 가츨가츨한 머리갈은 오막사리 처마끝、
> 쉿파람에 코ㄴ마루가 서분한양 간질키오。
>
> 들窓같은 눈은 가볍게 닫혀、
> 이밤에 戀情은 어둠처럼 골골히 스며드오。
>
> 〈瞑想〉 전문

〈瞑想〉 전반에서는 유사성에 기반을 둔 비유의 용법과 몸과 사물 범주를 혼합시키는 상상력의 작용이 발견된다. 먼저 1연 1행을 보

면 "가즐가즐한 머리갈"과 "오막사리 처마끝"이 은유적으로 결합되
어 있다. 이는 종에서 종으로의 전용(transference)[50]으로, 이를 통해
신체 일부인 "머리갈"과 "오막사리 처마"를 만드는 '볏단'이 형태적
유사성으로 유추되는 계열적(paradigmatic) 선택관계[51]에 놓인다. 그
런데 유사성은 차이를 전제로 한 닮음이라 할 수 있다.[52] 1연의 은
유에 나타난 형태적 유사성 또한 기실 각각의 질료적 차이를 전제
하고 있다.

---

50) "은유란 유(類)에서 종(種)으로, 혹은 종(種)에서 유(類)로, 혹은 종(種)에서 종
(種)으로, 혹은 유추(類推)에 의하여 어떤 사물에다 다른 사물에 속하는 이름을
전용(轉用)하는 것이다(아리스토텔레스/천병희 역, 《시학(개역판)》, 문예출판
사, 1995, pp.116~117 ; Paul Ricoeur/trans. by Robert Czerny with Kathleen
McLaughlin and John Costello, *The Rule of Metaphor— : multi-disciplinary
studies of the creation of meaning in language*, London : Routledge & Kegan Paul,
1978, p.13 재인용)." 토도로프는 아리스토텔레스의 은유 정의를 현재 통용되고
있는 수사학적 용어로 표현하면서(유 → 종 = 특별한 제유, 종 → 유 = 일반화된
제유, 종 → 종 = 은유, 유 → 유 = 환유) 은유를 공통 자질(유)을 가진 두 용어
(종)를 포함하는 것으로 설명했다(츠베탕 토도로프/신진·윤여복 공역, 《상징과
해석》, 동아대학교출판부, 1987, pp.96~98 참조).
51) 소쉬르는 단어와 단어 사이의 관계를 계열적(paradigmatic) 관계, 연쇄를 이루는
단어를 통합적(syntagmatic) 관계라고 불렀다(페르낭 드 소쉬르/샤를르 발리·알
베르 세쉬에 편/최승언 역, 《일반언어학 강의》, 민음사, 1990). 한편, 바르트는
소쉬르의 대립개념 가운데 통합적 관계와 계열적 관계를 통합체(syntagme)와 체
계(système)로 적용하고 있다. 또한 로만 야콥슨은 소쉬르의 이런 논의를 받아들
여 통합체를 환유에, 체계를 은유에 접근시켰다(김치수 외, 《현대기호학의 발
전》, 서울대학교출판부, 1998, p.164).
52) 《형이상학》에서 아리스토텔레스는 다름 속에서 같음을 보는 것을 닮음으로 정
의하였다. 리쾨르는 차이를 전제로 한 유사성으로 은유를 설명한 아리스토텔레스
의 은유개념을 받아들이면서, 은유란 다름을 같음 속으로 융합해가는 의미론적
과정이라고 했다. 은유가 차이에도 불구하고 유사성을 찾아내는 의미론적 과정이
며, 기존의 낡은 범주화를 부수고 새로운 논리를 세우는 유별(classification) 작업
이라는 리쾨르의 주장은 고전수사학의 범주를 벗어나는 것이다(정기철, 《상징,
은유, 그리고 이야기》, 문예출판사, 2002, pp.71~72 참조).

한편 이러한 형태적 유사성 외에도 개별시어들이 갖는 어감에서 유추된 유사성이 있다. 카시러에 따르면 "시 언어에서는 추상적인 개념 표현뿐만 아니라 모든 단어가 '소리가(Klangwert)'와 '감정가(Gefühlswert)'를 갖는다."[53] 1연의 은유를 형성하는 "가슬가슬한"과 "오막사리"의 어감은 경제적 상황에 대한 정보를 환기시킨다. 하지만 그것은 단지 하나의 비유일 뿐 1연의 은유를 추적하는 것으로는 그 이상의 의미를 찾아낼 수 없다. 모든 단어는 단순한 기호의 경직된 성향을 벗어나 고유한 개별적 내용으로 다시 채워질 때, 내적 감동과 감정의 순수한 역동성을 나타낼 수 있다. 감각적인 것과 정신적인 것이 더 이상 서로 대항하지 않을 때 시적 표현의 완성이 이루어지는 것이다.[54] 이렇듯 하나의 시어, 하나의 비유가 다른 시어, 다른 비유들과 대응, 대립하며 공명하는 상호 관계 속에서 새로운 의미가 도출되고, 그 과정에서 상징의 형식이 발견된다.

1연 1행에서 시작된 유사성에 근거한 은유의 특성이라는 혼용의 원리가 이어지는 시어(낱말)와 비유에도 동일하게 적용된다. "가슬가슬한 머리갈"과 "오막사리 처마끝"에서 볼 수 있던 혼합의 양상—'몸'의 한 부분을 '집'의 일부로 전이시키는—이 다음 행의 "코ㄴ마루"와 2연의 "들窓같은 눈"에서도 동일한 방식으로 나타난 것이다. 비유를 형성하는 시어 '머리카락'과 '지푸라기', '콧등'과 '마루', '눈'과 '창' 사이에는 형태상, 기능상의 유사성이 존재한다. 그리고 유사성의 관계에 놓인 이들 시어 사이의 유기적 관계가 2연 마지막 행인 "이밤에 戀情은 어둠처럼 골골히 스며드오。"의 애매성을

---

53) E. 카시러/오향미 역, 《인문학의 구조 내에서 상징형식 개념 외》, 책세상, 2002, p.43.
54) 위의 책, pp.42~44 참조.

해결해준다.

시에서 "戀情"은 밤에 "어둠"이 스며들듯이 "골골히" 스며든다고 했다. 여기서 "골골히"는 현대어 "골골이"의 표기로 추정되며55) '고을고을에', '골짜기마다' 정도로 풀이될 수 있다. 이것이 시 속에서 "오막사리", "들窓" 등 가옥을 표현하는 시어들과 맺는 관계를 고려하면 전자의 의미를 취하는 것이 타당해 보인다. 그런데 "戀情"은 인간의 마음, 곧 신체기관 가운데 '심장'과 관련된 단어이다. 따라서 2연의 2행은 "어둠"이 '마을'에 스며들듯 삽시간에 "戀情"이 '마음'에 스며드는 모양을 표현한 것으로 해석될 수 있다. 이는 앞에서 살펴본 인간의 몸과 사물 사이의 전용양상이 기능적 유사성에 토대를 두고 표출된 예라 할 것이다.

그런데 왜 하필 "戀情"을 의미적 대립항인 "어둠"에 비유했을까? 기능적 유사성만으로 설명되지 않는 이들 결합의 애매성56)을 벗어나기 위해서는 〈暝想〉을 포함한 윤동주의 시 전반에 포진된 상징형식에 의존해야 한다. 물론 이러한 고찰은 개별적인 상징형식들의 규명에 그치지 않고 그 형식들 사이의 상호 관계를 규정하는 방향으로 진행되어야 한다.57)

이를 해결하기 위해 먼저 시구의 애매성을 살펴보도록 하겠다. 2연은 "들窓같은 눈은 가볍게 닫혀、/이밤에 戀情은 어둠처럼 골골히 스며드오。"의 두 행으로 이루어져 있다. 1행의 맨 끝에 표기된 쉼표(、)는 1행과 2행이 선후관계나 인과관계로 인접되었음을 가리키는

---

55) 권영민 편저, 앞의 책, 1995b, p.79 ; 홍장학, 앞의 책, 2004, p.205.

56) "독자들 입장에서 보면 애매성이란 연루(complicity)를 의미하는 것이다(T. 토도로프, 앞의 책, 1987, p.118)."

57) E. 카시러, 앞의 책, 2002, p.44.

연결표지이다. 즉, 이 부분은 '눈이 닫히(감기)고 나서 연정이 마음에 스며들었다'와 같은 선후관계이거나, '눈이 감기자 빛이 차단되어 어두워졌기 때문에 세상으로부터 유리돼 마음에 집중할 수 있게 되었다'라는 인과관계로 해석될 수 있는 것이다. 2행의 비유 "어둠처럼"을 떠올려보면 이 가운데 후자의 해석이 타당해보인다. 그 경우 "어둠"은 "밤"이라는 외부적 상황과 결부된 물리적 현상일 뿐 아니라, '눈이 닫히는' 신체작용으로 초래된 결과를 의미하기도 한다.

앞에서 살펴본 것처럼, 머리카락이 콧마루를 간질이는 상황에 대한 1연의 묘사는 독자들로 하여금 다음 연의 "들窓같은 눈"을 1연의 해석틀과 동일한 연계성 속에 받아들이게 해준다. 여기에서도 마찬가지로 인간의 신체와 사물 사이의 유사성이 발견된다. 물론 "눈은 마음의 창"이라는 진부한 비유로도 "들窓"과 "눈"이 형태와 기능 면에서 유사성을 지니고 있음을 상식적으로 파악할 수 있다. 그러나 상식을 차치하고서 비유적으로 연결된 두 시어의 관계를 재구해보면, 시 전반에 걸쳐 상징형식을 형성하는 "눈"의 의미를 도출해낼 수 있다.

"이제 窓을 열어 空氣를 밖구어 드려야할턴데(〈돌아와보는밤〉)"의 시구를 다시 살펴보면서 "窓"과 "눈"의 관계를 재고해 보겠다. "窓"은 "空氣"가 집의 외부와 내부를 드나들게 해주는 매개체이다. "窓"이 내부·외부의 경계인 동시에 이 두 공간을 이어주는 매개체의 구실을 한다면, 내부에서 외부로 눈물을 흘려보내는 통로인 "눈"은 인간 신체의 내·외부를 가르는 기준이면서 동시에 내면의 상태(마음)를 외부로 드러내고 외부현상을 내부에 전달해주는 매개체 기능을 한다고 할 수 있다. 공간 분할과 매개적 기능이라는 공통성을 지닌 "窓"과 "눈"의 이 같은 결합은 인간의 몸과 사물 사이의 기능적 유사성에 토대를 둔 비유의 형식을 만들어낸다. 또한 이 결합의 근저에서 주위세계를 향한 인간 주관성의 개인적, 집단적 투사가 발견된다. 풍경의 시공간성은 투과적이다. 그러나 이는 단지 세계를 주관화하는 것을 말하지 않는다.[58] 윤동주 시의 주체상이 지닌 그러한 시선은 비유와 상징의 사용에서도 동일한 양상을 나타낸다.

이에 기반을 두고 2연의 1행 "들窓같은 눈은 가볍게 닫혀、"를 자세히 들여다보겠다. 앞에 인용한 두 시와 달리 이 시에서 '눈 감는' 행위는 피동의 형태로 묘사된다. 위에서 살펴본 바 있듯이 피동태는 주어가 어떤 동작의 대상이 되어 그 작용을 받을 때, 서술어가 취하는 형식이므로 그 이면에 동작을 초래한 원인이나 주체가 숨어 있기 마련이다. 그렇지만 졸음에 겨운 눈이 스르르 감겨 버리는 행위에는 주체의 의지가 반영되어 있지 않다. 이러한 피동현상을 초래한 원인은 무엇인가? 그것을 찾아내는 것이 이 시의 상징의미를 탐사하는 열쇠가 된다.

〈돌아와보는밤〉의 "눈을 감으면 마음속으로 흐르는 소리、이제、思想이 능금처럼 저절로 익어 가옵니다。"에 쓰인 능동태의 행위동사는 "마음"속의 "思想"이라는 직접 결과물을 만들어냈다. 그러나 이와 비교해볼 때, "들窓같은 눈은 가볍게 닫혀、/이밤에 戀情은 어둠처럼 골골히 스며드오。"에 나타난 피동태의 동사는 "戀情"이 "스며드"는 모호한 상황을 유발한다. 여기에는 "마음"과 같은 장소가 명시되지 않았고, 능동의 의지가 "思想"으로 표출되지도 않았다. "밤"이 되어 "어둠이" 도처에 스며들듯이, "戀情"이 "골골히" 스며든다는 간략한 정보가 제공되었을 뿐이다.

---

58) 오귀스탱 베르크, 앞의 책, 2001, pp.108~116, p.122 참조.

습작노트의 기록을 살펴보면, 처음 작품을 창작할 당시 "골골히"라는 시어는 존재하지 않았음을 알 수 있다.[59] 이는 퇴고과정에서 부가된 부분인데, "골골히"가 첨가됨으로써 〈瞑想〉의 2연 2행은 단순한 직유의 형태를 벗어나 해석의 애매성을 불러일으키며 상징적 추론을 유도하게 된다. 앞에서 언급했듯이 "골골히"는 현대어 "골골이"의 표기로 추정된다. 그렇다면 "골골히"는 "밤"에 "어둠"이 '고을고을마다' 퍼져나가는 물리적 현상을 표현한 시어인가, 아니면 "戀情"으로 '마음'이 구석구석 가득히 채워지는 것을 비유적으로 표현한 것인가? 이러한 의미의 애매성 때문에 "어둠"과 "戀情"은 단순한 비유적 결합을 넘어선다.

그런데 윤동주는 그 작용을 "스며드오"라고 표현했다. 이때 '스며들다'라는 동사는 외부로부터 내부로의 진입이라는 함의를 갖는다. '戀情이 어둠처럼 고을고을에 스며들다'에서와 같이 이 시의 '스며들다'는 무형의 것들이 부분에서 전체로 퍼져나가는 현상을 표현하는 의미로 쓰였다. 이 시가 "밤"을 시간적 배경으로 삼고 있음을 고려해볼 때, 밤풍경을 바라보다 눈이 감기자 차단된 내면 속에 외부와 동일한 상황인 "어둠"이 발생한 것으로 추정해볼 수 있다. "감기우는 눈에 슬픔이 어린다(〈遺言〉)"와 같은 예에서도 피동적으로 감기게 된 "눈"은 "밤"을 배경으로 "슬픔"이라는 감정과 연계되어 나타난다.

이제 인체의 외부와 내부에는 각각의 분리된, 그러나 유사한 공간이 형성되었다. 그리고 이 두 장소를 이어주는 매개체인 "눈"이 닫히자, 이들 공간에 '스며듦'의 상황이 발생하게 된다. 밤들어 외부

---

59) 왕신영 외 엮음, 앞의 책, 2002, p.78.

적 공간에 고을고을 어둠이 내리고, 눈이 감기니 차단된 내면 곳곳에 연정이 스며들게 된 것이다. 이 지점에서 비로소 '어두운 밤'의 상징의미에 대한 사회, 역사적 틀의 개입이 요구되면서 "戀情"이라는 내면정서를 발생시킨 원인이 외부적 상황인 '어두운 밤'일 수 있다는 유추가 가능해진다. 또한 "밤"의 어두움이 "눈"을 감기게 하였고 그러한 외부적 상황이 외부와 차단된 내면 속에 "戀情"의 감정을 유발시켰다는 인과관계가 형성되면서 "戀情"의 대상과 의미가 그 진폭을 확대하게 된다.

이렇듯 〈瞑想〉에 묘사된 밤풍경은 단순한 시·공간적 배경으로서의 환경이 아니라 시선이 투과된 실체로 인간의 몸과 결부되어 시인의 시선을 전달한다. 인간의 신체와 외부 사물의 혼합이라는 유기적 관계성이 이 시 전체의 통일성을 형성하는 중추적 기능을 담당하는 것이다. 그 결과 '집'이 '고을고을'로 범위를 확장하듯이 신체기관인 "눈"은 인간의 내면 전반으로 그 시선을 확대, 전이하게 된다.

이로써 2연의 "戀情"60)의 의미는 개인의 내면정서라는 국한된 의미범주를 벗어나 새로운 해석의 지평으로 확장되고, 제목인 "瞑想" 또한 단순한 감상적 사유를 나타내는 데 그치지 않고 실존에 대한

---

60) ① 順아 암사슴처럼 水晶눈을 나려감어라。(〈사랑의殿堂〉 부분)
② 少年은 황홀이 눈을 감어 본다。(〈少年〉 부분)
"戀情"이 갖는 일차적 의미는 사랑하는 이에 대한 정서적 반응이라 할 수 있다. 인용한 ①과 ②는 '順伊'라는 대상에 대한 순수한 사랑을 노래한 시의 일부이다. '順伊'의 의미 해석에 대해서는 고유명사를 지칭하는 것이 아니라 특정한 상징의미를 지닌다는 김흥규("幼年의 平和, 愛情, 安息의 世界"), 마광수("영원한 님에의 그리움") 등의 견해를 주목할 수 있다. ①과 ②에서 '順伊'에 대한 사랑의 감정은 각각 피동형과 능동형의 눈 감는 행위와 결부되어 나타나는데, 이때 눈을 감는 행위는 〈瞑想〉의 "戀情"과 유사한 감정을 유발한다(마광수, 앞의 책, 1984, pp.108~115 참조).

총체적 성찰과 반성을 함의하게 된다. "밤"의 일반화된 상징성이 윤동주의 시에서 새롭게 의미를 부여받는 것은 그러한 외부적 상황이 인간의 신체를 표현하는 시어들과 긴밀한 연관관계를 형성하면서 '불구의식'을 통해 시대적 어려움을 극복해보려는 시인의 의지를 상징적으로 구현해내고 있기 때문이라 할 수 있다. 결국 지금까지 살펴본 '감는 눈'의 상징은 실존의지를 전제한 불구의식의 표출이며, 내재된 시선으로 당시의 시대적 상황을 면밀히 관찰하는 근대적 저항성의 표명으로서 의미를 갖는다.

한편 1930년대의 특수한 시·공간적 상황에서 시인이 택한 또 하나의 응전방식을 발견할 수 있다. 이는 윤동주 유고의 상당부분을 차지하는 동시의 의미규명을 포함한 작업으로, 윤동주가 취한 퍼소나가 상징의 기능을 취함으로써 형성하는 의미의 장을 고찰하여 그러한 설정이 당대의 폭력에 대항하는 하나의 저항방식이었음을 밝혀내고, 앞 항에서 전개한 논의를 확대, 심화하려는 시도이다.

특정시기에 집중적으로 창작된 윤동주의 동시는 표면적으로 드러난 순진성 이면에 역설적 의미를 배태하고 있으며, 원리면에서 상징의 이중성과 통한다. 윤동주는 34편의 동시를 남겼는데, 이들은 1935년 12월에 "(바다물소리듯고싶어)"라는 부제를 달고 쓰인 〈(童謠)조개껍질.〉을 필두로 대개 1936년과 1938년 사이에 창작되었다. 그 기간 가운데 특히 1936년에 윤동주는 21편의 작품을 쓸 정도로 동시 창작에 매진하였으며, 〈童謠、해빛.바람、〉, 〈해바라기 얼골〉, 〈애기의새벽〉, 〈귀뜨람이와나와〉, 〈산울림〉(1938) 등 새로 창작한 5편과 재수록한 4편 ― 이전 노트에 실렸던 〈가을밤〉, 〈겨을〉, 〈밤〉(1936), 〈할아바지〉(1937) ― 을 포함한 총 9편을 두 번째 습작노트인 〔窓〕에 구분하여 기록하였다. 이 같은 흔적으로 미루어 봐도 당

시에 시인이 동시 창작에 상당한 비중을 두고 있었음을 확인할 수 있다.61)

그런데 동시를 창작하던 1935~1938년은 윤동주가 은진중학에서 수학하던 19세부터 연희전문 문과 1학년에 재학하던 22세까지의 기간이다. 송몽규 등과 《새 명동》이라는 등사판 문예지를 간행하던 시절부터 동시를 창작, 발표해 온 윤동주의 동시 습작은 창작훈련의 연장선에서 생각될 수도 있다. 그러나 어엿한 청년기에 접어든 시인이 쓴 동시를 자연스러운 동심의 발로로 규정지을 수는 없다. 일례로 윤동주가 《카톨릭 少年》, 《소년》 등의 잡지에 동시를 발표할 때, '尹童柱', '尹童舟' 등의 필명을 사용하였다는 사실을 들 수 있

---

61) 1935년에서 1937년 사이에 윤동주는 노트 두 권을 병행하여 습작활동을 한다 (각각의 노트에 대한 세부적 사항은 이 장의 각주 41번 참조). 〔나의習作期의 詩아닌詩〕에 실린 첫 번째 작품은 〈초한대.〉, 마지막 작품은 〈나무〉라는 동시로 구성되어 있다. 여기에는 대략 1934년부터 1937년 사이에 창작된 작품들이 수록되어 있으며, 창작년도는 '昭和九年'과 같은 일본연호('昭和(しょうわ)'는 124대 히로히토 일왕의 재임기간(1926.12.25~1989.1.7.)을 나타내는 연호이다)와 양력을 혼용하여 표기하고 있다. 그런데 "昭和十一年一月六日"로 창작일자가 표기된 〈병아리〉 이후에는 일본연호를 사용한 기록이 발견되지 않는다. '昭和十一年'인 1936년, 제7대 조선총독 미나미 지로(南次郞)가 취임하면서 일제는 탄압을 강화하기 시작했고, 일장기 말소사건 등이 있었으나 이들 사건의 시점은 8월이다. 따라서 일본연호를 사용한 1936년 1월과 다음 작품의 창작시기 — 2, 3월에 집중적으로 시를 쓰고 있는데 — 사이 윤동주의 심경에 어떤 변화가 있었는지를 역사적 사건과 결부해 파악하는 것은 어렵다. 한편 1935년 10월로 기록된 시 한 편이 중간 부분에 수록된 것을 제외하고, 〔窓〕에는 1936년 봄부터 창작된 시가 실려 있다. 1935년부터 1938년에 창작된 동시 가운데 절반 가량이 1936년에 집중적으로 씌었는데, 1936년 봄에 창작된 동시의 대부분이 첫 번째 노트에 집중적으로 수록되어 있는 점으로 미루어 볼 때, 시인이 두 노트의 성격을 구분하기 위해 일부러 동일 시기에 두 권의 노트를 병행하여 사용했다는 가설이 성립될 수 있다. 또한 이렇듯 노트를 병행하기 시작한 시기와 일본연호를 사용하지 않게 된 시기가 매우 근접해있다는 점에서 노트를 분리해서 사용한 것과 시대적 상황, 시인의 의식 사이의 연관관계를 추정해볼 수 있다.

다. 이름의 한자를 '아이 동(童)'으로 바꾼 것은 시인이 어린아이의 퍼소나를 의식하고 있었음을, 곧 자연스러운 어린아이의 사고와 정서를 유년기의 발화로 표현할 수 없는 자신의 위치를 의식하고 있었음을 반증해준다. 따라서 시인이 일정기간 동안 집중적으로 다량의 동시를 창작한 사실을 습작기의 특수한 경향의 하나로 현상적으로 진단하고 넘어갈 수는 없다.

그렇다면 그러한 창작경향의 특수성을 어떻게 설명할 수 있을까? 김열규는 "인간의 생에 있어 가장 보호받았던 존재이던 유아기에의 퇴행은 그만큼 현실생활의 파탄을 의미하게 된다"[62]면서 '심리적 퇴행'에서 그 실마리를 찾는다. 보들레르 또한 서정적 시인들의 '잃어버린 낙원(L'Eden perdu)'에 대한 관심을 언급하며 떼오르드 방빌 (Theodore Banville)의 시작경향에 대해 김열규와 유사한 견해를 피력한 바 있다.[63]

복잡하고 깊이 있는 사색을 담고 있던 초기 습작품에 이어 동시작품들을 집중적으로 창작함으로써 나타난 배열상의 부조화는 습작노트의 통일성을 깨뜨리는 요소가 될 수 있다. 또한 간혹 스탠자 (stanza)를 활용한 동요적 형태[64] 가운데 시인의 자질을 의심해보게 될 정도로 유치한 표현들도 발견된다. 하지만 그것이 무의식적 퇴행

---

62) 김열규, 앞의 글, 1964, p.106.

63) 어린 시절로 되돌아가는 것, 열정, 노여움, 죄, 근심 등 인생사가 어둡게 하지 않은, 주름이 이마에 잡히지 아니한 그 상태를 찾는 것, 즉 잃어버린 낙원을 찾으려는 그의 시도는 때로는 인공 낙원에 의하여, 또는 여인을 통하여, 그의 예술을 통하여 그의 생이 끝날 때까지 끊임없이 계속된다. 김영윤, 〈보들레르에 있어서 우울과 도취〉, 《상징주의 문학론》, 민음사, 1982, pp.219~220 참조.

64) 정양은 워즈워스(Worsworth)의 시를 언급하며 윤동주의 시에 '4stanza', '5stanza' 의 동요적 형태가 나타난다고 지적한다(정양, 〈동심의 신화〉, 《국어국문학연구》 5집, 원광대학교, 1979, pp.20~22).

이 아닌 의식적 제스처라면, 의도성을 여실히 감지할 수 있는 이들의
동시 창작 경향을 무의식의 반영으로 단정 짓는 것은 그러한 특수성
에 대한 충분한 설명이 되지 못한다. 이를 규명하기 위해서는 '동시'
라는 특정장르를 선택한 시인의 목적의식에 집중할 필요가 있다.[65]

동시란 아동이라는 가상의 청자를 염두에 둔 화자가 어린아이의
목소리로 유년의 사고와 감정을 드러내 보여주는 시의 형태라 정의
할 수 있을 것이다. 동시를 쓰기 위해 시인은 어린 화자의 목소리로
발화하는 아동의 퍼소나를 취하게 된다. 이는 스스로가 직접 어린아
이의 목소리를 발화할 수 있는 상태에 있을지라도 꾸며낸 발화인가,
자연스러운 발화인가의 차이가 있을 뿐 동일하게 거쳐야 하는 수순
이다. 윤동주의 동시는 이 가운데 전자에 해당한다. 그렇다면 의도
적으로 동시의 형태를 선택한 시인의 창작동기에 대해 논구해보도
록 하겠다.

> ① 어머니!/누나 쓰다버린 습자지는/두었다간 뭣에 쓰나요?//그
> 런줄 몰랏더니/습자지에다 내보선놓고/가위로 오려/버선본 만
> 드는걸。(〈버선본〉)

> ② 꿈에가본 엄마게신/별나라 지돈가?/돈벌러간 아빠게신/만주땅
> 지돈가?(〈오줌 싸개지도(地圖)〉)

> ③ 짝잃은 조개껍대기/한짝을 그리워하네//아롱아롱 조개껍대기/

---

65) 그와 같은 이유에서 집중하고 있는 부분에는 차이가 있지만, 문제해결의 출발점
   을 선택하는 데 있어서 화자에 주목한 김흥규의 시선에 동의한다(김흥규, 앞의
   글, 1994, pp.646~650 참조).

나처럼 그리워하네(《(童謠)조개껍질.》)

④ 대궐집웅 우에서 긔와장내외/아름답든 녯날이 그리워선지/주름
잡힌 얼골을 어루만지며/물끄럼이 하늘만 처다봅니다、(《기와장
내외》)

⑤ 닭알은 무슨닭알/고놈의 암닭이/대낮에 새빨간/거즛뿌리 한걸。
(《거즛뿌리》)

인용한 시들은 공통적으로 어린아이의 퍼소나를 취한다. ①과 ②
에는 천진한 동심에서 비롯된 아동의 질문이 제시된다. ①은 "어머
니"라는 청자에게 직접 질문을 하는 형태이고, ②는 특정한 청자를
염두에 두지 않은 자문(自問)의 형식을 취한다.

①에 제시된 질문의 답은 어머니의 목소리가 아닌 스스로의 관찰
을 통해 얻어진다. 즉, 일종의 제스처인 "그런줄 몰랏더니"는 경험
전후의 인식상태를 가로지르는 경계선의 구실을 한다. 그런데 ①에
서 자문자답 형식을 취한 현재의 발화상황에서 동시적으로 발생하
였음에 주목해볼 수 있다. 이 경우 "그런줄 몰랏더니"는 무지와 인
식의 경계를 구분짓는 지표가 아니라, 답을 이미 인지한 성인이 아
이의 퍼소나를 취해 질문을 던짐으로써 발생할 수 있는 의뭉스러운
느낌을 의도적으로 감춘 시적 장치라 할 수 있다.

②에서도 그러한 제스처는 계속된다. 오줌 싼 이불을 둘러싼 이
시의 에피소드는 많은 이들이 어린 시절에 겪어봤음직한 소소한 일
상의 사건을 소재화한 것이다. 그러나 제목이 암시하는 상황의 주요
인물이 동생으로 설정되었음에도 시의 전면에는 관찰자 겸 발화자

인 시적 주체의 퍼소나만이 부각되어 시의 구성을 통제한다. 생략된 1연이 사건정황에 대한 보고였다면, 인용한 2연에는 ①과 유사하게 혼잣말하는 주체의 자문이 제시된다. 표면적으로 이는 멀리 떨어져 있는 양친에 대한 그리움을 천진하게 표현하고 있는 듯하나, "돈벌러간 아빠게신/만주땅"을 통해 노출되는 역사의 그림자로 말미암아 아이의 물음에는 계산된 천진함이 덧씌워지게 된다.

이와 같은 윤동주 동시의 가장된 천진성이 비단 그러한 의뭉스러운 물음으로만 나타나지는 않는다. ③~⑤의 예에서는 이와 다른 유형의 부자연스러움이 느껴진다. ③에 나타난 그리움의 정서, ④에서 향수를 묘사하는 정서 표출 방식, "고놈의"와 같은 ⑤의 화법에서도 어린아이의 순진성이 아닌 어른의 사고와 목소리를 감지할 수 있는 것이다. 어린아이의 정서를 노래해야 함에도, 동시 장르를 표방한 윤동주의 시편들 가운데는 간혹 이렇듯 동시답지 못한 모습을 하고 있는 작품이 발견된다. 이 항에서 문제로 삼는 것은 바로 그러한 동시들이다.

어린아이의 퍼소나가 어른의 정서나 어법과 맞물릴 때, 윤동주의 동시는 자연스러움을 상실하고 만다. 앞에서 언급했듯이 윤동주는 어린 시절부터 동시 습작을 계속해왔으며, 〈병아리〉를 비롯한 수많은 작품들에서 동시의 어법에 충실한 모습을 보여준 바 있기에 그가 동시의 작법을 몰랐다고 할 수는 없다. 따라서 그의 일부 동시에서 발견되는 그러한 부조화 현상은 아동 퍼소나의 가면 뒤에 숨겨진 어른의 그림자가 밖으로 드리울 때, 곧 의식의 과잉이 시적 주체의 목소리를 넘어설 때 나타나는 현상이라 하겠다.

① 사이좋은正門의 두돌긔둥끝에서

　　五色旗와、太陽旗가 춤을추는날、

　　금(線)을끊은地域의 아이들이즐거워하다、

　　　　　　　　　　　〈이런날.〉

② 地圖째기노름에 늬땅인줄 몰으는 애 둘이

　　하뿜손가락이 젊음을 限함이여、

　　　　　　　　　　〈陽地쪽〉

③ 텁수룩한 머리털 식컴언 얼골에 눈물 고인 充血된 눈 色엃어 푸

　르스럼한 입술、너들너들한 襤褸 찢겨진 맨발、

　아—— 얼마나 무서운 가난이 이어린少年들을 삼키였느냐!

　　　　　　　　　〈(散文詩)、츠르게네프의 언덕.〉

④ 『너는 자라 무엇이 되려니』

　『사람이 되지』

　아우의 설흔 진정코 설흔 對答이다。

　　　　　　　　〈아우의印象畵〉

　　위에 인용한 예들은 앞의 동시들처럼 “아우”, “어린少年”, “애
둘”, “아이들” 등 어린이를 중심소재로 삼고 있다. ①과 ②에서 화
자는 어린아이들의 유희를 지켜보는 관찰자의 위치에 서있다. 하지
만 그러한 표면적 상황의 이면에서 “五色旗”와 “太陽旗”로 상징되는
역사적 맥락이 발견된다. 물론 이때 ‘오색기’는 당시 만주국의 국기,
‘태양기’는 일본국의 국기를 상징한다. 1936년에 창작된 이 두 편의
시에서 시인은 당시 만주지방에 감돌던 전운을 감지한 듯 일본세력

에 대한 경계를 나타낸다. 이러한 예감은 다음해인 1937년의 만주 사변 발발로 현실화된다.

이 같은 해석은 ①, ②가 창작된 1936년 당시 윤동주의 행적에 나타난 그의 저항의식을 통해서도 살펴볼 수 있다. 당시 윤동주는 신사참배를 강요하는 숭실학교를 자퇴하고 광명학원 중학부 4학년에 편입한다.66) 광명학원의 중학부 학적기록67)을 보면 한 가지 재미있는 사실을 발견할 수 있다. 편입 이후인 4, 5학년에 윤동주의 평균성적은 각각 71점, 74점이었는데,68) 대부분의 과목에서 80점이 넘는 점수를 받은 윤동주가 중간 정도의 평균성적에 머물게 된 것은 바로 '讀本', '文法', '作文'으로 구분된 '日語'에서 각각 40/50,

66) 같은 해 4월에는 중국 남경과 제남의 독립운동 단체에 가있던 윤동주의 고종사촌 송몽규가 고향에 돌아와 8월까지 본적지인 웅기 경찰서에 구금, 문초를 받고 나오게 된다. 항거의 의사가 동일했을지라도, 윤동주의 저항행위는 송몽규의 행적에 비해 소극적으로 나타났다(왕신영 외, 앞의 책, 2002, p.396).

67) 大村益夫, 앞의 글, 1986, p.143.

68) 당시 윤동주는 '日語', '朝漢', '滿語', '英語一', '英語二' 등의 어학과목, '修身', '公民' 등 현재의 윤리, 사회에 해당하는 과목과 '代數', '幾何' 등 5과목으로 분리된 수학과목, '物理', '化學'의 과학과목, '圖畵', '操體' 등의 예술과목, 그 밖에 '地理', '歷史', '實業' 등 다양한 학과목을 수강한 것으로 기록되어 있다. 그 가운데 '修身(78/83)'과 '朝漢(80/88)', '滿語(86)', '英語一(80/81)', '幾何(82/81)', '物理(85/78)' 등의 과목에서 대체로 양호한 점수를 받았으며 '地理(83/76)', '圖畵(82/78)' 등의 과목에서도 그와 유사한 정도의 점수를 획득하였다. 이는 독자들에게 익히 알려진 '윤리의식이 투철하고 뛰어난 언어감각을 지닌 총명한 시인'인 윤동주의 모습을 확인할 수 있는 대목이다. 윤동주는 특히 수학 관련 과목에서 상당히 우수한 성적을 거두었다. 이에 대한 동생 윤일주 씨의 회고("특히 기하학을 좋아했는데 아마 치밀한 성품 때문이 아니었을까 생각합니다")에서도 자기 반성에 괴로워하고 시작일지를 기록하며 습작노트를 정리하는 데에서 발견되는 윤동주 성품의 한 단면을 확인할 수 있다(《문학사상》 자료연구실, 〈일제 암흑기의 찬란한 빛 — 그를 불러 민족 시인이라고 하는 까닭을 윤동주의 삶과 문학을 간추려 살펴 본다〉, 권영민 편저, 앞의 책, 1995b, p.216 참조).

48/62, 52/52점의 낙제점수를 받았기 때문이었다.[69]

> 우리가 다닐 그때는(명동소학교 시절 ─ 필자 주) 그 학교에도 일본어 과목이 있기는 했지만, 우리는 '일본말'이라고 하면서 일본어를 통 공부하지 않았다. 중학교에 진학하려고 해도 일본말을 몰라서 어떻게 할 길이 없었다.

시인이 어학과목에 재능이 있었다는 것은 일본어를 제외한 나머지 과목들의 점수를 통해 확인되는 사실이다. 그럼에도 '日語'에서 낙제점수를 받게 된 것은, 굳이 인용한 문익환의 회고에 기대지 않더라도 "일본어를 통 공부하지 않았"기 때문이라고 추정해볼수 있다. 그 당시에 창작된 〈이런날.〉의 한 구절인 "아이들에게 하로의 건조한 학과로/해말간 권태가 깃들고"라는 시구에서도 시인이 지녔던 당시 심정을 간접적으로 읽어낼 수 있다. 이러한 의지적 행위는 앞에서 언급했던 숭실학교 자퇴사건과 비슷한 시인 나름의 저항방식이었다. 이 같은 행적은 식민지라는 특수한 시대적 배경 아래 유년기를 보낸 시인의 역사의식이 형성된 과정을 보여준다.

다시금 원래의 논의로 돌아가 보자. ③, ④의 경우 관찰자의 입장을 견지한 ①, ②와 달리 시인이 각 장면에 적극적으로 개입하고 있다. ③의 경우 인용한 3행의 코멘트는 1, 2행의 관찰에 뒤이은 해석으로 시인의 사고를 직접 반영한다. 앞에서 이 시가 투르게네프의 시 〈거지〉에서 영감을 빌어 왔다고 이야기한 바 있는데, 원작과 달리 윤동주의 시에서 화자의 측은한 마음은 직접적인 대상관계로 발

---

69) 大村益夫, 앞의 글, 1986, p.141 ; 오오무라 마스오, 앞의 책, 2001, p.34 전재(全載).

전하지 못하였다. 이 시를 일종의 패러디로 볼 수 있다면, "아 ──
얼마나 무서운 가난이 이어린少年들을 삼키였느냐!"라는 ③의 논평
에 담긴 시대에 대한 비판의식이 원전의 모방, 변형을 통해 독창성
과 비판의식 등을 나타내는 패러디 기법과 부합하는 지점 때문일
것이다.

한편 ④에서는 관찰자인 시적 주체와 대화하는 아동의 목소리가
전면에 부각된다. 장르의 제약을 받는 '동시'와 달리 ④에는 시인의
의도가 보다 직접적으로 드러난다. 장래희망을 묻는 형에게 "사람"
이 되고 싶다고 하는 아우의 대답은 때 묻지 않은 순수성을 느끼게
한다. 그런데 시에서 이는 어른의 시선에 따라 "설흔 진정코 설흔
對答"이라고 규정된다. 시대의 아픔을 가장된 천진성으로 표현하여
어색한 불협화음을 발생시키던 동시의 영역을 벗어나자 어린아이
본연의 순수함이 어른의 사고와 조화로운 결합을 이루어낸 것이다.
이렇듯 동시라는 장르의 제약에서 자유로운 이들 시편에서는 앞에
서 언급한 것과 같은 불협화음이 발생하지 않는다.[70]

위에서 살펴본 윤동주 시의 '감는 눈' 상징과 퍼소나를 치환하는

---

[70] 따라서 윤동주의 동시에 나타난 세계가 유토피아를 대신하는 "'회복 불가능한
幼年'에 대한 과거지향적 꿈"이라고 규정하고, 앞에서 논의했던 윤동주 동시의 의
뭉스러운 물음, 어색한 어법 등을 "동심의 낙천적 순수함과 처절한 개인적·민족
적 현실을 충돌시킨" 데서 초래된 결과로 치부하며, 이로 말미암아 윤동주의 시가
화해로움을 복원하지 못하고 "현실이 주는 갈등의 세계"로 들어갔다고 한 김흥규
의 평가는 재고되어야 한다. 또한 그 이후 "화해로운 세계의 평화도 율동적인 형
식도 잃고 갈등의 세계로 들어간다"며 윤동주가 동시라는 형식을 포기한 이유를
설명한 것 또한 1938년 이후의 시들에 대한 정당한 평가를 왜곡시키는 경우라
하겠다. 분열과 갈등의 삶을 투기하려는 입장에서는 "너무나도 여린 도구이거나
認識의 桎梏이 된다"라며 윤동주 동시의 기능을 평가절하하고 있기 때문이다(김
흥규, 앞의 글, 1974, pp.661~664 참조).

'가면 쓰기'는 1930년대 상황에서 윤동주 시의 상징이 구현해낸 보편적 의미로 연결된다. 이는 일제시대 우리 민족의 특수한 상황을 논구하는 데에만 범위가 한정된 것이 아니라, 폭력의 시대가 양산하는 불합리한 상황에 대한 보편적 응전의 자세를 나타내는 것으로, '배려'로 이야기되는 타자관계에서 발견되는 윤리의 모습을 보여준다. 개별민족의 특수한 경험이 보편과 연결되는 지점에서 윤동주가 구현한 '감는 눈'의 상징, 그리고 그 연장선에서 언급될 수 있는 동시의 특수성이 상실의 상황을 표출하는 동시에 이를 극복하기 위한 특수한 해결방식을 제시하는 것이다.

2. 자발적 소외와 식민근대의 부정

한편 그러한 대(對)사회의식은 식민근대의 이중적 모순을 간파한 주체의 소외의식과 극복의지로도 표출된다. 윤동주의 시에서 근대 인식은 '길'과 같은 열린 공간의 속성을 지녔음에도 언제나 어두운 폐쇄성을 동반하는 '거리'로 상징화된다. 지금까지 많은 논자들이 '거리'를 이동적 속성을 지닌 열린 공간으로 규정하며 '길'과 동일한 차원에서 취급해왔다. 그러나 그러한 유사성은 '길'이 지닌 긍정의 속성과 차별화된 '거리'의 함의를 설명해내지 못한다.

윤동주 시의 '거리'에서는 근대적 산물들이 제 기능을 담당하지 못한다. 이는 시각적 요소를 부각시켜 압도적 도시문명을 보여준 동시대 모더니즘 시들의 경향과 변별되는 윤동주 시의 독자적 근대성 인식으로 평가된다. 당대 모더니즘 시들이 경이를 동반한 소외의식을 보여주었다면,71) 윤동주 시의 '거리'는 타자와의 관계에서 초래된 주체의 소외의식을 나타낸다. 이러한 '거리'의 공간적 상징성은 일본, 병원, 정거장, 교회, 학교 등 근대성의 온상이었던 공간형태가 시화된 경우들에서도 유사한 변주양상을 보인다.

상기한 근대 인식을 윤동주는 '거리'라는 공간 상징의 다의성을 통해 표현한다. 윤동주의 시에서 '거리'는 어두운 폐쇄성을 동반하고 나타난다. '길'과 유사하게 열린 속성을 지닌 공간형태임에도, 거기에는 '길'에 내재된 희망적 기대, 새로운 내일에 대한 희망으로 현재의 폐쇄성을 극복하려는 의지 등이 수반되지 않는다. 또한 "달밤의 거리/狂風이 휘날리는/北國의 거리", "궤롬의 거리/灰色빛 밤거리(〈거리에서.〉)"로 묘사된 부정성의 공간인 '거리'에서는 '길'의 여정을 함께 하는 "문들레", "까치", "아가씨", "바람" 등(〈새로운길〉)의 자연사물도 시적 주체를 지켜봐주지 않는다. 그러한 부정성을 벗어버리는 순간, "거리"는 현실의 공간성을 벗어나게 된다. "옛거리에남은나를 希望과 사랑처럼 그리워한다.(〈사랑스런追憶〉)"에서처럼 기억 속에만 존재하는 과거의 공간으로 재구되는 것이다.

> 으스름이 안개가 흐른다. 거리가 흘러간다.
> 저 電車、自動車、모든 바퀴가 어디로 흘리워 가는 것일가? 定泊할 아무港口도없이、가련한 많은 사람들을 실고서、안개속에 잠긴 거리는、
>
> 거리 모퉁이 붉은 포스트상자를 붓잡고、서슬라면 모든것이 흐르는속에 어렴푸시빛나는 街路燈、꺼지지 않는것은 무슨象徵일까? 사랑하는동무 朴이여! 그리고 金이여! 자네들은 지금 어디 있는가? 끝

---

71) 남기혁, 〈현대시의 형성기(1931년~1945년)〉, 오세영 외, 《한국현대시사》, 민음사, 2007, p.179.

없이 안개가 흐르는데、

「새로운날아츰 우리 다시 情답게 손목을 잡어 보세」 몇字 적어 포
스트속에 떠러트리고、밤을 새워 기다리면 金徽章에金탄추를 삐였고
巨人처럼 찬란히 나타나는 配達夫、아츰과 함께 즐거운 來臨、

이밤을 하욤없이 안개가 흐른다。

<흐르는거리> 전문

이 시를 창작한 1942년 윤동주는 릿교대학에 재학 중이었다. 당
시 윤동주가 처한 재일유학생으로서의 디아스포라(diaspora)[72] 상황
은 <흐르는거리>의 주체가 지닌 방외자로서의 관찰자적 시선을 형
성하는 데 영향을 미친다. 이 시는 흘러가는 시간, 개체의 고독 등

---

72) 디아스포라의 어원은 '이산(離散)'을 의미하는 그리스어 'diasperien'으로서 집단
적 망명에 의한 인구의 분산을 의미한다. 이 용어는 본래 B.C. 3세기 무렵 바빌로
니아 제국의 포로가 되어 고향 "팔레스타인 땅을 떠나 세계 각지에 거주하는 이
산 유대인과 그 공동체"를 지칭하였다. 그 후 기독교가 국교로 공인되기 이전에는
로마제국 안에 흩어져 있던 기독교 공동체를 지시했으며, 노예제도로 말미암아
촉발된 대규모의 인구 분산을 의미하게도 된다. 오늘날 이 용어는 유대인뿐만 아
니라 아르메니아인, 팔레스타인인 등 추방·이민·이주 등의 이유로 고향에서 떨어
져 살고 있는 다양한 '이산의 백성'을 좀 더 일반적으로 지칭하는 소문자 보통명
사로 사용하는 경우가 많아졌으며, 본국을 떠나 외국을 떠도는 식민지 출신 작가
들의 삶의 방식을 설명하는 데까지 폭넓게 적용된다(박종성, <식민지인의 디아스
포라 내러티브 쓰기 : 나이폴의 『당혹스런 도착』>, 《현대영미소설》 제11권 2호,
현대영미소설학회, 2004, p.11 ; 서경식, 《디아스포라 기행》, 돌베개, 2006, p.13
; 손종호, <모국어와 문학>, 《비평문학》 제24호, 한국비평문학회, 2006, p.39 참
조). '간도'—'서울'—'동경'—'교토'—'후쿠오카'의 이주경로로 집약되는 윤
동주의 생애는 간도체험, 유학생활, 식민지화 등 시인의 실제 경험과 결부된 디아
스포라 상황에서 동아시아의 근대화와 정치, 문화적 영향관계를 갖는다.

을 보편적 상징의 형태로 형상화하고 있지만, 한편으로는 속국의 유
학생인 방외자의 눈에 비친 "유동적이고 불안정한" 일본 근대의 모
습73)을 형상화한다.

한국의 근대화를 주도한 일본의 '거리'에서 "電車", "自動車"와 같
은 근대적 산물들은 본연의 기능을 수행하지 못한 채 "어디로 흘리
워"간다. 근대적 문명으로 가득 찬 일본 "거리"의 실상이 "안개속에
잠긴" 표류하고 방황하는 공간의 형태로 제시된 것이다.

그런데 그 같은 "흐르는거리" 속에서 해체되고 방황하는 것은 비
단 사물들만이 아니다. "안개속에 잠긴 거리"에 소속된 사람들 또한
"碇泊할 아무港口도없이," "거리"에 실려 "흘러간다". 여기에서 시
적 주체는 '거리'에 소속되어 있으면서도 다른 사람들과 함께 흘러
가지 않고 그들을 지켜보는 관찰자의 시선을 견지한다. 분리의식을
지닌 이 같은 디아스포라의 시선에 포착된 일본 거리의 "많은 사람
들"은 근대문명의 수혜자인 모던 걸, 모던 보이가 아니라 자신들의
조국이 초래한 제국주의 전쟁과 사회적 혼란으로 말미암아 평화와
안정을 상실한 채 정처 없이 부유하는 "가련한 사람들"일 뿐이다.
이렇게 현장에서 일본 근대의 모순을 목도하게 된 〈흐르는거리〉의
주체는 경이와 감탄이 아닌 관찰의 시선으로 사람들을 미혹시키는
안개에 감춰진 "거리", 즉 일본 근대의 혼란을 지켜본다. 일본에게
있어서 서양의 근대는 닮고 싶으면서도 극복되어야 할 대상이었
다.74) 그 같은 모순된 근대의 표상인 "거리"의 혼돈과 와해를 객관

---

73) 서경식은 이방인이며 소수자인 디아스포라들의 눈에는 다수자들이 고정되고 안
　　정적이라고 믿는 사물이나 관념이 실제로는 유동적이며 불안정한 것이라는 사실
　　이 보인다면서 디아스포라라는 존재의 모습을 근대 특유의 역사적 소산으로 규정
　　하고 있다(서경식, 위의 책, pp.14~15).
74) 이 시가 창작된 1942년 9, 10월 《문학계》에 실린 〈근대의 초극〉 좌담은 당시

적으로 바라보는 시선은 그 관찰의 주체가 피식민지인이라는 점에서 중요한 의미를 지니게 된다. 식민국과 피식민국이라는 두 공간의 근대적 문명, 문화를 체험함으로써 식민본국의 주체들이 감지할 수 없는 측면을 바라보는 주체의 시선이 디아스포라의 정체성을 내포하고 있기 때문이다.

중심으로부터 거리를 두는 이 같은 '자발적 소외'의 방식을 통해 윤동주 시의 주체는 한 발자국 떨어진 자리에서 당시 일본이 겪던 근대화의 혼돈과 모순을 바라보는 시선을 확보한다. 자신이 처한 현실공간으로부터 스스로를 소외시켜 경이로운 근대문명 이면에 도사리고 있는 모순과 병폐를 꿰뚫어보는 이러한 시선은 "病院뒷뜰(〈病院〉)"이라는 소외된 공간을 형상화하여 근대성의 허위를 고발하는 또 다른 창작방식에 닿아 있다. 그리고 이는 근대문명의 순기능을 부정하고 자발적으로 근대성의 공간으로부터 자신을 소외시킴으로써 디아스포라의 입장에서 근대화의 실상을 고발하는 저항의 태도

일본이 겪은 근대화 과정의 혼란을 단적으로 보여준다. "'성전(聖戰)', '팔굉일우(八紘一宇)' 내지 '대동아공영권'과 같은 신화적 상상"에 매몰되어 서양 근대의 초극과 파시즘, 제국주의적 침략 전쟁과 같은 여러 겹의 의미를 변별해내지 못하고, 이 논의는 근대화된 일본 정신의 병적 상태(전쟁 중의 일본에서는 언론의 자유가 극단적으로 제한되고 전체주의, 국가주의, 군국주의 풍조가 일세를 풍미하였다. 이시다 이치로(石田一良)/성해준·감영희 역, 《일본사상사의 이해》, J&C, 2004, p.299)에 대한 저항으로서의 서구 근대 '초극'과 일본 제국주의가 내세운 '동아(東亞)' 사상을 동일시하여 전쟁을 지지하는 논리적 기반이 된다(다케우치 요시미의 《일본과 아시아》(서광덕·백지운 옮김, 소명출판, 2004, pp.64~139 참조. 논의의 성격상 여기에서 함동주, 전형준, 한기형 등이 개진한 다케우치의 사상의 모순성에 대한 비판은 논외로 한다). 봉건적 천황제와 서양적 근대가 충돌한 일본의 근대화는 한국의 기독교에 대한 회유와 탄압으로 대변되는 일본 총독부의 종교정책과 일본 기독교의 포교방식에서도 엿볼 수 있다(韓晳曦, 《日本の朝鮮支配と宗教政策》, 未來社, 1988, pp.84~92 참조).

를 내포한다.[75]

이는 앞에서 언급한 특수한 식민근대 체험에 대한 인식이 반영된 것으로, 거대한 도시문명에 압도되어 소외를 경험한 당대 모더니스트들의 근대성 비판과 차별화된 윤동주 시의 특성을 보여준다. 급격한 도시화 과정을 겪으며 성장한 세대인 1930년대 모더니스트들은 근대문명의 징후를 도시 속에서 발견하고 이를 작품에 적극 수용하였다.[76] 그러나 이들 모더니즘 시인들의 시에 문명 체험 자체가 부각되어 있고, 근대문명에 대한 비판 또한 새로운 경험이라는 전제 아래 간접적으로 드러난 것과 달리 〈흐르는거리〉는 디아스포라의 정체성에서 비롯된 관찰자적 시선을 통해 "거리"의 문물을 비판적으로 형상화한다. 이렇듯 근대문명의 기능 자체에 대한 부정에서 출발한 윤동주의 시는 거대한 도시문명 속에서 소외를 경험한 자의 비판의식을 기반으로 한 여타 모더니스트들의 시와 차이가 있다. 모더니즘 계열에 속하지 않으면서도 독자적 방식으로 근대성(식민근대로서의 역사적 인식을 포함)에 대한 자신의 입장을 표출하였던 것이다. 도일(渡日) 유학생의 디아스포라로부터 초래된 이 같은 인식은 식민근대가 발아된 온상인 일본의 근대문명과 근대적 공간이 갖는 부정성(不正性)을 인식하게 된 자의 부정의식(否定意識)을 내포한다. 근대성을 긍정적 순기능으로 받아들이지 못하는 윤동주 시의

---

75) 이 같은 윤동주 시의 근대 비판은 바바가 '반동성의 형태'를 통한 재등장이라고 규정한 방식과 유사하다. 바트 무어-길버트/이경원 옮김, 《탈식민주의! 저항에서 유희로》, 한길사, 2001, p.316.

76) 이는 예리한 감각적 수용을 통한 문학의 신비화(정지용), 이미지즘(김광균), 문학 물신주의(이상), 퇴폐적 경향(오장환) 등으로 분화된다. 물론 이들이 표현한 도시체험의 충격은 이를 매개로 한 일본 자본주의의 역사적 충격이라는 부정성도 포함한다(서준섭, 《한국 모더니즘 문학 연구》, 일지사, 1988).

주체상은 "거리의 소음과 노래 부를수없"는 "괴로운 사람(〈산골물〉)"의 형상으로 나타나기도 한다. 그러한 괴로움, 근대에 대한 거부가 어디에서 연원된 것인가 살펴보도록 하자.

윤동주의 시에서 '사회'는 앞에서 살펴본 공동체로서의 타자 인식, 곧 '우리'라는 새로운 형상의 주체와 구분되는 집합적 의미의 타자로 나타난다. 이들은 전자의 주체—타자관계에서와 달리 서로 합치될 수 없는 이질성을 관계의 본질로 삼고 있다. 물론 이러한 이질성의 근원에는 식민권력으로서의 타자를 바라보는 주체의 시각이 놓여 있다. 식민지권력은 식민지의 주민들을 통치대상으로 전락시키는 동시에 식민지적 질서 속에서 각 개인들이 스스로 그것을 유지, 재생산할 수 있는 주체가 될 수 있도록 만들기 위해 지속적인 시도를 전개하였다.77) 따라서 이들의 논리를 수용하는 것은 앞 절에서 살펴본 자율적인 주체—타자관계의 상호작용에서 형성된 (운명) 공동체로서의 '우리'를 단순한 식민지적 '군중'으로 파편화시키는 결과를 초래하게 된다.

식민주체가 피식민주체를 자신들의 주체성 범주 안으로 동화시키려는 책략에서 벗어나기 위해서는 ① 근대적 산물들이 자신들의 고유한 세계에서 순기능을 하도록 허용하지 않거나 ② 자기 자신을 그러한 근대성의 공간으로부터 소외시키는 극복방식을 선택할 수 있다. 〈흐르는거리〉의 주체는 식민주체의 책략에서 벗어나기 위해 식민주체가 들여온 근대적 산물에 대한 거부에서 비롯된 의도적인 자기 소외를 선택하였다.

서구의 근대적 개인에게서 볼 수 있던, 자기 성찰을 바탕으로 한

---

77) 김진균·정근식, 앞의 글, 1997, pp.24~25 참조.

주체논리가 서구적 근대와 봉건적 유기체성을 포함하는 일본적 근대가 혼재하던 당시의 식민지 상황에서 식민지적 근대라는 새로운 형태로 나타난 것은 필연적인 현상이다. 그러한 식민지적 근대의 체험은 식민주체인 일본에 대립하면서 한편으로는 닮아가는 양상을 띠었다. 당시 우리 문학에 나타난 근대성 체험 역시 혼재된 양가성의 표출로, 또는 한편에 치우친 형태로 나타났다. 그리고 양자택일이 불가피한 상황에서 윤동주의 시는 동화를 거부하는 자기 소외로 형상화된 주체상을 통해 또 하나의 대립의 방식을 구현해내었다. 이는 아래 인용할 〈病院〉에서와 같이 대표적인 근대적 공간에서 단절을 통한 자기 소외를 보여주는 양상으로 변주된다.

〈흐르는거리〉에는 위에서 논의한 윤동주 시의 독자적인 식민근대 인식방법과 대응자세가 반영되어 있다. "으스럼이 안개가 흐른다. 거리가 흘러간다."로 시작되어 "이밤을 하욤없이 안개가 흐른다."로 끝나는 이 시에서 "거리"와 동일한 층위에 놓인 "안개"는 "혼의 재이며, 정신적인 탕진의 층"78)으로 묘사된다. "밤"이라는 시간적 배경에 끝없이 깔린 그 '안개'는 "가련한 많은 사람들을 실고서" "거리"를 잠식한다. 안개 깔린 "거리"에 내포된 이 같은 부정성이 2연에 오면 사랑하던 동무들을 잃어버린 단절의 상황으로 변주된다.79)

그러나 윤동주의 시 가운데 유일하게 '상징'이라는 시어를 전면에 내세우고 있는 〈흐르는거리〉의 "거리"는 2연의 "거리 모퉁이 붉은 포스트상자", 꺼지지 않고 "어렴푸시빛나는 街路燈、", 3연의 "새로운날아츰", "손목을 잡"는 행위, "포스트", "찬란히 나타나는 配達夫", "즐거운 來臨" 등의 시구로 말미암아 식민근대의 이중성이라는

---

78) J. P. 리샤르/윤영애 역, 《詩와 깊이》, 민음사, 1984, p.117.
79) 단절된 이들과의 소통의지에 대해서는 다음 절인 Ⅲ.A.3의 논의를 참조.

부정적 현실을 극복할 희망의 세계관을 내포함으로써 자신의 속성을 넘어선다. '기쁜 소식'에 대한 기다림으로 집약될 수 있는 이들 상징의 밑바탕에는 예수의 재림과 관련한 종말론적 세계관이 깔려 있다.

윤동주가 보여준 희망의 세계관이 미래의 발전을 기대하는 근대의 낙관론적 세계관과 변별되는 부분은 그러한 기대가 언제나 현실 인식으로 귀결된다는 점이다.[80] 〈흐르는거리〉에서도 2, 3연에 제시된 희망의 시선이 단 1행으로 구성된 4연으로 말미암아 다시금 안개가 가득 찬 현실의 '거리'로 향하게 된다. 이는 앞에서 윤동주 시의 상징이 초시간적 특성을 지닌 원형상징의 측면에서 온전히 설명될 수 없다며 선행연구의 한계를 지적한 것과 관계된다. 윤동주 시의 상징은 삶의 현실에 뿌리를 둔 역사적, 사회적 실존의 특수성 속에 살아 있는 의미로 존재하는 것이기 때문이다.

이와 같이 서구의 근대와 식민지적 근대의 공통점과 차이점을 살펴보는 작업은 한편으로 서구의 근대적 개인과 '황국신민'으로서 식민지적 근대의 개인이 구분될 수밖에 없는 이유와 결부된다. 비혼종의 문화적 순수성을 지켜온 특수공간에 기독교 사상과 더불어 침투한 서구적 근대성과 황민 이데올로기를 요구한 일제의 식민지적 근대성이 혼재하며 생겨난 혼종성 체험은 앞에서 살펴보았던 주체의 소외와 귀환체험에 필연성을 부여해준다.

이렇듯 근대의 특수성을 인식한 윤동주의 시에는 근대성의 온상인 일본, 병원, 정거장, 교회 등이 공간적 배경으로 등장한다. 그러나

---

80) 〈懺悔錄〉의 '거울 닦기'가 '홀로 운석 밑을 걸어가는 쓸쓸한 뒷모습'으로 나타난 상황에 대한 해석상의 애매성과 이후 논의될(Ⅲ.B.3, Ⅲ.C.3) 현세중심주의의 특성 또한 이와 동일한 맥락에서 이해될 수 있다.

시의 주체는 그러한 근대적 공간에 온전히 소속되지 못한 채 그 속
에 단절된 독자적 공간을 확보하며 스스로를 근대적 공간으로부터
소외시키는 양상을 보인다. 윤동주 시의 유형화된 독자적 공간 형성
과 결부시켜 주체의 성찰과 반성을 살펴본 앞 장(Ⅱ.A.1, Ⅱ.B.1)의
논의가 여기에서는 주체 인식의 특성과 결부된 근대 인식으로 변주
되어 나타난 것이다. 다음의 시를 통해 이러한 특성을 더욱 자세히
살펴보기로 하겠다.

① 살구나무 그늘로 얼골을 가리고. 病院뒷뜰에 누어、젊은 女子가
흰옷아래로 하얀다리를 드려내 놓고 日光浴을 한다。한나절이 기
울도록 가슴을 알른다는 이 女子를 찾어 오는 이、나비 한마리도
없다。슬프지도 않은 살구나무가지에는 바람조차 없다。

나도 모를 아픔을 오래 참다 처음으로 이곳에 찾어왔다。그러나
나의 늙은 의사는 젊은이의 病을 모른다。나안테는 病이 없다고
한다。이 지나친 試鍊、이 지나친 疲勞、나는 성내서는 않된다。

女子는 자리에서 일어나 옷깃을 여미고 花壇에서 金盞花 한포기
를 따 가슴에 꼽고 病室안으로 살어진다。나는 그女子의 健康이
―― 아니 내 健康도 速히 回復되기를 바라며 그가 누엇든 자리
에 누어본다。

〈病院〉 전문

② 거미란 놈이 흥한 심보로 病院뒷뜰 난간과 꽃밭사이 사람발이
잘 다찌않는곳에 그믈을 처 놓앗다。屋外療養을 받는 젊은 사나

이가 누어서 치여다 보기 바르게 —

나비가 한마리 꽃밭에날어들다 그믈에 걸리엿다。노 —란 날개
를 파득거려도 파득거려도 나비는 작고 감기우기만한다。거미가
쏜살같이가더니 끝없는 끝없는 실을 뽑아 나비의 온몸을 감어버
린다。사나이는 긴 한숨을쉬엿다。

나(歲)보담 무수한 고생끝에 때를잃고 病을 얻은 이사나이를 慰
勞할말이 — 거미줄을 헝크러 버리는 것박에 慰勞의 말이 없엇다。

〈慰勞〉 전문

윤동주가 졸업 기념으로 발간하려 한 자선시집의 처음 제목이
'病院'이었던 만큼, 〈病院〉의 내포적 의미가 시집 전반을 지배하는
시인의 사고를 가장 상징적으로 드러내고 있다는 점을 앞에서 언급
한 바 있다. 이는 환자가 가득한 질병의 공간 같은 당시 식민 조국
에 대한 현실 인식으로부터 출발한다.

여기서는 앞에서 살펴본 바 있는 "病院"이란 공간에 집중하여 거
기에 내재된 이중의 소외양상을 밝혀보도록 하겠다. "病院"에서
"나"와 "그녀" 사이에 주체 — 타자관계가 발생한 것은 먼저 바깥세
상에서 격리된 '병원'이라는 공간의 특수성과 관련된다. "病院"의 장
소적 특성이 갖는 이러한 단절의 상황은 Ⅱ.C.1에서 살펴본 '방'의
폐쇄성에 닿아 있다. 마광수는 이 점에 착안하여 이 두 공간이 밀실
의 특성을 공유했다고 설명한 바 있다.81)

---

81) 마광수, 앞의 책, 1984, pp.85~87.

그러나 실제로 '방'의 확장형태인 "病院"은 자체의 공간성 속에 또 하나의 단절을 내포한 폐쇄적 특성을 보이므로 '방'과 변별되어야 한다. 시에서 이러한 폐쇄성은 '병원 뒤뜰'이라는, 병원 안에 포함된 또 하나의 공간으로 형상화된다. "病院"은 당시 우리 민족이 처했던 모순상황을 상징적으로 나타내는 공간이다. 윤동주의 바람과 달리 ①, ②에 형상화된 "病院"에는 질병만 있을 뿐, 치료행위를 담당하는 의사가 존재하지 않는다. 화자의 언술 속에 간접적으로 제시된 ①의 "의사"는 병을 진단하지 못한다. 그는 "아픔을 오래 참다" 찾아온 환자에게 병이 없다고 한다. 심지어 ②에는 심지어 그 같은 무능력한 의사조차 등장하지 않는다. 의사의 존재성은 그 치료행위를 통해 담보 받는 것인데,[82] ①, ②의 "病院"에서는 의사에 의한 치료행위가 이루어지지 않는다. 시의 문맥에서 누락되어 있거나 (②), 화자의 진술에 간접화되어 나타나는 경우(①)에도 병을 고치지 못하는 유명무실한 존재로 제시될 뿐이다.

이때 두 시의 의사가 공통적으로 본연의 치료기능을 상실한 상태로 형상화된 사실은 의사가 소속된 "病院"이 윤동주가 언급한 "앓는 사람을 고치는 곳"이라는 본래의 의미에서 이탈하였음을 보여준다. 이는 윤동주가 시작활동을 하던 1930~1940년대 일본의 관변의료체계가 지닌 특성과 상통하는 것이기도 하다. 당시 대표적인 근대성의 공간이었던 "病院"[83]은 식민주체인 일본에 의해 의료의 사회화

---

82) 가라타니 고진은 '병을 고친다'는 표현이 주체(의사)를 실체화한다는 점을 들어 서구적 의료체계와 신학의 동질성을 설명한 바 있다(가라타니 고진, 앞의 책, 1997, p.145 참조).

83) 가족, 학교, 공장 등을 근대적 주체 형성의 핵심적 장이라고 할 수 있다면, '병원'은 근대적 신체관, 규율의 형성과 관련이 있는 대표적인 근대성의 공간이다. 푸코는 근대권력이 '삶을 관리하는 권력'인 생체권력(bio-power)에서 그 정점에 도달

라는 명목 아래 치료기관에서 권력기관으로 변질되었다.[84] ①, ②
에 형상화된 치료를 담당하지 못하는 "病院"은 그 같은 식민조국의
실상을 간접적으로 보여주는 동시에, 국권을 상실한 조국에서 식민
주체인 일본을 자신의 나라로 강요받던, "가슴을 앓른" 환자로 가득
한 우리 민족의 처지를 상징적으로 나타내는 공간이기도 하다.

　따라서 그러한 질서에 편입되지 못한 시인은 "病院" 안에 치유의
기능을 담당할 새로운 공간인 "病院뒷뜰"을 만들어낸다. 그곳은 찾
아오는 이 하나 없이 외부로부터 차단된 공간이다. 앞 장에서 이렇
듯 독립적 특수공간으로 진입한 주체가 자기 자신과 대면하는 주체
인식의 특성에 대해 여러 번 언급한 바 있다. 이 시에 나타난 자기
소외의 경험 또한 자발적인 것이라는 점에서 그 경우들과 크게 다
르지 않다. 이와 같은 자발적 소외를 통해 윤동주 시의 주체는 타의
로 말미암은 소외를 극복하고자 한다. 이는 앞 장에서 논의한 바 있
는 치유 가능성에 대한 희망[85]의 실체이다.

　앞에서 윤동주가 시집 제목과 관련하여 시대적 상황의 '치료'에

　한다고 했다(고미숙, 《한국의 근대성, 그 기원을 찾아서 ― 민족·섹슈얼리티·병
　리학》, 책세상, 2001, p.157 참조).

84) 근대의 국가권력은 ① 개별적 신체와 사회적 신체(인구)에 대한 규제와 관리를
　위한 의학의 역할 증대 필요성, ② 생산된 주체들을 의료적 관리를 통해 사회질서
　속으로 통합할 필요성, 곧 개인을 극히 사적인 영역에 이르기까지 포섭, 관리하고
　통제하기 위한 방편으로써 의료영역의 확산을 이용했다. 당시 식민지 상황에서
　일제 측의 관변의료체계는 질적, 양적 측면에서 주도적 위치를 차지했다. 대다수
　의 비백인계 식민지의 경우와 달리, 우리 의료체계의 변화는 일본 관변체계의 개
　입으로 상대적으로 급격하고 광범위하게 진행되었는데, 이 같은 사실은 서구적
　근대와 일본식 근대가 혼재하던 한국 식민근대의 모순적 특수성을 보여주는 단적
　인 예이다(조형근, 〈식민지체제와 의료적 규율화〉, 김진균·정근식 편저, 앞의 책,
　1997, pp.175~177 참조).
85) '여자' ― '금잔화' ― '나'의 관계망을 통해 나타난 치유의 과정은 Ⅲ.A.2를 참조.

대한 희망을 피력한 것과 ①, ②에 나타난 의사의 부재 또는 치료 기능을 상실한 의사의 모습은 언뜻 상반되는 듯하다. 이때 전자에서 윤동주가 언급한 '병원'은 일제 관변 치하의 병원이 아닌 병원의 본래적 기능을 염두에 둔 상징적 표현으로 이해해야 한다. "고향"에 돌아와 "또다른故鄉"을 희구한 윤동주의 지향성이 ①, ②에서 본연의 치료기능을 상실한 "病院" 속에 새로운 치유의 공간을 형상화하는 형태로 제시되면서, "病院"이 갖는 본래적 치료기능 회복에 대한 희망을 내포하게 되는 것이다. 조국의 심장부에 유학 왔으나 식민지화된 조국에 정착할 수 없는 또 다른 디아스포라의 상황에서 이렇듯 시인은 모순된 현실의 국면을 타개할 희망을 담은 시작을 통해 그 해결책을 모색한다.

①에는 바깥세상으로부터 격리된 특수한 공간이 배경으로 등장한다. 바깥세상에서 차단된 "病院"이라는 공간의 내부에 존재하는 또 하나의 격리된 공간인 "病院뒷뜰"이 그것인데, 그곳은 "찾어 오는 이" 하나 없는, 즉 외부 세계로부터, 그리고 병원 내부로부터 이중적으로 소외된 공간이다. "病院"은 세상으로부터 차단되어 있고, 환자들이 요양을 하는 "病院뒷뜰"은 그러한 "病院" 내부에서도 고립되어 있는 것이다. 이와 같은 공간의 형태는 ②에서 "病院뒷뜰 난간과 꽃밭사이 사람발이 잘 다찌않는곳"과 같이 격리, 소외된 공간으로 묘사되었다. 이들 ①, ②의 공간은 병폐를 안고 있는 "病院" 안에 새로이 형성된 치유의 공간이다.

한편 ①과 ②에는 공통적으로 "病院뒷뜰"에 누워 요양을 하는 "젊은" 환자가 등장한다. "가슴을 앓른다는" ①의 여인에 대한 묘사는 폐병을 앓는 결핵환자의 이미지를 연상시킨다. "나이보담 무수한 고생 끝에 때를 잃고 병을 얻은" ②의 "사나이" 또한 동일한 방법으로 요양을 하고 있는 것으로 미루어 ①의 "女子"와 유사한 질병에 걸렸다고 추정된다. 이들 찾아오는 이 하나 없는 ①의 "女子"와 거미의 사냥을 바라보며 "긴 한숨"을 쉬는 ②의 "사나이"는 모두 외롭고 병으로 힘들어 보인다.

그런데 자세히 들여다보면 ①에서 외부와 단절된 "病院뒷뜰"에 누워 있는 젊은 환자의 요양이 살구나무 그늘로 얼굴을 가린 채 다리만을 드러낸 "女子"의 기이한 일광욕의 모습으로 형상화되었음을 알 수 있다. 여자의 존재성이 "얼골을 가"린 "女子"가 "힌옷아래"로 드러낸 "하얀다리"로 제시된 것이다. 그 결과 타자와 관계하는 존재성의 상징인 얼굴[86]을 가린 여인에게서 개별성이 사라지고, 그녀의 존재는 "힌옷"이 표상하는 환자의 질병을 상징하게 된다.

"女子"가 "얼골을 가리고" 있음에도 "힌옷", "하얀다리"의 색채 이미지와 "가슴을 알른다는" 정보에 따라 그 질병의 이미지는 폐결핵을 앓고 있는 여인의 창백한 낯빛으로 고착된다. 그녀가 "힌옷"으로 표상된, 병으로 고통받는 환자라는 사실이나 "얼골을 가리고" 있어 용모를 확인할 길이 없다는 객관적 정황에도 "젊은 女子"의 일광욕 장면에 배치된 살구나무나 기이한 일광욕을 지켜보는 젊은이의 은밀한 시선이 자아내는 기묘한 관능성[87] 등으로 말미암아 ①의 "젊은 女子"에게 수잔 손택이 말한 낭만파적 은유로서의 결핵 이미지가 파생시키는 의미화와 유사한, 아름답고 신비한 몽환적 이미지가 들씌워지는 것이다.[88] 이렇듯 "젊은 女子"의 "하얀다리"를 몰래 지

---

86) 엠마누엘 레비나스, 앞의 책, 1996, p.93 참조.
87) 김정희, 《사랑과 음식》, 열매출판사, 2005.
88) 가라타니 고진은 수잔 손탁의 은유로서의 질병을 인용하며 결핵에 덧씌워진 낭만적 이미지에 대해 언급하고 있다(가라타니 고진, 앞의 책, 1997, pp.134~138 참조).

켜보다 그녀가 누웠던 자리에 누어보는 젊은이의 모습과 결부되면서 "女子"가 앓는 질병이 갖는 고통이나 추악함, 감염의 위험성 등의 본래적 의미는 퇴색된다. 윤동주의 여타 시들이 보여주는 일반적 특성과 유리된 데카당스적 특성으로 〈病院〉의 "젊은 女子"가 지닌 환자로서의 실체성이 약화되는 것이다.

한편 "젊은 女子"에 대한 묘사나 그녀를 바라보는 주체의 시선에 내재된 〈病院〉의 데카당스적 특성이 ②에서는 2연 전반에 상세하게 묘사된 거미의 포획장면으로 제시된다. ①에서 관찰의 시선이 관능성과 신비의 이미지를 동반하였다면, ②의 관찰은 나비가 거미줄에 걸린 순간부터 날개를 파득거리는 나비를 거미가 실로 동여매기까지 포획의 전 과정을 바라보는 "사나이"의 시선 뒤에 놓여 있다. 그 같은 간접적 시선이 자아낸 감정적 거리로 말미암아 2연의 사실적 묘사는 잔혹함과 탐미적 성격을 띠게 된다. 그리고 이에 조응하듯 ②의 질병은 낭만적 의미가 덧씌운 "젊은 女子"의 질병(①)과 달리 보다 직접적으로 제시된다. ①의 "女子"와 유사하게 뒤뜰에서 요양을 하고 있으나, ②의 "사나이"가 앓는 질병은 가슴에 금잔화를 꽂고 사라진 "하얀다리"의 "女子"가 남기고 간 아련함이나 애잔함이 아니라 "나(歲)보담 무수한 고생끝에 때를잃고 病을 얻은" 현실적 고통과 마주해 있는 것이다.

今日의 테카단的이 傾向이 十九世紀末의 西歐의 頹廢主義와 같이 消極的이요 現實 回避的인 것이 아님을 우리는 注目해야 할 것이다. 前日의 테카탄티즘은 現實의 迫力에 敗北된 人間들이 되도록 現實을 회피하고 그것에서 關心을 끊고 되어가는대로 醉生夢死하려는 가장 消極的인 態度이였든 것이다. 하나 今日의 데카단的 傾向은 現實的

不安을 回避하려 하지 않고 그것을 正面으로 享受하려 하며 苦惱가 우리에게 不可避的으로 닥쳐온다면 그 가운데 뛰여 드러가 거기서 自己를 修鍊시키려는 積極的 態度인 것이다. …… 우리 땅에도 이러한 데카단티스트가 몇사람 있는 듯하다. 우리는 이것을 單히 頹廢的 傾向이라하야 拒否했어는 안된다. 이것은 確實히 存在의 現實性이 있으며 또 그속에는 知性을 再建하려는 善良한 意志가 움즉이고 있는 까닭이다. 不安과 苦惱가 知性人의 現實이라면 거기서 卑怯하게 回避하거나 無反省하게 拒否하는 것 보담은 차라리 그속에 뛰여드러 거기서 새로운 鍛鍊을 받으려는 것은 오히려 大膽한 態度라 할 것이다. 現代人의 知性은 이 데카단的 鍛鍊속에서 確實히 深化되며 그 健康을 回復하려는 意志를 獲得할 수 있을 것이다.[89]

당대 지식인들에게 "데카단티시슴은 단순한 《逸脫》의 데카단티시슴이라기보다도 오히려 현실과 정면으로 격투할 수 없는 그들의 消極的拮抗形式"이었다.[90] "現實的 不安을" "正面으로 享受"하며 "거기서 自己를 修鍊시키려는 積極的 態度", "健康을 回復하려는 意志"인 당대의 데카당스는 단지 예술적 전위의 표출만이 아니라 현실과 정면대결할 수 없는 상황에서 자신들의 저항의지를 표현하는 소극적 방법(윤규섭의 표현에 따르면 "消極的拮抗形式")으로 쓰였다는 것이다. 이러한 창작방식은 ①, ②에서 소외된 공간인 "病院뒷뜰"에 형상화된 데카당스의 상황과 소극적 저항의 연계로 나타나며, 두 시의 결말 부분에 소통의 시도를 통해 드러난 저항의지로도 뒷

---

89) 金午星,〈知性의 敗北와 그 再建〉,《朝光》 1937.8. ; 권영민 편,《韓國現代文學批評史(資料Ⅳ)》, 檀大出版部, 1982, pp.199~200 재인용.
90) 尹圭涉, 앞의 글 (1), 1938.10.11.

받침된다.

〈慰勞〉의 마지막 연에서 시의 주체는 거미줄을 헝클어트리는 행위를 통해 "젊은 사나이"를 시름하게 만든 원인인 거미에게 간접적인 공격을 행함으로써 "사나이"를 "慰勞"하려 한다. 〈病院〉에서 이같은 행위는 "한나절이 기울도록" "젊은 女子"를 지켜만 보는 소극적 행동에서 "金盞花"를 매개로 "女子"와의 '소통'을 타진하는 형태로 변주된다. 3연에서 그녀가 누웠던 자리에 누워보는 "나"의 행위에는 그러한 소통의 열망이 담겨 있다. "病院" 내부에서 "의사"와 소통할 수 없던 내가 소외된 독립공간인 "病院뒷뜰"에서 일광욕을 하는 "젊은 女子", "젊은 사나이"와 소통을 시도하는 것이다. 질병을 공유한 소외된 환자들 사이에 형성되는 ①, ②의 그 같은 연대감은 치유 가능성에 대한 희망의 표출을 의미한다.

이렇듯 ①, ②의 등장인물들은 자신들을 소외시킨 병원 속에 또 다른 차단된 공간을 형성하여 스스로를 소외시킴으로써 외부에 의한 소외를 극복한다. 두 시의 배경이 된 "病院"은 질병을 치료하기 위해 지어졌으나 병을 진단하지도 못하고, 본연의 치료기능을 담당하는 의사가 없으나 그 안에서 치유의 과정이 파생되는 이중적 모순성을 상징하는 공간이다. 그러한 공간에서 자발적 소외를 통해 타자가 초래한 소외를 상쇄시키는 〈病院〉과 〈慰勞〉의 치유방식은 제 기능을 수행하지 못하는 근대 권력기관으로서의 당대 '병원'에 맞서 '병원'이 갖는 본래적이고 참된 치유기능을 회복시키려는 윤동주 시의 응전방식으로, 조국에 유학 와서도 '고향'을 체험할 수 없었던 윤동주의 사상적 디아스포라에서 초래된 현실 인식과 관련을 맺는다. 결국 자발적 소외가 타자로 말미암은 소외를 상쇄하는 치유기능 즉, 소외로 또 다른 소외를 극복하는 방식은 '병원'이라는 근대 권력기

관에서 유리되어 고유의 주체성을 지키려는 윤동주 시의 응전방식
으로 설명될 수 있다. 다음의 시에서도 그와 동일한 유형의 자발적
소외가 발견된다.

窓밖에 밤비가 속살거려
六疊房은 남의 나라、

……

六疊房은 남의 나라、
窓밖에 밤비가속살거리는데、

〈쉽게씨워진詩〉 부분

　이 시의 의미에 대해서는 앞에서 대립적 타자의 모습과 관련시켜
논의한 바 있다. 시 속에서 그러한 주체 — 타자관계가 발생하는 공
간적 배경인 "六疊房"과 "남의 나라" 또한 위에서 살펴본 "病院"과
유사한 상징성을 지닌다. 여기서 일본식 다다미 6장이 깔려 있는
"六疊房"은 시 속에 반복, 강조되고 있는 "남의 나라"라는 공간적
배경을 나타내준다. 앞에서 인용한 〈흐르는거리〉가 일본을 잠식한
서양 근대문물을 형상화하였다면, 〈쉽게씨워진詩〉의 "六疊房"은 시
적 주체에게 "남의 나라"임을 환기시켜주는 공간인 동시에 "거리"를
장악한 근대화의 물결에 휩쓸리지 않는 고유한 일본의 전통문명으
로, 전통과 서양문물이 혼재하던 당시 일본 근대의 모습을 상징한
다. 주체가 거처하는 공간이 우리에게 근대를 이식해 준 일본식 근
대의 특성을 암시하는 공간적 지표이기도 한 것이다. "씨줄과 날줄"

로 표현되는 일본의 모순적 속성[91]이 "六疊房"에서는 서양적 근대를 지향하면서도 한편으로는 전통과 봉건제를 유지할 수밖에 없던 일본 근대화의 모습으로 나타난다.[92]

결국 자기를 잃어버린 일본은 더 이상 동양일 수 없으나 그렇다고 유럽이 될 수도 없는 이중의 부정을 겪게 된다. 문명, 문화면에서 목도된 일본 근대의 모순은 정치적 측면에서도 동일하게 재현되었다.[93] 당시 한국적 식민근대의 주범이라 할 수 있는 일본의 중심부에 유학을 간 시인은 전통과 천황제로 대표되는 봉건적 요소와 서구적 근대의 모방이 혼재하는 일본 근대의 진상을 목도하게 된다. 그들이 앓고 있는 근대화의 몸살은 식민근대로서 우리가 겪고 있는 근대 못지않게 혼란스러운 것이었다. 앞서 언급했듯이 전쟁 중에 일본에서는 언론의 자유가 극단적으로 제한되었고 전체주의·국가주의·군국주의 풍조가 일세를 풍미하였다.[94] '대동아공영권'을 표방한

---

91) 루스 베네딕트/김윤식·오인석 옮김, 《국화와 칼》, 을유문화사, 1992, pp.10~11 참조.
92) 이러한 해석은 "窓"을 중심으로 분리된 〈쉽게씌워진詩〉의 공간구조로 뒷받침된다. 시에서 "窓밖"의 공간은 "밤비가 속살거"리는 거리로 묘사되어 있다. 이때 "밤비"가 내리는 일본의 거리는 동일시기에 창작된 〈흐르는거리〉의 "안개속에 잠긴 거리"가 변주된 공간이라 할 수 있다. 그런데 근대문물이 점령한 거리를 마주보는 "窓" 안의 공간에는 "六疊房"이 존재한다. 근대문물로 가득한 창밖의 풍경과 대조되는 "六疊房"은 시의 주체가 처한 상황, 즉 '오족협화(五族協和)'를 내세우지만 결국 조국을 식민화한 주체일 수밖에 없는 "남의 나라" 일본에 유학온 디아스포라로서의 정체성을 확인시켜주는 일본의 전통적 거주공간으로, 서양 근대의 영향에 직면한 일본의 현실을 상징적으로 나타낸다.
93) "동양의 근대"는 저항을 통해 자기 또는 주체를 확립해가는 것이라고 규정한 고야스 노부쿠니(子安宣邦)의 언급은 일본 내부에서 일어난 '저항을 잃어버린' 일본 근대화에 대한 비판을 보여준다(子安宣邦, 《日本近代思想批判》, 岩波書店, 2003, pp.201~210 참조).
94) 이시다 이치로, 앞의 책, 2004, p.299.

일본은 표면적으로 동화를 부르짖으면서도 이질성을 관계의 본질로 삼았다.[95] 그들이 말하는 '국민'에는 조선인도 대만인도 포함되었다. 그러나 '오족협화', '팔굉일우' 등의 슬로건을 표면적으로 내세웠던 그들은 한편으로 반항을 두려워하여 관동대지진에서 '국민'이라 일컫던 조선인을 학살하기도 한다.[96] 그러한 상황에서 일본 유학생 신분의 윤동주가 느꼈을 이질감과 상대적으로 투철해졌을 민족의식을 가히 상상할 수 있다.

자신의 디아스포라를 초래한 일본의 심장부에서 식민주체가 겪고 있는 근대의 특수성과 그들이 내세우는 '동아'의 실상을 목격한 윤동주는 일본이 내세운 '동아'의 개념을 이용해 민족 독립의 논리적 기틀을 삼는다. 일본의 주장대로라면 '대동아공영권'의 일원인 조선이 독립하는 것은 역사적 필연이라는 것이 그 골자를 이룬다.[97]

식민의 논리 속에서 탈식민의 논리적 근거를 찾아내는 이 같은 저항성은 윤동주의 시에서 공간적 요소를 활용한 시의 창작방식으로 변용된다. 〈쉽게씨워진詩〉에서 이는 "六疊房"이라는 일본의 공간 속에 또 하나의 단절된 공간을 형성하는 방식을 통해 나타났다. 〈病院〉에서 보았던 공간을 통한 이중적 소외가 이 시에서는 폐쇄된

---

95) 그러한 의미에서 일본이 정치적으로 내세운 '동아(東亞)'의 개념은 중국을 중심으로 하던 문화적 범주의 '동아'를 새롭게 재편할 수 있는 것이 아니었다('동아'에 관한 보다 상세한 고찰은 일본학자 고야스 노부쿠니의 《동아·대동아·동아시아》(이승연 옮김, 역사비평사, 2005)를 참조). 일본은 식민지의 주민들을 통치대상으로 전락시키는 동시에 그들이 식민지적 질서를 유지, 재생산할 수 있는 주체가 될 수 있도록 만들려는 시도를 지속하였다(김진균·정근식 편저, 앞의 책, 1997, pp.24~25 참조).
96) 가라타니 고진 외/송태욱 옮김, 《현대 일본의 비평 2》, 소명출판, 2002, p.177 참조.
97) 권영민 엮음, 앞의 책, 1995a, pp.560~562 참조.

공간인 "六疊房" 속에 "沈澱"을 통해 고립된 공간을 확보하는 양상으로 변주된다. 조국을 식민지화한 "남의 나라"에 내리는 "窓밖의" "밤비"가 "窓"을 경계로 한 내부공간에서 주체를 잠식하는 "沈澱"으로 변이되면서 "六疊房" 속에 비현실적인 또 하나의 공간을 만들어낸 것이다. 그 같은 "沈澱"의 과정에서 이루어진 철저한 자기 대면은 어두운 현실, 실존적 위기 등의 부정적 상황에 맞선 응전의 방식을 보여준다. 존재론적 고찰을 통해 독립의 신념을 표출하는 윤동주 시의 이 같은 소극적 저항방식은 "떠날 때 다시 만날 것을" 믿은 만해의 신념에 연결돼 있으며, "백마 타고 오는 초인"으로서 역사의 새벽을 예감한 육사의 예언자적 지성에 맞닿아 있다[98]는 점에서 한국 저항시인의 계보를 잇는다.

모순을 내포한 일본의 근대화 논리를 수용하는 것은 자율적인 주체 ― 타자관계의 상호작용으로 형성된 '우리'라는 공동체를 단순한 식민지적 '군중'으로 파편화하는 결과를 초래하고 만다. 일본의 심장부에서 그네들의 모순적 근대를 목도한 유학생 신분의 윤동주가 느낀 이질감과 디아스포라 인식에 비례해 상대적으로 투철해졌을 민족의식은, 앞에서 살펴보았듯이 시의 공간적 요소와 결부된 '자발적 소외'의 형상화를 통해 일본 근대에 대한 부정으로 나타났다.

한편 〈肝〉, 〈懺悔錄〉, 〈十字架〉, 〈太初의아츰〉, 〈또太初의아츰〉, 〈새벽이올때까지〉 등의 시에서 윤동주는 그러한 타자와의 모순적 관계성을 형상화함에 있어 전통, 역사, 신화 등의 범주를 차용함으로써 모순적 근대의 불합리한 기획에 동화되지 않는 새로운 주체상을 모색한다. 그에 수반된 난해함은 소극적 저항성의 표출로 의미화

---

98) 김재홍, 앞의 글, 1995, p.248.

될 수 있는 것으로, 이러한 시작방법을 통해 식민근대의 주체는 소외를 극복하고 다시금 참된 주체로의 귀환을 경험한다.

3. 이산(離散)의 경험과 '또 다른 고향'의 희구

이 항의 논의는 윤동주가 태어나기 이전부터 형성되어 온 생래적 환경인 간도체험과 밀접한 관련을 맺고 있다. 윤동주의 시에서 간도체험은 '고향'에 대한 인식을 동반하고 표출되는바, 그의 시에 나타난 디아스포라 공간으로서의 '고향'에 대한 고찰은 시인의 자전적 체험과 결부시켜 논의되어야 한다. 이는 구체적으로 간도 이주, 유학생활, 식민지화 등 시인의 직·간접적 디아스포라 체험이 그의 시에서 실향의식과 회귀(또는 복원)의 욕망을 상징하는 공간의 형태로 드러남을 밝히는 작업이다.

이를 위해 우선 "고향"으로 구체화된 상징형태에 대한 논의를 통해 윤동주 시의 실향의식과 지향의식에 대해 알아볼 것이다. 이때, 과거와 현재의 혼용과 같은 시제의 혼합은 시간성이 무너져버림으로써 나타나는 대타관계—이는 분화된 주체 사이의 관계인 동시에 주체와 타자의 관계이기도 하다—의 변화를 보여 준다. 또한 공간의 분화로 세계의 분리가 일어나고, 그로 말미암은 단절과 소통[99]이 주체 인식에 영향을 미치는 경우도 보게 될 것인데, 이는 '거울' 상징 등과 관련된 앞의 논의와 연속성을 갖는다. 이러한 고찰은 상징 분석을 통해 윤동주가 추구하였던 소통의 모색과 그 안에서 드러나는 현실 인식을 논구해보는 작업이다.

---

99) 이러한 소통의 모색은 현세중심주의의 의미를 내포하는 형태로 나타난다.

윤동주가 성장한 만주지역 청년들의 항일의식은 소년기로부터 이미 발아, 태동되었을 것으로 추정된다.[100] 그러나 적극적으로 활동

---

100) 윤동주는 1917년 12월 30일(음력 11월 17일) 만주국 간도성 화룡현 명동촌에서 태어났다. 김찬정이 확인한 호적기록에 따르면 출생신고가 늦어 1918년 출생으로 기록되어 있다고 한다(金贊汀, 앞의 책, 1984, p.53). 1920년대 만주지역에는 1백여만 명의 한인 이주자들이 거주하고 있었으며, 3·1 운동 직후 만주와 연해주 지역에는 항일무장투쟁을 위한 독립군 활동이 해외 민족운동의 새로운 전기를 마련하고 있었다. 3·1 운동을 계기로 이들 동북만주 지역에 40여 개, 남만주 지역에 30여 개의 독립군 부대들이 각각 성립되었다. 그 가운데 윤동주가 나고 자란 명동촌은 교육, 종교, 독립운동의 신문화 운동 등이 매우 활발했던 곳으로 알려져 있다.
　시인이 태어나자마자 유아세례를 받은 것은 기독교 장로교회의 장로직을 맡고 있던 조부 윤하현의 영향으로 보인다. 9세가 되던 1925년 무렵 윤동주는 독립운동가이자 교육자이며 후에 명동교회 목사로 부임한 외삼촌 김약연이 설립, 경영하던 규암서숙(圭巖書塾)이 전신인 명동소학교에 다녔다. 당시 명동소학교는 교회학교 형태로 존립하였는데, 조선 역사와 민족주의, 독립사상을 가르치고 학교행사에 태극기를 걸고 애국가를 부르는 등의 민족주의 교육을 시행하였다 한다. 그곳에서 윤동주는 송몽규 등과 《어린이》, 《아이생활》 등의 아동잡지를 정기적으로 구독하는 한편 본인들 스스로 《새 명동》이라는 잡지를 간행하여 동요, 동시 등을 발표하였다. 1931년 명동소학교를 졸업할 때, 졸업생들은 김동환의 시집 《국경의 밤》을 선물로 받게 된다. 문익환은 당시 자신들의 문집활동을 눈여겨 본 학교 측의 선물일지 모른다고 했는데, 이와 같이 민족주의 색채가 강한 시집을 졸업선물로 채택한 사실에서 당시 명동소학교의 교육적 색채를 엿볼 수 있다.
　윤동주가 명동소학교에 다니던 무렵 중국의 공산주의 여파가 명동촌에도 몰아쳐 1929년 명동소학교는 인민학교 형태의 공립학교로 인가받기에 이른다. 1920년대 만주지역의 운동사를 주도적으로 이끌어 나간 이들은 민족주의 세력이었다. 그러나 1926년 조선공산당 만주총국이 성립된 이후, 특히 북만주와 동만주를 중심으로 공산주의 세력이 급속도로 확산되었으며 많은 공산주의 단체들이 조직되기도 하였다. 당시 독립운동과 항일투쟁사는 사회주의 노선을 표방한 조선공산당의 주도로 이루어졌는데, 그로 말미암아 독립투사의 후손들이 빨갱이란 낙인 속에 고통받았던 역사의 편린이 아직까지 목도된다. 반일투쟁의 일환으로 시작된 계몽운동이 조국의 독립에 직접적인 동력이 되지 못하는 한계에 봉착했고, 3·1 운동을 통한 조선독립이 실패로 돌아가 민족주의에 대한 회의에 빠진

에 가담한 고종사촌 송몽규의 경우와 달리 동일한 환경 속에서도 윤동주의 항일의식은 가시적인 활동으로 나타나지 않았다. 교토의 도지사대학으로 적을 옮긴 뒤에도 송몽규 등이 주축이 된 재일학생 단체에 윤동주가 실제로 가담한 흔적은 찾아보기 힘들다.

> 그중에서도, 첫째 송몽규와 …… 징병 제도에 관하여 민족적 입장에서 상호 비판을 가하고 …… 논단하고, …… 독립 실현에 공헌하도록 각자 실력의 양성에 전념할 필요가 있음을 서로 강조하고, …… 독립 달성을 위하여 궐기해야 한다는 뜻을 서로 격려하는 등, …… 둘째, 마쓰바라 데루타다에 대해서는, …… 조선어의 연구를 권장한 뒤에, …… 조선 민족의 행복을 초래하기 위해서 독립이 급무(急務)하다는 뜻을 역설하고, …… 자기의 견해를 누누이 피력하고, …… 민족 의식의 유발에 부심(腐心)하고, 셋째, 장성언에 대하여는, …… 조선 문화의 앙양에 힘써야 할 뜻을 지시하고, 개인주의 사상을 배격 지탄한 뒤, 조선 독립을 실현할 수밖에 없는 소이를 역설하고, 《조선사 개설》을 대여하고 …… 민족의식의 앙양에 힘쓰고[101]

국내 지식인들은 당시 몰아친 사회주의 사상을 새로운 사상적 돌파구로 삼아 민족주의 해방운동의 이념적 토대를 형성하게 된다. 그렇듯 사회주의 이념이 팽배한 가운데 1925년 4월 17일 조선공산당이 탄생하게 되는데, 김재봉, 강달영, 차금봉 같은 초기 공산주의자들이 민족주의자들과의 연대를 모색한 점에서 확인할 수 있듯이 당시의 사회주의자들은 계급해방과 민족해방을 분리시켜 생각하지 않았다. 당시 사회주의 운동의 궁극적 목표가 조국독립에 있었음을 확인할 수 있는 대목이다(심희정, 〈다시 쓰는 독립운동 列傳 Ⅱ-1. 김재봉·강달영·차금봉〉, 《경향신문》, 경향신문사, 2005.1.9. 참조). 그렇게 만연한 공산주의가 독립운동의 색채가 강한 명동촌, 특히 민족주의의 세례를 받은 성장기의 명동소학교 학생들에게 미쳤을 영향도 가히 상상할 수 있다.

101) 권영민 엮음, 앞의 책, 1995a, pp.547~549 부분 발췌.

일본 교토 재판소는 윤동주의 유죄 판결의 이유를 설명하면서 "의식을 품고", "반성하고", "결의를 굳히고", "민족 의식의 유발에 전념해" 등의 용어를 사용하였다.[102] 그에 대한 구체적 사례를 설명하는 대목에서도 위에 발췌, 인용한 글에서 확인할 수 있듯이 토론, 논쟁, 그리고 책 대여 등의 행위를 죄목으로 삼는다. 상호 관계에서 성립되는 행위임에도 판결문에 등장하는 송몽규, 마쓰바라 데루타다, 장성언, 백인준 가운데 유독 송몽규와 윤동주만 구속, 입건하였다는 것은 일본 경찰이 그동안 윤동주를 요주의 인물로 시찰하여 왔음을 시사해준다. 또한 '재교토 조선인 학생 민족주의 그룹 사건'의 중심인물로 거론된 송몽규와 동일한 징역 2년(구형 3년) 형을 언도한 점으로 미루어 윤동주에 대한 당시 일본 경찰과 재판부의 경계 정도를 파악할 수 있다.[103]

그러한 점을 고려해볼 때, 윤동주가 사회주의 활동에 적극적으로 참여하지 않은 이유를 단순히 일반적으로 알려져 있는 섬세하고 내성적인 기질 탓으로만 돌리는 것은 석연치 않다. 자신과 사상이 다른 일본인 교수와 잦은 논쟁을 벌이곤 했다는 일본 유학시절 교우의 증언[104]을 미루어보아도, 온건한 성품의 윤동주이지만 신사참배

---

102) 〈尹東柱(平沼東柱)に対する判決全文〉의 일본어 원문은 尹東柱詩碑建立委員會 編, 앞의 책, 1997, pp.255~258, 한국어 번역은 위의 책, pp.545~549에서 확인할 수 있다.

103) 윤동주는 치안유지법 제5조에 의거해 징역 2년에 처해지는데 이는 사상, 결사, 조직, 준비를 목적으로 한 사항의 실행에 관해 협의한 자, 선동, 선전, 그 밖에 기타 목적을 위한 수행을 위한 행위를 한 자 등에게 1년 이상 10년 이하의 징역에 처한다는 내용을 담고 있다. 적극적 행동에 가담하지 않은 윤동주와 당시 민족주의 학생운동의 중추적 구실을 담당한 송몽규의 죄질이 동일하게 취급되었다는 사실은 시인이 옥중에서 번역했다는 소실 원고의 사상적 방향성을 가늠해볼 수 있게 해주는 대목이다(末川博 編, 《六法全書 : 事項索引及參照條文附》, 岩波書店, 1942, p.35 참조).

와 일본어를 거부한 학창시절의 행적에서도 볼 수 있었듯이 신념과 관련된 부분에서만큼은 물러섬이 없었음을 알 수 있기 때문이다.

그렇다고 윤동주가 사회주의 사상에 대해 거부감을 갖고 있었던 정황도 찾아보기 힘들다. 그가 성장한 만주지역에 득세하던 조선공산당이 민족주의와 연합전선을 형성하며 항일과 독립을 궁극적 목표로 내세웠고, 송몽규를 비롯한 주변 친우들 또한 적극적으로 사회주의 활동에 가담했던 사실로 미루어보아도 윤동주가 그에 대해 배타적 태도를 취했으리라고 추정하기는 힘들다. 실제로 윤동주는 일본 유학시절 경향신문 기자로 재직하던 친구 강처중과 서신을 교환하면서 일본에서 쓴 시편들을 편지에 적어 보냈다. 송우혜의 기록에 따르면 강처중은 남로당 계열의 공산당 인사로, 6·25 직후 월북하였다고 한다.105) 그들이 서신을 교환하며 주고받은 이야기가 알려진 바는 없지만, 시작을 소중하게 기록하고 보관했던 윤동주가 이국 땅에서 창작한 작품을 가족이 아닌 투철한 사회주의자 강처중에게 보냈다는 사실은 적어도 그가 사회주의자라는 이유로 친구를 배척하지 않았다는 사실을 보여준다.

윤동주가 거주하던 만주지역은 중국의 직접적인 영향권 아래 놓여 있었다. 그곳에서 전개된 사회주의 운동 또한 국민들의 전통적인 반기독교 감정을 이용해 사회주의를 전파시키고 반제·반봉건의 근대 민족해방운동을 추진한 중국 사회주의의 운동방식106)을 원용해

---

104) 이누가이 미쓰히로 외 엮음, 앞의 책, 1998, p.31.

105) 송우혜, 앞의 책, 2004, pp.500~519.

106) 반기독교운동이 가능했던 현상적 원인으로 중국의 신문화운동이 표방한 반종교론의 영향을 들 수 있다. 중국은 유교적 합리성을 기반으로 진화론을 적극적으로 수용하였는데, 그것이 '용과학' 사상으로 발전하여 과학구국론이 맹위를 떨치었다. 중국의 '용과학적' 사상은 조선에도 영향을 미쳐 조선 사회주의자들

선교사를 배척하는 등의 반기독교운동[107] 형태로 나타났다.[108] 민족독립, 반제·반봉건 등의 기본방침을 지닌 사회주의였으나 그 운동방식이 기독교적 배경을 지닌 윤동주의 사상과 모순되는 양상을 띠었던 것이다. 따라서 소극적 저항성으로 일컬어지는 윤동주의 당시 행적을 내성적 기질에서 비롯된 내면적 특성으로만 제한시킬 수는 없다고 본다. "남의 나라"에서 시가 쉽게 쓰이는 것을 부끄러워하고 "모든 죽어가는 것을 사랑"하겠다고 다짐하는 윤동주 시의 주체에게 내부적 괴로움은 외부적 환경과 역사적 상황에 대한 고민과 유리될 수 없는 것이기 때문이다.

> 헌집신짝 끟을고
> 나여긔 웨왓노

은 진화론에 의거하여 기독교를 미신적이고 전근대적인 것으로 비판하였다.

107) 당시 시베리아와 만주지역에는 인접한 러시아로부터 유입된 무신론과 유물론 등의 혼잡한 사회 사조가 만연하였고, 한인 공산주의자들의 반기독교운동으로 교회의 피해가 극심했다. 그 지역의 공산주의자들은 주일예배에 참석하는 교인들의 성경책을 빼앗아 길가에 던지기도 하였다고 한다. 간도, 용정에서는 교회 파괴도 공공연히 자행되었다. 또한 1925년 9월에는 만주 길림성에서 동아기독교(침례회) 소속 윤학영, 김이주, 박문기 등이 공산당원들에게 살해당하는 사건이 발생했다. 그 결과 박해를 피해 조국으로 피난한 교인들이 늘어났고, 영혼만을 위한 신앙에 대한 비판이 일어났으며, 기독교를 통한 사회 개혁 운동이 보다 설득력 있게 확산되었다(민경배, 《한국기독교회사》, 대한기독교출판사, 1986, p.100, pp.251~252 참조).

108) 강명숙은 중국 사회주의와 조선 사회주의의 운동과 방법적 유사성에 착안하여 1920년대 조선사회주의자들이 당시 중국 사회주의의 반기독교운동을 원용하였을 것이라 주장한다. 당시 사회주의자들의 이론적 취약성과 경험미숙에도 1920년대에 사회주의가 급속하게 전파되었던 사실은 운동 방법의 본보기가 있었을 것이라는 그의 추측에 힘을 실어준다(강명숙, 〈1920년대 중국 반기독교운동과 식민지 조선의 사회주의운동〉, 《한국기독교와 역사》 8, 한국기독교역사연구소, 1998, pp.143~171).

　　두만강을 건너서
　　　쓸쓸한 이땅에

　　남쪽하늘 저밑엔
　　　따뜻한 내고향
　　내어머니 게신곧
　　　그리운 고향집.
　　　　〈童詩 고향집 ―(만주에서불은)―〉 전문

　　윤동주가 태어난 곳은 두만강 너머 북간도 지방이다. 1938년 연희전문에 입학할 때까지 윤동주는 실로 20여 년을 대부분 그곳 명동촌과 용정땅에서 보냈으며, 〈童詩 고향집 ―(만주에서불은)―〉(이하 〈고향집〉으로 통일)이 창작된 1936년 1월에는 평양의 숭실중학교에 적을 두고 있었다.[109] 이러한 전기적 사실과 결부시켜 이 시의 의미를 타향살이 하는 어린 소년이 "고향집"과 "어머니"를 그리는 심정을 표현한 것으로 이해할 경우, 시의 주체가 처한 지정학적 위치 때문에 "고향"의 해석이 애매해진다. 그리고 그러한 해석의 애매성으로 말미암아 이 시의 "고향"은 물리적 차원의 의미 범주를 넘어 상징의 차원에 들어서게 된다.

　　"고향집 ―(만주에서불은)―"이라는 제목은 고향땅을 그리는 주체의 위치를 설명해준다. 이에 따르면 1연에서 "두만강을 건너서/쓸

---

109) 1935년 9월부터 1936년 3월 말, 신사참배 문제에 대한 항의표시로 자퇴할 때까지 윤동주는 평양 숭실중학교에 적을 두었다. 따라서 이 시가 창작된 1936년 1월에 윤동주는 숭실중학교에 재학 중이었고, 자퇴 후 용정에 돌아갈 때까지 약 6개월 동안 윤동주가 평양에 거주하며 수학하였음을 알 수 있다(왕신영 외 엮음, 앞의 책, 2002, 윤동주 연보 참조).

쓸한 이 땅"이라 표현된 지역이 "만주"를 지칭하고, 그곳에 있는 주체의 애절한 향수를 담은 시선은 두만강 이남지역을 향하는 것으로 해석된다. "내어머니 게신" "따뜻"하고 "그리운 고향집" 말이다. 이 시가 평양 거주 시점에 창작되었다면, 고향을 떠나 타향살이를 하던 시기에 어린 윤동주가 "고향집"과 "어머니"를 그리는 시를 쓴 것은 어쩌면 당연한 일이라 하겠다. 문제는 그 "고향"의 지정학적 위치에 있다. 평양은 만주의 남쪽에 위치한다. 그러므로 실제 "고향"은 '북쪽 하늘 저 밑에' 위치한 것으로 그려졌어야 정상이다. 북간도 남쪽에 있는 평양에서 바라본다면 시인의 "고향"인 "내어머니 게신" "따뜻"하고 "그리운 고향집"이 북쪽에 위치해야 하기 때문이다. 그런데 정작 시에서 "고향"은 "남쪽하늘 저밑"에 있는 것으로 묘사되고, "두만강을 건너서/쓸쓸한 이땅"이라고 표현된 1연의 공간이 시인의 실제 고향과 인접한 "만주"를 가리킨다.

이 같은 사실은 이 시가 시인의 간도체험에서 연원하였으나, 평양에 유학하던 어린 윤동주 자신을 1인칭 퍼소나로 취한 것은 아니었음을 알게 해준다. "고향집 ― (만주에서불은) ― "이라는 제목에서 알 수 있듯이 간도 이주민들이 느끼는 애환과 향수가 잘 드러난 이 시에서 시인이 평양 유학 시기에 느낀 "고향집"과 "어머니"에 대한 그리움은 확장된 주체인 선조들의 간도체험으로 연결되는 것이다.110)

그렇다면 다시 시의 전문을 꼼꼼히 살펴 그 같은 해석의 애매성

---

110) 오양호는 〈별헤는밤〉에 나타난 "북간도"를 논의하며 이 시의 '고향' 테마가 실존적인 의식의 바탕에서 오는 개인적인 의미가 아니라, 보다 사회적이고 역사적인 의미를 바닥에 깔고 있는 것이라고 규정한 바 있다(오양호, 앞의 글, 1995, p.398).

을 해결해보겠다. 1연에는 "헌집신짝 끟을고"라는 표현이 나온다.
윤동주의 친가는 소작농을 둔 소지주의 집안이었다. 명동촌을 개척
하고 학교를 설립한 김약연이 외삼촌이었다는 사실에서 그의 외가
또한 비교적 유복했으리라고 짐작할 수 있다.[111] 따라서 "헌집신짝"
을 끄는 "나"가 내포하는 의미의 범주는 실제의 시인 자신에 국한되
지 않고, 현실 속 시인을 벗어나 타향에서 고향을 그리는 수많은
"나"들에게로 확장된다. 동일한 맥락에서 이 시에 나타난 "고향" 또
한 간도지역 이주자들의 부재의식, 그리고 그들이 느끼는 삶의 애환
과 외로움을 상징적으로 나타내게 된다.

경제적 동기가 주를 이루던 초기의 간도 이주[112]와 달리 1910년
강제합병 이후의 이주는 정치적 반감을 지닌 자들이 일제의 통제를
피해 비교적 자유로운 간도로 거처를 옮기는 양상을 띠었다.[113] 지
리적 여건 때문에 그 지역 주민들은 직접적으로 중국의 영향을 받
았고, 근대문물에 대해서도 개방적인 태도를 지니고 있었다. 하지만
아무리 발전을 이루었다 하더라도 경제적, 정치적 이유로 어쩔 수
없이 고향을 등지게 된 이들에게 "두만강" 이북은 여전히 "쓸쓸한"

---

111) 윤동주 집안의 경우 1886년 증조부 윤재옥 때에 북간도로 이주하여 1900년 조
부 윤하현 때 명동촌으로 거주지를 옮겼으며, 중국인들에게 '동만의 대통령'이
라는 의미의 '한꿔릉'으로 불린 외삼촌 김약연 또한 1899년 간도 명동으로 이사
하면서 땅을 사들여 한국인 집단부락을 형성하고 명동학교, 명동교회를 설립하
는 등 겨레의 첫 마을인 명동촌을 개척한 것으로 알려져 있다(유병탁, 〈간도를
되찾자, 명동촌은 민족정신의 용광로였다〉, 《뉴스메이커》 572호, 경향신문사,
2004).
112) 특히 1869년과 1870년 사이의 대량 흉작으로 북조선 지방 주민들을 중심으로
이주조선인이 격증했다. 이후 20세기 초까지 간도와 동변도(東邊道) 20현의 대
부분이 조선인 농민의 거주개척지가 되었다.
113) 김경일 외, 《동아시아 민족이산과 도시 ― 20세기 전반 만주의 조선인》, 역사비
평사, 2004, pp.28~48 참조.

땅일 수밖에 없었다. 이렇게 실향의 공간에 거한 주체가 남쪽 지역을 향해 던지는 애절한 시선, “나 여긔 웨왓노”라는 자탄에 담긴 실존적 절규를 담은 이 시는 일개인의 범주를 넘어 타향으로 쫓겨 가게 된 간도 이주민들의 애환까지를 아우르게 된다. 경제적, 정치적 이유로, 타의에 의해 어쩔 수 없이 고향을 등지게 된 이들의 아픔 말이다. 비록 그곳에서 삶을 개척하고 부유하게 삶을 영위하게 되었다 하더라도 그들의 무의식에 각인된 실향의 아픔은 지워지지 않는 상흔처럼 계속해서 뇌리를 잠식하였고, 그들은 떠나온 “고향”에서 시린 마음 한 구석을 데워줄 따뜻한 온기를 찾아야 했던 것이다.

결국 이 시에서 ‘고향’은 두 개의 층위로 나뉘게 된다. 그 하나는 시인이 나고 자란 물리적 공간인 고향이고, 또 하나는 근원적 그리움의 대상으로서 이주민들의 심리적 지향공간을 의미하는 고향이다.

〈고향집〉에서 살펴본 방향성에 따른 ‘고향’ 상징의 이분화는 ① “狂風이 휘날리는/北國의 거리(〈거리에서.〉)”, ② “憧憬의 땅 江南에 또洪水질것만시펴、(〈비오는 밤.〉)” 등의 예에서도 비슷한 양상으로 변주된다. 앞에서 “狂風”의 상징성을 살펴보며 〈거리에서.〉가 현실 상황을 묘사하고 있다고 언급한 바 있다. 그에 따르면 ①의 주체가 위치한 “北國”은 시인이 거닐던 만주국의 거리를 의미한다는 추정이 가능하다. 이는 시인의 실제 고향을 가리킨다. 한편 ②에는 남쪽 지방에 대한 동경과 염려가 나타난다. 비 오는 소리에 잠에서 살포시 깨어난 ②의 주체는 자신이 거주하는 지역보다 저 멀리 강남의 안부를 먼저 걱정한다. “憧憬의 땅”이라는 수식은 그러한 “念願”에 개연성을 부여한다. 하지만 그의 “憧憬”은 미지의 이상향에 대한 막연한 감정이 아니다. 그것이 〈고향집〉에서 보았던 그리움, 고향을 떠나온 자의 객창감에서 촉발된 향수와 맞닿을 때, ②의 해석상 애매성은 해결된다.

이제까지 살펴보았듯이 윤동주의 시에서 '고향' 상징은 방향성에 따라 의미가 변별되는 특징을 보여준다. 그리고 그러한 의미의 분화는 주체의 위상변이를 동반하고 나타난다. ①에서 "北國"이 시인을 대변하는 1인칭 퍼소나인 '나'의 고향을 상징했다면, ②의 "江南"은 일개인의 고향이 아닌 강남을 떠나온 수많은 '나'들의 고향, 조국을 떠난 만주지역 이주민들의 대표단수로서 '우리'가 동경하는 고향을 의미하는 것이다.

한편 앞에서(Ⅱ.A.1) 전문을 인용한 시 〈또다른故鄕〉은 '고향' 상징의 또 다른 분할방식을 보여준다. 이 시의 '고향'은 "故鄕"과 "또다른故鄕"의 두 가지 형태로 나뉘어 제시된다. 전자는 위에서 살펴본 물리적 공간으로서 화자의 실제 고향이고, 후자는 현실 속에서 찾아낸 새로운 지향공간이다.

故鄕에 돌아온날밤에
내 白骨이 따라와 한방에 누엇다。

......

가자 가자
쫓기우는 사람처럼 가자
白骨몰래
아름다운 또다른 故鄕에가자。

〈또다른故鄕〉 부분

〈또다른故鄕〉이 창작된 1941년 9월은 윤동주가 연희전문에서 수학하던 시기이다. 북간도 지역의 이주민들이 마음에 품고 오매불망 그리워하던 "故鄕", 그 따뜻한 남쪽 하늘 아래를 동경하며 서울로 유학을 떠났으나, 그곳에서도 참된 '고향'을 찾을 수 없기는 매한가지였다. 타향에 거주하는 이들에게 삶의 터전이 고향일 수 없듯이, 국권을 빼앗긴 식민지의 속국민에게 고향은 과거의 물리적 공간을 지칭하는 허울 좋은 껍데기에 지나지 않는다. 서울로 유학 온 윤동주의 시야에 펼쳐진 남쪽의 땅은 조국을 상실한 이들의 아픔과 고통으로 점철되었다. 그곳에서 따뜻한 동경의 땅인 '고향'의 면모를 찾기는 힘들었을 것이다.

창작시기로 미루어볼 때, 이 시는 윤동주가 용정의 친가에서 여름방학을 보낸 뒤 서울에 돌아와 창작한 것으로 생각된다. 그해 기숙사를 나온 윤동주는 후배 정병욱과 함께 종로 김송 선생의 집에서 하숙을 하다가 일본인 형사들의 감시가 심해지자 9월에 다시 하숙을 옮겼다고 전해진다.[114] 이렇듯 감시의 대상이 된 이력이 영향을 미친 것인지 독립운동의 구체적 행위사실을 입증할 수 없던 일제는 그를 사상범으로 몰아 '중심인물'인 송몽규와 동일한 형량을 선고하기에 이른다.

〈고향집〉에서와 달리 이 시의 "故鄕"은 그 같은 전기적 사실과 결부해 실제 시인의 친가가 있는 북간도 지방을 지칭하는 것으로 해석해도 무리가 없다. 조국에서 참된 고향의 모습을 찾지 못하고, 그렇다고 북간도 지역을 고향으로 수용할 수도 없는 아이러니한 상황에서 〈또다른故鄕〉의 주체는 "故鄕에 돌아온날밤"[115] "또다른故

---

114) 송우혜, 앞의 책, 2004, pp.288~290.
115) 이는 시인의 친가가 있는 물리적 공간인 북간도를 의미한다.

鄕”을 꿈꾼다. 이때 “또다른故鄕”은 상실한 “故鄕”을 회복시키기 위해 지향하는 새로운 공간이다.116)

앞에서 “또다른故鄕”이 자기 실현의 새로운 가능성을 보여주는 상징의 표현임을 살펴보았다. 그러나 한편으로 “또다른故鄕”은 심리적 지향공간의 의미 외에 자신들의 거주공간을 심리적 고향으로 수용하지 못하던 당시 만주 이주민들—시인을 포함한—의 상황을 상징적으로 나타내기도 한다. 이 지점에서 “또다른故鄕”은 물리적 지향공간의 범주를 벗어난다. 그리고 그러한 이탈은 이를 다시 자기 실현의 새로운 가능성이라는 처음의 상징의미로 회귀시킨다. 그곳에 가려면 “白骨”의 감시를 피해 쫓기듯 황급히 걸음을 서둘러야 한다. 자신이 지닌 죄의 속성을 넘어선 자의 눈앞에 펼쳐진 “또다른故鄕”은 참된 안식을 누릴 수 있는 곳, “아름다운 魂”이 존재하는 곳이다. 세상에서 발견할 수 없는 참된 진리, 누릴 수 없는 참된 행복에 대한 이 같은 깨달음은 죄 없는 희생으로 값없이 인간에게 구원을 부여한 예수의 구속사역이라는, 보이지 않는 일에 대한 강한 확신과 믿음에 결부된다. 이러한 비의에 대한 깨달음은 상징의 원리와 상통하는 것으로 이 시가 일련의 종교적 시편들에 연이어 창작되었음을 고려해볼 때, 〈또다른故鄕〉에서 윤동주가 자신을 괴롭히던 신앙적 회의기에서 벗어난 흔적을 발견할 수 있다.117)

이렇듯 윤동주의 시에서 “故鄕”은 물리적 공간과 심리적 지향공간이라는 두 개의 층위로 나뉘며 실향의식과 지향의식의 이중적 측

---

116) 한편 오양호는 “故鄕”에 돌아와 “또다른故鄕”을 생각하는 이 같은 상황을 '고향에서 타향을 체험하는 것'이라면서 '식민지적 고뇌에서 비롯된 유랑의식'으로 설명한 바 있다(오양호, 앞의 글, 1995, p.398~400 참조).

117) 정병욱, 문익환 등의 증언에 따르면 윤동주는 연전 3학년 때 신앙적 회의기에 접어들었다. 이에 대한 자세한 정보는 송우혜, 앞의 책, 2004, pp.269~287 참조.

면을 포괄하는 상징적 공간이 된다. 그의 시에 형상화된 '고향' 모티프는 크게 고향을 잃어버린 자의 '실향의식'과 또 다른 고향을 찾는 자의 '지향의식'으로 구분되며, 실향의식에서 초래된 고뇌와 방황에 그치지 않고 새로운 지향의식을 내포하는 윤동주 시의 고유한 고향의식을 형성한다.

한편 이러한 가능태로서의 "또다른故鄕"은 윤동주의 다른 시편들에서 현실 속에 위치한 '바다', '하늘', '숲', '산골' 등으로 형상화된다. 이는 투과적 실체로서의 풍경과 교호하는 시적 주체가 그들의 상호 작용이 발생하는 공간에 지향의식을 투영함으로써 나타나는 상징성이다. 실존의 상황에서 고향―물리적, 존재적 층위의―을 찾지 못하는 불안한 주체의 실향의식이 과거를 지향하며 도피하지 않고 현실 속에서 실향의식을 극복하고 있는 것이다.118) 다음의 시들을 통하여 그러한 지향공간으로서 "또다른故鄕"이 지니는 의미에 대해 궁구해보자.

> 괴로운 사람아 괴로운 사람아
> 옷자락물결 속에서도
> 가슴속깊이 돌돌 샘물이 흘러
> 이밤을 더부러 말할이 없도다。
> 거리의 소음과 노래 부를수없도다。
> 그신듯이 냇가에 앉어스니

---

118) 최동호가 〈또다른故鄕〉과 〈肝〉을 분석하며 부정해야 하는 세계를 부정하고 이상을 추구하지만 지상의 세계인 현실로 돌아온다고 한 언급은 비록 현실 회귀를 수동적으로 표현하고 있기는 하지만 윤동주 시의 현실 극복이 초월적 경향으로 나타나지 않음을 간파했다는 점에서 중요하다(최동호, 앞의 책, 1989, pp.121~124 참조).

사랑과 일을 거리에 맥기고
가마니 가마니
바다로 가자、
바다로 가자、

〈산골물〉 전문

첫 행에서 이 시의 주체가 반복해 부르고 있는 대상은 “괴로운 사람”이다. 시가 강조점을 두는 부분으로 시선을 옮기면, 총 3번의 반복이 나타남을 알 수 있다. 그 하나는 주체가 부르는 대상이고, 둘째는 “가마니”, 곧 현대어의 ‘가만히’이며, 마지막으로 반복되는 것은 “바다로 가자、”라는 청유형의 문장이다. “괴로운 사람아”, “가마니/바다로 가자、”라고 하는 설득의 어조가 반복적으로 시 전반을 지배하고 있는 것이다.

그런데 산골 냇가에 앉아 바다로 가자고 부르짖는 외침에는 어딘가 석연치 않은 구석이 있다. 여기서 “산골물”이라는 시의 제목은 주체의 위치에 대한 정보를 암시적으로 제공해줄 뿐으로, 정작 시는 독자의 기대지평과 상관없이 전개된다. 이러한 낯선 전개에 동요하지 않고 시의 의미를 해독하기 위해서 모두의 논의로 다시 돌아가 보자.

이 시의 주체는 “괴로운 사람”이라는 특정 유형의 누군가를 부르고 있다. 그 대상은 “괴로운”이라는 요건만 갖춰진다면 그 누구라도 상관없을 일이다. 그렇다면 시인이 말하는 괴로움의 정체는 무엇인가? 시가 제시하고 있는 정보들로 주체가 애타게 부르는 대상의 실체를 파악할 수 있다. 그는 우선 “가슴속깊이 돌돌 샘물이 흘러/이 밤을 더부러 말할이 없”는 사람이다. 또한 그는 “거리의 소음과 노래 부를수없”는, 곧 거리의 소음에 화답하지 않는 사람이다.[119] 이러한 정보를 조합해보면 외롭고 소외된 자, 발달된 문명을 반가워하지 않는 자라는 "괴로운 사람"의 정체가 드러난다.

"괴로운 사람"에게 주체는 "바다로 가자、"라고 적극적으로 반복해 제안한다. 하지만 정작 시에는 "바다"에 대한 정보가 제공되지 않았다. 다만 "사랑과 일을 거리에 맥기고" 가자는 구절이 "바다"가 "거리"와 대조적 특성을 지닌 공간임을 암시해줄 뿐이다. 앞에서 "거리"는 "소음"과 결부된 근대문명의 공간이라고 정의내린 바 있다. 이 시의 7행에서 "거리"의 모습은 "사랑", "일"과 결부되어 인간들이 삶을 영위하는 공간으로 묘사되었다. 주체는 그러한 삶의 터전을 벗어나 "바다"로 함께 가자고 한다. 그러한 "바다"는 생활의 터전과 유리된 공간, 현실세계의 논리가 통용되지 않는 공간을 의미한다.

시작과 결말의 구조를 지배하는 돈호법과 청유형 문장으로 말미암아 2~5행의 내용은 주체가 누군가를 그리는 고백의 표현으로 인식된다. 물론 "괴로운 사람"이 특정한 (괴로운) 누군가를 지칭할 수도 있겠지만, 거기에 "냇가에" 앉아 "산골물"을 들여다보고 있는 주체 자신의 모습이 중첩되기도 한다. 이러한 해석의 애매성을 초래하는 것은 바로 "그신듯이 냇가에 앉어" 있는 주체의 모호성이다.

그런데 찬찬히 들여다보면 시에 나타난 "괴로운 사람"의 모습에 주체 자신의 모습이 겹쳐지게 된다. 이 시의 "괴로운 사람"을 이렇듯 주체 자신의 자기 고백으로 해석할 수 있는 것은 '뜬 눈'의 상징에서 "우물", "거울"을 들여다보는 주체의 분화(Ⅱ.A.1)로 나타난 자기 객관화의 특징 때문이기도 하다. 끊임없이 자기 자신을 객관화해 바라봐야 했던 〈自画像〉에서 스스로에게 미움을 느끼던 주체의 감

---

119) 윤동주의 시에서 "거리"가 상징하는 바에 관해서는 Ⅲ.B.2를 참조.

정변이가 이 시에서는 "괴로운" 자신의 모습을 "그신듯이" 앉아서 바라보는 모습으로 변주된다. 여기서 "그신듯이"는 '끌린 듯이'로 풀이되거나 '긋다'를 원형으로 생각해 '(선을) 그은 듯이'의 오기로 이해될 수 있다. 결국 이 장면은 자기의 모습을 홀린 듯이 바라보거나 정면을 응시하는 모습으로, 자기 자신에게 화해의 손을 내미는 주체의 애정 어린 시선을 담고 있다고 해석될 수 있다. 1행에서 반복되며 주의를 환기시키던 — 그러한 가쁜 호흡 때문에 다른 해석의 가능성이 차단된 — "괴로운 사람"의 모습이 결국 주체의 객관적 자기인식으로 귀착되는 것이다.

그러한 주체가 지향하는 "바다"는 과거 유년의 공간도 전통으로의 회귀도 아니다. "거리"와 상반되기에 비현실성을 속성으로 지녀야 할 공간이지만, 윤동주의 시는 그 공간에 초현실적이거나 초시간적 개념을 부여하지 않는다. 이는 현실에 존재하는 자연의 형상이며, 소외된 주체가 타협하지 않음으로써 현실을 극복할 수 있는 "또다른故鄕"의 모습이다. 따라서 이 시에서 "바다"는 주체의 분화를 겪지 않아도 되는 곳, 역사적 책임감, 윤리적 의무감, 종교적 죄의식 등으로 말미암은 괴로움이 존재하지 않는 곳을 의미하게 된다. 〈또다른故鄕〉의 주체가 "白骨몰래" "또다른故鄕"에 가자고 했듯이, 그곳에 가기 위해 주체는 "가마니" 현실 속에서 이상적 상태의 구현을 희망한다. 그러한 주체의 바람이 여기에서는 자기 다짐의 형태로 나타났다. 다음의 시들에서도 지향공간으로 제시된 "또다른故鄕"의 변주형태를 발견할 수 있다.

① 바다ㅅ가 사람
  물고기 잡어먹구살구

　　　　산꼴엣 사람

　　　　감자구어 먹구살구

　　　　별나라 사람　　　　　·

　　　　무얼먹구 사나。

　　　　　　　　　　　〈무얼 먹구 사나〉 전문[120]

② 쑥쑥、꿈틀꿈틀 北쪽 하늘로、

　　　내사……………

　　　北쪽 하늘에 나래를 펴고싶다。

　　　　　　　　　　〈黃昏〉 부분

③ 숲으로 가자.

　　　달쪼각을 주으려

　　　숲으로 가자

　　　　　　　　　〈반듸불〉 부분

④ 손들어 표할 하늘도 없는 나를

　　　어디에 내 한몸둘 하늘이 있어

　　　나를 부르는 것이오。

　　　　　　　　　〈무서운時間〉 부분

---

120) 〔나의習作期의 詩아닌詩〕의 1936년 작품에는 3연으로 연이 구분되어 있으나,
　　《카톨릭 少年》 1937년 3월호에 실린 단연 6행의 작품을 원본으로 확정한다(왕
　　신영 외, 앞의 책, 2002, pp.42~43, p.183).

①에서 이 시는 병렬적 구조를 활용함으로써 "바다ㅅ가", "산꼴", "별나라"의 세 공간이 동등한 자격을 지니고 있음을 보여준다. 이때 앞의 "바다ㅅ가", "산꼴"은 지상의 공간이고, "별나라"는 천상에 속한 공간이다. 고도의 차이를 고려해보면 1연, 2연, 3연의 공간적 배경인 "바다ㅅ가", "산꼴", "별나라"가 시상전개에 따라 지리적으로 낮은 위치에 속한 공간부터 순차적으로 배열되었다는 사실을 알 수 있다.

층위의 차이를 내재한 이들 공간에 통일된 성격을 부여하는 것이 바로 시의 제목이기도 한 "무얼 먹구 사나"라는 의문이다. 이는 앞에서(Ⅲ.B.1) 살펴본 바 있는 퍼소나를 치환하는 '가면 쓰기'를 통해 '아동'의 의뭉스러운 물음으로 천진함을 가장하던 응전의 방식과 연관된다. 기본적인 식생활의 패턴을 각각의 공간 층위와 결부시킴으로써 이들 자연공간에 자유롭고 평화로운 이상향의 모습을 투영하고 있는 것이다. 그리고 이러한 형상화 방식을 통해 미지의 영역으로 제시된 마지막 연의 "별나라"에도 지향공간인 "또다른故鄕"과 유사한 성격이 부여된다.

한편 ②와 ③에서는 ①의 동요풍 어조를 계승한 지향공간의 또 다른 형태가 발견된다. "하늘", "숲"의 형태로 변주된 공간을 배경으로 한 이들 시에서는 어두운 그림자를 찾아볼 수 없다. 그믐밤에 반딧불을 잡으러 가는 동심의 모습과 북쪽 하늘에 대한 순정한 그리움이 나타날 뿐이다. 그러나 정작 이들 시가 창작된 1936년, 1937년의 상황을 생각해보면 당시에 시인이 그토록 행복하고 평화로운 세계상을 그릴 수 있었는지에 대해 긍정의 답을 내릴 수 없다.

윤동주의 시에 나타난 이 같은 완전성의 공간들은 순수한 자연이나 과거, 전통 등의 회귀적 도피의 수단으로 활용되지 않는다는 점에서 동일시기 다른 시인들의 시에 나타난 공간적 형태와 구별된다. 그의 시에 형상화된 "바다", "산꼴", "숲", "별나라", "하늘" 등의 공간은 ④의 "하늘"과 같이 내가 "손들어 표할 하늘", "내 한 몸 둘" 삶의 터전인 "하늘"이다. 이는 이상향으로서의 완전한 세계, 과거의 훼손되지 않은 원초적 공간, 안온했던 평화로운 기억의 공간과 같이 현실과 유리된 공간으로 나타나지 않는다. ④의 "하늘"은 현실의 나와 관계를 맺고, 나의 존재성과 삶의 방식에 영향을 미치는 공간으로 실존의 조건과 밀접한 관련을 맺는다.

따라서 이제까지의 논의를 통해 실향의식을 상징적으로 드러낸 '고향'과 대비되는 지향적 공간인 "또다른故鄕"이 현실 속에서 새로운 가능성을 모색하고자 하는 삶의 의지, 갱생의 의지가 투사된 공간성의 상징이라는 결론을 얻어낼 수 있다. 이는 윤동주가 시를 통해 유토피아적 이상향을 보여주지도 않았고, 그렇다고 시를 당대의 괴로운 현실을 도피하기 위한 방편으로 삼지도 않았다는 사실을 말해준다.

결이 곱고 섬세한 감수성을 지녔으며, 민족의식이 투철한 사회적 환경에서 성장한 청년 윤동주가 바라본 당시의 사회는 존재하되 살아있지 못한, 유명무실한 '고향'과 같은 폐쇄된 단절의 공간이었다. 그곳은 "손들어 표할 하늘"도 마음껏 호흡할 수 있는 공기도 따뜻한 온기를 느낄 수 있는 흙도 없는, 정체되고 단절된 텅 비어버린 공간일 뿐이다. 땅덩이뿐인 그곳을 지키고 있는 이들에게는 '고향'에 있다는 사실이 고향의 말을 버리고, 고향의 이름을 버려야 하는 형벌의 근원이었던 것이다.

그융중한 도락구를 밀면서도 마음만은 遙遠한데 있어 도락구 판장

에다 서투른 글씨로 新京行이니 北京行이니 南京行이니 라고써서 타
고다니는것이아니라 밀고 다닌다。 그네들의 마음을 엿볼수있다。 그
것이 苦力에慰安이 않된다고 누가 主張하랴。

　이제나는 곧 終始를 박궈야한다。 하나 내車에도 新京行、北京行、
南京行을 달고 싶다。 世界一周行이라고 달고싶다。 아니 그보다 眞正
한 내故鄕이 있다면 故鄕行을 달겟다 다음 到着하여야할 時代의 停
車場이 있다면 더좋다。

〈終始〉 부분121)

　위의 묘사에서 확인할 수 있듯이 고향의 상실은 윤동주의 현실
인식, 시대 인식과 밀접한 연관을 맺고 있다. 인용한 산문에서 "新
京行", "北京行", "南京行", "世界一周行" 등은 "故鄕行"과 동일한 가
치를 지닌 지향점으로 묘사된다.122) 이때 "고향집"은 "眞正한 내故
鄕"이라는 전제를 깔고 있는 것으로 "다음 到着하여야할 時代의 停
車場"에서 볼 수 있는 현실 인식을 내포한다. 물론 "新京行", "北京
行", "南京行", "世界一周行" 등의 시어로 제시된 지향적 공간 또한
"眞正한 내故鄕", "다음 到着하여야할 時代의 停車場" 등이 함축한
시대의 문제에 뿌리를 둔 것으로, 현재의 "苦力에慰安"을 가져다주
기는 하나 도피적 이상성과는 구별된다.

　결국 그렇듯 숨막히는 폐쇄적 상황을 벗어나기 위한 윤동주의 몸
부림은 문사로서의 자신의 성향을 대변하는 글쓰기로 현실화되었

---

121) 왕신영 외, 앞의 책, 2002, pp.136~137.
122) 실제로 디아스포라를 경험한 많은 탈식민지 작가들에게 있어 '고향'이란 현실 속
　　에 존재하는 '조국'이 아니라, 어디까지나 '상상속의 고향(imaginary homeland)'이
　　다(이연숙, 〈디아스포라와 국문학〉, 《민족문학사연구》 제19호, 민족문학사연구
　　소, 2001, p.63).

다. 글쓰기의 공간에서 시인은 실체로 느낄 수 있는 "또다른故鄕"의 모습을 찾아낸다. 그러나 앞에서 언급했듯이 이는 초월적 이상향의 모습을 하고 있지 않다. 현실화된 이상적 공간을 형상화함으로써 윤동주는 시작행위를 통해 "終始를 박궈" 현실 속에서 새로운 갱생을 모색하고, "다음 到着하여야할 時代의 停車場"을 지향한 것이다.

여기에서 근대문물의 상징인 철도를 타고 찾아가는 "故鄕"은 근대 이전으로 회귀하려는 복고적 사고나 자연으로의 귀환을 의미하는 공간이 아니다. 근대성이 가져온 가장 커다란 혁명적 변화는 미래라는 개념에 대한 것이었다. 기독교의 영원성은 모든 모순과 고뇌가 해결되는 역사와 시간의 종말을 나타내었지만, 직선적 시간의 투사인 동시에 부정인 근대적 시간관의 시각은 이와 다르다. 미래를 향해 던져진 시간인 역사 속에서만 스스로를 실현하는 인간이 직면하는 미래를, 완전성이 담보되어 있기는 하지만 종말과 휴식의 장소가 아니라 계속적인 시작이며 저편을 향한 끊임없는 도정으로 바라보는 것이다.123) 이 시에서 볼 수 있는 근대문물인 기차를 타고 향하는 지속적인 도정을 나타내는 "新京行", "北京行", "南京行", "世界一周行", "다음 到着하여야할 時代의 停車場", "眞正한 내故鄕" 같은 가능태로서의 "또다른故鄕"은 윤동주의 다른 시들에서 "바다", "하늘", "숲", "산꼴" 등의 현실공간으로 변주된다.

결국 윤동주 시의 '고향 찾기'는 일반적 의미에서 '실향의식'의 대칭개념으로 쓰이는 '귀향의식'이 아닌 '(지향적) 고향 찾기'를 의미하게 된다. 앞에 인용한 〈고향집〉의 간도 이주민들이 체험한 강제

---

123) 옥타비오 파스, 앞의 책, 1999, pp.48~50 참조. 미래에 다가올 사회 형태에 대한 관심 유무에 따라 19세기, 20세기 전반의 혁명 운동들과 반란이라고 불리는 20세기 후반의 새로운 급진주의가 구별된다(같은 책, p.200).

적 디아스포라와 달리, 〈또다른故鄕〉의 주체는 '간도'라는 물리적 공간에서 '고향'의 아우라를 제거함으로써 "故鄕에 돌아온날밤에" "또다른故鄕"이라는 참다운 심리적 고향을 지향하는 자발적 디아스포라의 상황을 선택한다. 이 같은 '고향 찾기'는 고국을 벗어나 간도에 거주하고 있는 자신의 처지, 나라가 주권을 잃어버린 상황이 초래한 정체성의 위기, 실향의 슬픔에 대한 극복의지를 나타낸다. 현실 속에서 현실의 모순을 극복하려는 의지가 이상주의나 도피적 회귀가 아닌 현실 속에서의 참된 '고향 찾기'로 나타난 것이다.

기실 '고향'은 식민지 시기 시인들과 강제 이주를 경험한 만주지역 시인들의 주요 모티프였다. 하지만 윤동주의 고향의식은 실향의식과 실향의 원인 제공자인 이민족과 압제자에 대한 적개심으로 형상화된 만주지역 시인들의 '고향'124)과도, '귀향'의 모티프를 전근대적 공간으로 회귀시킴으로써 식민근대에서 도피하거나 그에 대항하는 방식으로 활용한 1930년대 후반의 시들과도 구분된다.125) 윤동주 시의 '고향 찾기'는 단순한 귀향의지, 근원 또는 전근대로의 회귀를 나타내거나 적대적 대항의식을 표출하는 것이 아니라, 지향적 공간을 형상화함으로써 현실상황을 극복하려는 시인의 의지를 담고 있는 것이다.

이렇게 물리적, 존재적 층위의 고향을 상실하고 디아스포라를 경

---

124) 조규익, 《해방전 만주지역의 우리 시인들과 시문학》, 국학자료원, 1996, pp.59~66 참조.

125) 김현정은 오장환의 시에 나타난 고향의 중층성을 논하며 당시 시단의 '고향' 모티프를 내면세계에 초점을 맞추어 식민지기의 고향을 노래한 김영랑, 친족 공동체 구성원들과 함께 체험한 고향에서의 기억을 주로 형상화한 백석, 막연한 그리움으로 고향을 그리거나 자연을 찬미하며 전원을 노래한 일제 말기의 역사의식이 결여된 대부분의 시인 유형으로 분류한 바 있다(김현정, 《한국현대문학의 고향담론과 탈식민성》, 역락, 2005, p.59).

험한 윤동주 시의 주체가 유이민의 실향의식을 극복하기 위해 모색하는 진정한 '고향 찾기'는 여타의 도피적 이상주의와 구별되는 것으로, 식민화된 조국의 현실에 저항하고 주체적 방식을 찾아가는 시인의 의지를 함축적으로 내포하는 메타포로 자리 잡게 된다. 앞으로 살펴보게 될 윤동주의 민족의식, 문화에 대한 관심, 유학의 결심 등도 자신의 의지로 '고향'을 상실한 〈또다른故鄕〉의 주체가 보여준 자발적 디아스포라의 맥락과 관련시켜 생각해볼 수 있다.

이상에서 '감는 눈'의 몸 상징, '거리', '병원' 등의 공간 상징과 "고향"에 대한 논의를 통해 구체화되는 윤동주 시의 실향의식과 지향의식에 대해 알아보면서, 윤동주 시의 주체가 식민근대에 대처하는 방법을 공간의 분화로 나타난 세계의 분리와 그에 따른 단절과 소통 — 이는 '거울' 상징의 논의와 연계된다 — 이 주체의 자기 이해에 미치는 영향의 측면에 주목하여 살펴보았다. 그 결과 이러한 상징의 분석을 통해 윤동주가 추구하였던 소통의 모색과 그 안에서 드러나는 현세중심주의를 파악할 수 있었다.

상징은 개별문화 속에서 우연히 이루어진 것이어서 — 원형상징과 같이 보편적으로 인정되는 제한적 의미를 갖는 상징도 물론 있지만 — 다양한 해석이 가능하다. 여기에서는 시인이 살았던 1930년대의 특수한 시·공간적 상황 속에 나타난 윤동주 시의 상징을 고찰함으로써 앞의 항에서 보았던 상징유형의 논의를 확대, 심화하였다. 그러나 이는 문학사회학적 접근과는 그 출발점에서 차별되는 것으로, 문학의 의미 탐구를 위해 사회·역사적 상황을 주된 논의틀로 끌어들이는 방식이 아니라 상징의 기표 이면에 담겨 있는 무수한 의미의 보고 속에서 개별문화 가운데 형성된 함의를 주목하는 것이었다. 이를 위해 이 책에서는 1930년대라는 일제 식민치하 폭력의 세기가 윤동주 시의 상징 속에서 어떠한 모습을 하고 나타나는지를 살펴보았다.

'상징'이란 특수자 속에서 전체가 나타나는 것, 곧 특수자를 통해 보편자를 드러내는 것으로, 특수와 보편, 유한과 무한을 조화시키고 화해시켜 '아름다운 가상'을 만들어내는 예술의 한 존재방식이라고 알려져 있다. 전체가 현현한다는 관념이나 조화·화해·가상이 깨어질 때 상징은 '알레고리'로 변하겠지만 특수자를 통한 표현은 예술의 본질이다.[126] 따라서 1930년대라는 역사적 특수성 속에서 윤동주 시의 상징이 구현해낸 의미 즉, 폭력의 시대에 처한 우리 민족의 개별성과 독자성을 논구하는 이 같은 작업은 그러한 폭력, 민족성이 보편과 연결되는 범주에 대한 논의까지를 포함한다.

C. 절대적 타자관계와 종교적 선택

이 절은 절대적이고 완전한 타자인 신 앞에서 이루어지는 주체의 자기 이해 과정에 대한 고찰로, 자기 안의 악한 본성을 확인한 윤동주 시의 주체가 괴로움을 극복하기 위해 선택한 종교적 실천행위를 분석하는 작업이다. 이는 윤리적 차원에서 종교적 차원으로 넘어오는 상징범주의 확대로, 윤동주의 시에 나타난 주체의 반성행위가 단지 한 개인의 내면작용에 그치는 것이 아니라 윤리적 공동체를 형

---

126) M. 호르크하이머·Th. W. 아도르노/김유동 외, 《계몽의 변증법》, 문예출판사, 1995, pp.45~46.

성할 수 있는 것이었음을 좀 더 보편적인 범주의 상징을 통해 규명해보려는 시도이다.

앞에서 살펴본 윤동주 시의 주체는 주관으로 스스로의 존재를 입증하는, 곧 데카르트의 코기토적 전통에 충실한 모습으로 나타나지 않았다. 윤동주 시의 주체가 보여준 반성은 스스로의 의식적 반성으로 말미암아 존재성을 담보 받는 종류의 것이 아니라, 직접적 의식이 거짓이고 환상이었음을 깨달은 주체, 표상을 통해 구체적 몸의 형태로 상징화된 '고백'을 통해서만 참 진실을 깨닫는 주체의 반성이었다. 이때 고백은 반성으로 실존을 깨닫는 방식으로 개별자아에 국한되지 않는 인간 존재의 보편적 근원성에 대한 문제가 된다. 이는 현실의 불합리한 모순과 죄의 상태를 극복하고 절대자를 지향하는 자아의 실천의지, 죄의 문제를 현실화하는 한편 이를 보편의 영역으로 확대하는 변증법적 과정에 따라 완성의 상태를 희구하고 현실화를 기다리는 의지를 내포한다. 자기 자신에게 집중하는 무한한 주체적 반성은 대상과의 관계에 대한 자세에서도 동일하게 나타나기 때문이다. 따라서 윤동주의 시에 나타난 반성의 문제를 개인 차원의 윤리적 관점으로 제한하는 해석은 그의 시에 나타난 모든 부끄러움, 반성의 근원을 개인 내면의 문제로 바꾸어 상징의 풍부한 함의를 도식적이고 기계적 의미에 제한된 알레고리에 그치게 한다.

결국 끊임없이 반성하는 윤리적 주체의 고백은 보편화하고 현실화하는 주체의 변증법적 실천의지로 해석될 수 있다. 그리고 이는 인간의 구원에 대한 관심을 포함하는 기독교의 교리에 닿아 있다. 증명이 불가능한 객관적 불확실성에도 절대자에 대한 믿음을 포기하지 않는 신앙의 모습이 윤동주의 시에서 현실의 모순으로 말미암은 불안의 상태를 희망의 상태로 옮겨 놓는 원동력이 된 것이다.

　이렇듯 C절은 인간의 실존에 대한 논의가 된다. 그러나 이는 현재적 실존의 결단으로 시야를 좁히고 있는 것이 아니다. 실존의 결단이 개인의 내면에 치우치는 것이라면 윤동주의 시는 그러한 실존적 상황을 넘어서기 때문이다. 이는 현재의 상황에서 미래의 가능성을 바라보는 것으로, 개인의 범주를 넘어 공동체, 정치, 사회, 그리고 우주의 범주까지를 포함한다. 따라서 이러한 점에서 윤동주 시의 주체가 느끼는 반성, 부끄러움 등은 개인적인 의무의 윤리에 한정되지 않고 종교적 관점의 화해라는 실천행위로 드러나게 된다. 이 같은 윤동주 시의 종교적 상징은 기독교 사상이라는 특수성에 기반을 두지만, 기독교라는 제한된 범주에 한정되지 않는 보편적 의미까지를 포함한다.

1. '소리'의 현현과 소환에의 부응

　윤동주의 시에서 청각으로 지각된 '소리'는 세계 내 존재로서의 자아의 실존상황을 환기시키고 스스로를 대면하도록 이끄는 자각을 상징한다. '쇠', '돌', '식물' 등을 매개로 무언의 소리나, 각성을 종용하는 목소리로 발화되어 실존의 상황을 뒤흔들고 자아를 내면작용으로 이끄는 충만한 언어인 '소리'는 절대적 완전자인 하나님의 현현[127]으로 주체를 소환하여 자기의 실체와 대면하게 한다.[128]

---

127) 기독교 사상에서 '하나님의 음성'은 신의 존재성을 의미한다. 이를 바탕으로 성경은 소리로 현현하고 형상이 없는 신의 존재를 강조하며 아무 형상으로든지 우상을 새겨 만들지 말 것을 권고하고 있다(〈신명기〉 4:12~18). 대한성서공회 편집부,《성경전서 개역개정판》, 대한성서공회, 1998. 이하 참고하는 성경구절은 동일한 성경에서 인용한 것으로 출처표시를 생략하기로 한다.

128) 최동호는 〈또다른故鄕〉의 "소리처럼 바람이 불어온다"라는 부분에 대해 "바람"

> 時計가 자근자근 가슴을 따려
> 하잔한 마음을 山林이 부른다。
>
> 千年 오래인 年輪에 짜들은 幽寂한 山林이
> 고달픈 한몸을 抱擁할 因緣을 가젓나보다。
>
> 〈山林 (詩)〉 부분

이 시에는 산림("山林")이라는 자연사물이 등장한다. 앞에서 고찰한 바 있듯이 윤동주의 시에서 식물은 주체를 자기 이해로 이끄는 매개적 타자로 등장한다. 이때 식물성의 타자는 투사된 주체의 또 다른 모습이기도 하다. 이는 윤동주의 시에서 동물이 때로는 주체와 상호적 관계성에, 때로는 단절된 관계성에 놓이는 것과 구분된다.

그런데 이 시에서는 그러한 산림과의 조우가 금속성의 시계소리로 촉발된다. "時計"라는 금속성의 물질이 인간의 신체인 "가슴"과 결합되고, 그 다음 행에서 외부적 "가슴"이 내부의 "마음"으로 전이됨으로써, "時計가 자근자근 가슴을 따"린다는 시구가 물리적 충돌을 의미하는 것이 아니라 시계소리 때문에 초조하고 불안해지는 심리적 상태를 함축적으로 나타내게 된다. 반복되는 시계의 초침소리가 가슴을 잠식해오며 순간을 살아가고 있는 주체의 존재성을 자각시켜 주는 것이다.

이때 그러한 존재적 불안의 상황에서 구원의 손길을 내미는 것은

을 "소리"로 청각적으로 비유한 것은 "〈무서운時間〉이 자아를 밖으로 끌어내려는 부르는 소리에 대한 의식을 추상적인 것으로 시화한 것임에 대하여 의식이 구체적인 현상으로 표현되고 있어 특징화된 표현"이라고 '소리'가 자아인식에 미치는 영향에 대해 설명한 바 있다(최동호, 앞의 글, 1995, p.497).

1행의 "山林"이다. 이는 2행의 "千年 오래인 年輪에 짜들은 幽寂한 山林"으로 "고달픈 한몸을 抱擁할 因緣을 가"져 나의 불안한 존재적 상황을 따뜻하게 감싸 안아주는 대상이다. 그런데 이 시에서는 이러한 "抱擁"의 몸짓이 물리적 행위가 아닌 무형의 소리로 형상화되어 존재의 자각을 불러일으킨다. 실존의 상황을 마주보게 한 "時計"의 소리가 인간존재가 부딪히게 되는 실존적 고뇌의 상황을 나타낸 것처럼, 존재의 불안을 감싸 안아주는 "山林"의 부르는 소리에서 불안 속에 작아진 주체의 마음을 위로하고 새로운 희망을 제공해주는 절대자의 존재를 감지할 수 있는 것이다. 다음에 인용할 시는 '소리'가 갖는 종교적 측면의 의미를 보다 직접적으로 형상화한다.

하얗게 눈이 덮이엿고
電信柱가 잉잉 울어
하나님말슴이 들려온다.

무슨 啓示일가。

빨리
봄이 오면
罪를 짓고
눈이
밝어

이 앋가 解産하는 수고를 다하면

無花果 잎사귀로 부끄런데를 가리고

나는 이마에 땀을 흘려야겟다.

〈또太初의아츰〉 전문

예수는 신약의 많은 구절에서 "귀 있는 자는 들으라"고 전한다.[129] 이때 이들 성경구절에 공통되게 나타난 단어인 "귀"는 단순히 몸의 일부인 신체기관을 의미하지는 않는다. 여기서 '들을 수 있는 귀'는 실재하는 소리에 귀를 기울여 수용하고 이를 의미화하는 일을 상징적으로 나타낸다. 그리고 귀가 있으나 듣지 못하는 자가 있다는 점에서 '귀'는 '듣는다'라는 행위의 매개에 따라 '들을 수 있는 귀'와 '들을 수 없는 귀'로 나뉘게 된다.

체험은 존재의 의미의 흔적, 존재 위로 반사되는 의미의 섬광이다. 그 자체 안으로부터, 체험은 그 자체 수단을 통해서가 아니라 그것이 포착하고자 하는 자체 경계들을 넘어서는 그 의미들을 통하여 그 삶을 지속한다. 왜냐하면 그것이 어떤 의미를 포착하는 데 실패할 때, 그것은 전혀 존재할 수 없기 때문이다. 체험은 의미와 대상에 대한 관계이고, 이 관계를 넘어설 때 그것은 전혀 존재하지 않는다. 그것은 육체(내적 육체)를 입은 구현체로서, 무심결에 순진하게 태어나고, 따라서 그 자체를 위해서가 아니라 타자를 위해서 의미의 유효성과는 상관없이 그것이 가치가 될 수 있는(그것이 평가된 형식이 되

---

129) 〈마태복음〉(이하 〈마〉) 11:15, 13:9, 13:43, 〈마가복음〉(이하 〈막〉) 4:9, 4:23, 〈누가복음〉 8:8, 〈요한계시록〉(이하 〈계〉) 2:7, 2:11, 2:17, 2:29, 3:6, 3:13, 3:22.

고, 반면에 의미는 내용이 된다) 그런 사람을 위해서 태어난다.[130]

인용한 바흐친의 언급에서처럼 체험은 그 자체로서가 아니라 그것이 포착하는 의미에 따라 가치가 결정된다. 즉 신의 말씀을 '듣는' 매개기능의 성립여부가 '귀'라는 신체기관의 가치를 좌우하는 것이다. 윤동주의 시에서 그러한 청각적 요소는 '귀'가 있으나 듣지 못하고 있던 이를 부르는 '소리'가 시적 주체를 신과 대면하도록 이끌어 자기의 존재를 자각하게끔 하는 형상화의 방식을 통해 차별화된다.

〈또太初의아츰〉에서 "電信柱"를 매개로 전달된 '소리'는 "하나님 말슴"으로 제시된다. 하지만 정작 주체는 들려오는 소리의 의미를 깨닫지 못한다. 절대적 타자인 "하나님"이 전해주는 "啓示"의 "말슴"이라는 것을 인지하면서도 그 실체를 깨닫지 못하는 것이다.

2연에서 주체는 "무슨 啓示일가."라는 자문을 통해 자신의 듣는 체험이 들려오는 소리의 의미를 파악하지 못하는 상태에 있음을 고백한다. 앞에서 인용한 바 있듯이 바흐친은 의미 포착에 실패한 체험의 가치를 '존재하지 않는 것'으로 규정한 바 있다. 그에 따르면 귀는 있으나 듣지 못하는 〈또太初의아츰〉의 주체에게 있어서 제 구실을 감당하지 못하는 청각적 기능은 무의미해진다. 따라서 1연의 "들려온다"는 청각적 매개가 부재하는 상황과 마찬가지로 주체의 답답한 심정에서 비롯되는 갈등과 번민을 유발한다.

인간이 절대자와 교통하지 못하는 이러한 소통부재의 상황이 시의 마지막에서는 비유적으로 나타난 성경의 창세신화로 암시된다. 마지막 두 연에 제시된 "無花果 잎사귀로 부끄런데를 가리고"와 "나

---

130) 미하일 바흐친/김희숙·박종소 옮김, 《말의 미학》, 길, 2006, p.165.

는 이마에 땀을 흘려야겟다."는 신과의 약속을 어긴 "太初"의 인류에게 부여된 신의 형벌[131]이다. "하나님"의 명령을 어기고 아담과 하와가 무화과 나뭇잎으로 "부끄런데"를 가리는 것은 그들이 인간의 본질적 속성을 깨닫게 되었기 때문이다. 그러한 원죄의 결과로 말미암아 신과 인간의 관계가 단절되었고, 현재의 인간은 소리로 현현한 절대자의 메시지를 파악할 수 없다. 신과 소통할 수 없는 죄성의 실체를 파악하게 된 이 시의 주체는 원죄를 저지른 "太初"의 인류에게 주어진 형벌을 자발적으로 감수하고자 한다.

> 黃昏이 지터지는 길모금에서
> 하로종일 시드른 귀를 가만이 기우리면
> 땅검의 옴겨지는 발자취소리、
>
> 발자취소리를 들을수있도록
> 나는총명했든가요。
>
> 이제 어리석게도 모든것을 깨다른다음
> 오래 마음 깊은속에
> 괴로워하든 수많은 나를
> 하나、둘 제고장으로 돌려보내면
> 거리모통이 어둠속으로

---

131) 〈창세기〉(이하 〈창〉) 3:16~17, "또 여자에게 이르시되 내가 네게 임신하는 고통을 크게 더하리니 네가 수고하고 자식을 낳을 것이며 너는 남편을 원하고 남편은 너를 다스릴 것이니라 하시고/아담에게 이르시되 네가 네 아내의 말을 듣고 내가 네게 먹지 말라 한 나무의 열매를 먹었은즉 땅은 너로 말미암아 저주를 받고 너는 네 평생에 수고하여야 그 소산을 먹으리라"

소리없이사라지는힌그림자、

……

信念이 깊은 으젓한 羊처럼
하로 종일 시름없이 풀포기나 뜻자。

〈힌그림자、〉 부분

　종교시가 아니지만 위에 인용한 〈힌그림자、〉의 시상전개 또한 〈또太初의아츰〉처럼 소리를 들을 수 없는 현실에서 비롯된 자기 인식이 의지적 결단으로 연결되는 구조를 취한다. 이때 "발자취소리를 들을수있"는 "총명"함에 대한 희구에서 시작된 "오래 마음 깊은속에 /괴로워하든 수많은 나"의 번민은 "啓示"의 뜻을 알고 싶어하는 〈또 太初의아츰〉의 주체가 보여준 의문의 변주라 할 수 있다. 청각적 기능의 부재가 내적 갈등을 초래하는 것이다. 그리고 귀는 있으나 소리를 듣지 못하는 상황의 무의미성은 '봄이 오면 —(해)야겠다.'와 같이 가정법을 동원해 불안한 현실상황을 타개하고자 하는 주체의 의지로 발현된다. 〈또太初의아츰〉을 통해 이를 자세히 살펴보자.

　〈또太初의아츰〉의 주체는 "電信柱가 잉잉 울어" 들려오는 소리가 "하나님말슴"임을 자각하고 있지만, 그것이 "무슨 啓示"인지는 알지 못한다. 신의 뜻을 알고자 하나 무지로 말미암아 그 뜻을 파악할 수 없는 실존의 불안감은 "빨리" 그 상황을 벗어나고자 하는 조급함을 유발하게 되고, 청각적 기능의 무력함을 대체할 시각적 기능의 회복, 즉 "눈이 밝"기를 염원하는 주체의 모습을 만들어낸다.

　여기에서 창세기의 에덴동산 모티프는 "봄"이라는 계절적 배경과 결합해 가정법의 형태로 변주되어 시화된다. 〈창세기〉 2~3장에 등장하는 태초의 인간 아담과 하와는 그들을 창조한 신과의 약속을 어기고 금기였던 선악과에 손을 댄다. 이때 유혹자로 등장하는 뱀은 "너희가 그것을 먹는 날에는 너희 눈이 밝아져 하나님과 같이 되어 선악을 알 줄 하나님이 아심이니라(〈창〉 3:5)"는 말로 하와를 설득한다. 이 같은 선행텍스트를 차용해 이 시는 선악을 분별할 수 있는 지혜를 "봄", "罪", "눈"이라는 세 개의 단어를 통해 형상화한다.

"눈이 밝"는 현상은 "罪"를 짓는 선행조건에 따라 연계적으로 발생하는 것으로 위에 인용한 창세기 사건의 주된 내용이다. 그런데 이 시에서는 그러한 "罪"가 "봄"이라는 시간적 조건을 전제로 삼고 있다. 윤동주의 시에서 '봄'은 식민지 시대 여타 시인들의 시에 나타난 '봄'과 구별된다. 그의 시에서 봄은 대체로 '음산함', '우중충함', '등지다' 등의 시어와 함께 주체가 처한 현재의 실존상황과 맞물려 표면적으로 해독될 수 없는 역설적 의미로 형상화되곤 한다. 그런데 이 시에서 봄은 "罪를 짓"는 행위의 매개에 의해 주체의 내부로 전이되어 "눈이 밝아"지는 결과를 초래하였다. 이 같은 내부의 밝음은 '선악'을 아는, 즉 자신의 죄를 인식하는 계기로 작용하게 되고, 주체의 '부끄러움'을 유발한다. 이 시가 윤동주 시 전반의 부끄러움 의식과 연결되는 것은 바로 이 지점이다.

창세기에서 선악과를 먹은 아담과 하와에게 나타난 변화는 '부끄러움'과 '두려움', 그리고 '책임회피'였다. 그들은 "눈이 밝아져""벗은 줄을 알고 무화과나무 잎을 엮어 치마로 삼았(〈창〉 3:7)"으며, "하나님의 소리를 듣고" 벗은 것을 두려워해(〈창〉 3:10) "여호와 하나님의 낯을 피하여 동산 나무 사이에 숨(〈창〉 3:8)"었다고 고백한다. 선악과를 먹게 된 연유를 묻는 신의 질문에 대해서도 아담은

"하나님이 주셔서 나와 함께 있게 하신 여자 그가 그 나무 열매를 내게 주므로 내가 먹었나이다(〈창〉 3:12)"라 하고 하와는 "뱀이 나를 꾀므로 내가 먹었나이다(〈창〉 3:13)"라며 타자에게 책임을 전가해 죄를 모면해보려는 회피적 태도를 보였던 것이다.

그런데 〈또太初의아츰〉에서 이러한 창세기의 모티프는 "부끄런데"를 가릴 수 있기 위해 자발적으로 "罪를 짓"기 원하는 주체의 모습으로 변주된다. 선악과를 따먹는 죄를 범함으로써 비로소 자신들의 부끄러움과 죄로 인한 두려움을 깨달은 태초의 인간과 달리 이 시의 주체는 이미 자신의 과오를 알고 있다. 나아가 그는 자신의 죄를 감당하기 위해 실제적 죄를 짓기 바란다. 이로 말미암아 4연에서는 "이앤"가 겪은 "解産"과 "이마에 땀을 흘"리는 '아담'의 치환으로 제시된 '나'의 수고가 타인에 대한 책임전가의 과정을 거치지 않고, 각자의 죄에 대한 공동체적 책임의식에 기반을 둔 자발적인 참회의 태도로 형상화된다.

리쾨르에 따르면 두려움은 처음부터 단지 물리적인 무서움이 아니라 윤리적 두려움, 곧 윤리적 위기의식이었다.[132] 〈또太初의아츰〉에 나타난 '두려움'은 윤동주의 다른 시들에 나타난 '부끄러움'과 동의어이다. 자신의 부끄러움을 자각하는 과정에 수반된 앎의 욕망과 이를 인식한 뒤 주체가 보이는 자발적 참회의 태도는 이 시 외에도 윤동주의 부끄러움 의식을 나타내는 대표적인 시들에서 "죽는날까지 하늘을 우르러/한점 부끄럼이 없기를、/잎새에 이는 바람에도/나는 괴로워했다。", "별을 노래하는 마음으로/모든 죽어가는것을 사랑해야지/그리고 나안테 주어진 길을 거러가야겠다。(〈序詩〉)",

---

132) 폴 리쾨르, 앞의 책, 1994, p.41.

“밤이면 밤마다 나의 거울을/손바닥으로 발바닥으로 닦어보자(〈懺悔錄〉)”, “나는 무얼 바라/나는 다만, 홀로 沈澱하는것일가?”, “人生은 살기어렵다는데/詩가 이렇게 쉽게 씨워지는것은 부끄러운 일이다。”, “등불을 밝혀 어둠을 조곰 내몰고、/時代처럼 올 아츰을 기다리는 最後의 나、(〈쉽게씨워진詩〉)”와 같이 변주되면서 죄의 인식으로 말미암은 방황과 갈등 끝에 자신의 참모습, 즉 ‘존재’의 의미를 찾아가는 ‘존재자’로서의 인간 실존의 모습을 그려낸다.

> 쫓아오든 햇빛인데
> 지금 敎會堂 꼭대기
> 十字架에 걸리였습니다。
>
> ……
>
> 鐘소리도 들려오지 않는데
> 휫파람이나 불며 서성거리다가、
>
> 괴로왔든 사나이、
> 幸福한 예수·그리스도에게
> 처럼
> 十字架가 許諾된다면
>
> 　　　　　　〈十字架〉 부분

　앞의 시들과 달리 이 시의 ‘소리’는 “鐘소리도 들려오지 않는데”와 같은 부재의 현상을 나타낸다. 앞에서 언급했듯이 〈또太初의아츰〉에서 '소리'는 참의미를 '듣지 못하는' 주체의 실존상황을 뒤흔들고 자아를 깨달음으로 이끄는 충만한 언어이며 절대적 완전자인 신성의 현현으로, 주체를 소환하여 자기의 실체와 대면하게끔 한다. 그런데 〈十字架〉에는 그러한 자각의 계기가 되는 신의 '소리'가 부재한다. 여기에는 〈또太初의아츰〉에서와 같은 "하나님말슴" 소리가 부재하고, 교회당을 서성거리는 인간의 "휘파람" 소리만 허공에 울려 퍼진다. "電信柱가 잉잉 울어" "하나님말슴"을 전해주던 〈또太初의아츰〉과 달리 이 시에는 그러한 기능을 담당할 "教會堂"의 "鐘소리" 같은 외부적 매개가 존재하지 않는다. 마땅히 울려 퍼져야 할 "鐘소리"가 들려오지 않는 시적 상황은 교회의 기능이 부재하는 현실, 즉 그리스도의 진리가 발현되지 못하는 세상을 암시한다.

"教會堂"의 "鐘소리"는 물리적 현상인 동시에 진리의 전파라는 기독교적 상징의미를 갖는다. 성경은 "너희는 온 천하에 다니며 만민에게 복음을 전파하라(〈막〉 16:15)"와 같이 예수의 복음 전파가 그리스도인의 지상사명임을 수차례에 걸쳐 역설하고 있다.133) 소리의 파동이 퍼져나가듯이 그리스도인은 예수의 복음진리를 만천하에 선포해야 한다는 말이다. 믿지 않는 자들에게 복음을 전파하여 예수를 주로 시인하고 구원을 얻을 수 있도록 하는 데 그리스도인들의 사명이 있다. 윤동주 시의 주체상이 한 개인의 자아에 한정되지 않고 확장된 형태로 드러나는 것은 이러한 공동체적 사상에서 그 원인을 찾아볼 수 있다.

---

133) "오직 성령이 너희에게 임하시면 너희가 권능을 받고 예루살렘과 온 유대와 사마리아와 땅 끝까지 이르러 내 증인이 되리라"(〈사도행전〉 1:8), "여호와께 노래하여 그의 이름을 송축하며 그의 구원을 날마다 전파할지어다(〈시편〉 96:2)", "너는 말씀을 전파하라 때를 얻든지 못 얻든지 항상 힘쓰라(〈디모데후서〉 4:2)".

리쾨르는 아담신화에서 악의 모습과 이를 극복할 수 있는 또 하나의 가능성을 동시에 발견한다.[134] 그것은 제2의 아담인 예수의 존재로 말미암아 가능해지며, 예수가 재림하는 순간까지 신의 존재는 예수의 희생으로 대속 받은 인간 개개인의 마음에 자리잡게 된다. 구약시대에는 계시와 외부적 현현으로 자신의 존재를 드러내는 외경의 대상이던 신이 보다 친근히 인간의 마음에 자리를 잡은 타자적 존재로 변모하게 되는 것이다.

인용한 2연에서 "鐘소리도 들려오지 않는" 소통 단절의 상황은 인간의 층위인 "휫파람"으로 이동하여 신성과 인성의 연계로 말미암은 단절 극복의 가능성을 보여준다. 다음 연에 등장한 "예수·그리스도"의 존재로 말미암아 "鐘소리"와 같은 외부사물로 나타나던 절대적 타자의 모습이 인간 내면의 소리로 전환된 것이다.

"鐘소리도 들려오지 않는" 상황에서 〈十字架〉의 주체는 교회 주변을 떠나지도 못하고 "휫파람이나 불면서 서성거"린다. 어딘가에서 "서성거리"는 사람에게는 나름의 이유가 있기 마련이다. 무언가 해결되지 못한 것, 바라는 것, 기다리는 것 등 여전히 그를 그 근처에 머무르게 만드는 요인이 남아 있다는 것이다. 이렇게 진리 전파의 매개기능을 담당하는 "鐘소리"는 인간의 층위인 "휫파람"으로 범주를 이동해 그 뒤에 전개될 예수 모티프를 통한 신성과 인성의 연계적 상황을 암시해준다. "鐘소리"는 부재하지만 스스로 "휫파람"을 불어 소리를 만들어 청각적 요소를 공유함으로써, 소리의 부재 때문에 신과 매개될 수 없는 현실로부터 벗어날 방법을 모색하는 주체의 모습 말이다.

---

134) 폴 리쾨르, 앞의 책, 1994, p.221~261 참조.

돌과 돌과 돌이 끝없이 연달어
길은 돌담을 끼고 갑니다。

담은 쇠문을 굳게 닫어
길우에 긴 그림자를 드리우고

길은 아츰에서 저녁으로
저녁에서 아츰으로 통했습니다。

돌담을 더듬어 눈물 짓다
처다보면 하늘은 부끄럽게 프름니다。

풀 한포기 없는 이길을 걷는것은
담저쪽에 내가 남어 있는 까닭이고、

내가 사는것은、다만、
잃은것을 찾는 까닭입니다。

〈길〉 부분

한편 "돌"은 무언의 소리를 들려주는데, 이는 실존의 무거움과 고뇌를 상징한다. "돌"의 침묵은 시적 주체가 처한 실존의 상황이고, 역사적 상황이며, 동시에 그 상황을 바라본 말없는 시선이 전달해주는 고뇌와 불안이다. 이렇듯 윤동주 시의 "돌"은 여타의 사물 상징들과 달리 역설적이게도 부동의 침묵으로 시적 주체의 자기 대면을 권유한다.

이 시의 "길"은 "돌과 돌과 돌이 끝없이" 이어진 "돌담"을 따라 펼쳐진다.[135] 하나, 둘, 셋, 계속해서 이어지는 "돌"을 따라 "내"가 걷는다. "길"을 따라 나있는 "돌담"을 이루는 "돌" 하나하나에 내가 걸어가는 삶의 순간순간이 응결되어 있는 것이다. 이렇게 "길을 걷는것은" 상실을 회복하려는 것이고, 그것이 그 길을 걷는 주체인 내가 살아가는 까닭이다.

여기서 "담"은 '나'를 '나'로부터 분리시키지만, "담"으로 가로막힌 상황 때문에 주체는 보이지 않는 미지의 자신을 상정할 수 있다. 그런데 절연체인 동시에 매개체의 구실을 하는 그 "담"이 "쇠문을 굳게 닫어/길우에 긴 그림자를 드리"웠다고 했다. 표면적으로 1행과 2행을 연결하는 어미인 '-어(지금의 '-아'의 형태)'는 인과관계를 표시하는 듯하다. 하지만 그림자의 생성과 쇠문을 닫는 행위 사이에는 직접적인 물리적 인과관계가 성립되지 않는다. 그렇다면 이러한 비문법적 표현 때문에 발생하는 해석의 애매성을 어떻게 타결해 나갈 수 있을까?

"쇠문을 굳게 닫어" "그림자"를 생성하는 "담"의 능동적 행위로 1연의 "돌담"은 객체에서 주체로 존재태를 바꾸게 된다. 이때 "굳게"는 두 가지 의미를 지닌다. 하나는 닫힌 상태를 표현하는 표면적 의미이고, 또 하나는 "쇠문"을 닫는 행위에 포함된 의지의 표현이다. 앞에서 윤동주 시의 "그림자"가 '존재의 근원적 불안과 외로움'을 의미하는 상징임을 살펴보았다(Ⅱ.B.1). 쇠문을 닫는 행위 때문에 이제 열린 상태는 닫힌 상태로 바뀌고 "길우에 긴 그림자"가 드리운다. 그리고 이러한 단절의 상황은 잃어버린 참모습을 인식하기 원하

---

135) '길'의 상징의미에 대한 상세한 논의는 Ⅱ.C.2를 참조.

는 주체의 눈물을 유발한다.

"쇠문을 굳게 닫"는 그 같은 "담"의 침묵은 3연에서 "아츰"과 "저녁"을 이어주던 "길"의 소통행위와 대비된다. 대조적 양상을 보이는 두 행이 대구의 형태로 연결되면서 2연 2행의 "길우에 긴 그림자를 드리우고"로 말미암아 담의 폐쇄성이 길의 소통을 준비하는 전제의 성격을 띠게 되는 것이다.

그리고 "돌담을 더듬"는 행위를 통해 주체는 "돌"의 침묵이 들려주는 무언의 소리, "돌담"이 형성한 "그림자"가 내포한 존재의 비밀을 공유한다. 이는 '하늘'로 상징된 절대적 대상의 시선 아래 주체가 느끼는 부끄러움으로 "돌담"을 매개로 "담저쪽"에 "남어 있는" 자신의 본질을 찾으려는 주체의 소망으로 변형된다. 〈序詩〉에서 볼 수 있던 "그리고 나안테 주어진 길을/거러가야겠다。(〈序詩〉)"의 소명의식이 "내가 사는것은、다만、/잃은것을 찾는 까닭입니다。(〈길〉)"와 같은 인간의 본원적 상실감의 회복에 대한 기원으로 연결되어 나타난 것이다.

2. 동일시의 욕망과 죄의식의 탈피

쫓아오든 햇빛인데
지금 敎會堂 꼭대기
十字架에 걸리였습니다。

尖塔이 저렇게도 높은데
어떻게 올라갈수 있을가요。

鐘소리도 들려오지 않는데
휫파람이나 불며 서성거리다가、

괴로왓든 사나이、
幸福한 예수·그리스도에게
처럼
十字架가 許諾된다면

목아지를 드리우고
꽃처럼 피여나는 피를
어두어가는 하늘밑에
조용이 흘리겠읍니다。

〈十字架〉 전문

〈또太初의아츰〉에서와 같이 이 시의 주체 또한 인간의 불완전함
으로부터 초래된 불확실성의 상황을 가정법을 활용해 타개하고자
한다. 그런데 시간에 대한 기대를 나타낸 〈또太初의아츰〉과 달리
〈十字架〉는 보다 직접적으로 "예수·그리스도"라는 주체의 지향적
대상을 제시한다.

성경에서 "十字架"는 인류를 구원하기 위해 이 땅에 내려와 그들
의 죄로 말미암아 대신 죽은 구세주의 상징으로, 이신칭의라는 기독
교 복음의 정수를 나타낸다. 이때 인류를 구원하고자 아무 죄 없이
죽음을 당한 흠 없고 순전한 예수의 존재는 종종 대속의 제물로 바
쳐지는 속죄양에 비유된다.

선행연구들에서 주목한 바 있듯이, 윤동주는 〈十字架〉의 4연 3행

에서 '처럼'을 앞 행과 분리해 독립적으로 배치하였다. '처럼'은 체언 뒤에 붙어 쓰일 때에만 의미를 갖는 조사로서 독립적인 용법을 지니지 않는다. 따라서 이 같은 비문법적 행갈이에서 "처럼"이 내포한 유사성의 의미를 부각시키고자 한 창작의도를 짐작해볼 수 있다. 유사성은 대상 사이의 공통성을 기반으로 하지만, 다른 한편으로 이들의 본질적인 비동일성을 전제로 삼는다. 따라서 "처럼"이 독립됨으로써 이 시에서는 주체와 "예수·그리스도" 사이의 비동일성과 유사성이라는 상반된 속성이 동시에 부각된다.

많은 논자들이 주목한 "처럼"은 실제 희생물과 희생물이 될 뻔한 것 사이의 유사성이라는 '희생대체'가 내포한 원칙을 상기시킨다.[136] 시인은 "처럼"을 행갈이하고서 그 다음 행에 시어 "十字架"를 분리해 제시한다. 그리고 이로 말미암아 "처럼"의 강조는 앞에서 언급한 "휫파람이나 불며 서성거리다가"에 내포된 내적 갈등의 변주가 된다. "예수·그리스도"를 지향하지만 스스로 그와 유사하다고 자신 있게 주장할 수 없는 자기 반성이 부끄러움을 자각하기에 가정법을 통해서라도 죄를 짓고 그 대가를 감당하기 원하는 〈또太初의아츰〉의 의지적 표현과 맥락을 같이 하는 것이다. 이렇게 이 시는 "처럼"을 독립시켜 '만일 −한다면'의 가정법에 삽입시킴으로써 '예수'와 현실 속 주체를 상대화해 동화의 욕망과 동일시의 불가능 사이에 가로놓인 주체의 심리적 갈등을 표현한다. 그리고 이 지점에서 '부끄러움'으로 표현되던 윤동주 시의 윤리의식이 종교적 지평으로

---

136) 르네 지라르/김진식·박무호 옮김, 《폭력과 성스러움》, 민음사, 2000, pp.13~17, p.22 참조. 그리고 지라르가 언급한 '모방 사이클'에 대해서는 르네 지라르/김진식 옮김, 《나는 사탄이 번개처럼 떨어지는 것을 본다》, 문학과지성사, 2004, pp.34~49 참조.

옮겨오게 된다.[137]

그 결과 이제 불완전하긴 하지만 3연의 "鐘소리도 들려오지 않는데"는 더 이상 신과의 소통부재를 의미하지 않게 된다. "예수·그리스도"의 존재로 인해 "敎會堂" "鍾소리" 등을 매개로 전달되던 "하나님말슴"이 예수를 닮기 원하고, 그것이 가능하다면 자기 희생을 감수하려는 주체의 "휫파람" 소리로 전환된 것이다. 이때 "휫파람"은 내면의 소리를 통해 신과 접촉하는 인간의 모습을 상징한다. 그 과정에서 주체는 예수와 유사해지는 순간, 즉 "十字架가 許諾"되는 순간을 기다린다.

이렇게 그리스도 부활의 "十字架"는 그 자체가 아니라 부활의 미래에 비추어진 자아의 실존의미라는 점에서 의미를 갖게 된다. 〈十字架〉의 "괴로왔든 사나이,/幸福한 예수·그리스도"의 모순적 양가성은 바로 자발적 고난을 통하여 완전하게 된 사랑, 십자가의 희생으로 상징된 신적 존재의 모습이며, 이를 지향하는 인간의 실존상황이기도 하다. '괴로움'과 '행복'의 양가성, "사나이"와 "예수·그리스도"라는 인성과 신성의 양가성이 쉼표(、)로 연결되면서 동격으로 한 존재 안에 공존함을 보여주는 것이다. 또한 이는 "괴로움"과 "행복"을 각각 과거형, 현재형과 결합해 인간을 위한 대속의 고통이 절대자의 사랑과 행복이라는 기독교 복음의 메시지를 시제의 치환에 따른 양태 변화를 통해 나타내는 것이기도 하다. 시의 제목인 "十字

---

137) 김용직은 이러한 "처럼"의 독립이 "그에게도 십자가가 지워진다면 희생의 각오는 되어 있으나, 희생의 내용이나 동기, 목적이 예수 그리스도의 경우와 완전히 동일하지는 않다"는 것을 드러내기 위한 강조적 표현이라고 설명하였다. 이러한 견해는 '처럼'의 의도성을 명시했다는 점에서 의의가 있지만, 주체의 능동적 자세와 종교적 인식의 층위에서 해석될 수 있는 자기 인식을 단순화시키는 한계를 갖는다(김용직, 앞의 글, 1995, p.132).

架"를 매개로 그러한 차이가 무화되고, 과거형의 괴로움이 현재형의 행복으로 치환되어 버리는 것이다.

결국 접미사 "처럼"을 독립시킴으로써 이 시는 '괴로움'과 '행복', '인성'과 '신성'이라는 양가성을 동시에 내재하고 있는 '예수·그리스도'를 동경하고 닮아가려 하지만, 결코 그와 동일해질 수는 없는 한계를 지닌 주체의 본질적 속성을 부각시킨다. "햇빛"이 "敎會堂" "尖塔"이라는 높은 곳에 올라갈 수 있었던 방법을 궁금해하고 "鐘소리도 들려오지 않는데/휫파람"을 불면서 "敎會堂"을 서성거리며 신성을 지향하던 현세의 인간이 "十字架가 許諾된다면/목아지를 드리우고/꽃처럼 피여나는 피를/어두어가는 하늘밑에/조용이 흘리겠읍니다."라는 소망을 피력함으로써 예수를 따르겠다는 의지를 나타내는 것이다. 그렇게 이 시는 "十字架" 상징을 매개로 삼아 순교하는 예수의 상징을 탈신화화하는 동시에 보편적 상징을 시인의 개별상징으로 재신화화하며 변증법적 자아로서의 주체상을 보여준다. "十字架" 상징에 담긴 속죄양의식, 희생정신이 종교적 측면의 의미로 제한되지 않고 저항성, 윤리의식, 종교의식, 실존의지 등의 다양한 의미의 축을 함축하며 신성과 인성의 결합, 신과 인간의 소통을 나타내는 매개역할을 하게 되는 것이다.[138]

앞 절에서 살펴보았듯이 〈十字架〉의 "鐘소리도 들려오지 않는데" "휫파람이나 불면서 서성거"리는 주체의 행위에서 "鐘소리"와 "휫파

---

138) 마광수는 "十字架"가 기독교의 관습적 상징을 개인적으로 응용한 윤동주의 대표적 상징물이라고 말하면서, 그것은 우리가 언제나 궁금하게 생각하고 있는 궁극적인 문제들, 곧 존재의 근원, 역사를 이끌어나가는 섭리, 삶의 원동력이 되는 영원불멸한 진리 등을 상징한다고 하였다. 그의 견해는 윤동주의 시에서 보편적 상징이 개별상징으로 특수화되는 부분을 주목하고 있다는 점에서 시사적이다 (마광수, 앞의 책, 1984, p.131, p.133).

람"은 청각적 요소를 공유한다. 마땅히 울려 퍼져야 할 "鐘소리"가 들려오지 않는다는 것은 교회의 기능이 부재하는 상황, 그리스도의 진리가 발현되지 못하는 현실을 암시적으로 나타낸다. 하지만 조사 "이나"와 동사 '서성거리다'가 "휫파람"과 함께 쓰여 〈十字架〉의 3연은 자기가 부는 "휫파람"이 "하나님말슴"을 전달하는 "鐘소리"의 청각적 기능을 대체할 만한 것인지에 대해 확신이 없는 주체의 모습을 그려낸다. 위에 인용한 〈힌그림자、〉의 "오래 마음 깊은속에/괴로워하든 수많은 나"라든가 〈自畵像〉에서 볼 수 있는 "한 사나이"에 대한 감정의 변화 등은 이 같은 주체의 내적 갈등을 보여주는 또 다른 예라 할 수 있다. 그러한 미온적 태도는 다음 연들에 이어지는 '-가 許諾된다면 조용히 -겠다'는 표현에서 볼 수 있는 수동적 자세에서도 확인된다.

성육신한 신성, 무결점의 완전자인 동시에 유한성을 지닌 인간인 "예수"는 신앙의 대상인 절대자이면서 삶의 지표를 제시해주는 역사 속 모델로서 멘토(mento) 구실을 담당하기도 한다. 그러한 절대적 타자가 주체가 느끼는 '부끄러움'의 비교대상으로 상정되어 있다는 점으로 미루어 볼 때, 주체의 태도를 한 개인 내면의 정결성으로 해석하는 것은 이 시가 갖는 의미의 풍요로움을 제한하는 결과를 초래할 수 있다.

따라서 "목아지를 드리우고" "피"를 흘리는 마지막 연의 상황은 시적 주체의 죽음을 묘사한 것이기도 하지만, 앞 연의 "예수·그리스도에게/처럼/十字架가 許諾된다면"이 보여주듯이 신 앞에서의 겸손한 자세에서 비롯된 순교의지의 희생적 자세를 의미한다고도 할 수 있다.139) "휫파람이나 불며 서성거리"는 세상 속 자기의 나약함을 자각한 자140)가 택할 수 있는 길은 자신이 처한 비천한 자리에서 한없이 낮아져 인류의 죄를 대속하기 위해 무고하게 죽은 예수의 뒤를 따르는 것이다. 이러한 자세는 자기 과실로 말미암은 죄가가 아닌 인류의 본원적 죄에 대한 인식에서 비롯된다. 스스로 저지른 잘못에 대한 벌이라는 윤리적 측면의 합리화는 인과율이 지배하는 물리세계에서만 가능하다. 앞에서 잠시 언급했듯이 여기에 나타난 주체의 '부끄러움' 의식을 내면의 정결성으로만 해석할 수 없는 것은 이 시가 절대적 타자로서의 신을 대상관계에 상정하고 있기 때문이다.141)

이러한 사고는 앞에서 논의한 '감은 눈'의 상징에 대한 해석과 상통한다(Ⅱ.A.1). 자신의 과오나 어리석음에 대한 형벌로 눈이 멀게 된 것이 아니지만, 윤동주에게 있어 죄로 말미암은 무거움은 〈十字架〉의 순교의지와 같은 속죄양의식으로 드러나게 된다. 지라르는 그러한 속죄양의식을 혼란에서 질서로 이행하는 것으로 설명한 바 있다. 저마다의 정체성을 상실해 차이를 잃어버리는 위기의 절정에서 그것을 막는 희생물로 선택되는 것이 속죄양이라는 것이다. 그에

---

139) 성경은 신 앞에서의 교만을 나타낼 때 "목이 곧은 자"라는 표현을 사용한다 (〈출애굽기〉 32:9, 33:3, 33:5, 34:9 ; 〈신명기〉 9:6, 9:13, 31:27 ; 〈역대하〉 30:8 ; 〈잠언〉 29:1).

140) 흠 없는 예수와의 상대적 비교에 따른 불완전성의 인식은 신동욱이 〈序詩〉를 분석하며 자연과 대비되는 인간의 초라함으로 "세계 속에 있는 '나'의 도덕적 정립은 비상한 엄숙성을 수반할 수밖에 없었다"고 한 언급과 비슷한 인식의 방식이다(신동욱, 〈하늘과 별에 이르는 시심〉, 김학동 편, 앞의 책, 1997, p.56~58 참조).

141) 물론 이 경우 시적 주체가 느끼는 죄 인식은 탐욕으로 말미암은 에덴동산의 원죄를 의미하지 않는다. 리쾨르는 '악'을 '흠', '허물', '죄'로 나누면서 흠이 죄가 되기 위해서는 의인이 당하는 부당한 고난으로 불행에 대한 설익은 합리화를 무너트려야 된다고 했다. 그럼으로써 악을 행하는 것과 악을 당하는 것 사이에 즉각적인 연결고리가 끊기게 된다(폴 리쾨르, 앞의 책, 1994, pp.42~44 참조).

따르면 우리 저마다에 속하는 폭력의 환상적 육화가 바로 '신'이고, 그 육화를 통해 인간들은 상호적 또는 내재적 폭력의 재난과 같은 결과를 피해나갈 수 있다.[142] 물론 윤동주에게 있어서 '신'은 실체로서의 절대자 하나님이지만, 그러한 신성을 내포한 "十字架"의 상징에 시적 주체의 모습을 대응시킨 데에서 현실의 갈등구조를 극복하고자 하는 시인의 의지를 발견할 수 있다.

리쾨르가 언급한 것처럼 자신이 허용한 세상의 비극을 스스로 제거하는 신의 모습에서 윤동주는 자기모순과 시대상황이 초래한 고통을 해결할 돌파구를 발견한다. "十字架가 許諾된다면""목아지를 드리우고/꽃처럼 피여나는 피를/어두어가는 하늘밑에/조용이 흘리겠읍니다."라며 '어둠'이라는 부정적 현실에서 '꽃'의 긍정성으로 변화되기를 소망하는 희망과 기다림의 자세를 드러내는 것이다. 그런데 이는 그리스도의 부활이 내재하고 있는 기독교 교리의 희망 자체로 나타나지 않는다. 윤동주의 시에서 '예수'의 '십자가' 상징은 이신청의 자체의 문제가 아니라 현실 속 주체의 행위로 변이되기 때문이다.[143] 즉, 윤동주 시의 상징이 내포한 희망이란 그리스도 부활의 십자가 자체가 아니라, 그러한 '부활의 미래에 비추어진 주체의 실존의미'이다. 이는 현세에서 천상의 원리를 실천하는 것으로, 이러한 측면에서 대신관계 속에 형성된 상징이 새로운 의미로 재해석될 수 있다. 기독교 사상을 기반으로 한 윤동주 시의 상징이 독자성을 형성하는 지점이 바로 이 부분이다.

---

142) 김현, 《르네 지라르 혹은 폭력의 구조》, 나남출판, 1987, pp.46~47 참조.

143) 김재홍은 부활의 정신 또는 미래에 대한 신념과 기다림을 윤동주 시의 특징 가운데 하나로 언급하면서, 이를 미래 지향적 역사의식이라고 부를 수도 있는 것이라고 하며 기독교 정신에 뿌리를 둔 윤동주의 역사의식을 조명한 바 있다 (김재홍, 〈운명애와 부활 정신〉, 앞의 글, 1995, pp.241~244 참조).

초한대 ──
내방에 품긴 향내를 맛는다。

光明의帋壇이 문허지기젼.
나는 깨끗한 帋物을보앗다。

염소의 갈비뼈같은 그의몸、
그의生命인 心志까지
白玉같은 눈물과피를 흘려.
불살려 버린다.

그리고도 책머리에 아롱거리며.
선녀처럼 초ㅅ불은 춤을춘다.

매를 본꿩이 도망가드시
暗黑이 창구멍으로 도망한
나의 방에품긴
帋物의 偉大한香내를 맛보노라.

〈초한대.〉 전문

  〈초한대.〉는 첫 번째 습작노트의 제일 처음에 수록된 윤동주의 초
기작으로, 관습적 수사나 구조적 결함 등을 이유로[144] 일반적인 논
의의 대상에서 제외되기 일쑤였다. 그러한 취약성에도 여기에 사용

──────────

144) 김흥규, 앞의 글, 1974, p.643 참조.

된 종교적 상징이 후반기의 시작에 영향을 미친다는 점에서 이 시가 윤동주의 시작에서 갖는 중요성을 간과하고 넘어갈 수만은 없다.

여기에는 앞에서 살펴본 〈十字架〉의 상징과 유사한 속죄양 모티프가 나타난다. 표면적으로 이 시는 "초"가 연소하는 모습에 대한 묘사로 이해될 수 있다. 하지만 비유의 대상으로 설정된 종교적 심상들이 의미구조 전반을 장악하면서 이 시에는 그 같은 1차적 의미로 포괄될 수 없는 의미의 자장이 형성된다.

중심소재가 되는 "초"의 외양은 "光明의祭壇"에 바쳐진 "깨끗한 祭物", "염소의 갈비뼈", "生命", "白玉같은 눈물과피" 등의 보조관념(vehicle)에 빗대어 묘사되었다. 그러나 정작 이들 보조관념의 외적 특성은 비교대상인 "초"와 그리 흡사하지 않다. 그 가운데 초의 몸체를 비유하는 "光明의祭壇", "염소의 갈비뼈"의 경우를 보자. 이들은 두 개의 시어가 결합된 형태를 취하는데, 각각 "光明", "갈비뼈"와 결합된 "祭壇"과 "염소"라는 시어에서 "초"와 직접적인 의미의 연관성을 찾기는 어려워 보인다. 오히려 이들은 2연의 "祭物"과 의미상 관련을 맺으면서 종교적 범주의 차원으로 전환된다. 2연의 "깨끗한"과 3연의 "白玉같은" 등이 앞서 언급한 속죄양("祭物")의 순전함과 무결점성을, "눈물과피"는 희생제의를, "초"를 의인화한 3인칭 대명사 "그"가 성서 속 '예수'를 환기시키는 것이다. 이렇게 인칭의 형태로 환치되면서 이 시는 "초"의 의미범주를 넘어 역사 속 "예수"와 현재의 "나"의 관계성에 접어든다. 초의 심지(心地)를 "心志"라는 인간적 범주의 시어로 변환시킨 데에서도 그러한 시적 고려를 짐작해볼 수 있다.

김흥규는 이 시에서 1인칭 "나"를 사용한 것이 "초한대"라는 의미의 핵과 유기적으로 연관될 수 없는 부가부분에 지나지 않아 작품의 초점이 분산된다면서 그러한 결함의 원인을 "이 작품이 윤동주의 일기적(체험적) 진술에서 별로 벗어나 있지 못한 데서 생기는 것"145)이라고 폄하한 바 있다. 김흥규의 지적처럼 이 시는 습작품 특유의 미숙함과 난해함을 보여준다. 그러나 후기작 〈十字架〉에 나타난 지향성과 그에 수반된 자기 반성의 전조를 발견할 수 있는 이 시에서 처음과 마지막에 등장하는 1인칭 "나"의 위치는 표면적으로 드러나는 관찰자 겸 화자에 국한되지 않는다.

시의 처음과 끝에 배치된 후각적 심상('향내')과 1인칭 '나'는 수미쌍관적 방식으로 변형되며 시적 통일성에 기여한다. 또한 1연의 "향내를 맛는다"에 포함된 후각적 심상은 5연 "香내를 맛보노라"의 후각과 미각의 결합으로 확장, 변형되면서 2연의 "光明의帝壇", 3연의 "염소의 갈비뼈같은 그의몸、"과 "白玉같은 눈물과피", 4연의 "책머리에 아롱거리며./선녀처렴 초ㅅ불은 춤을춘다。", 5연의 "매를 본 꿩이 도망가드시/暗黑이 창구멍으로 도망한"과 같은 시각적 심상묘사와 결부된다. 1연의 후각적 심상이 2~4연의 시각적 심상("보앗다")을 거쳐 5연의 결합양상으로 전이되면서 관찰자 '나'의 시점을 기준으로 겹구조를 형성하는 것이다.

그런데 이러한 시적 구조가 시제의 사용에 따른 변화와 결부되어 있음에 주목해봐야 한다. 이 시는 2연을 제외하고는 전체적으로 현재형 동사를 서술어로 채택하고 있다. 2연에 쓰인 과거시제 "보앗다"로 말미암아 3, 4연은 "문허지기젼" 주체가 목격한 사건으로서 역사성을 부여받는다. 이러한 시제의 교차와 상징적 시어들 때문에 3, 4연의 내용은 내 방에서 이루어진 촛불의 연소작용이라는 1차적

---

145) 위의 글, p.643.

의미의 틀을 넘어서 종교적 상징의 2차적 의미로 접어들게 된다. 그로 말미암아 3연에 나타난 "예수"의 상징을 2, 4연의 시선이 감싸고, 이를 1, 5연의 후각적 심상이 둘러싸는 새로운 구조가 가능해진다. 또한 자신의 몸을 녹여 어둠을 몰아내고 빛을 밝혀주는 '촛불'의 모습은 성서 속 '예수'의 희생을 상기시키면서 현재의 시적 주체에게 지향적 의미를 제시하게 된다. 결국 이 시의 주체는 단순한 관찰자, 화자의 위치를 넘어 시의 의미형성에 적극적으로 개입하는 대상이 된다. 촛불로 말미암아 나의 방을 둘러쌌던 암흑이 순식간에 사라졌듯이 현실의 어둠 또한 "매를 본꿩이 도망가드시" 사라지기를 염원하는 시적 주체의 소망과 맞물리며, 마지막 연에 쓰인 "偉大한 香내"라는 모순형용이 문법적 오류를 넘어 성서 속 '예수'의 모습을 현실의 상황과 결부시키는 기능을 담당하는 것이다.

이 같은 윤동주의 속죄양의식은 속죄양 선택의 자의성, 그의 상대적 무죄 등으로 박해자의 폭력을 은폐146)하는 용도로 활용되지 않고, 인류의 죄를 대속한 예수 그리스도의 순전함을 역할모델(Role-model)로 삼아 죄악으로 가득 찬 현실세상을 변혁하고 싶은 절실한 소망을 반영한다. 시인의 도덕적 정결성으로 논의되곤 하는 '부끄러움' 의식은 기실 비교우위에 놓인 '예수'와 현실 속 시적 주체 간의 상대화에서 비롯된다고 할 수 있다. 동화의 욕망과 동일시의 불가능 사이에 가로놓인 심리적 갈등이 현실의 자신에 대한 부끄러움으로 드러나게 되고, 그러한 죄의 인식이 끊임없는 자아반성을 불러일으키는 것이다.147) 그러하기에 〈十字架〉의 속죄양의식은

---

146) 김현, 앞의 책, 1987, p.47 참조.
147) 앞에서 보았던 거울 모티프나 주체의 분화현상도 같은 맥락에서 설명될 수 있다.

"十字架가 許諾된다면 …… 조용이 흘리겠읍니다"와 같이 가정법을 취하며 "어두어가는 하늘밑"으로 표현된 현실의 부정적 상황이 "꽃"이 함축하는 긍정성으로 변화되기를 바라는 희망적인 기다림의 자세를 내포하게 된다.

앞에서도 언급한 바 있듯이 윤동주의 시에서 "十字架"의 상징의미는 예수 그리스도의 희생에 따른 이신칭의만을 의미하지는 않는다. 그의 시에서 기독교의 원죄 상징과 구속의 십자가는 현세에서 벌어지는 자아인식과 접점을 이룬다. '하늘을 우러러 한 점 부끄럼이 없기를' 바라는 마음으로 반복적으로 형상화한 참회의 상징들이 기독교적 관점의 '죄'의 고백과 결부되어 있는 것이다.

기독교에서 죄는 신과의 관계 단절을 의미한다. 죄는 신의 명령을 어긴 에덴동산의 비극에서 출발한 것으로 자연적 산물이 아니라 인간의 의지와 결부된 문제이다. 추구하는 것과 행하는 것의 간극에서 그러한 죄의 비극성이 비롯된다. 그리고 이 같은 비극성을 벗어나려는 몸부림은 윤동주의 시에서 대신관계를 통한 초월 지향의 상징으로 나타난다. 이는 원죄로 말미암은 신성의 상실, 신과의 관계 단절을 대신관계에 따르는 초월의지를 통해 회복해보려는 시도로써, 실존주의자들에 따르면 이념적 주체와 현실적 주체 사이의 괴리에서 오는 불안[148]이기도 하고, 자신의 직접적 잘못이 아니지만 연대의식으로 촉발된 반성의 모습이기도 하다.

죄의 실체와 연원을 밝히기는 쉽지 않다. 따라서 개인을 한없는

---

148) 어떤 충격이나 재난으로 말미암은 것이 아닌 항구적 상태의 고통을 인식한 시인들에게 무한의 고통은 정지된 시간을 도입한다. 보들레르와 같은 시인은 이를 '탐닉'으로 표현한다(임현순, 〈서정주 시의 상징성 연구〉, 《비교문학》 28집, 한국비교문학회, 2002, pp.166~168 참조).

부끄러움 속으로 끌어넣는 모호하고 불분명한 죄를 고백하는 일 또한 명확한 의미전달로 이루어지지 않는다. 고백의 언어 속에는 다층적 의미를 내포한 상징이 숨어 있다. 그러한 고백의 상징적 의미를 밝혀내는 작업은 합리적 사고로 명증한 논리를 통해 접근할 수 없고, 합리성 이전의 상징이 내포한 풍부한 의미의 층위에서 시작하여야 한다.

> 하얗게 눈이 덮이엿고
> 電信柱가 잉잉 울어
> 하나님말슴이 들려온다。
>
> 무슨 啓示일가。
>
> 빨리
> 봄이 오면
> 罪를 짓고
> 눈이
> 밝어
>
> 이앤가 解産하는 수고를 다하면
>
> 無花果 잎사귀로 부끄런데를 가리고
>
> 나는 이마에 땀을 흘려야겟다。
>
> 〈또太初의아츰〉 전문

"電信柱가 잉잉 울어"로 표현된 이 시의 청각적 심상 또한 〈十字架〉에서와 마찬가지로 "하나님말슴"을 전하는 진리 전파의 기능을 갖는다. "잉잉" 우는 "電信柱" 소리가 '바람'으로 매개되어 "말슴"을 간접적으로 전달하고 있는 것이다. 하얗게 덮인 "눈"과 불어오는 '바람'으로 말미암아 "電信柱" 소리를 "啓示"로 받아들이는 1연의 시상 전개는 윤동주의 시에서 자연과 사물이 차지하는 위상과 의미를 짐작하게 해준다.

1연에서 주체는 바람이 부는 눈 덮인 공간에 처해 있다. 그러한 현실상황이 2연의 "啓示"를 매개로 3연 이후로는 가정의 상황으로 변화하게 된다. 이는 〈十字架〉에서 볼 수 있던 '-면 -겠다'의 미래 가정과 동일한 어법의 차용이다. 자선시집은 〈또太初의아츰〉을 〈十字架〉보다 앞서 배치하고 있으나, 두 시의 창작일자는 동일하다. 같은 날 창작된 종교시에 쓰인 동일한 어법은 현실의 상황을 성서적 상황과 결부시킨다. 3연에서도 시의 주체가 처한 상황은 성경 속 인물의 이야기와 중첩된다. 앞에서 언급한 바 있듯이 "罪를 짓고/눈이/밝어"의 주체는 미래의 가능태인 동시에 선악과를 따먹은 성경 속 아담과 이브의 원죄를 의미하기도 한다. 이때 "눈이/밝어"에 나타난 '뜬 눈'의 상징은 Ⅱ장에서 논의한 바 있듯이(Ⅱ.B.1) 특정 계기로 말미암은 자각의 상황을 의미한다. 성경 속 인물들이 선악과를 먹음으로써 죄성의 부끄러움을 자각하게 되었듯이, 이 시의 주체가 지닌 '부끄러움' 의식 또한 '봄이 오면'이라는 계기를 필요로 한다. 자신들의 죄로 말미암은 신과의 단절을 해산과 노동의 형벌로 감수한 아담과 하와처럼 부끄러움을 느끼는 이 시의 주체는 신의 계시를 이해하지 못하는 단절의 상황을 극복하기 위해 "罪를 짓고/눈이/밝어" 자신의 죄를 감당하고자 한다. 이는 〈十字架〉에 나타난 순교의

지와 다르지 않은 것으로 신의 길을 따르려는 주체의 의지를 나타
낸다.

지금까지 살펴보았듯이 〈또太初의아츰〉에는 "이앨", "無花果" 등
기독교적 원죄상징의 기표들이 사용되고 있다. 그러나 이는 '십자
가'의 구속으로 이어지는 종교적 원죄만을 의미하지 않는다. 한 행
의 독립된 연으로 구성된 4, 5, 6연에는 과거와 현재, 신화적 인물과
현실의 "나"가 혼융되어 나타난다. 아담의 후예인 시적 주체가 시간
을 뛰어넘어 성서 속 인물인 아담으로 환치되는 것이다. "나"는 눈
으로 뒤덮인 "겨울"이 지나 "봄"이 오면 "눈이/밝어" 내면의 "罪"를
'뜬 눈'으로 바라볼 수 있게 될 것을 기대한다. 이러한 죄의 인식을
윤동주는 그의 시 전반에 나타난 '부끄러움' 의식과 결부시켜 표현
한다. 자신에게 주어진 길을 걷겠다는 〈序詩〉와 〈길〉의 주체처럼
이 시의 주체도 죄값을 치름으로써 그러한 사명을 감당하려 한다.
"이앨"라는 시어가 표상하듯이 이 시에 형상화된 "罪"는 표면적으로
성경에 나타난 원죄의식을 모티프로 삼고 있다. 윤동주는 이를 자신
의 시세계를 특징짓는 '부끄러움'의 의식으로 변용함으로써 과오로
말미암은 죄과가 아닌, 신 앞에서 느끼는 인간의 근원적 존재성에
대해 말하는 것이다.[149]

① 나안테는 病이 없다고 한다. 이 지나친 試鍊、이 지나친 疲勞、
　나는 성내서는 않된다.(〈病院〉)

---

[149] 엘리엇이 보들레르의 참된 관심이 '악마'나 낭만적 의미의 '신의 모독'에 있지
　않고 '죄와 속죄'라는 보다 본질적인 문제로 향한다고 지적한 것은 윤동주의 시
　에 나타난 '부끄러움'의 함의를 파악하는 데 시사하는 바가 크다(김영윤, 앞의
　글, 1982, p.222).

② 바람이 부는데/내 괴로움에는 理由가 없다。//내 괴로움에는 理由가 없을가、(〈바람이불어〉)

③ 이제 어리석게도 모든것을 깨다른다음/오래 마음 깊은속에/괴로워하든 수많은 나를/하나、둘 제고장으로 돌려보내면(〈힌그림자、〉)

위에 인용한 시들에 나타난 괴로움과 고통의 감정은 그 연원을 파악하지 못하는 무지에서 생겨난 것으로 제시된다. 이러한 '괴로움'의 발생조건은 위에서 논의한 '부끄러움'의 그것과 동일하다. 병명을 진단할 수 없는 "試鍊"과 "疲勞", "理由"가 없는 "괴로움", 인식불가능 상태의 내적 갈등 등으로 고통받는 주체는 세상에 던져진 '부끄러운' 인간의 실존, '존재'의 의미를 찾아가는 '존재자'의 모습을 함의한다.

인간의 근원적 죄와 그것의 극복에 초점을 두고 성립된 수많은 종교사상들이 인간이 느끼는 존재의 고통을 '죄'의 속성과 결부시켜 설명하였다. 많은 경우 이들은 윤리적 도덕성과 연관되어 있다. 불교와 유교는 각각 '고집멸도(苦集滅道)'로 말해지는 극기, '수신(修身)'을 근본으로 절제를 통해 욕망을 극복하고자 한다. 불교에서 말하는 고통의 원인은 연기(緣起)의 실상을 똑바로 보지 못하는 무명(無名)에 있다. 따라서 고통의 원인을 알게 되면, 곧 무명(無明)이 멸진(滅盡)하면 고통, 괴로움, 근심, 슬픔 등이 발생하지 않게 되는데, 이는 바로 열반(涅槃, nirvana), 곧 지속성 있고[常] 기쁜[樂] 나[我]로 변화함을 의미한다.[150] 유교의 경우 공자는 이러한 죄를 무의(毋意), 무필(毋必), 무고(毋固), 무아(無我)에 위배되는 것으로

군자의 것이 아닌 소인의 행위라 규정하고, 순자는 인간의 동물적 본성에 따르며 선함을 거스르는 것을 죄로 규정한다. 그리고 힌두교, 불교를 포함한 인도종교 계열에서는 '브라만(참자아)'을 알지 못하는 '아트만(현상 자아)'에게 필연적으로 주어지는 윤회의 고통을 죄와 결부시키며 '오도(悟道)'를 위해 욕망을 경계하라고 말한다. 한편 이스라엘이나 팔레스타인 지방을 배경으로 파생된 종교들은 더욱 구체적인 윤리도덕을 상정하고 있다. 구약시대의 '십계명'은 이러한 금기를 표현하는 대표적 윤리체계이다. 기독교에서 말하는 죄(sin)는 세속의 법률을 어긴 죄(crime)와 구별되는바, 신과의 관계를 등한시하는 행위로 귀결된다. 이스라엘의 종교관에서 신은 인간이 향유하는 선의 원리이자 인간 고통의 원리이기도 한 것이다. 특기할 만한 것은 이때 죄와 고통의 관련성이 개인적으로뿐만 아니라 공동체적으로 드러난다는 사실이다.[151]

기독교는 원죄를 저지른 인간에게 주어진 자유가 그들의 고통을 초래한다고 말한다. 이는 인간이 겪는 고통의 원인이 인간존재의 창조적 근원 자체에 놓여 있음을 보여준다. 이 부분에서 기독교의 고통의식은 타종교의 그것과 구별된다. 인간과 세계의 고통에 찬 역사는 하나님이 스스로의 모상인 '당신의 타자'로서 인간을 창조한 근원적 그리움에서 비롯되었다는 것이다.[152] 결국 예수 그리스도의 육

150) 심상태, 《인간 ─ 신학적 인간학 입문》, 서광사, 1989, pp.246~252 참조.
151) 위의 책, p.253 참조.
152) 이렇게 역사 속에서 겪는 인간의 고난에서 신의 세계에 대한 희망이 표출된다. 타종교와 구분되는 기독교의 또 다른 특성은 고통 극복 이후의 세계를 그리는 것이 아니라, 역사의 고통 속에서 신에 대해 말한다는 점에 있다. 여기에는 인간의 죄에 이미 하나님의 섭리가 내재되어 있다는 인식이 내포되어 있다. 고통은 시련이면서 동시에 사랑의 체험이기도 하다. 예수가 걸었던 십자가의 길을 따르는 인간들이 고통에 절망하지 않고 그것을 극복하도록 이끄는 것은 바로 유일신

화, 수난과 죽음 속에 드러난 신의 고난은 바로 지고한 사랑의 고난을 의미하게 된다. 〈十字架〉의 "괴로왔든 사나이, / 幸福한 예수·그리스도"가 내포한 모순적 양가성은 바로 자발적 고난을 통하여 완전하게 된 사랑, 예수 십자가의 희생으로 상징된 유일신의 사랑이며, 그러한 예수를 닮아가고자 하는 인간의 지향적 실존상황이기도 하다.

기독교적 참회와 회개의 전통은 인간이 느끼는 죄의식이 나의 자의식이 아니라 하나님이라는 절대자 앞에서 일어나는 당면 현실임을 설명해준다. 존재하지만 스스로 충족될 수 없던 앞 절의 불완전한 주체가 보여준 의문점이 바로 이런 절대자를 대면함으로써 해소된다. 내가 나를 의식하는 것은 그 자체가 이미 죄의 상황에 들어간 거짓된 것이기에 참된 인식이 될 수 없다는 것이다.[153]

"나는 무엇인지 그러워(〈별헤는밤〉)"로 대표되는 구원의 희망에 대한 근원적 그리움은 "밤을 새워 기다리면(〈흐르는거리〉)", "希望과 사랑처럼 汽車를 기다려、…… 오늘도 나는 누구를 기다려 停車場가차운 언덕에서 서성거릴게다。(〈사랑스런追憶〉)", "나는 무얼 바라/나는 다만、홀로 沈澱하는것일가 …… 時代처럼 올 아츰을 기다리는 最後의 나、(〈쉽게씨워진詩〉)", "三冬을 참어온 나는/풀 포기 처럼 피여난다(〈봄,〉)" 등의 시에서 기다림의 자세로 변주되기도 한다.

그리고 이러한 '기다림'을 통해 윤동주의 시에서 죄의식으로 말미암은 불안과 고통은 희망으로 변화하게 된다. 이와 같이 반성적 사유의 주체인 윤리적 실존이 겪는 절망을 종교적 실존 차원의 희망

의 전능함, 곧 사랑의 힘인 것이다(위의 책, pp.252~271 참조).

153) 회개를 통해 실존을 깨닫는 방식은 개별적 자아가 겪는 존재의 방황에 국한되지 않는다. 이는 인간의 근원적 존재성에 관한 문제로, 결국 일개인이 아닌 '우리'의 문제가 된다. 앞에서 윤리적 공동체를 형성하는 것으로 보았던 반성의 행위가 여기에서 보다 구체적으로 입증될 수 있다.

으로 전이시키는 것은 다름이 아니라, 구원에 대한 간절한 소망이 자신과 대상관계에 놓인 신 앞에서의 주체적 반성을 끊임없이 요구하기 때문이다. 신 앞에 홀로 서는 자각 즉, 신앙에 대한 과단력 있는 결단이 절망을 영생으로 전환시킬 수 있는 것이다. 부끄러움 의식으로 통칭되는 윤동주의 시에 나타난 주체의 윤리적 실존이 미래에 대한 희망적 기대나 다짐과 결부되는 것은, 이렇듯 기독교 시를 통해 볼 수 있는 대신관계 속에 발생한 동일시의 욕망, 구원에 대한 희망으로 말미암은 죄의식의 극복에서 그 원인을 찾을 수 있다.

3. 능동적 슬픔과 현세적 구원

이제까지 윤동주의 시는 극도의 윤리적 의식, 도덕적 정결성을 지닌 자아의 내면세계를 보여주는 것으로 인식되어 왔다. 이 절에서는 윤동주의 시가 보여주는 그러한 정결성이 비단 한 개인의 내면에 국한된 문제가 아님을 상징의 형식을 통해 밝혀보도록 하겠다.

앞에서 언급한 바 있듯이 윤동주 시의 '반성'은 한 개인의 내면적 범주를 벗어나 타자관계를 통한 적극적 실천행위로 나타난다. 기독교 시의 범주에서 이는 운명적 조건을 공유하는 '죽어가는 사람들', 현실적 고통을 공유하는 '슬픈 족속' 등으로 형상화된다.

> 별을 노래하는 마음으로
> 모든 죽어가는것을 사랑해야지
> 그리고 나안테 주어진 길을
> 거러가야겠다。
>
> 〈序詩〉 부분

　서론에서 언급한 "죽어가는것"의 일어역 논란은 그 부분에 대한
해석의 다양성 때문에 불거진 문제라 할 수 있다. 이와 같이 "죽어
가는것"이 하나의 의미로 한정될 수 없다면, 그것이 다층적 의미를
지닌 상징의 구실을 담당할 가능성을 제기할 수 있으며, 그러한 상
징의 타당성은 윤동주의 다른 시들과의 유기적 연관성 아래 검증해
봐야 한다.

　그렇다면 "죽어가는것"은 무엇을 의미할까? 그 의문을 해결하기
위해 윤동주의 또 다른 시에서 "죽어가는것"이라는 사물의 범주가
인간의 범주인 "사람들"로 축소, 변환되어 나타난 경우를 살펴보자.

　　　다들 죽어가는 사람들에게
　　　검은 옷을 입히시요。

　　　다들 살어가는 사람들에게
　　　힌 옷을 입히시요。

　　　그리고 한 寢台에
　　　가즈런이 잠을 재우시요

　　　다들 울거들랑
　　　젖을 먹이시요

　　　이제 새벽이 오면
　　　나팔소리 들려 올게외다。

　　　　　　〈새벽이올때까지〉 전문

〈새벽이올때까지〉는 〈무서운時間〉과 더불어 윤동주의 종교시에
나타난 죽음의식을 극명히 보여주는 시이다. 〈새벽이올때까지〉의
경우, 이는 종말의 시간을 암시하는 "나팔소리"[154]로 형상화되는데,
성경에서 "나팔소리"는 천사가 부는 나팔소리를 의미하기도 하고
때로는 비유적으로 쓰여 '나팔소리 같은 주의 음성'처럼 나타나기도
한다. 이 같은 특성은 1, 2연에서 "죽어가는 사람들"과 "살어가는 사
람들"의 대칭적 대비에 따라 형상화된 "흰 옷"과 "검은 옷"의 관계
성으로도 뒷받침된다.

인용한 1연의 "죽어가는 사람들"과 2연의 "살어가는 사람들"은
각각 같은 연의 검은 옷과 흰 옷의 색깔 대비에 호응되며 대칭의 형
식으로 제시되어 있다. 이러한 대칭구조는 단순한 의미 대조에 국한
되지 않고, "죽어가는"과 "살어가는"이라는 각각의 어구에 독자적
의미를 부여한다. 그런데 앞에서 살펴본 가정형의 변환조건이 여기
에서는 "이제 새벽이 오면"으로 제시된다. 따라서 "나팔소리"로 상
징된 신과의 대면 이전에는 "죽어가는 사람들"과 "살어가는 사람들"
이 생과 사의 대립적 의미가 아니라 현존하는 이들이라는 동궤의

---

154) 성경에서 나팔소리는 계시나 경고, 암시의 의미를 담고 있는데, 특히 신약에서
　　는 예수가 재림하는 심판과 멸망의 날, 즉 주의 날이 도래함을 나타내는 지표로
　　사용된다. "나팔소리가 나매 죽은 자들이 썩지 아니할 것으로 다시 살아나고 우
　　리도 변화되리라(〈고린도전서〉 15:52)", "주께서 호령과 천사장의 소리와 하나
　　님의 나팔소리로 친히 하늘로부터 강림하시리니 그리스도 안에서 죽은 자들이
　　먼저 일어나고(〈데살로니가전서〉 4:16)", "주의 날에 내가 성령에 감동되어 내
　　뒤에서 나는 나팔소리 같은 큰 음성을 들으니(〈계〉 1:10)", "이 일 후에 내가
　　보니 하늘에 열린 문이 있는데 내가 들은 바 처음에 내게 말하던 나팔소리 같은
　　그 음성이 이르되 이리로 올라오라 이 후에 마땅히 일어날 일들을 내가 네게
　　보이리라 하시더라(〈계〉 4:1)", "내가 또 보고 들으니 공중에 날아가는 독수리
　　가 큰 소리로 이르되 땅에 사는 자들에게 화, 화, 화가 있으리니 이는 세 천사들
　　이 불어야 할 나팔소리가 남아 있음이로다 하더라(〈계〉 8:13)".

의미틀에서 각각 대립적 성격을 부여받고 독립적 의미를 갖게 된다. 그런 점에서 "죽어가는"을 "生きとし生ける"로 번역한 이바라기 노리코의 해석에 대한 이의 제기는 "죽어가는"과 "살어가는"을 변별적인 시구로 사용한 시의 함축적 의미를 고려해볼 때 타당한 것으로 인정될 수 있다. 그렇다면 여기에서 "죽어가는"은 어떠한 함의를 내포하고 있는 것일까? 이 문제를 해결하기 위해 우선 다음의 시를 토대로 "죽어가는", "살어가는"과 같은 연에 쓰여 이들의 의미를 구분하는 지표로 활용된 "검은 옷"과 "흰 옷"의 의미차이를 살펴보도록 하겠다.

> 흰 수건이 검은 머리를 두르고
> 흰 고무신이 거츤발에 걸리우다.
>
> 흰 저고리 치마가 슬픈 몸집을 가리고、
> 흰 띠가 가는 허리를 질끈 동이다.

〈슬픈族属〉 전문155)

이 시를 자세히 들여다보면 "흰 수건/검은 머리", "흰 고무신/거츤발", "흰 저고리 치마/슬픈 몸집", "흰 띠/가는 허리" 등의 관계항에서 "흰"이 "검은", "거츤", "슬픈", "가는" 등의 수식어구와 연결되고 있음을 알 수 있다. 그 가운데 1연과 2연은 각각 남성과 여성을 묘사한 것으로 이해된다. '두르다'라는 동사는 보통 '이마에 수건을

---

155) 자선시집 〔하늘과바람과별과詩〕의 표기를 따르나, 제목 마지막 자인 '속(屬)'의 경우 표기를 알아보기 힘들므로 제목의 마지막 자는 〔窓〕에 쓰인 약자표기를 따른다.

두르다'와 같은 용례로 사용되는데, 여기에서는 "검은 머리"를 두른 "흰 수건"으로 나타나 수건을 동여 맨 젊은 남정네의 숱 많은 검은 머리털을 묘사한 것으로 추정된다. 만일 그 대상이 여성이었다면 '수건으로 쪽진 머리를 감싸고'와 같이 묘사되었을 부분이다. 다음 행에 나타난 "거츤발" 또한 남성적 이미지를 나타낸 것으로 볼 수 있기에 1연 전체가 남성 이미지를 묘사하고 있다고 할 수 있다.[156] 한편 대조적으로 "치마", "가는 허리"와 같은 여성적 이미지를 동반한 2연은 1연에 대한 대칭적 의미항의 성립으로 볼 수 있다. 두 의미군을 아우르는 시의 제목이 "슬픈族属"으로 제시되었다는 점을 보아서도 1, 2연은 각각 "슬픈族属"이라는 포괄적 의미범주에 속한 남, 여의 세부묘사라고 할 수 있다. 이러한 제목의 표상성으로 말미암아 이들은 '슬픔'이라는 속성으로 규합된다. "거츤발"이나 "슬픈 몸집", '질끈 동여맨 허리' 등에서 추정되는 삶의 고단함이 그러한 슬픔의 원인이 될 수 있다('슬픔'의 의미에 대한 구체적 논의는 Ⅰ.B.1 을 볼 것).

그런데 이들 의미항 전체가 수식어 "흰"을 동반한 "고무신", "저고리 치마", "띠" 등의 의복들에 걸쳐 있음을 주목해봐야 한다. 그렇다면 2연 4행으로 구성된 이 시의 각 행에서 반복을 통해 강조되고 있는 '흰색'은 어떤 상징적 의미를 지니는가? 일반적으로 흰색은 순수, 순결 등을 상징한다. 역사적 맥락을 대입하면 이러한 흰색이 백의민족(白衣民族)으로 알려져 있는 우리 민족을 지칭하기 위한 지표로 쓰였다고 말할 수 있다. 이러한 해석을 받아들일 경우 이 시에 쓰인 흰색은 단일민족으로서 청빈함과 절개를 미덕으로 삼던 우리

---

156) 유종호는 '부르다'는 동사가 남성과 연관되어 있음을 지적한 바 있다(유종호, 《시란 무엇인가》, 민음사, 1995, p.301).

민족에게 엄습한 슬픈 역사적 현실을 간접적으로 드러내는 것이라고 말할 수 있다.

그러나 윤동주의 시편 전반에 나타난 '흰 옷'의 의미를 총체적으로 고려한다면 〈슬픈族屬〉이 윤동주의 다른 시편들과 맺는 유기적 관련성을 염두에 두고 다시금 앞에서 살펴본 〈새벽이올때까지〉에 나타난 흰색과 검은색의 대비로 되돌아가 논의를 전개해야 한다. 앞에서 살펴보았듯이 시 속에서 "검은 옷"은 "죽어가는 사람들"과, "흰 옷"은 "살어가는 사람들"과 대응되어 나타난다. 이때 표면적 의미에 따르면 "검은 옷"은 생명성을 잃어버린 죽음을 상징하는 색깔이라 할 수 있지만, 이들을 "한 寢台에/가즈런이 잠을 재우"라는 요구는 각각이 죽음과 삶, 검은 옷과 흰 옷의 단순한 대응관계로만 치환될 수 없음을 암시해준다.

그런데 자세히 살펴보면 〈새벽이올때까지〉에서도 앞에서 논의한 가정형의 변환조건이 '이제 새벽이 오면 −할 게외다'와 같은 형태로 제시되고 있음을 알 수 있다. 이때 "새벽"은 앞에서 〈또太初의아츰〉을 논하면서 살펴본 "봄"의 함의와 마찬가지로 상황의 극적 변환을 초래할 계기적 시간성의 의미를 갖는다. "새벽"은 밤과 아침, 곧 어둠과 밝음을 매개하는 시간성이다. 따라서 "새벽"에 들려올 "나팔소리"의 내포적 의미는 이전의 시간이 지나가고 새로운 시간이 다가옴을 알리는 "하나님말슴"이다. 다른 한편 이는 "나팔소리"를 통해 신과 대면하는 "새벽"이 오기 전에는 "죽어가는 사람들"과 "살어가는 사람들"이 생과 사의 대립적 구도가 아니라, 현존하는 이들이라는 동궤의 의미틀 안에서 각각 대립적인 성격을 부여받고 독립적 의미를 띠게 됨을 보여주기도 한다. 3연에서 이들을 "한 寢台에/가즈런이" 재우라고 요청하는 것은 이러한 내포적 의미와 관련이 있다.

1, 2연의 "죽어가는 사람들"과 "살아가는 사람들"은 각각 "검은 옷"과 "흰 옷"의 색깔과 대비되어 대칭적으로 제시된다. 〈새벽이올 때까지〉는 〈요한계시록〉을 토대로 한 기독교적 상상력을 바탕에 깔고 있는 시로, "새벽이 오면" 들려올 "나팔소리"가 이러한 종교적 모티프를 잘 드러내준다. 〈요한계시록〉 1장은 예수 재림의 날 예수를 찌른 자들을 포함한 땅 위의 모든 이들이 그로 말미암아 애곡할 것이라는 예언을 기록하고 있다.157) 또한 예수의 재림을 알리는 일곱 천사들의 나팔소리가 가져오는 재앙으로 심판이 행해지고 슬픔과 애통과 사망이 없는 천년왕국이 실현된다는 예언을 전하며 그 날이 오기 전에 자신의 행위를 순전하게 할 것을 권고한다. 그때가 오면 각 사람에게 행한 대로 보응이 올 것이며158) "그 두루마기를 빠는 자들은 복이 있"159)다는 것이다.

이때 "두루마기"를 빤다는 것은 자신의 행위를 순전하게 하여 성경대로 행하는 것을 의미한다. 이는 〈요한계시록〉 7장에 나타난 "흰 옷 입은 자들"이 "큰 환난에서 나오는 자들"이며 "어린 양의 피에 그 옷을 씻어 희게" 한 자들이라는 언급과도 상통하는 것으로 "흰 옷"이 갖는 종교적 상징성을 보여준다.160) 이렇듯 〈요한계시록〉에 나타난 "흰 옷"은 순전함161)이며, 어린 양 예수 그리스도의 피로

157) 〈계〉 1:7.
158) 〈계〉 22:12.
159) 〈계〉 22:14.
160) "이 흰 옷 입은 자들이 누구며 또 어디서 왔느뇨 내가 가로되 내 주여 당신이 알리이다 하니 그가 나더러 이르되 이는 큰 환난에서 나오는 자들인데 어린 양의 피에 그 옷을 씻어 희게 하였느니라(〈계〉, 7:13~14)."
161) "그러나 사데에 그 옷을 더럽히지 아니한 자 몇 명이 네게 있어 흰 옷을 입고 나와 함께 다니리니 그들은 합당한 자인 연고니라(〈계〉, 3:4)."

더러움을 씻어낸 옷이다. 또한 "흰 옷"은 곳곳에서 '옷을 빠는 행위', 즉 자신의 행위를 순전하게 하여 주의 말씀대로 행한다는 의미로 치환되어 나타나기도 한다. 이는 성경에 표현된 "흰 옷"이 표면적으로 드러난 '의복'이라는 1차적 의미뿐만 아니라, 인간의 육체, 더 나아가 인간 존재를 대변해주는 상징적 기표로 쓰이면서 각 사람의 행위가 갖는 순전함을 나타내고 있다는 것을 말해준다.

결국 "검은 옷"은 〈十字架〉에서 속죄양 상징으로 나타난 예수 그리스도의 피로 더러움을 씻어낸 "흰 옷"의 대칭적 의미를 함의로 갖는다. 이에 비추어 볼 때, 흰 옷과 검은 옷의 대조는 생명의 유무에 대한 표현일 뿐 아니라 인간행위의 의미층위를 내포한 것이라 할 수 있다. 그 결과 이들 "검은 옷", "흰 옷"과 각각 결부된 "죽어가는 사람들"과 "살어가는 사람들"은 생과 사의 단순한 대비를 넘어서 행위의 순전함에 따른 '존재론적 경험'[162]의 유무를 포함한, 인간 실존의 본래성과 비본래성에 관한 대립으로 이해될 수 있다.

또한 이들을 "한 寢台에/가즈런이 잠을 재우"라고 주문한 3연 또한 "땅에 있는 모든 족속이 그로 말미암아 애곡하리니(〈계〉 1:7)"에서 볼 수 있듯이 4연의 "다들 울거들랑 젖을 먹이시오"와 결부되어 순전한 자와 그렇지 못한 자, 즉 '예수를 찌른 자'를 포함한 모든 인간이 함께 심판의 날을 맞이한다는 공동체적 인식을 의미하게 된다.[163] 이렇게 "한 寢台", 즉 현세계 또는 1940년대 초반의 한반도

---

162) 막스 밀러/박찬국 역, 《실존철학과 형이상학의 위기》, 서광사, 1988, pp.68~78 참조.

163) 15세기 이후의 목판 도상들에서 '침상에 누워 있는 자'라는 전통적인 모델은 한 인간의 죽음이라는 평범한 사건이 일어나는 장소로 인식되었으나, 마카브르의 도상에 이르러 침대는 죽어가는 자의 운명이 최종적으로 결정되는 장소로 그 의미가 새롭게 변모하게 된다. 심판의 장소로서 '침대'와 관련된 자세한 논의는 필

땅으로 해석될 수 있는 공간에 종말의식을 통해 경각심을 심어주는 시편을 창작함으로써 윤동주는 예수의 피로 새롭게 태어나는 재생의 필요성을 상징적으로 제시한다.

결국 〈새벽이올때까지〉의 "죽어가는"과 "살어가는"은 종교적 인식을 매개로 하이데거적 의미의 "존재론적 경험"164)에 상응하는 '존재성'의 문제와 식민지 치하 속국민으로서의 역사의식을 표현한다. '지금' 안에서 삶과 죽음은 삶과 따로 떨어져 있는 것이 아니다. 삶과 죽음은 동일한 현실이며, 동일한 열매이다.165) 시인은 "한 寢台", 곧 현세계 또는 한반도로 해석될 수 있는 곳에 공존하는 이들에게 종말의식을 심어줌으로써 경각심을 고취시키는 한편, 그들을 "재우"고 "젖을 먹"여야 할 신생아처럼 묘사해 예수의 피로 말미암아 흠 없음의 상태로 새로 태어나는 전환이 '-시오'와 같은 명령형으로 표현될 정도의 당위성을 가진 것임을 강하게 호소하고 있다. 앞에서 일본어역의 문제를 거론하며 언급했던 이바라기 노리코의 "죽어가는"에 대한 번역이 윤동주의 시를 표면적으로만 이해하여 그의 시가 지니고 있는 의미를 단편화시켰다는 일본학자들의 문제 제기는 이러한 점에서 타당하다.

이와 같이 윤동주의 시가 보여준 타자 인식 속에는 대척지점에 놓인 타자의 모습 외에도 앞에서 규명한 것과 같이 더불어 나아가는 윤리적 공동체에 대한 희망어린 시선이 내재되어 있다. 앞에 인용한 〈序詩〉에서도 "별을 노래하는 마음으로/모든 죽어가는것을 사

립 아리에스의 《죽음 앞의 인간》(고선일 옮김, 새물결, 2004, pp.206~212) 참조. 또한 '잠'이라는 형태의 죽음과 관련된 사적 고찰은 같은 책, pp.71~74 참조.
164) 막스 뮐러, 앞의 책, 1998, pp.68~78 참조.
165) 옥타비오 파스, 앞의 책, 1999, p.204.

랑해야지”에 나타난 이상적 윤리공동체에 대한 지향성이 바로 뒤의 “그리고 나안테 주어진 길을/거러가야겠다.”라는 소명의식으로 이어져 보편적 인식의 범주가 개인의 현실태로 좁혀지면서 보편적 인식과 개인성이 융합되는 양상이 나타났다. 따라서 윤동주의 시를 개인의 내면세계를 보여주는 서정시의 범주에 제한시키는 것은 그의 시를 단면적으로 해석하는 결과를 초래할 수 있다. 이러한 다의성의 특징은 윤동주가 상징을 채택하게 된 필연성을 설명해주는 부분이라고도 할 수 있다. 상징은 구체를 통해 보편을 드러내기 때문이다.166) 〈八福〉을 통해 이 같은 윤동주 시의 특성을 자세히 살펴보기로 하겠다.

　　슬퍼 하는자는 복이 있나니
　　슬퍼 하는자는 복이 있나니
　　슬퍼 하는자는 복이 있나니
　　슬퍼 하는자는 복이 있나니
　　슬퍼 하는자는 복이 있나니
　　슬퍼 하는자는 복이 있나니
　　슬퍼 하는자는 복이 있나니
　　슬퍼 하는자는 복이 있나니

---

166) 라스무센은 “상징의 세계에서 주체에 의해 구성된 계획은 그 주체의 목적이 개인적 성격을 강하게 띠면서도 동시에 보편적이라는 점에서 그 밖의 다른 구성체와 다르다. 주체는 보편적 운명의 맥락에서 그 자신을 이해하고자 한다”며 키에르케고르의 ‘간접적 담화’에 견주어 상징적 의미 세계와 개별적 경험의 관계성을 논하는 자리에서 상징이 다양한 경험적 측면을 하나의 설명으로 나타낸 것이라 규정한 바 있다(D. M. 라스무센/장석만 옮김, 《상징과 해석》, 서광사, 1991, p.41, p.127 참조).

저히가 永遠히 슬플것이오.

〈八福、마태福音五章三 — 十二、〉전문

이 시는 "슬퍼 하는자"라는 주체의 모습을 제시한다. "슬퍼 하는 자는 복이 있"다. 그리고 그러한 반복[八福] 속에 '저희'는 '영원한 슬픔'이라는 영속적 상태에 처하게 된다. 1행으로 구성된 2연은 "저히가 슬플 것이오"→"저히가 위로함을 받을것이오"→"저히가 오래 슬플것이오."의 퇴고과정을 거쳐 최종에 "저히가 永遠히 슬플것이오."로 귀착된다. 이때 모든 과정에 공통된 것은 "저히"라는 복수 인칭대명사이다. 1연의 각 행에 나타난 "슬퍼 하는자"의 반복이 2연의 "저히"로 집약되었다. 1연에서 '슬퍼하는' 행위의 개별주체가 나타났다면, 2연에는 복수형태의 새로운 주체가 제시된 것이다. 불균형하게 나뉜 〈八福、마태福音五章三 — 十二、〉(이하 〈八福〉)의 연구분은 이러한 주체형태의 변화를 기준으로 삼았다고 볼 수 있다.

한편 퇴고과정을 통해 알 수 있는 또 다른 사실은 이 시에 반복적으로 등장하는 '슬픔'이 단지 감정상태를 의미하는 것이 아니라는 것이다. 부제인 "마태福音五章三 — 十二、"는 이 시가 성경의 한 구절을 기본 모티프로 삼고 있음을 확인시켜 준다. 부제가 가리키고 있는 〈마태복음〉 5장은 일명 산상설교라 불리는 내용인데 예수의 가르침 가운데 윤동주가 모티프로 삼은 시의 제목과 같은 '팔복'에 대한 가르침으로 "심령이 가난한 자", "애통하는 자", "온유한 자", "의에 주리고 목마른 자", "긍휼히 여기는 자", "마음이 청결한 자", "화평케 하는 자", "의를 위하여 핍박을 받은 자", "예수로 인하여 욕을 먹고 핍박받고 거짓으로 거슬림을 당하여 모든 악한 말을 듣는 자"가 복이 있다는 내용을 담고 있다. 각각은 신과 자신, 그리고 타인에 대한 자세를 가르쳐주는데, 이 가운데 4절의 "애통하는 자"가 시의 모티프가 되었다.

자필원고에는 테두리를 친 시 본문의 바깥쪽에 표기되었던 "슬퍼ᄒᆞ는즌쟈는복이있나니"라는 구절이 삭제되어 있다. 이 점은 '팔복'에 대한 설교 가운데 윤동주가 핵심으로 여기던 구절이 무엇이었는지를 보여준다. 즉, 1연에 8번 반복된 "슬퍼 하는자"는 성경 속 팔복의 가르침을 함축적으로 대변한 것이라 할 수 있다. "애통"하고 "슬퍼 하는" 것이 대신·대자·대타관계를 총괄하여 〈마태복음〉 5장의 나머지 구절들을 대표하는 것이다.

이 "애통"이라는 단어의 첫 글자인 애(哀)는 '슬픔'을 의미한다. 슬픔[哀]이 아픔[痛]이 되어 큰 소리로 서럽게 울 정도로 슬퍼하는 모습이 바로 성경에서 말하는 애통하는 자의 모습이다. 그런데 예수는 그런 자에게 복이 있다고 했다. 일반적으로 '복'이란 아픔이나 슬픔이 없는 상태와 연결된다. 따라서 가슴이 미어져 서럽게 울 정도로 슬퍼하는 자에게 "복"이 있다고 하는 예수의 언급은 일반적 논리로는 이해되지 않는 부분이다.

시의 본문에서도 이러한 "슬퍼 하는" 행위는 "복"을 받는 결과를 가져오는 전제조건으로 제시된다. '슬픔' 자체가 복이 아니라, '슬퍼 하는 행위'가 복 받을 만하다는 이러한 논리는 슬픔의 원인으로 무게중심을 옮긴다. 여기서 주목해볼 것은 이때의 '슬픔'이 피동적 상태가 아닌 능동적 행위로 나타났다는 점이다. '슬픔을 겪는(당하는)' 자가 아닌 자발적으로 "슬퍼 하는자"에게 복이 주어진다는 표현 속에는 성경에 나타난 진리의 역설적 표현이 내재되어 있다. 이를 사회, 역사적 관점으로 읽어 불경건한 시의 범주로 몰아넣어서는[167] 이 시가 보여주는 역설의 미를 파악할 수 없을 뿐더러, 1연과 2연

사이의 연계를 자연스럽게 해석해내는 데도 무리가 따른다. 식민지 속국민이 겪게 된 피동적 슬픔과 같은 사회, 역사적 관점으로는 이 구절의 의미를 정확히 짚어낼 수 없는 것이다. 〈八福〉의 상징성에 대한 정확한 이해를 위해서는 '자발적으로 겪는 슬픔'의 의미를 밝혀내기 위한 종교적 관점의 접근이 필요하다.

'자발적 슬픔'의 의미 해독을 위해 다시금 〈八福〉의 부제인 "마태 複音五章三一十二、"에 주목해보겠다. 앞에서 언급했듯이 〈마태복음〉 5장은 예수의 산상수훈을 전달한 장이다. 이때 성육신한 예수가 전달하는 메시지의 핵심은 바로 죄가 많은 인간의 "구원"에 있다. 예수는 성경의 주요한 주제인 인간의 속죄와 구원의 선포를[168] 몸소 체현한 인물이다. '십자가 사건'으로 대표되는 예수의 구속사역이 전달하는 메시지는 인간의 죄에 대한 확인과 그것의 극복을 초점으로 삼는다. 예수의 부활이라는 '기적'[169]으로 말미암아 인류가 죄 사함을 받고 선물처럼 구원을 얻게 되었다는 '논리'가 그것이다.[170] 이는 인류의 죄를 대속하고자 죄 없이 죽은 예수의 십자가 희생을 슬퍼하는 자에게 복이 주어진다는 해석으로 이어질 수 있다. 기독교의 관점에서 이 같은 슬픔은 예수를 주라 시인하는 것이고, 그러한 믿음은 구원에 이르는 최고의 복으로 귀결된다.

따라서 〈마태복음〉의 구절을 모티프로 삼고 있는 〈八福〉의 '슬

---

167) 이황직, 앞의 글, 2002.

168) C. A. 반 퍼슨, 앞의 책, 1985, p.109.

169) 성경에 나타난 수많은 '기적'들은 인간의 이해범주를 벗어난 신의 존재 증명 방식이라 할 수 있다. 성경에서는 '사건'으로서의 '기적'과 마찬가지로 일상의 논리를 넘어선 '역설'이 진리 표현의 방식으로 자주 쓰인다.

170) 〈마〉 5장 4절과 연관이 있는 다른 성경구절들을 살펴보면 '애통'의 뜻이 좀 더 확연히 드러나게 될 것이다.

픔'은 사회, 역사적 관점이나 일개인이 갖는 내면의 윤리의식만으로는 해명될 수 없다. '슬픔'과 '복'을 연계시키는 시인의 발상은 신의 존재를 상정할 때 비로소 그 설명이 가능해진다. 신 앞에서 피조물이 갖는 죄에 대한 예민한 의식이 스스로를 '자발적 슬픔'의 상태에 몰아넣게 된 원동력이 되는데, 이 '슬픔'은 "오래 마음 깊은속에/괴로워하든 수많은 나(〈힌그림자、〉)"의 시상 전개에서 볼 수 있던 분화된 주체의 활동에서 파생된 것이다.

신 앞에서는 모든 이가 죄의 속성을 지닌 피조물이라는 동등한 입장에 놓인다. 같은 문장의 반복으로 구성된 1연의 단수주체 "슬퍼하는자"가 2연에서 복수인 "저히"로 규합되면서 동일한 운명을 지닌 '우리'로 타자를 인식하는 공동체적 사고를 나타낸다. 분화된 주체의 활동에서 촉발된 자발적 슬픔이 타자에 대한 인식으로까지 확장된 것이다. "저히"가 누리게 되는 '영원한 슬픔'은 끊임없이 자신들의 죄를 경계한 자에게 주어지는 구원과 축복이라 할 수 있다. 이와 같이 〈八福〉은 신앙의 최정점에 선 자가 신과 대면한 가운데 공동운명체로서의 자신, 곧 ― 내면의 또 다른 자아와는 다른 의미에서 ― 죄의 속성을 지니고 신 앞에 선 피조물로서 또 다른 나인 타자의 존재의미를 파악해가는 과정을 보여준 시이다.

"슬퍼 하는자는 복이 있나니"의 반복을 통해 시인은 비극적 운명을 짊어진 주체가 자발적 슬픔을 통해 그 운명을 극복하고 구원에 이르는 방법을 제시한다. 퇴고과정에서 나타난 '위로함을 받음'과의 연계를 고려해보아도 그러하지만, 마지막 행의 "저히가 永遠히 슬플 것이오。" 또한 "슬퍼 하는자"에게 복이 있으므로 영원히 복을 받을 것이라는 희망적 역설을 표현한다고 할 수 있다. 현재의 "슬퍼 하는자"들이 모여 미래의 "永遠히 슬"픈 "저히"가 되는 것이다. 그런데 이러한 "永遠"이라는 표면적 시간성 이면에서 이들 현재와 미래의 시제혼합이 발견된다. 1연의 현재시제가 의미상 가정법에 기초한 미래시제를 내포하고, 2연에 제시된 "永遠"이라는 미래범주의 시간성은 의미상 현실에서 일어나는 사건에 기초를 두게 되는 것이다.171) 〈自画像〉 마지막 연의 "追憶처럼 사나이가 있습니다"에서 발견되는 현재와 과거의 혼합시제가 자기를 인식하는 주체의 이중적 태도에서 비롯된 것이었다면,172) 〈八福〉의 "永遠"에 내포된 시제혼합의 양상은 죽음을 의식한 자가 삶을 고찰하는 자세와 결부된다. 다음 시들을 통해 이러한 '죽음'의 인식과 삶의 자세가 갖는 연관성을 보다 자세히 살펴보도록 하겠다.

> 삶은 오날도 죽음의 序曲을 노래하엿다.
> 이노래가 언제나 끝나랴
>
> 세상사람은 ――
> 뼈를 녹여내는듯한 삶이노래에.
> 춤을 추ㄴ다.
> 사람들은 해가넘어가기前、
> 이노래 끝의 恐怖를
> 생각할 사이가 없엇다.

---

171) 성경에 따르면 천국에는 영원한 기쁨이 있다. 이 시에서 말하는 영원한 슬픔은 천국과 같은 이데아를 설정한 것이 아니라 이 땅에서 벌어지는 사건의 의미를 갖는다. 끊임없이 신 앞에서 자신의 모습을 가다듬는 자에게 복이 있으며, 죽은 뒤에 그러한 자들은 예수가 재림할 때 들림을 받아 영원한 지상천국에서 예수와 함께 거하게 되는 복을 누리게 된다는 천년왕국설이 이러한 해석을 뒷받침해준다.

172) 임현순, 앞의 글, 1999, p.254 참조.

(나는 이것만은 알엇다.

　이노래의 끝을 맛본 니들은.

　自己만알고.

　다음노래의 맛을 아르커주지아니하엿다)

하늘 복판에 알색이드시.

이 노래를 불은者가 누구뇨

그리고 소낙비 끝인뒤같이도.

이노래를 끝인者가 누구뇨.

죽고 뼈만남은.

죽음의 勝利者 偉人들!

〈삶과죽움.〉 전문173)

　죽음이 단절이 아닌 새로운 시작이라는 인식을 〈삶과죽움.〉에서
도 확인할 수 있다. 1941년에 집중적으로 창작된 다른 종교시들과
달리 앞에 인용한 〈초한대.〉와 이 시는 1934년 예수가 탄생하기 전
날인 크리스마스 이브에 창작되었다. 김종태에 의해 "세계의 구체성
으로부터 거리를 둔 채 기독교 정신에 심취되어" 관념적으로 형상화
되었다고 평가174)받을 정도로 이 시에 나타난 삶과 죽음의 인식은
얼핏 매우 난해한 느낌을 준다. 그러나 이 시에서 "죽음의 序曲"으로

---

173) 이 시는 윤동주의 첫 습작노트인 〔나의習作期의 詩아닌詩〕에 두 번째로 수록된
　　작품으로 여기에서는 자필원고에 부가된 3연까지를 모두 합하여 ― 후대에 편집
　　된 시집들에서는 3연을 삭제하여 공개하고 있다 ― 원전으로 확정하기로 한다.
174) 김종태, 〈윤동주 시에 나타난 죽음의식 연구〉, 《한국문예비평연구》 20집, 한국
　　현대문예비평학회, 2006, p.318.

표현된 '삶의 노래'와 '죽음'의 관계를 살펴보는 것은 〈무서운時間〉에 나타난 죽음의식의 역설성, 즉 "떠러"지는 "가랑닢"이 "서럽지도 않은" 이유를 보다 유기적으로 설명하는 데 도움을 줄 수 있다.

1연에서 "삶"의 노래는 "죽음의 序曲"을 들려주는 구실을 한다. 지상에 처한 인간의 "삶"이 "序曲"이고 "죽음" 이후의 본곡(本曲)을 예고한다는 사고는 인간이 살아가는 생의 범주를 죽음 이후로 확장시킨다. 기독교는 인간의 구원문제를 예수 그리스도의 강림과 대속에 예속시킴으로써 여러 구원종교들로부터 '희망'이라는 요소를 취했다. 이렇게 해서 신약의 바울신학에 이르면 '삶은 죄악 상태에서의 죽음이요, 육체적인 죽음은 영생으로 이르는 길목'이 된다는 사고가 형성된다.175) 죽음이 현실의 삶을 끝맺는 순간이 아니라 사후에 지속될 가능태로서 또 하나의 삶이라는 말이다. 이렇듯 직선적 시간관의 연장선 위에 설 때, 인간은 죽음 뒤에 지속될 본곡으로서의 영원성에 대한 인식을 통해 죽음에 대한 두려움에서 해방될 수 있다. 이는 윤동주의 시 전반에 나타난 희망적 기대를 형성하는 사상적 기반이 된다.

퇴고과정에서 첨부된 3연에서 "삶"을 "죽음의 序曲"으로 표현한 1연의 시간의식은 보다 직접적으로 표출된다. 괄호 안에 삽입된 "이 노래의 끝을 맛본 니들"은 죽음을 맞이한 사람들만이 "다음노래의 맛"을 경험할 수 있다는 사고를 보여주는 구절이다. 그러한 인식의 영향으로 청각을 미각으로 변용해 현세의 삶과 사후의 삶을 대비시킨 4연에서는 삶과 죽음이 연장선에서 그려진다. 죽음이 환기시키는 단절에 대한 두려움이 사라지고 새로운 삶에 대한 희망과 기대

---

175) 필립 아리에스, 앞의 책, 2004, p.188.

가 나타난 것이다.

한편 2연에서 "세상사람은 ──/뼈를 녹여내는듯한 삶이노래에./ 춤을 추ㄴ다."176)고 했다. 무의지적으로 생각할 겨를도 없이 춤을 춘다는 점에서 윤동주의 "세상사람"과 안데르센의 '빨간 구두'177) 소녀는 닮아 있다. 그들의 춤은 일개인의 의지로 멈춰지는 춤이 아니다. "노래 끝의 恐怖를/생각할 사이가 없"이 계속해서 춤을 추듯이, 세상에 우연적으로 던져진 후부터 흐르기 시작한 시간의 흐름은 개인의 의지와 관계없이 "삶"의 "노래"를 지속시킨다. 따라서 인간은 '삶의 노래'가 멈추는 '죽음'의 순간에서야 그 "춤"을 멈출 수 있다.

그런데 여기서 그러한 '삶의 노래'가 "뼈"를 녹여가는 과정에 비유되었음에 주목해봐야 한다. 성경에서 뼈는 인간 탄생의 근원으로 형상화된다.178) 이는 마지막 연의 "죽고 뼈만남은/죽음의 勝利者 偉人들!", "뼈"와 연결된다. 한편 2연을 마지막 연과 비교해보면 '삶 : 죽음 = 뼈를 녹임 : 뼈만 남음'으로 도식화될 수 있는 대칭구조가 발견된다. 이러한 대칭구조는 뼈를 녹여내는 것 같은 삶의 시간이 멈추

---

176) 이 부분의 원전을 확정할 때 일반적으로 논자들은 "삶이"를 '삶의'의 오타로 보고 있다. 1연과의 의미상 연관성을 생각해볼 때 필자 또한 이러한 해석에 동의하는 바이다. 그러나 시인 자신이 줄표(1행)와 마침표(2행)를 의도적으로 사용하고 있음을 고려해보면 2, 3행이 앞의 "세상사람은"에 대한 설명을 담고 있다는 풀이의 가능성도 배제할 수 없다. 따라서 이 책에서는 이 시의 원전을 윤동주의 원고를 그대로 살린 형태로 확정하기로 한다.

177) 안데르센의 동화 〈빨간 구두〉에서 주인공은 끊임없이 춤을 추다 결국 구두 신은 발을 잘라버린다. 주인공이 멈춘 뒤에도 빨간 구두는 한동안 관성의 법칙으로 춤을 추게 된다. 그리고 그리스도를 상징하는 교회에서 회개함으로써 주인공은 자신의 죄를 깨닫고 구원을 얻게 된다.

178) "여호와 하나님이 아담을 깊이 잠들게 하시니 잠들매 그가 그 갈빗대 하나를 취하고 살로 대신 채우시고/여호와 하나님이 아담에게서 취하신 그 갈빗대로 여자를 만드시고(〈창〉 2:21~22a)."

자 죽음을 맞은 인간이 자신이 살던 지상에 유일하게 남기는 것이 분주한 삶 때문에 녹을 정도로 고통받던 "뼈"뿐이라는 아이러니를 남긴다. 위에서 언급한 성경적 의미에 비추어볼 때, "뼈"를 남긴다는 이 시의 상상력은 본원적 자기, 신 앞에 범죄하기 이전의 순수한 상태로의 귀환을 의미한다고 볼 수 있다. 그러한 죽음과 단절을 경험하고서야 비로소 그들은 신과 대면하여 자신의 죄를 극복하는 구원받은 자, "죽음의 勝利者 偉人들!"이 될 수 있다. 이는 2연과 5연 사이에 배치된 4연에서 '삶의 노래'를 관장하는 존재가 "하늘 복판에 알색이드시./이 노래를 불은者", "그리고 소낙비 끝인뒤같이도./이노래를 끝인者"와 같이 절대자인 신의 이미지로 등장한다는 점에 의해서도 뒷받침될 수 있다. 결국 순전함을 회복한 자, 다시 말해, 앞에서 언급한 바와 같이 옷을 빨아 "흰 옷을 입은 자"로 돌아간 자에게 '죽음'은 더 이상 단절과 종결이 아니라 새로운 노래의 시작이 된다. 그리고 윤동주의 시에서 그렇게 죽음을 두려워하지 않고 새로운 노래를 맛본 자들은 죽음을 통해 본원성179)을 회복한 "죽음의 勝利者", 세상 사람들의 죄과를 넘어선 "偉人들"로 명명된다.

그렇다면 이들이 "죽음의 勝利者"이며 "偉人들"인 까닭은 무엇인가? 다음의 시들을 통해 윤동주의 죽음의식을 보다 자세히 살펴보도록 하자.

　① 北邙山을向한 발거름은 무거웁고

---

179) 하이데거는 "타락해 있음, 죄에 빠져 있음은 신에게서 온 것이 아니라, 인간 자신이 초래한 하나의 상태이다. 그러므로 인간은 하나님에 의해 창조되었을 때 선했음이 틀림없다"고 한다(마르틴 하이데거/이기상·김재철 옮김, 《존재론·현사실성의 해석학》, 서광사, 2002, p.60).

孤獨을伴侶한 마음은 슲으기도하다.

〈달밤〉 부분

② 한번도 손들어 보지못한 나를
손들어 표할 하늘도 없는 나를

어디에 내 한몸둘 하늘이 있어
나를 부르는 것이오.

일이 마치고 내 죽는날 아츰에는
서럽지도 않은 가랑닢이 떠러질텐데…….

나를 부르지마오.

〈무서운時間〉 부분

①, ②에서 '죽음'은 슬픔의 이미지와 거부의 몸짓을 동반하고 나타난다. '무거움', '슬픔' 등의 시어(①)가 자아내는 부정적 인상과 "가랑닢이 떠러질텐데……."에서 볼 수 있는 하강의 방향성(②)에서 〈慰勞〉, 〈새벽이올때까지〉, 〈길〉, 〈별헤는밤〉 등에 내포된 윤동주 시의 일반적 죽음의식이 갖는 특성을 발견할 수 있다.

앞 장에서(Ⅱ.A.2) ①의 "北邙山"과 무거운 "발거름"이 '죽음'을 인식하고 있는 존재를 표현한다고 언급한 바 있다. 또한 앞 행의 "北邙山"과 대비된 "孤獨을伴侶한 마음"이 '죽음'을 인식한 존재의 내면적 '슬픔'을 형상화한 표현이라고도 했다. 1연에서 '무거운 발걸음'으로 가시화된 이 같은 윤동주 시의 죽음의식은 성경의 '슬픔'과 관련해 논의될 수 있다.

한편 ②는 '소환'의 의미(Ⅲ.C.1)를 시적으로 형상화한다. 이때 시의 제목인 "무서운時間"은 신 앞에 마주서 자신의 참모습을 직시하게 되는 순간을 나타낸다. 모르고 지은 죄까지 백일하에 드러나는 그 시간에 주체는 죽음의 예감으로 말미암은 불안을 느끼게 된다.

현실 속에서 "손들어 표할 하늘"을 가져보지 못한 ②의 주체는 '죽음'의 "무서운時間"이 다가올 때 자신이 하늘로 올라가는 의인들에 속할 수 있을지 확신하지 못한다. 따라서 심판의 시간이 다가옴을 예고하는 "부르는" '소리'에 대해 불확실성에 대한 불안을 지닌 ②의 주체는 "나를 부르지마오"라는 거부와 회피의 태도를 보이게 된다. 하지만 누구도 결과를 사전에 결코 알 수 없는 이 시험을 회피하기란 불가능하다.[180] 그러한 거부는 단지 푸른 "가랑닢"이 "떠러"지는 시간까지의 잠정적 지연일 뿐임을 주체 또한 알고 있다. 따라서 인용한 3연의 "일이 마치고 내 죽는날 아츰"에 나타난 피동적 순응은 자신의 운명을 겸허히 수용하면서 "일이 마"쳐지기를 기다리는, 신의 질서에 대한 주체의 순종과 인정을 내포하게 된다.

"나 아직 여기 呼吸이 남어 있소."라는 선행 연으로부터 "어디에 내 한몸둘 하늘이 있어/나를 부르는 것이오。" → "일이 마치고 내 죽는날 아츰에는"으로의 시상전개에 나타난 시간의 경과에는 신의 뜻에 맞는 자로 변화되기 바라는 희망에서 비롯된 주체의 태도가 내포되어 있다. 이는 "죽는 날까지 하늘을 우르러/한점 부끄럼이 없기를" 염원하며 "잎새에 이는 바람에도" 괴로워 하던 주체가 신의 질서에 대한 순응의 자세를 통해 "모든 죽어가는 것을 사랑"하고 자

---

180) 필립 아리에스, 앞의 책, 2004, p.197, '영혼의 계량' 부분 참조.

기에게 "주어진 길을" 열심히 걷겠다는 의지를 표출한 〈序詩〉의 태도와도 상통한다. 심판에 대한 두려움과 죽음의식이 주체의 윤리적 정결성을 주의 뜻에 순종하려는 자가 보여주는 실천적 의지와 결부시키도록 만들어주는 것이다. 기독교 진리인 사랑의 실천과 연결되는 이 같은 자세에는 "모든 죽어가는것"에 대한 공동체적 의식, 예수가 보여준 희생의 모습을 닮아가려는 삶의 자세가 포함되어 있다.

준비된 자, 하나님의 뜻에 순종한 자에게는 "무서운時間"이 더 이상 무섭지 않고, 떨어지는 "가랑닢"이 되어 맞이하는 죽음의 시간이 결코 "서럽지" 않다. 그들에게 "무서운時間"은 죽음을 통해 신의 사랑을 경험하는 순간으로 변모하기 때문이다.

다시 앞에서 논의한 〈삶과죽음.〉의 해석으로 돌아가 윤동주 사고의 근간을 형성하는 기독교 세계관에서의 죽음의식과 연관해 "죽음의 勝利者 偉人들!"의 시적 의미를 살펴보도록 하겠다. 구약의 죽음은 한편으로는 자아의 평화로운 성취이고, 다른 한편으로는 삶의 무의미한 단절이라는 이중적 성격을 지녔다. 이와 달리 신약시대의 죽음은 예수 그리스도의 죽음을 중심으로 집중되며 그 깊이를 더하고 있다. 그리스도 교회의 태동단계에서 생물학적 죽음은 삶의 종말이며 삶은 죽음 이전의 현존을 뜻했다. 이때 죽음은 정신적 죽음, 곧 하나님을 거스르는 죄악 속에서 삶과 하나님의 은총을 상실하는 것을 뜻할 수도 있다. 한편 죽음에 의해 밀려나지 않고 지속되는 생명은 신앙을 통해서 존재하는 것으로 파악된다. 그리고 이 새로운 생명은 삶과 죽음을 가르는 경계선의 차안에서 시작하는 것으로 믿어졌다. 이렇게 예수의 부활은 죽음을 넘어서는 희망을 상징한다. 기독교인들이 예수 그리스도로부터 갈망하는 구원은 장래의 분노로부터의 구원이 아니라 무상성(無常性)으로부터 영원으로의 구원이다.

그들의 시선은 하나님 나라인 천국을 향하고 있다.[181]

따라서 이 시에 나타난 "죽고 뼈만남은" 자들은 죽은 자이면서 동시에 새로운 생명을 시작하는 "죽음의 勝利者"가 될 수 있다. 죽음은 생명을 단절시키지만, 죽음 뒤의 새로운 노래를 맛볼 수 있는 자들이 있다는 것이다.[182] 이러한 기독교의 죽음의식이 〈삶과죽음.〉에서는 세상의 삶과 죽음의 의미에 투영되어 나타났다.

세상의 원리를 따라 사는 자들은 숨가쁘게 돌아가는 지상의 시간에 자신을 맡긴다. 그 흐름이 너무 거센 나머지 그들에게는 죽음을 인식하고 준비할 겨를이 없다. 이와 달리 죽음 이후의 구원을 믿는 자들은 시선을 세상에 고정시키지 않는다. 그들은 다가올 천국의 삶에 시선을 두고 있기 때문에 삶의 기준이 세상 사람들과 다르다. 그들이 우선순위를 두고 있는 것은 세상에서의 성공이나 영락이 아니라 신의 영광을 드러내는 일이다. 그들의 춤사위는 죽음으로 소진되는 것이 아니기에 세상에서의 삶은 죽음의 서곡일 수밖에 없다. 꾸준히 사후에 다가올 구원의 영생을 준비하는 그들이야말로 죽음 뒤의 생을 영위할 수 있는 "죽음의 勝利者 偉人들!"이라고 명명될 수 있는 것이다. 이때 구원은 비단 일개인의 문제에 국한되지 않는다.[183] 그러한 사고관을 지닌 사람들은 타인의 슬픔에 무감할 수 없

---

181) 심상태, 앞의 책, 1989, pp.280~292 참조.

182) 성경은 예수가 재림할 때 죽은 자들이 들리어 "그리스도로 더불어 천년 동안 왕노릇(〈계〉 20:4)"을 한다고 했다. 그런데 이는 모든 죽은 자들이 아니라 "예수의 증거와 하나님의 말씀을 인하여 목베임을 받은 자의 영혼들과 또 짐승과 그의 우상에게 경배하지도 아니하고 이마와 손에 그의 표를 받지도 아니한 자들", 곧 신의 존재를 알고 그의 뜻을 실천한 자들에게 제한적으로 주어지는 특권이다.

183) 사후의 영역에 대한 관심은 현재의 시야를 확장하는 효과를 갖는다. 세상의 흐름에 몸을 맡기는 것이 아니라 세상 속의 나그네로서 함께 길을 걸어가는 사람

기 때문이다. 여기서 '나'는 '우리'로 확장되는데, 이는 절대자의 존재를 마음에 품고 있는 자, 구원의 확신을 지닌 자에게 가능한 인식의 상태라 할 수 있다.

종말, 죽음, 사후의 영역에 대한 관심은 '슬퍼하는 사람들'에게로 주체의 시야를 확대시킨다. 개별주체에서 복수주체로 확장된 〈八福〉의 "슬퍼하는" 능동적 행위, 〈삶과죽음.〉의 "죽음의 勝利者 偉人들!"에 담긴 역설은 종교적 인식을 매개로 역사의식을 표출하고, 현실 극복의 방안을 모색하는 윤동주 시의 특성을 보여준다.

이처럼 윤동주의 시에서 대신관계를 통해 인식된 공동주체인 '우리'가 가능태를 갖는 곳은 바로 현세이다. 실천이성으로서 인간의 실존이 현세에서 참된 의미를 구현할 수 있다는 그 같은 사고는 이 세상에서 신의 섭리를 구현한다는 기독교 사상의 한 측면을 보여준다. 절대자인 신과의 대면은 인간의 능력 밖에 있다. 따라서 현실 속에서 신성과의 만남을 통해 이를 실현하는 윤동주 시의 주체는 신성현현으로서의 변증적 주체로 제시된다.

리쾨르는 자기 충족이 중심이 된 세계를 깨트리는 타자적 의미에서의 초월사상을 견지한다.184) 레비나스의 영향을 받은 그의 타자

들을 돌아볼 수 있게 되는 것이다. 결국 이들에게 중심은 '나' 자신의 부귀영화가 아니라 '구원'에 있다.

184) "야스퍼스는 자유와 초월을 이야기하지만 하이데거는 세계를 넘어선 타자가 존재적 의미에서 초월함을 부인하면서 세계 내의 자유를 이야기한다. 야스퍼스에게 죽음은 사람들이 희망으로 해방되어야 하는 육체적 생에 속해 있지만, 하이데거에게 죽음은 인류가 명료한 의식을 회복하고 ─ 탄생에서 죽음까지 인간적 시간의 응집으로서 ─ 유한한 전체성으로서의 자신을 이해할 최고의 가능성을 인류에게 준다(번역 필자)." 켐프(Kemp)는 리쾨르의 입지가 하이데거와 레비나스의 사이에 위치한다고 하면서, 야스퍼스의 타자와 차별되는 레비나스의 타

개념은 Ⅱ장에서 살펴본 현존의 조건에 따른 주체 인식의 연장선에서 자기 해석의 새로운 가능성을 보다 포괄적인 영역을 통해 제시해준다. 이렇듯 타자와의 관계성 속에서 실행된 주체의 자기 이해는 Ⅱ장에서 부분적으로 드러나던 매개된 자기 이해의 과정으로서 주체의 반성이 윤리적 지향, 역사적 참여, 종교적 선택과 같은 실천행위를 통해 자기 존재성의 해석으로 확장됨을 보여준다.

이는 먼저 '소리'로 형상화된 신의 존재 앞에서 자신의 죄를 인식하는 방식으로 표출되었다. '예수'와 현실 속 주체 사이의 상대화, 즉 동화의 욕망과 동일시의 불가능 사이에 가로놓인 심리적 갈등 또한 윤동주의 시에 자주 등장하는 주체의 '부끄러움' 의식을 종교적 지평으로 확대시킨다. 그리고 그 결과 자신이 허용한 세상의 비극을 스스로 제거하는 신의 모습에서 윤동주는 자기모순과 시대상황이 초래한 고통을 해결할 돌파구를 발견한다.

한편 윤동주 시의 '반성'은 한 개인의 내면적 범주를 벗어나 타자관계를 통한 적극적 실천행위를 포함하게 된다. 이는 운명적 조건을 공유하는 '죽어가는 사람들', 현실적 고통을 공유하는 '슬픈 족속' 등으로 형상화되어, 신이라는 절대타자와 신이 만든 피조물로서의 타자라는 이중의 타자관계로 매개된 자기 이해의 방식, 신앙의 정점에 선 자가 신과 대면한 가운데 공동운명체로서 자기의 존재의미를 파악해가는 과정을 나타낸다.

자개념에 대해 이야기하였다(Peter Kemp, ed. by Richard Kearny, "Ricoeur between Heidegger and Lévinas", *Paul Ricoeur : The Hermeneutics of Action*, London : SAGE Publications, 1996, pp.42~43 참조).

IV

윤동주 시의 상징과 인식의 구조

A. 상징의 매개구조와 시의 존재론적 의미

1. 주체의 객관화와 지성적 휴머니즘
2. 주체의 확장과 현실적 이상주의

B. 윤동주 시의 상징해석학적 접근이 지닌 의의

Ⅱ, Ⅲ장의 작품 분석을 통해 신체, 자연, 장소, 타자의 상징이 윤동주의 시에 나타난 주체 이해의 매개가 된다는 것을 논구하였다. 그 결과로 밝혀진 주체 이해의 매개적 특성과 관련하여 시 상징의 의미구조를 총괄적으로 살핀 것이 Ⅳ장이라 할 것이다. 즉, 이 장은 Ⅱ, Ⅲ장에서 연구된 주체 ― 타자관계성 영역에서 매개적 상징이 종합적으로 해석될 가능성을 모색하고, 그 해석의 타당성을 검증해 보는 장이다.

윤동주의 시에서 상징이 주체의 자기 이해에 매개적 구실을 하는 경우, 이는 크게 주체에게서 거리를 두는 '주체의 객관화'와 일개인의 영역을 벗어난 '주체의 확장'이라는 두 유형으로 나뉜다. 이들은 자기 규율, 미래의 기도와 같은 근대성의 속성과 상통하는 것으로 각각 윤동주의 시에 공통으로 나타난 반성의식과 극복의지를 드러내며 한국근대문학에서 윤동주가 차지하는 위치를 설명해준다.

이 장에서는 Ⅱ, Ⅲ장에서 개별적으로 논구된 상징들이 윤동주 시의 전체 문맥 속에 편입되어 특정한 상징유형을 형성하는 방식을 살펴봄으로써 상징의 총체적 의미구조를 살펴볼 것이다. 이를 통해 앞에서 행한 개별상징 해석의 타당성을 점검하고, 윤동주의 시에 편입되면서 독자적 의미를 갖게 된 이들 상징의 의미구조가 종국에 보편적 의미범주인 존재론적 층위로 귀결됨을 밝혀내는 한편, 그러한 시적 의미가 한국근대문학사에서 윤동주의 시가 갖는 성격을 규정지을 수 있는 것임을 보여 주게 될 것이다.

A. 상징의 매개구조와 시의 존재론적 의미

1. 주체의 객관화와 지성적 휴머니즘

윤동주가 '하늘', '바람', '별' 등의 자연사물에 비추어 자신을 돌아보았음은 일반적으로 인정되는 사실로,[1] 많은 연구자들이 이에 기반을 두고 윤동주 시의식의 핵심을 반성의식으로 지칭해왔다. 이러한 반성의식은 그의 시에 내재된 주체에 대한 관심으로 귀결될 수 있다.

그런데 그 경우 윤동주가 관심을 두고 있는 주체는 관념적 주체가 아니라 경험세계에 뿌리를 두고 있는 역사 속 생활인이다. 주체와 분리될 수 없는 유기적 매개인 '몸', 주체의 외부에 존재하면서 물질의 상태로 경험되는 '자연', 그러한 주체와 자연의 존재 조건인 시공간으로서의 '장소'와 같은 II장의 상징들은 윤동주 시의 주체가 보여준 자기 인식이 내면의식의 작용으로 제한되는 것이 아니라, 현실 속에서 실제로 존재하는 인간이 실존상황에 부딪히며 파악해가는 자기 이해의 과정임을 보여준다. 이는 또한 그의 시에 나타난 상징이 초시간성을 띤 원형상징의 접근으로 온전히 해명될 수 없는 것임을 말해주기도 한다.

II장에서 현존의 조건으로 제시되었던 상징은 주체의 자기 이해에 매개로 작용하며 객관적 태도를 형성하였다. 객관화를 통한 이같은 주체 인식의 방식은 생각하는 주체의 확실성을 주창한 근대적

---

1) 마광수, 앞의 책, 1984, p.22 ; 이건청, 앞의 글, 1997, p.135.

주체상을 벗어나면서도 주체의 해체를 부르짖거나 주체의 중요성을 간과하지 않는다.

〈自畫像〉, 〈懺悔錄〉, 〈또다른故鄕〉에 나타난 '눈'의 시선(視線)과 〈길〉에 나타난 "손"의 탐색은 자신의 참모습을 인식하기 위한 주체의 치열한 자기 인식 과정을 보여주었다. 그리고 윤동주의 시에서 이러한 자기 인식은 '살아가는 것', 곧 '인생의 길을 걸어가는 것'과 동일한 의미를 지니면서 '발'의 기능으로 연결된다. 이 같은 해석의 가능성은 '몸'이 수단에 그치는 것이 아니라 인간과 분리될 수 없는 유기적 관계에 놓인 신체기관으로서 의미를 가진다는 점에 놓여 있다.

즉, 윤동주의 시에서 '몸'을 나타내는 시어가 상징으로 쓰인 경우, 이들 몸 상징은 신체기관으로서의 일차적 의미를 거쳐 주체의 자기 이해를 가능하게 해주는 매개기능을 한다. 이렇듯 주체가 객관적 실제인 몸을 거쳐 사유한다는 것은 내면의식인 이성의 우위를 부정하는 인식의 방식을 보여주는 것으로, 현존의 유한성을 대표하는 몸이 매개가 된 그 같은 자기 이해로 말미암아 윤동주의 시는 내면의 갈등이라는 제한된 해석에서 벗어날 수 있게 된다.

주체를 제한하는 조건으로서 매개기능을 담당하는 상징의 유형이 비단 인간의 유기적 신체로만 제한되는 것은 아니다. 주체가 뿌리박고 있는 현실의 조건들인 물질적으로 경험되는 대상으로서의 자연, 신체의 시공간적 경험을 담보하는 장소 또한 그러한 자기 반성의 조건으로 작용하기 때문이다.

〈黃昏이바다가되여〉, 〈肝〉, 〈쉽게씨워진詩〉의 '물'은 외부와 차단된 특수한 공간에 주체를 고립시킨다. 이때 '물'은 하강의 이미지를 동반하고 "沈澱"하는 주체가 그 속에 잠식되면서 치열한 자기 대면을 경험할 수 있도록 해준다. 이렇게 주체는 '물'의 상징으로 형성된 특수공간을 매개로 자기의 참모습을 인식할 수 있게 된다. 그 같은 자기 이해의 양상은 〈산골물〉, 〈異蹟〉, 〈바람이불어〉에서 흐르는 '물'에 자신의 모습을 투영시키던 자기 성찰에 닿아 있다. 또한 이러한 특성은 위에서 언급했던 〈自画像〉, 〈懺悔錄〉의 '우물', '거울'과 연결되면서 흐르는 '물'에 자신을 투영하는 주체의 행위가 윤동주의 시에 나타난 자기 이해의 한 방법임을 보여준다.

'물'이 형성한 공간적 특수성은 〈또다른故郷〉, 〈序詩〉 등에서 주체의 현재적 거점을 우주로 확장시키는 '바람'으로 대치된다. 양가성을 지닌 '바람'이 〈거리에서.〉, 〈바람이불어〉, 〈가슴3〉, 〈山林(詩)〉 등의 시에서 시각화, 청각화를 거쳐 변주되면서 불안한 실존 상황을 환기시키고, 주체의 괴로움, 자기 이해를 매개하는 상징으로 쓰인 것이다. 이렇게 윤동주의 시에서 '바람'은 주체가 처한 공간을 확장시키고 주체의 인식을 매개하는 기능을 담당한다. 그리고 이러한 '바람'을 매개로 윤동주 시의 주체는 내적 갈등, 자기 인식의 고통을 거쳐 성장하게 된다.

'바람'의 상징에서 볼 수 있던 인식과 공간의 확장은 '방', '길' 등의 구체적 장소에서 발생하였다. 이들 공간은 그 자체의 특성에 제한되지 않고 언제나 특수한 시간성과 결부되어 시공간적 특성을 지닌 '장소'의 의미를 갖는다. 〈寒暖計〉, 〈遺言〉, 〈窓〉, 〈돌아와보는 밤〉, 〈또다른故郷〉 등에서는 어두움, 차가움 등과 결합된 '밤', '겨울' 등의 시간성을 배경으로 한 '방'이 상징으로 제시되었다. 〈病院〉의 열린 공간성과 〈눈오는地圖〉의 하얀 '방' 또한 어둡고 추운 '방'의 상징과 같이 인식의 매개기능을 담당하는 '방'의 변주형태를 보여준다. 한편 후자의 경우에서는 〈길〉, 〈새로운길〉처럼 과거와 미래를 함축적으로 지닌 현재적 공간으로서 과도적 '길'만이 문제가 된다. 이는 과거의 시간성을 기반으로 미래를 향해 열려 있는 현재 중심의 장소이다. 그러한 '길'의 상징은 현재에 대한 비판적 인식이 초월성이나 과거회귀적 도피의 형태로 나타나지 않고 현실 속에서 낙관적 미래를 지향하는 현실중심적 특성을 지니며 주체 확장의 인식구조와 연결되는 특성을 지닌다.

이와 같이 삶을 조건 짓는 요소들인 몸, 자연, 장소라는 상징의 유형은 주체의 이성, 의지, 욕망 등으로 제어할 수 없는 인간 실존의 유한성을 나타낸다. 그리고 그러한 조건들을 매개로 윤동주 시의 주체는 자기의 존재를 인식하게 된다. 직접적인 의식활동을 벗어나, 스스로를 대상화함으로써 상징의 매개를 통해 자기를 해석하는 주체 이해의 방식은 종합적으로 '주체의 객관화'로 규정될 수 있다. 이는 윤동주의 시의식을 특징짓는 자기 반성의 기본 전제가 되는 것으로, 그 바탕에는 윤리의식, 모랄에 대한 인식이 내재되어 있다.

그리고 이러한 특성은 윤동주가 시작활동을 하던 1930년대 주지주의 경향과의 관계 속에 새롭게 조명될 수 있다. 2000년에 공개된 윤동주의 기사 스크랩 목록[2]은 그가 가진 모더니즘에 대한 관심이 이미지즘 중심의 기법적 측면이 아닌 지성과 관련된 주지주의에 놓여 있었음을 보여준다. 지성주의, 모랄주의에 시인이 경도되어 있었다는 점은 그가 백철, 최재서, 윤규섭 등의 평론을 집중적으로 스크랩한 사실에서 확인된다.[3] 이는 비록 실질적으로 등단하지는 않았

---

2) 2000년 8월, 중국 연변 용정의 심호수 씨가 그동안 보관해오던 세 권의 스크랩북을 공개하였고, 윤동주의 동생 부부인 윤혜원·오형범 씨가 이것이 윤동주의 유품임을 확인하였다(왕신영 외, 앞의 책, 2002, 부록 참조).

3) 尹圭涉, 앞의 글 (2)~(6), 1938.10.11/13/16/19/20. ; 白鐵, 〈時代的 偶然의 受理 ― 事實에 대한 精神의 態度〉 ①~④, 《朝鮮日報》, 朝鮮日報社, 1938.12.2/3/4/6. ; 金午星, 〈時代와 知性의 葛藤 ― 프로메듀 ― 스的 事態〉 (一)~(四), 《朝鮮日報》,

다 하더라도 윤동주 또한 1930년대 후반 한국문단을 압도하던 사조들의 근대적 특성에 지대한 관심을 갖고 있었다는 것을 알게 해준다.4) 이를 정확히 파악하기 위해 1930년대 한국문단의 주지주의적 경향과 상징의 특성 사이의 연관성을 추적해볼 필요가 있다.

프로문학의 퇴조로 침체를 겪고 있던 1930년대 문단에 유입된 T. E. 흄, T. S. 엘리엇, H. 리드, I. A. 리처즈 등 영미 비평가들의 이론은 김기림의 시론 소개와 더불어 1930년대 모더니즘 운동의 토대를 마련하였다. 이러한 서구이론 소개에 앞장선 최재서는 그에 대한 이해를 바탕으로 지성론, 풍자문학론 등의 비평정신을 주창하게 된다. 1930년대 주지주의 경향의 대표격인 최재서는 한국문학에 위기의식을 가지고 1934년 무렵 평론활동을 시작하였다. 그즈음 프롤레타리아 문학은 이미 퇴조기에 들어갔고, 새롭게 문단에 등장한 정지용, 이태준 등이 당시 독자들에게 큰 인기를 얻고 있었다. 그런데 최재서는 이들 두 작가의 예술성에 높은 평가를 내리면서도 그들의 작품이 '지성의 결여'라는 한계를 갖고 있다고 지적하며 당시 문단

朝鮮日報社, 1939.1.24/26/31/2.2. ; 金尙鎔 外, 〈座談會 詩論의 貧困에 對하야 ― 詩의 非大衆性과 敍事詩〉, 《朝鮮日報》, 朝鮮日報社, 1939.1.3. ; 崔載瑞, 〈휴 ― 맨·패로트〉, 《朝鮮日報》, 朝鮮日報社, 1940.2.20. ; 安含光, 〈知性의 自律性의 問題 ― 그의 眞實한 理解를 위하야〉 (1)~(3), 《朝鮮日報》, 朝鮮日報社, 1938.7.10/12/13. ; 崔載瑞, 〈抒情詩에 잇서서의 知性 ― 現代詩論의 前進을 위하야〉 ①~④, 《朝鮮日報》, 朝鮮日報社, 1938.12.24/25/27/28. 등의 스크랩 기사에서 1938년부터 1940년 사이에 윤동주가 지성과 시의 상관관계에 대해 고민한 흔적을 발견할 수 있다.

4) 김재용, 류보선 등은 1930년대 후반을 계급주의 대 민족주의 혹은 리얼리즘(또는 당파성) 대 모더니즘(미적 자율성 또는 미적 합리성)의 대립구도가 약화되고, 대신에 당파성 대 민중성, 근대성과 반(또는 탈)근대성의 대립이라는 문학적 경향이 대립한 시기로, 갑작스럽게 1930년대 초·중반과 다른 인식적 패러다임에 따라 형성되고 전개된 시기였다고 주장한다(류보선, 앞의 책, pp.303~306, pp.331~332).

을 특징짓던 모랄의 부족현상에 대해 경종을 울렸다.[5]

좀唐突한말갓지만 우리文壇에잇서서 가장뒤떠러진건 詩가아닌가 나는 생각한다。歷史가 第一오래고 쓰는사람이 第一만코 또 作品集의 出版이 가장興盛한것도 詩이다。그럼에도 不拘하고 藝術的進步라는立場에서볼때 第一뒤떠러진건詩이다。五六年前에만比하야도 詩人들의觀察이 더周密하야지고 感性이 더纖細하야지고 全體的으로보아서 그테크니크가 進步된것은 是認할수잇다。그러나 그들詩에는 根本的인 무엇이나가 삐저잇는듯십다。웨그러냐하면 우리는 그들詩를 읽을때마다 거지반例外업시 精神的貧血症을 느끼니까

이精神的貧血症이 知性의 缺芝에서 오는것을 우리는 쉽사리 指摘할수가잇다。…… 生活이 左右될때에思想은 리아리티로서 우리의 意識에直面한다。이切實한一面을 故意로惑은無意識으로 無視한다면 그詩는 實在性을일코만다。現代詩人이 思想性을 回避하랴면 그는 生活이업는世界로 도라갈수박게업다 그것은 압서도 말한바와가티 音樂性에依하여 간신히 支持되는 그림자의世界이다。…… 敍情詩에잇서서 知性을가지라는것은 結局 우리가 詩에잇서서 어룬이되자는것이다。언제까지나 十九世紀詩에서 低迷하는것은 文學的으로 十八九歲에서 停滯하고잇는셈이다。三十이지나서도 버젓이 내노흘수잇는詩를 쓰라면 그는 知的으로 現代까지 成熟함이 急先務이다。[6]

위에 인용하였듯이 최재서는 가장 오랜 역사를 지녔음에도 뒤떨어진 면모를 보이는 우리 시문학의 현실을 "知性"의 결여로 말미암

---

5) 사나다 히로코(眞田博子),《最初의 모더니스트 鄭芝溶》, 역락, 2002, p.29.
6) 崔載瑞, 앞의 글 (4), 1938.12.28.

은 "精神的貧血症"으로 진단한다. "觀察", "感性", "테크니크" 측면에서 눈에 띄는 진보를 하였지만, 현시단의 주류시들에는 "根本的인 무엇", 곧 "知性"이 빠져 있다는 것이다. 그의 관점에 따르면 지성을 갖추는 것은 시가 성숙해지는 길인데, 이는 "音樂性에 依하여 간신히 支持되는 그림자의世界"를 벗어나 현세계의 "生活"과 결부된 리얼리티 즉, "實在性"을 갖춘 "思想"을 정면으로 마주보는 것을 의미한다.

당대문단에 대한 지성적 관점의 비판은 비단 최재서에 한정되지 않는다. 김상용의 주도로 정지용, 최재서, 임화, 김남천, 김광섭, 백철, 이원조, 안회남 등이 벌인 신년좌담회에서도 이러한 태도가 발견되는바, 일례로 김남천은 "지금 詩人들의詩의運命에對해서그것을 超克하려는 準備가업거나 또는 現詩壇에 가령 어떠한 조치못한 傾向이잇드래도 그것을 矯正한다든지할 能力이 업는 때문에 詩論이 貧困하지 안습니까"라며 당대 시단의 문제점을 지적했으며,7) 윤곤강 또한 당대시단에 대한 전망을 통해 김기림, 정지용을 비롯한 많은 시인과 유파가 있으나 이는 양적 현상에 지나지 않는 것으로 "詩다운 詩는 稀少"하다면서, "손재주만의詩, 참된意味의 思想的個性이 업는 詩"가 태반을 이루고 "아무런 個性的基準도 가지지못한 文字 그대로의 分散과 混亂만을 意味"하는 시단의 문제점을 개탄하였다.8)

당시 한국시단의 주류적 흐름에 대한 비평가들의 태도에 윤동주가 공감을 느꼈다는 것은 그가 위에 언급한 글들 외에도 "相和의레

---

7) 金尙鎔 外, 〈詩論의貧困에對하야 — 詩의 非大衆性과 敍事詩〉, 《朝鮮日報》, 朝鮮日報社, 1939.1.3.

8) 尹崑崗, 〈詩壇展望 或은 『詩精神의擁護』〉, 《朝鮮日報》, 朝鮮日報社, 1939.1.15.

시알詩 懷月의 심포리슴의詩, 岸曙의 로맨티슴의詩 林和의 레알리슴詩를 거처 起林의 리버리티의詩 李箱의 데카단의詩들이 竹筍같이 나타난" '조선시단의 기형적 현상'에 대한 박세영의 비판9)을 주목한 사실에서도 확인된다.

이 같은 단점을 극복할 수 있는 선례를 최재서는 20세기 초에 등장한 유럽의 시와 비평에서 찾는다. 현대 유럽의 신경향파 시의 분파인 이미지스트 시와 17세기 메타피지컬 시의 복고운동, 흄의 이론을 토대로 한 이미지즘의 영향권 아래 있는 T. S. 엘리엇과 H. 리드의 비평적 견해를 소개하며 주지주의 문학론을 전개시킨 것이다.

① 「이메지스트」派는 大戰前에誕生되야 …… 詩의生命을 이메지提示에 두고 또詩人의 知的役割을 기피認識안 點에잇서 그들의功績은 컷슬뿐만아니라 現在의 良心的인 詩人들이 直接 或은 間接으로 그詩의 影響을 바든點으로보아 그地位를 알수잇다. ……「메타피지칼」詩 의 復古運動은 …… 思想性獲得이 詩, 그리고 文學全體의 x沈에關한일이라고 認識되기때문일것이다. …… 그들의思想이 오늘날 우리들에겐 그리 價値잇는것은 아니면서도 그들의作品이 注意를 끄으는것은 그들詩에나타난思想的苦悶의 表情 때문이다.10)

② 「詩는 즐거운 것이다 그러나 그 즐거움이라함은 다만 言語의音響가운데 包含되여잇는 기쁨이라든가 이메지속에 낫타나잇는기쁨이 나를 훨신xx하는 性質의물건이다 言語나 이메지는 우리의

---

9) 朴世永, 앞의 글, 1937.
10) 崔載瑞, 앞의 글, 1938.12.27.

智識의質에衣하야 反響하는것이기때문이다 그래서 우리의知識
이 크면 클사록 또그것이 價値의知覺으로써 充滿되면 될사록 우
리의內部에 이러나는喜悅은 기퍼질것이다」 여기에 價値라함은
말할것도업시 倫理的價値이다. 에리옷트도 『詩의用途』에서 이와
비슷한말을 하엿다. 이러키 때문에 설혹 文學의目的이 快樂이라
치드래도 感覺的인 要素만을 가지고는 進步된 識者는 決코 滿足
치안는다. 文學的快樂이라는 것은 언제나 倫理性의 充電에依하
야 또 그에 比例하야 電流를 通하는거와 가튼性質의 물건이다.[11]

위의 글들은 공통적으로 시를 창작하고 감상하는 데에 있어서 지
성의 역할과 필요성을 제시한다. 이는 ①의 경우 "詩人의 知的役
割", "思想性", ②에서는 "智識의質", "價値의知覺"으로 달리 표현되
고 있으나, 최재서는 이들의 시와 비평을 소개함으로써 당대 문단이
지닌 지성의 결여라는 한계를 극복할 수 있는 방법은 시의 본질적
특성에 충실하는 것이고, 이는 지성의 문제와 밀접한 관련을 맺는다
는 견해를 제시하면서 앞에서 살펴본 바 있는 당대 문단에 대한 비
판의식을 간접적으로 드러낸다. 서정시에 있어서 사상적 고민, 지성
의 문제가 특정한 계파의 문제가 아니라 시의 본질과 결부된 문제
라는 시각은 그가 젊은 시인들에게 제시하는 시작의 바른 방법에서
도 확인된다.

젊은詩人은 詩壇을 關心할必要가업다. 그는 애써서 詩를쓰랴고 할
必要가업다. 다만 그感情을 人間性의이름아래서 受容하고 解釋하면

---

11) 崔載瑞, 〈現代批評의 性格 : 十九世紀批評의結論的考察〉 ③, 《朝鮮日報》, 朝鮮日
報社, 1938.11.5.

그만이다。그것이 詩의旣成形式에 맛든 안맛든 介意할必要가 어데잇
는가? 우리는 젊은詩人에게서 巧妙한言語裝飾을 要求하지안는다。
다만 우리의 悲哀와 歡喜와 期待와 憂鬱과 悔恨이 모든不純한 挾雜
物에서 遊離되어 眞珠와가치 빗나는것을 보려고 할뿐이다。言語는
裝飾하면 死滅한다。다만 眞實性에依해서만 生命을 維持한다。[12]

①, ②에 제시된 지성의 문제는 그로부터 약 1년여 뒤에 쓰인 위
의 글에서 "言語裝飾"에 대한 비판과 "眞實性"이라는 이름으로 대체
된다. 이 글에서 최재서는 우리 시단의 문제점을 극복하기 위해서는
"그感情을 人間性의이름아래서 受容하고 解釋하면 그만"이라는 견
해를 표출한다. "悲哀와 歡喜와 期待와 憂鬱과 悔恨" 등 인간의 감
정적 요소가 한낱 수사적 표현에 얽매이지 않고 "人間性" 자체, "眞
實性"과 결부되어야 한다고 주장하는 것이다. 이는 시의 본질적 원
리에 충실할 때, 서구 문예사조의 갑작스러운 유입으로 파생된
1920, 1930년대 문단의 낭만주의, 모더니즘 시의 감정적 과잉과 장
식적 표현의 문제, 그리고 이들 시가 안고 있는 '지성의 결여'라는
한계를 극복할 수 있다는 관점을 보여준다.

이와 같이 최재서 등으로 대표되는 당시 지성주의 계열 평론은
윤동주의 시가 외경의 대상이던 정지용의 영향[13]을 벗어나 독자적
근대 인식을 형성하는 데 영향을 미쳤다. 자신의 "感情을 人間性의
이름아래서 受容하고 解釋"함으로써 "旣成形式"과 관계없이 자신과

---

12) 崔載瑞, 앞의 글, 1940.
13) 윤동주가 정지용에 경도되고 그 영향을 받은 사실(이건청, 《윤동주》, 건국대학
   교출판부, 1994, p.34)은 1939년 그가 라사행 목사와 함께 정지용의 자택을 방문
   했다는 증언으로 뒷받침된다(송우혜, 앞의 책, 2004, p.255).

세계에 대한 "眞實性" 있는 언어를 발하는 태도가 필요하다는 인식에 대해 윤동주가 느낀 공감이 '상징'을 바탕으로 다의성을 통해 말하지 못하는 것을 표현하려 한 독자적인 시세계 형성의 계기가 된 것이다. 후기 시작에 나타난 근대적 요소와 인식의 특성 또한 윤동주가 지녔던 그러한 문제의식이 반영되었을 가능성을 시사해준다.

그렇다면 그 같은 주지주의 인식의 토대를 형성한 흄의 불연속·단절의 세계관이 지닌 특징을 알아보자.

> 휴움은 이 같은 昏亂한 宇宙觀을 버리고 實在를 있는 그대로 卽 自然 가운데서 있는 斷絶을 嚴然한 事實로서 보랴고 한다. 그는 이 같은 態度로써 그의 『不連續的 實在觀』을 맨드러 낸 것이다. 그는 爲先 實在를 두 同心圓에 依하야 區別되는 三平面으로 난운다.
>
> 그리고 各平面 새에는 絶對로 건너뛸 수 없는 斷絶을 設定한다. (1回)
>
> 그리고 實在의 三平面이란, (1) 數學 及 物理學의 無機的 絶對世界, (2) 生物學과 心理學과 밋 歷史에 取扱되는 有機的(生命的) 相對世界, (3) 倫理 及 宗敎的 價値의 絶對世界이다.14)

최재서가 소개한 흄의 "不連續的 實在觀"은 물질계와 정신계의 절대성에 반대되는 생명세계의 상대성을 중심골자로 삼는다. 이를 바탕으로 흄은 "人生觀, 卽 宇宙에 対한 人間의 態度"를 종교적, 윤리적 가치의 절대성에 빗대어 설명한다. 이때 종교적 태도란 "原罪를 단순한 理論으로서 보지 않고 一個의 嚴然한 事實로서 보며 그

---

14) 崔載瑞, 〈現代 主知主義 文學理論의 建設 — 英國詩壇의 主流〉,《朝鮮日報》, 朝鮮日報社, 1934.8.5~12. ; 김윤식 편,《한국현대모더니즘비평선집 — 자료편》, 서울대학교출판부, 1991, p.12.

事實을 通하야 宇宙를 展望하는 態度"를 의미하는 것으로 윤리적 절대가치를 보충하는데, 이에 비추어볼 때 "人間自身은 永遠히 不完全한 存在이다. 이것을 社會的으로 보면 人性은 本質的으로 惡이여서 政治的으로나 倫理的으로나 訓練을 밧지 안어서는 價値잇는 아무일도 할 수 없다." 곧 이러한 "絶對價値에 対한 實在意識"을 잊어버릴 경우 "人本的 態度"가 나타나게 된다는 것이다.15)

이와 같이 1930년대 모더니즘 문학에 지대한 영향을 미친 영국 이미지스트들의 이론적 모태인 흄의 불연속적 세계관은 다음 시대에 도래할 인생관이 "反人本的 傾向"을 특성으로 삼을 것이라고 언명한다. 여기서 인간에 대한 관심을 부정하는 '反人間的' 가치관이 아닌 인간중심적 태도를 비판하는 '反人本的' 특성은 윤동주의 시가 보여준 주체 인식을 집약적으로 보여주는 대목이다.

존재의 문제, 역사적 삶의 현장에 처한 주체의 본질을 누구보다 치열하게 고민하던 시인에게 인간의 존재란 매우 흥미롭고도 중요한 관심의 대상이었다. 이는 그가 우리 문단에 휴머니즘을 소개한 대표적 비평가들인 백철, 김오성, 윤규섭 등의 글을 스크랩하고 있다는 점으로도 뒷받침된다.

윤동주 시의 주체상은 데카르트가 인간에게 부여한 절대적 지위에서 멀리 떨어져 있다. 그러한 근대적 인간관의 연장선에서 윤동주 시의 주체는 리쾨르가 초기 저작에서 강조한 바 있는, 악한 본성을 내재하고 오류가능성을 지닌 인간의 한계적 속성을 보여준다. 그 같은 불완전한 주체가 보여주는 자기 반성은 반인본적 태도 속에 주체에 대한 관심을 매개하는 상징의 방법을 통해 시화되며, 모더니즘

---

15) 위의 글, 1934, pp.12~14.

사조의 정신적 토대를 형성한 흄의 불연속적 세계관에 닿아 있다.

결국 윤동주의 시에 나타난 재현원리의 거부, 현실과 단절된 공간의 설정 등이 수반된 주체에게서 거리 두기는 주체의 자기 정립이라는 근대성의 연장선에서 반성의 확실성에 의문을 표하는 것으로 해석된다. 이는 인간에 대한 지대한 관심 속에서 인간중심주의적 사고관을 비판하는 '지성적 휴머니즘'으로 설명될 수 있다. '부끄러움', '참회', '괴로움' 등으로 형상화된 윤동주 시의 그러한 특질은 나르시시즘의 극복과 같은 근대적 인식을 드러내는바, 그 흔들림의 근원에는 윤리적 정결성, 식민근대의 양가성, 종교적 죄 인식 등이 뿌리내리고 있다.

2. 주체의 확장과 현실적 이상주의

객관화를 통한 주체 인식은 타자와의 관계성 영역으로 옮겨오면서 권력적 주체와 소외된 타자 같은 근대철학의 주체 — 타자관계에서의 이탈 문제와 결부된다. Ⅱ장에서 살펴본 만들어진 공간으로의 진입은 근대공간에 대한 인식을 보여주는 것으로 윤동주 시의 근대적 특성을 드러냈다. Ⅲ장에서 살펴본 타자와의 관계성은 인간이 지닌 유한성의 타개책으로 제시된 것으로, 이 책에서는 Ⅱ, Ⅲ장의 분석을 통하여 그러한 특성이 '주체의 확장'으로 명명될 수 있음을 살펴보았다. 즉, Ⅲ장의 고찰은 대면적 타자, 집합적 타자, 절대적 타자와의 관계 속에서 윤동주의 주체가 자기의 영역을 넘어 '화해', '아픔의 공유', '현실의 거부', '구원의 희망' 등을 경험하게 됨을 보여주는 것으로, 현재의 고통을 벗어날 수 있는 타개책을 당면한 현실 속에서 찾는 '현실중심적 세계관'으로 종합될 수 있다.

이러한 현실에 대한 관심은 앞에서 언급한 휴머니즘의 영향과도 무관하지 않다. 당시 윤동주가 관심을 기울이던 1930년대 휴머니즘 주창자들의 논의는 프랑스를 중심으로 한 서구의 네오 휴머니즘에 바탕을 둔 '행동적 휴머니즘'으로 요약될 수 있다. 이때 '행동'이란 외부적, 실천적인 것이 아니라 인간의 내부상황과 외부생활의 통일을 의미하는 정신적 자세를 뜻하는 것[16]이며, 이를 기반으로 한 행동적 휴머니즘은 당시 이들의 평론을 통해 "일종의 정신적 자유주의를 추구하는 지식인의 사회참여"로 이해되었다.[17] 이는 시작을 통해 간접화된 윤동주 시의 저항정신이 지닌 기본적 방향과 일치하는 것으로, 세계에 대한 감정이입을 통해 서정적 시의 세계를 구현한 윤동주 시에 내포된 당대현실에 대한 역사적 인식과 결부된다.

> 우리가 이時代에잇서 文化를 論한다든가 文學을論할제 唯一의 可能한立場은 오직 歷史的立場박게 업는것이다. 우리는 마땅히 轉形期의文化뿐면 아니라 어느時代의文化를 莫論하고 歷史的立場에서 認識하지 안흐면 아니될것이나 特히 轉形期라는 오늘의 時代的情況이 한層더 그것을 要求하고잇다는것을 記憶하여야할것이다.
>
> 歷史的立場에서 事物을 考察한다는것은 곳 事物을發展的으로 본다는 것이다 그것은 어느 時代의 文化라든가 文學을 固定된것으로서가 아니라 不絶히 變化하고 發展하는 것으로 卽展望的으로 考察한다는 것을 意味한다. …… 참으로 對象을 展望的으로 본다는것은 未來에서 보는것이며 創造의 立場에서 본다는것이다 卽 우리의 立場은 새로운

---

16) 金午星, 〈問題의 時代性〉, 《朝鮮日報》, 朝鮮日報社, 1936.4.29~5.8. ; 오세영, 《20세기 한국시 연구》, 새문사, 1989, p.183 재인용.

17) 위의 책, pp.180~184 참조.

　　文化와文學을 生産하는 立場이 아니면 아니된다。[18]

　　윤규섭은 국내문단의 상황을 문학과 생활의 분리를 긍정하는 순문학·예술지상주의자의 부류와 문학과 생활의 거리를 의식하나 새로운 문학의식을 전래의 문학이념으로 끌어내려 진부한 전통적 일상생활에 합치시킴으로써 현실도피라는 염가의 "文學享樂主義"에 떨어지고 만 부류로 나누며 생활과 문학의 괴리가 현재의 문학을 특징짓고 있다고 역설한다.[19] 그러면서 윤규섭은 "휴매니즘論議"와 "主體의 再建問題論議"가 지닌 약점에도 이 두 흐름의 본질에서 문학과 생활의 괴리를 통합하려는 움직임을 찾는데, 그가 지향하는 새로운 시대의 문학이란 "創造의 立場에서" "展望的으로" 바라보는 "未來"적 관점으로, "事物을發展的으로" 보는 "歷史的立場"을 뜻한다. "새로운文化와文學을 生産하는 立場"은 "時代를 保守하거나 變化시키려는 情熱이 없이" 생겨날 수 없는 세계관으로 "一般性 普遍性을 가지는 知性(論理的 判斷力)이 時代的 性格을 갔고 時代的 情熱과 짝해"[20] 나타나는 것이다. 이와 같이 앞 항에서 살펴보았던 '지성'에 대한 강조가 1930년대 후반의 휴머니즘 논의와 맞물리면서 문학의 본질적 속성과 지성의 문제는 지성인의 시대, 역사 인식과 현실 참여 문제에 대한 논의로 확대된다.

　　① 본시 휴매니즘의文學理念이란 文學과生活의 統一에잇는것이다.

---

18) 尹圭涉, 〈文學意識과 生活의 乖離〉(一), 《朝鮮日報》, 朝鮮日報社, 1938.5.18.
19) 尹圭涉, 〈文學意識과 生活의 乖離〉(三), 《朝鮮日報》, 朝鮮日報社, 1938.5.22.
20) 金午星, 〈情熱과 知性 ─ 知性問題의 새側面〉(一)~(六), 《朝鮮日報》, 朝鮮日報社, 1938.9.28~10.6. ; 권영민 편, 앞의 책, 1982, p.422 재인용.

그것은 正히 오늘의時代的情況을 認識함으로써 政治의奴婢化한 文化(文學)를 救出하고 離脫된 作家의生活을 充實시켜 究極에잇서는 文學과生活의 完全한統合을 要求하는 것이다。21)

우리는 歷史的立場을 抛棄하지안는限 반다시 文學意識과 生活의 乖離의 現段階를 歷史的으로 克服할것을 疑心하지안는다。…… 우리는 헛되이 오늘의 휴매니즘論議의 成形을 悲觀하지안는다。 그것은 어떠한 形式으로나마 오늘의 文學에잇서 血液이되고 皮膚가 되여 文學과 生活의 참다운 統一을 가져오고야말것이다。22)

② 現代人의 行動 가운데 政治的인 것이 가장 重要性을 차지하고 있는바 事實이나 그러나 行動이 知性人에게 要求될 때 그것은 차라리 文化的 모랄的 意味에서 要求되는 것이라 할 수 있는 것이다. 現今 파시즘의 暴力으로부터 現代文化를 擁護하려는 西歐 휴맨이스트들의 行動이 多分히 政治的 色彩를 띄고 있으면서도 그 意義가 文化的 모랄的 範圍를 超過하지 않고 있음을 보았서도 알 수 있는 일이다. …… 行動的 휴맨이스트들은 內面的 省察에서 鍛鍊된 知性을 外部的 行動의 瞬間에서 統一하려 한다. ……「三十年以來」의 危機와 不安속에서 鍛鍊된 現代의 知性은 이제 自己를 再建하여야할 時期에 臨하였다고 생각한다. 그것은 自身을 强烈하게 外部에 主張하며 外部的 條件을 超克하려는 새로운 建設을 위한 行動에 結付시킴으로서만 可能할 것이다. 今日의 行動主義 휴맨이즘이 知性再建에 對한 가장 完全한 길이라고는 생각지 않는다. 그러나 휴맨이즘이 敗北된 知性을 再建하려는 努力의 지금까

---

21) 尹圭涉, 〈文學意識과 生活의 乖離〉(四), 《朝鮮日報》, 朝鮮日報社, 1938.5.24.
22) 尹圭涉, 〈文學意識과 生活의 乖離〉(五), 《朝鮮日報》, 朝鮮日報社, 1938.5.25.

지의 最高結晶인 것만은 否認할 수 없다. 이제 우리는 이것을 發
展시키며 이것에 依據함으로서 새로운 知性의 재건 나아가서는
새로운 文化의 재건에 나아갈수 있으리라고 믿는다.[23]

③ 知性의 擁護는 知性의 籠中에서 安逸하려는 主知主義에 依해서
는 不可能하다. 知性의 擁護는 知性擁護의 行動에 의해서만 可能
하다. 知性과 行動의 結合에서만 知性擁護는 可能한 것이다. 그런
데 知性이 行動에 參與하는 것으로는 먼저 行動에의 時代的 情熱
을 살리여 그것을 鍊磨하며 그것의 論理에까지 나아가는 것이 아
닐 수 없다. 知性은 實際에 있어 行動人은 아니다. 行動人은 知性
人이기보담 情熱의 人 意志의 人이다. 그러므로 知性人이 行動에
참여하는 것은 行動人의 意志와 情熱을 더욱 살려주며 鍊磨시키
며 거기에 論理的 根據를 提供하는 것이다. 이러하므로서 비로소
知性人은 行動에 參與하는 것이며 行動과 結着하게 되는 것이다.
情熱과 知性은 本來 二元的 事實이 아니요 人間의 本然的인 事實
이다. 情熱이 「살어야겠다」는 人間의 本然的인 要求라면 知性은
「알아야겠다」는 本然的인 要求다. …… 이제 우리는 「살어야겠
다」는 情熱과 「알아야겠다」는 知性을 統一하지 않으면 안된다.
「살어야겠다」는 情熱을 「알아야겠다」는 아니 「알고있는」知性에
依하야 鍊磨하여 統一하게 않으면 안된다. 이것은 極히 困難한
일이다. 「困難만이 우리를 昂揚시켜 준다」[24]

위에 인용한 3편의 글은 1930년대 휴머니즘론 주창자들이 제시

---

23) 金午星, 앞의 글, 1937 ; 권영민 편, 앞의 책, 1982, pp.202~203 재인용.
24) 金午星, 앞의 글, 1938 ; 위의 책, 1982, p.423 재인용.

한 문학과 지성, 현실 인식과 현실 참여의 관계에 대한 견해를 담고 있다. 우선 위에서 인용한 윤규섭의 글(①)은 "文學과生活의 統一"을 "휴매니즘의文學理念"으로 규정하며, 그러한 통일의 실현 가능성이 "時代的情況"의 "認識", "歷史的立場"을 전제로 삼고 있음을 강조한다. 시대적 현실에 대한 인식이 밑받침되어야 현재 우리 시대에 팽배한 "政治의奴婢化한 文化(文學)를 救出하고" "離脫된 作家의生活을 充實시켜" "文學과生活의 統一"이 가능해진다는 것이다.

②, ③에 제시된 김오성의 견해 또한 휴머니즘 문학론에 바탕을 두고 있기는 하나 지성의 문제, 지성인의 사회 참여에 대해 보다 구체적인 방안을 제시하고 있다는 점에서 ①의 관점과 차이가 있다.

②는 "知性人에게 要求"되는 행동은 정치적 성격에 국한되는 것이 아니라 "文化的 모랄的 意味"를 띠는 것이어야 한다면서 지성인의 현실 참여가 지녀야 할 조건에 대해 설명한다. 이때 도덕성은 "內面的 省察에서 鍛鍊된 知性"에 의해 담보될 수 있는 것으로 그러한 조건에서 비롯된 지성인의 현실 인식, 사회 참여에 의해서만 위에서 윤규섭이 주창한 "文學과生活의 統一"이 이루어질 수 있다. 이같은 지성적 시대의식의 발현은 1930년대라는 특정한 사회·역사적 상황, 지성의 결여라는 문단적 상황에 대한 인식에서 비롯된 것으로, 구체적 현실상황을 파악하는 데서 출발하였으나 종국에는 "外部的 條件을 超克"하고 "敗北된 知性을 再建"하는 작업이 "文化的 모랄的 範圍" 안에서 이루어져야 한다는 행동주의 휴머니즘의 논리로 귀착된다.

그 같은 지성인의 현실 참여 방법은 ③에서 보다 구체적으로 제시된다. 여기에서 김오성은 행동이 담보되지 않은 주지주의의 무용성을 제시하면서 "文學과生活의 統一"이라는 윤규섭의 용어를 "知性

과 行動의 結合"으로 대체하여 휴머니즘론의 특성을 소개한다. 그는 "行動"이 "時代的 情熱"로 "鍊磨"되어야 할 것이지만, "知性人"이 "實際에 있어 行動人은 아니"라고 주장한다. "知性이 行動에 參與하는" 방법은 시대적 인식에서 출발하여 "行動에의 時代的 情熱을 살리여 그것을 鍊磨하며 그것의 論理에까지 나아가는 것"이라는 것이다. 행동을 주창하면서 문화, 도덕적 범주의 논리에 이를 제한시키는 것은 언뜻 모순된 듯이 보이기도 하지만, "情熱과 知性"이 변별적 요소가 아니라 "人間의 本然的인 事實"이며 "知性"으로 "統一"될 수 있다는 이어지는 설명으로 말미암아 지성인들의 현실 참여, 역사 인식의 표출이 직접적인 물리적 행동으로 드러나는 것이 아니라 철저한 자기 반성에서 출발한 지성적 판단, 문화 영역의 정신적 개혁과 변화를 통해 위기의 시대를 극복하려는 노력으로 나타나야 하는 것임을 일깨워준다.

이러한 1930년대 후반의 휴머니즘 논의와 주지주의 문학론에 관심을 기울임으로써 시 창작에 있어서 지성의 문제, 지성인의 현실 참여 방법에 대해 고민하던 윤동주는 시대·역사적 인식과 참여의 방식을 상징의 매개로 간접화한 시 창작을 통해 드러냈다. 주체의 자기 반성 문제를 탐구하고, 조국의 독립을 위한 길이 우리말, 우리의 문학으로 대표되는 문화의 유지와 재건에 있다는 인식에서 출발한 윤동주의 시 창작과 문화 탐구, 보수의지[25]는 그 자체로도 그가

---

25) 내무성 경보국 보안과에서 발행한 〈재교토 조선인 학생 민족주의 그룹 사건 책동 개요(조선인 운동의 상황 제3항)〉(《특고월보》, 1943.12. ; 권영민 엮음, 앞의 책, 1995a, pp.558~561 재인용)에 따르면 윤동주와 그의 고종사촌 송몽규는 조선의 독립을 위해서는 조선 문화의 유지 향상에 힘쓰고 민족적 결점을 시정해야 한다는 사상적 일치 아래 스스로 문학자가 되어 지도적 지위에 서서 민족적 계몽운동에 몸바칠 것을 협의했으며, 뜻을 함께함으로써 조선 문화의 유지와 민족의

보여준 저항성의 측면, 시대에 대한 응전의 방식을 나타내준다.

윤동주의 시가 보여주는 낙관적 세계관, 구원에 대한 희망은 모두 그 가능성을 현실 속에서 타진하는 시작방법에 따라 형상화된다. 이는 앞에서 언급했던 현실 공간 속에 특수한 공간을 형성하는 공간의 특성화, '또다른 故鄕'으로 대표되는 지향공간을 실제 공간에서 찾아내는 방식 등을 통해서도 나타난다.

주체의 자기 이해에 깊숙이 관여하는 타자와의 관계성 또한 단절과 차이를 강조하는 근대적 타자개념과 차별되는 것으로, 당대의 식민지 현실에 대해 시인이 취한 "歷史的立場"과 무관하지 않다. 〈看

식의 앙양에 힘썼다. 이들이 "민족의식의 앙양 내지는 구체적인 운동 방침" 등에 관하여 협의한 내용을 축약했다는 '교토로 온 이후의 책동'이라는 항목에서 일본 경찰은 "(가) …… 조선 민족은 결코 열등 민족이 아니고 문화적으로 계몽만 하면 고도한 문화 민족이 될 것이다. 문화적으로 깨이고 민족의식을 자각하기에 이르면 조선의 독립은 가능한 것이다.", "(나) 민족의식의 계몽은 문화의 힘에 의지할 것인 바, 연극·영화 등은 효과적이기는 하나 장소적인 제약을 받기 때문에 문학 작품, 특히 대중문학에 의존하는 것이 가장 감화력이 크고 또한 아무런 제한이 없이 영향력도 크기 때문에 이 방향으로 노력해야 한다.", "(라) …… 조선 독립의 선결 문제는 민족 문화 수준의 향상에 있고 그 책임은 우리들에게 있다.", "(마) 조선의 독립 목적을 달성하기 위해서는 어디까지나 조선의 민족 문화를 사수해야 한다.", "(차) 학교에서의 조선어 수업 폐지와 한글로 된 신문·잡지 등의 폐간은 조선 문화 즉 고유한 민족성을 말살하고 조선 민족을 멸망케 하려는 것이므로 어떤 일이 있어도 조선 문학의 유지에 힘쓰지 않으면 안 된다.", "(카) '내선일체' 정책은 일본 정부의 조선 민족 회유 정책으로서 조선 민족을 기만하고 민족 문화와 민족의식의 소멸을 꾀함으로써 조선 민족을 멸망시키려는 것이다.", "(타) 조선 문화를 유지하고 민족의식을 앙양하려면 민족의 고유문화를 역사적으로 연구하여 체계화할 필요가 있다"와 같이 문화적 영역에 대한 행동의 문제로 기소내용의 대부분을 설명하고 있다. 결국 조선 문화의 유지를 획책하여 민족의식을 함양함으로써 조선의 독립을 꾀하고 문학을 창작한 "文化的 모랄的 範圍"의 "行動"이 일본경찰이 주시한 시인 윤동주의 주요한 행적인 동시에 그를 죽음으로 몰고 간 직접적인 원인이 되었다는 사실은 그러한 지성적 행동이 갖는 현실 참여적 성격을 설명해줄 수 있다.

板없는거리〉, 〈흐르는거리〉, 〈아우의印象畵〉 등에 나타난 '손(목)'을 잡는 행위는 타자관계를 연대로 변화시키는 구실을 하였다. 〈쉽게씨워진詩〉에서 확인할 수 있는 타자성은 자기애의 모습이 아닌 분화된 주체 간의 거리로 나타나며 "幄手"를 통해 자기와의 화해를 시도하였다. '손(목)'을 잡는 행위로 상징된 윤리적 공동체의 형성에는 타자와의 연대에 대한 인식이 반영되어 있다. 이와 같이 '손'을 내밀거나 잡는 행위로 형상화된 상징의 유형은 주체의 인식을 윤리적 지향으로 확장시키는 매개적 기능을 담당한다.

또한 이러한 연대는 고통받는 타자를 대면했을 때, 심리적 단절을 아픔의 공유로 극복하고자 하는 '환대'[26)]의 형태로 나타나게 된다. 이때 반성하는 주체의 자기 인식은 확장되어 소외의식을 극복하는 실천의 양상을 띠게 된다. 〈(散文詩)、 츠르게네프의 언덕.〉, 〈肝〉, 〈病院〉 등의 시에 나타난 부르는 행위, '간', '꽃' 등이 그 같은 공유를 매개해주는 상징으로 쓰였다.

한편 〈별헤는밤〉, 〈편지〉, 〈오줌 싸개지도(地圖)〉, 〈南쪽하늘〉, 〈이런날.〉 등은 가족, 친구로부터 물리적으로 단절된 "孤兒의설음(〈黃昏이바다가되어〉)"을 나타내준다. 이들 시에 나타난 고아의식은

---

26) 리쾨르와 많은 부분에서 유사한 관점을 보이는 레비나스의 주체철학은 타자와의 윤리적 관계를 통해 얻어지는 주체성, 즉 '얼굴'을 마주보는 타자의 출현과 더불어, 내가 타자를 영접하고 대접할 때 깨닫게 되는 진정한 의미의 주체성, 곧 '환대로서의 주체성'으로 요약될 수 있다. 이러한 타자관계에 대한 언급은 앞에서 예로 든 《시간과 타자》 외에도 《존재에서 존재자로》(서동욱 역, 민음사, 2003), 《윤리와 무한》(양명수 역, 다산글방, 2000), *Totalite et infini : essai sur l'exteriorite*(La Haye : M. Nijhoff, 1961) 등 레비나스의 저서와 콜린 데이비스가 지은 《엠마누엘 레비나스 — 타자를 향한 욕망》(김성호 옮김, 다산글방, 2001)에서 확인할 수 있는데, 레비나스가 제시한 이 같은 타자성의 윤리는 데리다, 푸코 등의 사상가들에게도 영향을 미치게 된다.

주체의 현실 인식에서 비롯된 것으로 '부르다'와 같은 동사로 형상화
된 '그리움'의 감정이 물리적 단절을 극복할 수 있는 심리적 매개로
작용하여 실존에 대한 인식을 타자관계의 영역으로 확장시키게 된다.

개별적으로 대면하는 타자와 달리 윤동주의 시에서 집합적으로
인식되는 타자인 사회, 제도는 앞에서 보았던 개별적 주체 ― 타자
관계에서 형성된 연대적 공동체가 아닌 대립된 형태나 대표단수로
서의 주체로 형상화된다. 〈눈감고간다〉, 〈돌아와보는밤〉 등에 대표
적으로 나타난 '감는 눈'의 상징은 어두움으로 형상화된 시대, 사회
에 대한 저항의 의지를 드러낸다고 할 수 있다. 앞 장에서 자기를
바라보던 제한된 감각으로서의 '눈' 상징이 개별주체로서의 자기 인
식을 넘어 역사적, 사회적 집합체를 바라보게 된 것이다. 한편 그러
한 집합적 타자관계는 〈흐르는거리〉, 〈病院〉, 〈쉽게씨워진詩〉 등에
와서 단절의 형상으로 나타나는데, 여기에는 식민근대로서의 집합
적 타자에 동화될 수 없는 주체의 자기 인식이 전제되어 있다. 동화
를 거부하는 그 같은 행위는 시공간적 상징을 매개로 타자의 기능
을 무화시키거나 자발적으로 자기를 소외시키는 양상으로 나타난
다. 한편 〈고향집〉, 〈또다른故鄕〉 등의 시에서는 윤동주 시의 주체
가 집합적 타자로서의 만주 유이민 사회, 식민국가에서 겪은 디아스
포라 체험을 자기화하여 개별주체의 자기 인식을 역사적 영역으로
확장시킨다. 이러한 인식의 저변에는 자기가 확장된 공동체적 타자
관계와 이에 대립되는 집합적 타자관계가 놓여 있다.

마지막으로 윤동주의 시에서는 반성하는 윤리적 주체가 보편화하
고 현실화하는 주체의 실천의지로 나타나게 되는, 곧 윤리적 공동체
에 대한 이상이 그것의 현실화에 대한 긍정적 기다림과 희망을 포
함한 신앙의 모습으로 제시되는 절대적 타자관계도 찾아진다. 〈山

林 (詩)〉, 〈또太初의아츰〉, 〈길〉에 나타난 '소리'를 매개로 한 주체
의 자기 이해와 〈十字架〉, 〈초한대.〉에서 속죄양 상징인 예수를 매
개로 한 주체의 자기 이해는 인간 실존의 보편성 속에서 그 인식을
확장시킨다. 또한 〈序詩〉에서 보았던 소명의식은 〈새벽이올때까
지〉, 〈슬픈族屬〉, 〈八福〉, 〈삶과죽움.〉에서 초월적 사고의 형태로
형상화되지 않고, 죽음에 대한 인식을 토대로 한 능동적 슬픔을 매
개로 현세에서 구원을 성취하려는 주체의 실천으로 드러난다. 즉,
이는 현재의 실존적 상황, 의무적 윤리를 넘어서 구원, 화해와 같은
미래성을 현재화하려는 주체의 변증법적 의지를 보여준다.

　이 책은 Ⅱ장에서 생활세계에 조건 지어진 주체의 자기 이해를
살펴보았다. 그리고 Ⅲ장에서는 시야를 보다 거시적 영역으로 확장
하여 근대적 시공간과 무한에 대한 인간의 인식이 사물과 공간에
투사되어 시적으로 상징화되면서, 타자관계 속에서 주체가 자기를
이해해가는 과정을 고찰하였다. 이는 주체가 유한성이라는 스스로
의 영역을 넘어서는 '주체의 확장'으로 종합될 수 있다.27) 영역의
확장은 현실세계 속에서 절대성을 향해 나아가는 것으로 드러났다.
이 지점에서 윤동주의 반인본주의는 흄의 과학적 절대성에 대한 전
망과 결별한다. 또한 그의 시는 생명성, 자연에 대한 감정을 중시하
며 인간의 가능성을 인식한다는 점에서 모더니즘과 구분되는 낭만
적 예술관과 맞닿아 있다. Ⅱ장에서 살펴본 몸 상징이 인간화된 자
연인 몸으로 발화되는 언어에 관심을 지닌 낭만주의자들의 감성과

---

27) 낭만주의부터 근대시는 주체에 대한 비판을 시작했다. 이는 시인이나 예술가의
　　몰락을 뜻하는 것이 아니라 작가에 대한 부르주아적 개념의 폐기일 뿐이다. 낭만
　　주의자들에게 시인의 목소리는 모든 사람들의 목소리이며 누구의 목소리도 아니
　　다. 시인은 이 같은 타자성의 목소리인 자신의 목소리 뒤로 사라진다(옥타비오
　　파스, 앞의 책, 1999, pp.206~207).

열정28)과 연계되는 측면, 자연 상징이 주체 인식을 매개하는 작용이 "인간의 기분과 자연 간의 교섭"이라는 낭만주의 시의 주요원리29)와 상통하는 점, 당대문단에 대한 비판적 시각에 동의하며 그와 차별화된 고유의 시작방법을 고민하고 모색하던 윤동주의 창작의지가 신고전주의의 정형성, 인간적이고 합리적인 사유와 이성을 중시한 계몽주의를 탈피해 예술가의 상상력을 새로운 창작방법으로 연계시키려 노력한 낭만주의 운동의 특성과 공통점을 갖는 것 또한 그 연장선에서 생각할 수 있다.30)

윤동주의 시에서 모더니즘적 경향으로서의 근대 인식은 그 자체보다 "한국 정신사의 변화, 또는 한국문학의 전개에 미친 일본 통치의 영향 등을 규명하는 데에 의의를 갖는 것"31)으로 생각된다. 이러한 전개과정은 전통에서 근대로 나아가는 과정에서 시의 형성에 미친 내적, 외적 현실에 대한 인식을 수반한다. 윤동주가 기성문단의 모더니즘 경향에 대한 비판적 인식을 공유했을 것이라는 앞 항의 논의는 시적 수사의 기발함에 대한 편중이 현실감의 부족으로 드러나며 시의 난해성을 초래했던 당시 모더니즘의 현실과 무관하지 않

---

28) 위의 책, p.52.
29) Lilian R. Furst/이상옥 역, 《浪漫主義(Romanticism)》, 서울대학교출판부, 1987, p.43.
30) 19세기 말에 이르러 자연주의에 반기를 든 상징주의 운동의 발흥은 낭만주의의 새로운 발전으로 볼 수 있는데, 이는 20세기 초현실주의로 계승된다. 상징주의에 있어서 낭만주의의 유산은 시인 속에 깃든 형이상학적 우주관, 미에 대한 이상주의적 찬미, 현상의 저쪽에 있는 초월 영역에 대한 신비적 신념 및 시인의 지각한 것을 상징에 기탁하여 전달하려는 시도 등에서 분명하게 드러난다. 상징에 지대한 관심을 보였다는 점 외에도 이 세 사조는 낭만주의의 원리를 근간으로 한다는 공통점을 갖는다(문덕수·황송문, 《문예사조사》, 국학자료원, 1997, pp.94~95).
31) 김우창, 〈모더니즘과 근대세계〉, 유종호 외, 《현대 한국문학 100년 : 20세기 한국문학 어떻게 볼 것인가》, 민음사, 1999, p.565.

을 것으로 생각된다.

> 『모랄』論의立場은 告發의 에스프리의立場이며 同時에 리알리즘의
> 立場이다。이 자리에서 무엇보담도 要請되는것은 文學이 一身上의眞
> 理라는 것을 强調하고 闡明함이다 科學의對象은 眞理다 이에對하야
> 文學의對象하는바는 一身上의眞理이다。一身上의眞理란 科學的槪念
> 이 主體化된것을 말함이다。…… 이것에다 想像力이나 誇張이나 示
> 陵, 象徵等等을 動員시켜 肉體化시킴으로써[32]

모더니즘은 현대의 문제적 성격을 강하게 의식하고 이를 문제 삼
은 문학이라 할 수 있다.[33] 윤동주가 상징을 창작방법으로 채택해
반성하는 주체의 자기 이해를 통해 존재의 문제뿐만 아니라 동시대
의 현실세계에 대한 역사적 인식을 보여주는 것은 당대에 풍미하던
모랄론, 지성주의 등의 논의에 힘입은 바 크다. 그리고 이와 같이
"告發의 에스프리의立場이며 同時에 리알리즘의 立場"에 서 있는
모랄론을 바탕으로 한 근대적 인식에는 주체의 객관화를 통한 자기
인식과 그러한 "一身上의眞理"를 바탕으로 한 세계에 대한 시공간
적, 사회적, 역사적 인식이 반드시 수반되기 마련이다. 다음의 시를
중심으로 이를 자세히 논해보기로 하겠다.

> 으스럼이 안개가 흐른다。거리가 흘러간다。
> 저 電車、自動車、모든 바퀴가 어디로 흘리워 가는 것일가? 定泊할

---

32) 金南天, 〈一身上眞理와 「모랄」— 「自己」의 省察과 「槪念」의 主體化 —〉, 《朝鮮
日報》, 朝鮮日報社, 1938.4.19.
33) 김우창, 앞의 글, 1999, p.568, p.576.

아무港口도없이、가련한 많은 사람들을 실고서、안개속에 잠긴 거리는、

　　거리 모퉁이 붉은 포스트상자를 붓잡고、서슬라면 모든것이 흐르는속에 어렴푸시빛나는 街路燈、꺼지지 않는것은 무슨象徵일까? 사랑하는동무 朴이여! 그리고 金이여! 자네들은 지금 어디 있는가? 끝없이 안개가 흐르는데、

　　「새로운날아츰 우리 다시 情답게 손목을 잡어 보세」몇字 적어 포스트속에 떠러트리고、밤을 새워 기다리면 金徽章에金탄추를 삐였고 巨人처럼 찬란히 나타나는 配達夫、아츰과 함께 즐거운 來臨、

　　이밤을 하욤없이 안개가 흐른다。

〈흐르는거리〉 전문

　Ⅲ장에서 분석한 바 있는 〈흐르는거리〉는 당시 한국사회의 근대적 상황에 대한 시인의 인식을 가장 극명하게 드러내 보여준다. 이 시에서 "흐르는"은 "거리" 자체에 부여된 속성으로 "안개속에 잠긴 거리"라는 통상적이지 않은 공간의 특성으로 제시된다. 만들어진 비일상적 공간에 대한 이러한 인식은 시인이 지녔던 당시의 근대적 공간에 대한 사고를 보여준다.

　그런데 그러한 공간 속에 위치한 근대적 산물들 또한 "흐르는" 속성을 공유하고 있다. "흐르는" "거리"에서 "電車", "自動車", "모든 바퀴", "街路燈" 등은 제 기능을 하지 못한 채 무화되고 방황한다. 이렇게 "밤"에 흐르는 "안개"가 만들어낸 이 시의 공간 인식은 현실에 대한 부정적 시각을 내포한다.

  그러나 현실에 대한 비판이 감상적 멜랑꼴리나 우울한 낭만성으로 표출되지 않았다는 점에서 윤동주의 근대 인식은 낭만주의적 속성34)을 지니면서도 1920년대 한국 문단의 주요 사조였던 낭만주의와 구별된다.35) 윤동주의 시에서 낭만주의적 특성은 현실 속에서 현실의 극복을 모색하는 희망의 세계관, 낙관적 인식으로 나타난다. 미래에 대한 기도로 지칭될 수 있는 근대적 특성이 "새로운날아츰"으로 형상화된 "巨人처럼 찬란히 나타나는 配達夫", "즐거운 來臨"의 상징과 더불어 예수의 재림을 기대하는 종교적 인식을 동반하고 시화된 것이다. 현실 극복의 통로를 현실 속에서 찾으려 하는 이러한 희망의 세계관은 '현실적 이상주의'로 규정될 수 있는 윤동주 시의 특성을 보여준다.36)

---

34) 유종호는 윤동주의 시에 나타난 "어린 날에 대한 추억, 사랑, 고독, 동경은 그대로 청년의 문학인 낭만주의의 줏대되는 주제이기도 하다"면서 윤동주의 청순성을 "세계의 어둠과 그늘을 지각하고 있는 성숙하고 깨어있는 청순성"으로 정의내렸다(유종호, 앞의 책, 1995, p.296).

35) 윤동주 시의 독자성을 형성하는 데카당스가 낭만주의로부터 유래하였다는 사실과 위기의 문화에 대한 인식에서 촉발된 모더니티와 데카당스의 연관성(니체는 이 둘을 동일시한다)에 대한 이론적 설명은 M. 칼리니쿠스의 《모더니티의 다섯 얼굴》(이영욱 외 역, 시각과 언어, pp.154~157, pp.187~260) 참조.

36) 낭만주의는 계몽주의에 대한 반동이었기 때문에 낭만주의를 결정짓는 것은 계몽주의였다. 다시 말해, 낭만주의는 계몽주의가 만들어낸 모순적인 산물들 가운데 하나였다. 비판이성이 황폐화시켜버린 정신을 다시 풍요롭게 함으로써 시적 상상력을 부활시키기 위한 기도였으며, 종교의 원리와는 다른 원리에 대한 탐구였고, 혁명이 내세우는 직선적 시간관에 대한 부정이었던 낭만주의는 근대성의 또 다른 얼굴이다. 즉, 낭만주의는 근대성에 대한 번민이었고, 근대성이 가져온 착란 상태였으며, 육화된 말에 대한 근대적 향수였다. 어린아이와 광인, 여성과 비이성적 타자의 힘과 능력을 찬양하지만, 그러한 찬양이 근대성으로부터 비롯된다는 것에서 낭만주의의 이중성이 기인한다. 낭만주의의 전통은 지속을 위하여 자기 자신을 부정하는 단절의 전통이다. 근대성에 대한 저항은 근대성 안에서 태동된다. 근대성을 비판하는 것도 근대 정신의 기능 가운데 하나이고, 더 나아가 그것 자체가

　윤동주의 시에서 무한에 대한 인간의 동경이라는 낭만주의적 경향은 주체가 현실 속에서 목도한 경험세계의 참담함이 비극적 인식이나 도피적인 과거, 전통, 고향으로의 회귀 등이 아닌 타자, 사회, 신과의 관계성을 통해 현실 속에서 현실을 넘어서려는 극복의 의지로 변형되어 표출된다. 그의 시를 지배하는 희망의 세계관은— 종교적 확신에서 비롯된 것이기도 하지만 — 이상과 현실 사이의 괴리라는 모순 속에서의 무한추구가 당대의 낭만적 센티멘털리즘과 반대된다는 점, 그리고 강한 역사의식을 필연적으로 내포하고 있다는 점에서 다시금 모더니즘의 경향으로 회귀한다.37)

　이렇듯 근대문학의 흐름과 영향 속에서 근대문학의 주류로부터 이탈하고,38) 모더니즘 사조에 동조하면서도 당시 문단의 모더니즘

　근대성을 실현시키는 한 방법이다. 근대성은 변화와 동일시되었고, 비판은 그 변화의 도구로 인식되었으며, 변화와 비판은 진보와 동일시되었다. 20세기 영미시 운동에서 엘리엇, 파운드가 취한 낭만주의에 대한 단절은 전통에 대한 탐색을 의미하는 것으로, 이러한 미학적 상대주의는 부정을 통해 긍정되는 비판의 전통이라 할 수 있는 변화의 미학을 정당화시켰다. 근대성은 단절의 전통이며, 그것은 자기 스스로를 부정함으로써 시작되는 전통이다(옥타비오 파스, 앞의 책, 1999, pp.105~106, p.130, p.167, p.195, p.259). 부정을 통한 탐색이라는 이 같은 '변화'의 미학은 '전형기'로 지칭되는 1930년대 후반의 우리 문단을 지켜보던 윤동주가 〈自画像〉, 〈懺悔錄〉 등의 시를 창작함으로써 형상화한, 조국의 지속을 위해 자기와 전통을 부정하는 방식으로 현실의 고통과 모순을 극복하고 미래를 기대하는 낭만적 주체의 근대성 인식과 비슷하다. 근대성에 대한 부정을 거쳐 다시금 근대성을 긍정하는 이러한 변화와 비판의 원리는 소격화를 거친 전유, 탈신화화와 재신화화라는 해석학의 원리에 닿아 있다.

37) 근대성은 과거의 영원 회귀를 뜻하던 혁명의 의미를 '과거를 부수고 그 자리에 새로운 사회를 건설한다는 뜻으로 변화시키는 것으로부터 시작된다. 단지 근대만이 자신을 부정할 수 있다. 근대시의 역사는 다른 사회를 건설하려는 혁명적 과업과 원초적 순수성을 회복하려는 종교적 과업이라는 양극단 사이에서 전개된 갈등의 역사이다(위의 책, p.48, pp.555~556).

38) 김윤식은 윤동주가 ① 북간도 출신이라는 점, ② 개신교와의 관련성이라는 두 가

과 결별하는 윤동주 시의 특성은, 주체에 대한 강한 관심이라는 근대적 인식의 범주 속에서 주체에 대한 확신에 반하면서도 주체의 해체를 부르짖는 포스트모더니즘과도 차별되는 주체의 오류가능성, 유한성을 통한 주체 인식과 상통한다.[39]

B. 윤동주 시의 상징해석학적 접근이 지닌 의의

상징은 표면에 드러난 일차적 의미에 제한되지 않고 새로운 해석을 요구하게 된다. 이때 이해의 핵심은 시인의 생각이나 의도가 아니라, 텍스트가 기표를 통해 표현한 의미의 세계에 있다. 즉, 상징 뒤에 숨겨 있는 무수한 의미의 보고 속에 해석의 중점이 놓여 있는 것이다.

하지만 이는 윤동주라는 시인의 존재를 부정하고 텍스트의 자율성만 강조하는, 주체가 생략된 언어적 접근을 의미하는 것은 아니다. 상징 해석에 있어서 텍스트의 독립성, 객관성이란 "역사 속의 결단에 의해 개인이 자기의 것으로 삼을 때" 비로소 텍스트의 의미

지 이유에서 그의 시학이 옥천의 농경사회 상상력과 결부된 정지용이나 이데올로기 시로서의 근대주의만을 체득한 임화의 시학과 변별성을 이루고 있을 것이라고 추정한다(김윤식, 앞의 글, 1974).

39) 낭만주의는 비판시대의 산물이며 변화를 토대로 한다. 낭만주의는 비판적·유토피아적·혁명적 이성의 산물로 받아들여졌던 근대성에 대한 거대한 부정이었으나, 그것은 '근대적인 부정 즉, 근대성을 벗어나지 않은 근대성 안에서의 부정이었다. 오직 비판의 시대만이 그런 총체적인 형태의 부정을 낳을 수 있었다. 낭만주의는 근대성과 공존하지만 그 공존은 단지 파괴를 위한 공존이다(옥타비오 파스, 앞의 책, 1999, p.244). 그러한 낭만주의의 아날로지와 아이러니라는 이중적 모순성이 기독교에 대한 위반이라는 점에서 이를 바탕으로 하는 윤동주의 시는 많은 공유점을 지닌 낭만주의 사조와 결별한다.

가 밝혀지는 원리를 가리킨다. 보편적 상징에 대한 해석행위에 강조를 둔 것이지 시인을 부정한 것이 아니라는 것이다.

상징의 해석과정에 깔려있는 이러한 소위 탈신화화와 재신화화는 일차적으로 텍스트의 뜻이 독자와 만나게 되는 과정을 보여준다. 이는 상징 해석의 타당성 모색과 결부된 것으로, 이 책은 이를 상징의 매개적 기능을 통한 주체의 자기 이해 과정을 규명함으로써 논구해 보았다. 그리고 그 과정을 통해 앞에서 지속적으로 전개해온 존재의 물음을 다시 만나게 되었는데, 이는 윤동주가 상징을 주요원리로 선택하게 된 원인을 밝혀내는 작업으로 이어졌다. 그 바탕에는 처해진 상황에 대한 고민과 응전의 의지, 윤리적 반성, 죄의 본성에 대한 고백, 희망의 세계관 등의 다양한 모습으로 분화될 수 있는, 윤동주 시의 주체가 던진 존재의 물음이 깔려 있다.[40] 또한 이는 상징을 통한 존재의 해석이라는 윤동주 시의 특질이 근대적 주체 인식을

---

[40] 이 지점에서 종교적 담론을 문학적 담론과 연결시킬 수 있게 된다. 이를 담당하는 중요한 매개체는 바로 두 담론이 공유하는 상징성이다. 상징성의 실재는 사실상 시 언어가 본질적이며 독특하다고 한 하이데거의 주장에서 찾을 수 있다. 따라서 시와 종교처럼 본질적인 상징의 특성을 이해하는 데 기반을 두고 있는 해석학을 문학적 상징으로 표현된 존재성 파악을 위한 연구방법론으로 설정한 것은 이 책의 가설을 입증하기 위한 당연한 선택이라 할 수 있다.

라스무센은 상징을 다른 담론들과 구별되는 특성을 가진 것으로 규정한 엘리아데와 리쾨르의 공적을 정리하면서 시적인 것과 종교적인 입장을 지닌 상징은 문학과 종교가 각기 그들의 언어 속에 공통적으로 지니고 있는 것이며, 그것을 기반으로 문학과 종교적 담론 사이의 상호 간 연결이 상징에 근거를 두고 있고 이러한 연결은 상징을 주된 문제로 삼는 해석학의 발전을 통해 가능할 것이라고 결론짓는다(D. M. 라스무센, 앞의 책, 1991, pp.125~126 참조). 따라서 이 책에서는 윤동주의 시를 전체적으로 조망하는 관점의 중심에 인간관을 놓고, 이것이 단순히 세상에 던져진 실존의 모습이 아니라 선택하는 종교적 실존의 모습까지 아우르고 있음을 보여주기 위해 상징의 비의를 풀어가는 상징해석학의 방법론으로 윤동주의 시적 의미구조를 밝혀보았다.

넘어서면서 1930년대 모더니즘의 주류적 경향과 차별되는 지성적 휴머니즘의 경향을 띠고 있음을 설명해준다.

지금까지 윤동주의 시에 대한 연구가 다각도로 이루어져 온 것이 사실이지만, 평이한 듯 보이는 윤동주 시의 복합성을 설명해줄 상징의 다의성에 대한 구체적 접근은 거의 이루어지지 않았다. 물론 윤동주 시의 상징유형을 시대적 상황으로 말미암은 간접적 표현의 필요성으로 파악하여 분류한 주목할 만한 연구[41]가 있었으나, 아직까지 윤동주 시 연구사에서 상징의 구조나 상징원리 등에 대한 세밀한 고찰은 찾아보기 힘들다. 하지만 윤동주가 상징의 방식에 관심이 있었고 이것이 시의 중심원리로 작용하였기에 상징의 관점에서 윤동주의 시를 구체적으로 연구할 필요가 있다.

이 책에서는 관습적으로 쓰이는 상징이 윤동주 시의 개별상징으로 편입되면서 독자적 의미를 부여받게 되는 과정을 언어적 층위의 분석을 통해 도출해보았다. 타자적 위치에 서 있는 동시에 확장과 대립관계를 지니는 윤동주 시의 '주체', '타자', '세계'의 상징은 상호관계를 맺는데, 그러한 의미의 관계망 속에 편입되면서 보편적 상징들은 고유의 논리를 소실하게 된다. 이는 윤동주 시의 상징이 지닌 탈신화론적 성격[42]을 보여주는 것으로서, 일반적인 상징이 구체적

---

41) 마광수, 앞의 책, 1984.

42) 양명수에 따르면 신화를 문제 삼는 것 자체를 일단 탈신화화(demystification, 양명수는 이를 비신화화로 번역하고 있으나, 이 책에서는 일반적으로 통용되는 탈신화화라는 용어를 사용하기로 한다)라 할 수 있다. 여기에는 두 가지 태도가 있다. 먼저, 신화는 사실이 아니므로 쓸모가 없다고 보는 태도이다. 이것은 신비를 인정하지 않고 이성 안에 들어오는 것만을 인정하는 것이므로 '탈신비화'라 한다. 근대 합리주의에서 취한 태도다. 둘째, 신화를 논리 그대로 받아들이는 태도를 문제 삼는 것으로 '탈신화론화'라고 한다. 신화를 그대로 사실이나 교리로서 받아들이는 태도는 버리지만, 삶을 전달하는 어떤 상징으로 받아들여 신화를 중시한다.

시 작품에 포섭되면서 시인의 해석과정에 편입되어 새롭게 획득하게 된 의미층위를 내포한다. 또한 다른 한편으로 이러한 상징의 의미작용에 대한 탐구는 시 작품을 대하는 독자의 입장에서 탈신화화된 상징의미가 재배열되면서 다시금 의미를 얻게 되는 재신화화의 과정을 포함한다. 이는 상징을 시작방법으로 차용한 윤동주의 시가 현대 독자들의 독서과정에서도 현재적 의미를 지니고 살아있는 연유를 설명해준다.

> ① 果然 讀者로하여금 새로이 現實을理解하게하는 創造的인作品이
> 메篇이나되는가?43)

> ② 아모리 훌융하詩라도 이것이 讀者에게 難解될때는 그價値를일
> 는것이다. 글은 어려운 것이 반듯이傑作이아니요 一般이 잘 알수
> 잇는데서 좋은 內容을 갖게해야 名作이랄수 잇는것이다.44)

위의 인용문들은 윤동주가 스크랩한 신문기사 가운데서 발췌한 것이다. 독자를 염두에 둔 이들 글귀를 주목한 사실에서 윤동주가 품고 있던 창작의식의 단면을 엿볼 수 있다. 비록 정식으로 문단에 등단하여 시작활동을 펼치지는 못하였지만, 창작일자를 명기하여 작품을 정리45)한 사실과 〈花園에 꽃이 핀다〉에서 발견할 수 있는

결국 리쾨르가 주장하는 것은 탈신화론화다. 근대를 거쳐 근대를 넘어서는 태도이다.

43) 石耕牛, 〈文學의 貧困〉, 《東亞日報》, 東亞日報社, 1937.4.3.
44) 朴世永, 앞의 글, 1937.
45) 송우혜는 윤동주의 그러한 습관이 사촌 송몽규가 《東亞日報》 콩트 부분에 당선 (1935.1.1.)된 일에 고무되어 시작된 것이라고 추정하고 있다(송우혜, 앞의 책,

"讀者諸賢!"이라는 표현으로 미루어 보아서도 윤동주가 스스로를 시인으로 자각하고 있었음을 알 수 있다. 인용문에서도 그의 창작이 자족적인 데에 머무르지 않고 가상의 독자를 염두에 두고 있었음을 확인할 수 있다. 또한 "文學의 貧困"을 개탄하는 ①의 탄식과 참된 "名作"의 조건에 관한 ②의 역설에서 발견할 수 있는 독자에 대한 배려 역시 평이하게 다가와서 깊은 울림으로 독자를 일깨우는 윤동주 시의 특질과 상통하는 측면이 있어 그러한 추정을 뒷받침해준다.

한편 윤동주의 창작의식이 지닌 또 다른 단면을 엿볼 수 있는 스크랩도 있다. 윤동주는 "文化란 한時代에 살면서도 한時代를 넘어서며 한時代를 넘어서면서도 한時代로 이끄는 魂"46)이라면서 초월적 일반 진리와 역사적 가치인 시대적 요청을 모두 고려해야 한다고 역설한 서인식의 글을 스크랩한 바 있다. "時代"를 인식한다는 것은 초월적 시간성이 아닌 여기, 현실의 문제에 대한 사실주의적 관심을 의미한다. 그러나 다른 한편으로 그러한 관심은 "한時代"에 머무르지 않고 "한時代"를 넘어서며 이를 이끄는 방향으로 나아가는, 즉 시대 속에서 그 시대의 전복과 더 나은 미래를 선취하는 낭만주의적 기도이기도 하다. 이는 앞에서 논구한 바 있는 윤동주의 시가 지닌 근대의식의 특성과 상통한다. 근대의 현장에서 그것을 목도하면서 넘어서려는, 곧 근대적인 동시에 근대를 초월하려는 윤동주 시의 특성은 이렇듯 상징을 매개로 한 주체의 자기 이해 과정으로 집약될 수 있다.

특수성과 보편성이라는 상징의 이중적 의미구조가 독자의 층위로 옮겨오면 시 상징의 보편성이 독자의 특수성과 엇물리면서 독자가

2004, pp.124~126 참조).
46) 徐寅植, 〈文化的精神〉, 《東亞日報》, 東亞日報社, 1939.6.20.

처한 현재적 의미로 재구성된다. 따라서 독자의 입장에서 윤동주 시 상징의 보편성과 특수성을 해석해가는 데 초점을 둔 상징 해석의 방법은, 상징을 매개로 한 주체의 자기 이해 과정 — 이는 시의 주체상을 중심으로 한 시인의 자기 이해 과정과 독자의 자기 이해 과정을 포괄한다 — 을 규명함으로써 시의 상징의미와 각각의 개별상징들이 형성한 시적 의미구조를 총체적으로 파악할 수 있다는 점에서 의의를 지닌다.

이러한 재신화화의 발견을 가능하게 하는 것은 바로 해석학이라는 방법론 속에 앞 장에서 논의한 바 있는 해석학적 순환의 장치가 내재되어 있기 때문이다. 리쾨르에 따르면 상징해석학의 입지는 신화를 역사적 사실로 받아들이는 근본주의와 신화에서 도덕을 찾는 합리주의 사이에 놓여 있다. 따라서 이를 통해 기독교적 신화와 그리스·로마 신화, 한국의 전통 설화, 유교 등을 함의한 윤동주 시의 상징은 시인이 처한 역사적 측면에 따라 재조명되어 역사 자체에 대한 비판적 인식과 자기 반성의 도덕적 정결성 사이에서 새로운 의미를 창출하게 된다.[47]

> 푸로메디어쓰 불상한 푸로메디어쓰
> 불 도적한 죄로 목에 맷돌을 달고
> 끝없이 沈澱하는 푸로메드어쓰、
>
> 〈肝〉 부분

---

[47] 한편 시간성이 개입된 상징의 특성은 윤동주의 시를 읽는 해석행위에서도 동일하게 작용하게 된다. 독자는 시의 상징에 자신의 현재적 문맥을 편입시키면서 그 안에 함축된 주체 — 타자의 관계성이 지닌 보편성을 읽어낸다. 따라서 윤동주의 시는 독자에게 개인과 공동체의 윤리 — 포괄적 의미에서의 — 에 관한 인식을 보여준다.

앞의 논의에서 잠시 언급한 바 있듯이 2000년에 추가로 공개된 스크랩 자료를 검토하다 보면 윤동주가 1939년 《조선일보》 학예란에 실린 김오성의 〈時代와 知性의 葛藤 = 프로메듀 ― 스的事態 =〉 연재에 관심을 두고 있었음을 확인할 수 있다. 이 글은 "프로메듀 ― 스"가 "新興하는 民衆의힘, 또는 精神的 自由를象徵"[48]한다고 정의하면서 신화를 시대적, 역사적 상황과 결부해 설명한다. 이러한 사실은 이 글을 스크랩한 윤동주가 이후 〈肝〉에 차용한 프로메테우스 신화를 역사적 측면에서 읽어내는 해석방법에 힘을 실어준다.

따라서 이제 문제는 윤동주가 과연 효과적으로 상징을 그의 시에 안착시켰는지에 대한 판단으로 넘어간다. 앞에서도 언급한 것처럼 윤동주가 스크랩한 기사들은 "전통", "지성", "현실", "시대"에 대한 그의 관심과[49] 모더니즘에 대한 인식을 보여준다. 이는 시대에 대한 사실주의적 관심과 서정시의 본령에 대한 고민, 모더니즘 사조에 대한 관심과 기법 위주의 1930년대 모더니즘 시가 지닌 난해성에 대한 비판의식, 전통 인식과 근대 인식 등 양가적 관심의 상충을 경험하며 쉽고 아름다운 서정시의 범주 안에서 시대에 대한 진지한 고민과 이를 넘어설 수 있는 혜안을 담아내려 한 청년 시인의 노력이 상징기법의 도입으로 이어졌음을 간접적으로 드러낸다.

그리고 이 지점에서 다시금 윤동주 시의 상징적 태도는 독자에 대한 고려 중심으로 재배치된다. 일반 독자들이 쉽게 이해할 수 있는 시, 역사적 현장에 대한 관심을 고취시키는 시, 삶의 본질적 특성을 보여주는 시, 독자의 윤리적 반성을 끌어낼 수 있는 시 등을 지향했다는 관점에서 윤동주 시의 상징에 대한 판단이 가능해질 것

---

48) 金午星, 앞의 글, 1939.
49) 왕신영 외, 앞의 책, 2002, 부록 참조.

으로 생각된다. 평이한 시, 시력이 짧은 데서 초래된 미숙함 등으로 비판받기도 하는 윤동주 시의 특성은 역사적, 윤리적, 실존적, 미학적, 서정적인 수많은 의미들이 함의한 '진실'이라는 상징의 다층적 복합성을 쉽고 평범하게 전달하려는 시인의 의도와 결부되며 독자와의 관계성 속에서 그 진가가 드러나게 되는 것이다.

이 책은 상징의 매개작용을 통해 윤동주 시의 주체가 자기의 존재론적 의미를 해석해가는 과정을 고찰함으로써, 윤동주의 시에 대한 새로운 접근방식을 모색해 보았다. 이는 기존의 연구와 관점을 부인하는 것이라기보다는, 방법론의 변화를 통해 윤동주 시 연구의 시야를 확대하려는 시도였다. 이 책에서 시도한 상징구조의 연구는 윤동주 시의 상징이 단순히 표현기법에 그치지 않고 시 작품의 의미구조까지 해석해낼 수 있는 중심원리로 작용한다는 사실을 보여주었다. 그리고 윤동주가 시화한 여러 상징들이 시인이 경험한 세계를 시적 문맥으로 전환시킴으로써 존재의미에 대한 성찰을 표현한 것이었음도 고찰하였다. 이러한 맥락에서 볼 때, 상징의 매개를 토대로 윤동주 시의 주체를 규명해내는 작업에서 주체는 시의 현재적 의미까지를 포괄하는 다층위적 자기 해석의 과정을 의미하게 된다.

V

결론

이 책은 윤동주의 시를 대상으로 시의 상징을 매개로 한 주체의 자기 이해 양상과 타자관계에 대한 분석을 통하여 주체 인식이 실천으로 확장됨으로써 자기의 해석을 이뤄가는 과정을 살펴보고, 윤동주 시의 존재론적 특성과 상징의 다의적 의미구조 사이의 관련성을 규명함으로써, 시에 나타난 주체 인식과 근대 인식의 특성을 살피는 것을 목적으로 저술되었다.

시에 있어서 상징의 사용은 '말하지 못하는 것'을 구체적으로 드러내준다는 점에서 존재의 본질적 특성과 가장 밀접한 시적 수사라 할 수 있다. 따라서 상징의 시적 특성을 밝혀내기 위해서는 개별상징의 다의성을 규명하는 것에서 출발하여 각각의 상징들이 이루는 총체적 의미구조를 규명하는 작업이 반드시 필요하다.

기존 연구에서 상징에 대한 관심은 주로 개별상징의 의미 규명이나 원형상징과의 관련성 차원에 국한되어 왔다. 따라서 이 책에서는 개별상징의 다의성 규명에 그치지 않고 이들 상징의 의미구조를 살펴보았으며, 이를 재구성하여 시의 의미를 끌어내는 독자의 구실에도 주목해 주체의 자기 이해 과정을 매개하는 상징의 기능에 대해서도 고찰하였다.

Ⅱ장에서는 실존의 제한적 조건으로 주어진 상징의 유형을 세 가지로 나누어 살펴보았다. 선천적으로 부여된 '신체', 물질적 타자로서 주체의 자기 이해를 매개하는 '자연', 실존적 근거로서의 시·공간성이 부여된 '장소'가 그것이다. 이들 상징을 매개로 윤동주 시의 주요한 특징인 '반성'은 간접화된 인식의 형태로 나타나게 된다.

신체는 주체와 분리될 수 없는 유기적 조건으로 주체가 지닌 비의지성을 나타낸다. 즉, 신체는 현존을 넘어설 수 없는 인간 존재의 유한성을 입증하는 조건이다. 비의지적으로 부여된 신체를 나타내는 상징은 현존의 유한성을 의지적으로 온전히 타개할 수 없는 주체의 고뇌를 매개해준다. 이는 독자의 독서행위 과정에서 시 상징 해석에 주어진 정보가 자기 현존의 유한성을 자각시켜 주는 경우와 결부된다. 따라서 시의 주체를 파악하는 해석의 과정에서 독자는 동시에 자신의 존재의미를 투사한다.

윤동주의 시에는 신체를 표현하는 다양한 시어들이 나타나는데('가슴', '뼈', '눈', '발', '얼굴' 등이 인간의 존재성을 표현한다), 이 책에서는 그 가운데 주체의 자기 이해를 매개하는 상징으로 쓰인 '눈'과 '발'을 대상으로 논의를 전개하였다. 이들은 도구가 아닌 인간과 분리될 수 없는 행위기관으로서 의미를 가지게 된다는 점에서 인간 존재와 유기적 관계에 놓이며, Ⅲ장의 '손', '눈', '귀'의 감각과 연계되어 타자관계에 있어서 주체성의 조건을 입증한다.

'눈'이 인간의 내면, 곧 의지활동의 기관이라면, '발'은 이를 세계 속에 이행하는 행위의 기관이다. 그런데 윤동주의 시에서 그러한 '눈'과 '발'은 의지와 행위를 자신 있게 표출하는 형태로 드러나지 않는다. 윤동주 시의 '눈' 상징은 '뜬 눈', '뜨는 눈', '감는 눈'의 시선으로 삼분되어 반복된다. 자기 인식과 관련하여 이들은 각각 자아의 분화로 귀결되는 주체의 반성행위, 특정 계기로 말미암은 각성, 죄의 인식을 의미하는데, 이때 오류가능성을 지닌 낯선 자아에 대한 주체의 거부감은 기존 논의에서 '들여다보기'의 형태로 다룬 윤리적 반성과 맥락을 같이 한다. 이 책의 '눈' 상징 논의가 기존 연구와 차별되는 지점은 그러한 '뜬 눈'의 상징에 나타난 해석의 애매성 — 〈自畵像〉에서 "어쩐지"로 표현된 감정의 근원과 같은 — 이 '뜨는 눈', '감는 눈'의 상징형태와 관계를 맺으면서 유한성이라는 인간 실존의 조건을 드러낸다는 사실을 규명한 점에 있다.

그러한 유한성, 오류가능성의 인식은 '발'의 상징으로도 표출되었다. 윤동주의 시에서 '발'은 적극적인 행위의 기관이 아니라, 무거움의 요소와 결부되어 행위를 저지당하는 형태로 나타난다. 외부적 상황과 내부적 상황의 연계가 유기적으로 관계를 맺으면서 '발'이 단순한 신체를 지칭하는 용어의 차원을 벗어나 괴로움을 근원적으로 껴안은 존재의 무거움으로 상징화된 것이다. 이는 기본적으로 존재의 근원에 대한 고민에서 비롯된 불안의식에 토대를 두지만, 그 '발'이 움직이지 않는 고정된 형태를 취하고 있는 것은 그러한 불안감에 대한 극복의지의 표현이라 할 수 있다. 한편 이 같은 '발' 상징은 III장에서 윤리적 지향성을 함의한 '손' 상징으로 변주되기도 한다.

한편 유기적 특성을 지닌 신체와 달리 주체와 분리된 개체인 자연은 주체의 인식과정에 물질적 매개의 기능을 담당한다. 유고시집의 제목이 "하늘과바람과별과詩"인 만큼 윤동주의 시에서 '자연'은 시의식이 집약된 주요소재가 된다. 이는 주체의 시선이 투과된 에쿠멘적 공생체로서의 자연으로, 인식의 매개적 기능을 담당하면서 상징의 의미를 갖게 된다. 이 책에서는 인간의 신체인 '눈', '발'의 상징과 결부되어 나타난 '물', '바람'이 반복적으로 상징화된 경우를 중심으로 자기 인식에 대한 주체의 욕망을 도구적으로 매개하는 자연 상징의 특성에 대해 살펴보았다.

우선 〈黃昏이바다가되어〉, 〈肝〉, 〈쉽게씨워진詩〉에 형상화된 '물'의 상징은 시의 공간과 자아에 비현실적 요소를 부가하여 현실에 대한 부정의식을 표출하는 근대성 표현의 매개로 의미화될 수 있었다. 자아를 잠식해버리는 난폭한 물은 차단된 공간에 주체를 소외시킨다. 여기에는 시대를 바라보는 시인의 시선과 무기력한 주체의 자기 대면이 공존한다. 부정의식을 함의한 그 같은 '물'의 상징은 하강의 이미지를 동반하고, 맑음, 투명함, 약동의 속성이 부가된 '물'은 생명성, 자기 쇄신, 그리움, 새로운 희망의 도래 등의 긍정성을 띤다. 많은 경우 흘러가는 형상으로 나타난 '물'은 현존의 한계를 벗어나고 싶은 주체의 욕구를 상징한다.

한편 고립된 공간 진입을 보여준 '물'과 달리 역동적으로 주체의 욕망을 매개하는 '바람'은 이동경로에 따라 크게 양분되었다. 이는 바슐라르가 유동적으로 이동하는 바람과 자그마한 소용돌이를 일으키며 회전하는 바람으로 규정한 '바람'의 이가성과 결부되는데, 윤동주의 상상력은 이를 청각·시각의 감각으로 지각되는 바람으로 변주시켜 (공포가 수반된) 갈등과 위안이라는 내면작용의 계기로 삼는다. 동시에 그 '바람'은 주체를 세계, 우주적 영역으로 확장시킨다. '바람'의 상징이 보여주는 이러한 역동성은 자아 인식을 '하늘', '별', '식물' 등의 상징과 결부시켜 외부공간과 내면의식을 연계함으로써 공히 실존의 위기, 존재의 의미를 되묻는 성찰에 닿아 있다.

그리고 '신체', '자연'과 마찬가지로 '장소' 또한 시공간적으로 인간의 현존을 지배하는 인식의 매개로 작용한다. 주체의 실존적 근거인 장소는 사물로 존재하는 자연과 달리 주체의 유한성을 조건 짓는 시공간성이다. 정적인 폐쇄성을 띠는 공간과 움직임이 있는 열린 공간으로 이분화되는 윤동주 시의 공간성은 대립구도를 넘어 실존의미를 확인하는 매개인 시공간적 장소로 연계된다.

윤동주의 시에서 '방'은 차가움, 어두움, 겨울 등의 부정적 특질을 지닌 요소들과 함께 등장한다.[1] '방'의 그러한 폐쇄성을 극복하려는 욕망은 경계를 허무는 형태로 등장하면서 실존적 대응을 통한 극복

---

[1] 이 책에서는 이러한 어두움의 속성을 '차가운 빛'과 '뜨거운 빛'으로 이분화된 상징과 대비해 설명하였다.

의지로 형상화되었다. 자기 대면을 경험한 실존이 '방'으로 대표되는 폐쇄된 장소—'집', '주머니'—를 벗어나 발을 디딘 곳은 열린 공간인 '길'이다. '길'에 나아갔다는 것은 시적 주체가 계속해서 이동해야 하는 자신의 운명을 수용했음을 의미한다. 자신에게 주어진 길을 걸어가겠다는 그러한 소명의식은 자아 인식과 타자와의 관계를 모두 포함한다.

그런데 수많은 풍광, 여정에서 부딪히게 되는 사건들을 고스란히 시의 시공간 속에 편입시킨 윤동주 시의 '길'은 모든 부정성을 벗어버린 희망의 지향점으로 제시되지 않는다. 열린 공간이 갖는 폐쇄성의 아이러니, 노상에 놓인 여러 가지 상황 등이 여정을 지속시키겠다는 의지를 현실화시키는 가운데 아직 해결되지 않은 폐쇄성을 극복하기 위해 윤동주 시의 주체는 '길' 위에서 끊임없이 모색행위를 지속한다.

이렇듯 윤동주의 시의 지향성은 탈현실적 초월성으로 나타나지 않고, 현세에서 실존적 대응을 통해 새로운 가능성을 모색하는 주체의 결단으로 상징화된다. 이는 역사적 실존으로서의 시대 인식, 윤리적 실존으로서의 자아성찰, 종교적 실존으로서의 신앙의 실천과 같이 자신의 사명을 감당하는 자가 지나가야 하는 수행의 공간이고, 단절과 절망이 소통과 희망으로 연계되는 현재적 실존이 지나쳐온 과거의 여정이며, 오늘을 거쳐 내일도 지나갈 현재적 미래의 도상이다.

이와 같이 II장에서 주체의 내부적 인식을 보여주는 반성행위에 집중하여 논의를 전개했다면, III장에서는 외부적 관계성을 통한 실천에 초점을 두어 인식의 확장으로 말미암은 자기 해석의 과정을 고찰하였다. 이는 타자의 상징으로 매개된 구체적 실천행위를 포함한 주체의 자기 이해 과정으로, 이 책에서는 그러한 타자관계를 직접 대면하는 타자인 너(A), 개별적으로 얼굴이 확인되지 않는 집합적 타자인 사회(제도)(B), 얼굴을 숨긴 절대적 타자인 신(C)의 범주로 삼분하였다.

먼저 대면적 타자인 '너'는 행위의 영역, 특히 책임이 문제시되는 윤리적 영역에서 발생하는 주체의 자기 이해에 깊숙이 관여한다. 이 책은 선행연구에서 '도덕적 정결성'으로 논의되던 윤리적 지향성이 타자에 대한 배려, 책임의식에서 비롯된 주체의 실천행위, 곧 관계성을 매개로 파악된 자기 이해로 해석될 수 있음을 보여주었다.

'손'이라는 신체상징을 통해 매개된 타자는 '분화된 자기', '유한성을 지닌 주체'의 모습으로 나타났다. 손(목)을 잡는 행위로 나타난 윤동주 시의 화해의식은 자아의 갈등, 식민지 현실을 벗어나고 싶은 욕구의 반영이다. 거기에는 나를 포함한 단일운명체로서의 '우리'라는 타자 인식이 깔려 있다. 또한 그러한 인식의 저변에는 근대 이후 서양의 주체―타자관계성과 대비되는 윤동주의 고유한 인식체계가 숨겨져 있다. 이는 현실에 대응하는 '윤리적 공동체'를 희구하는 윤동주 시의 지향성이기도 하다.

그 같은 윤리적 지향성은 고통받는 타자를 대면했을 때, 그 아픔을 공유하는 주체의 인식으로 드러난다. 이는 불완전한 주체 간에 형성된 타자관계로서 반성하는 주체의 윤리성이 타자들과의 연합으로 실천됨을 보여준다. 단절된 타자와 소외의식을 느끼는 주체의 관계가 형상화된 〈(散文詩)、 츠르게네프의 언덕.〉, 〈肝〉, 〈病院〉 등이 그 대표적인 예로, 이들 시에서 윤동주 시의 주체는 심리적 단절을 극복하기 위해 '부르는 행위', '간', '꽃' 등을 매개로 타자와 소통을 시도한다.

한편 그러한 심리적 단절은 '가족', '친구'로 유형화된 '멀어진 사

람들'과의 관계에서 외부적 상황이 초래한 물리적 단절의 상태로 형
상화되었다. 그들은 "멀리" 있거나, "바다"로 떠나거나, 삶의 경계를
넘어갔다. 윤동주의 시에서 이러한 단절로 말미암은 외로움과 그리
움의 감정은 돈호법의 형태를 빌려 나타나기도 하고, '부르다'의 동
사를 차용함으로써 대상에게 직접 다가가는 형상으로 시화되기도
한다. 이는 시인이 취한 다양한 퍼소나에 따라 그 존재태를 바꾸게
된다. 그리고 그 윤동주 시의 주체는 그리움이라는 심리적 작용을
통해 물리적 단절로 말미암은 고아의식을 극복한다.

집합적 타자인 사회는 주체의 자기 실현을 가능하게 하고 개별적
타자와 주체의 관계를 영속화시킬 수 있는 매개조건이 된다. 사회적
차원의 정의 지향성은 윤동주가 경험한 식민체험의 역사적 특수성
속에서 거대타자인 사회와 합치될 수 없는 이질성으로 나타났다.
Ⅱ.A.1에서 내면을 향하던 '감는 눈'의 시선은 집합적 타자와 대면
하게 되면서 외부로 향하게 된다. Ⅲ장에서 투과적 실체로서의 풍
경과 결부되어 그 의미를 심화시킨 '눈'의 상징구조 분석을 통해 그
러한 시선의 방향성에 대해 고찰하였다. '감는 눈'의 형태로 상징화
된 내재적 시선에 투영된 폭력적 타자의 모습은 시대를 면밀히 관
찰하여 대응하려는 주체의 의지적 불구의식이 반영된 것이다. 이러
한 시선은 퍼소나를 치환하는 '가면'의 모습으로 만나게 되는 타자
양상으로도 변주되었는데, 직접적 소통을 거부하는 주체의 외면행
위 즉, 동시를 포함한 윤동주 시의 어린아이 퍼소나와 결부된 이 같
은 타자성은 천진성을 가장한 주체의 의도된 저항성을 보여 주었다.

한편 그러한 대사회의식은 식민근대의 이중적 모순을 간파한 주
체의 소외의식과 극복의지로도 표출되었다. 윤동주의 시에서 근대
인식은 '길'과 같은 열린 공간의 속성을 지녔음에도 언제나 어두운

폐쇄성을 동반하는 '거리'로 상징화되었다. 윤동주 시의 '거리'에서 "港口", "붉은 포스트상자", "電車", "自動車"와 같은 근대적 산물들은 본연의 기능을 수행하지 못한 채 무화되고 방황한다. 이는 시각적 요소를 부각시켜 압도적 도시문명을 보여준 동시대 모더니즘 시의 경이를 동반한 소외의식과 차별된 것으로 윤동주 시의 독자적 근대성 인식으로 평가될 수 있다. 타자와의 관계에서 초래된 이러한 주체의 소외의식은 일본, 병원, 정거장, 교회, 학교 등 근대성의 온상이었던 공간유형이 시 속에 편입된 형태에서도 유사한 변주양상을 보인다.

또한 그러한 역사적 특수성은 공동체적 이산경험을 초래하기도 하였다. 간도 이주, 서울과 일본의 유학생활, 식민지화를 통해 시인이 겪은 직·간접적 디아스포라 체험은 실향의식과 회귀(또는 복원)의 욕망을 상징하는 형태로 나타났다. 간도, 서울, 일본 등 자신이 처한 어느 곳에서도 참다운 고향을 찾지 못한 윤동주 시의 주체는 그러한 사회적 모순을 극복할 수 있는 방편으로 "또다른故鄕"을 모색한다. 이렇게 고향을 찾지 못한 불안한 주체가 실향의식을 극복하는 양상은 '바다', '하늘', '숲', '산골' 등의 현실적 공간으로 변주되면서 식민치하의 시인들이 보여준 도피적, 회고적 지향성과 차별화를 보였다.[2]

한편 C절의 타자인 '신'은 윤동주의 시가 기반을 둔 종교적 배경

---

2) 물론 백석의 영향을 받은 윤동주에게서도 유년의 공간인 고향에 대한 그리움, 과거에 대한 향수가 드러나지만, 정한모(1975)의 언급처럼 이는 그리운 것, 아름다운 것에 대한 향수라기보다 어두운 것, 슬픈 것, 잃어버린 것으로서의 실향의식이라는 특성을 지닌다. 이렇게 근대문학에서 발전과 진보 속에 상실된 과거에 대한 향수로 나타나던 근대성 비판이 윤동주의 시에서는 과거 회귀가 아닌 지향성을 동반한 현실적 모순으로 구별되어 나타난다.

과 결부된 대상이다. C절은 절대적이고 완전한 타자인 신 앞에서 이루어지는 주체의 자기 이해 과정에 대한 고찰로, 자신 속에 내재된 악의 모습을 확인한 주체가 괴로움을 극복하기 위해 선택한 종교적 실천행위의 규명이다. 절대적 타자인 신은 먼저 '소리'의 형상으로 현현하였다. 윤동주의 시에서 청각으로 지각된 '소리'는 세계 내 존재로서의 실존적 상황을 환기시키고 주체가 스스로를 대면하도록 이끄는 자각을 상징한다. '쇠', '북', '돌' 등을 매개로 무언의 소리나 각성을 종용하는 목소리로 발화되어 실존의 상황을 뒤흔들고 주체를 내면작용으로 이끄는 충만한 언어인 '소리'는 절대적 완전자인 하나님의 현현이며, 주체를 소환하여 자기의 실체와 대면하도록 이끈다.

'예수'의 상징과 현실 속 시적 주체 간의 상대성, 동화의 욕망과 동일시의 불가능 사이에 가로놓인 심리적 갈등 또한 주체가 느끼는 '부끄러움'을 종교적 지평으로 확대시키는 구실을 하였다. 자신이 허용한 세상의 비극을 스스로 제거하는 신의 모습에서 윤동주는 자기모순과 시대상황이 초래한 고통 해결의 돌파구를 발견하였다. "許諾된다면" …… "조용이 흘리겠습니다"에서처럼 '어둠'이라는 부정적 현실이 '꽃'의 긍정성으로 변화되기를 소망하는 희망과 기다림의 자세로 나타난 것이다. 이렇게 윤동주의 시에서 '예수'의 '십자가' 상징은 기독교 교리가 내재한 이신칭의의 문제가 아니라 현실적인 주체의 행위로 변이된다.

윤동주 시의 '반성'은 한 개인의 내면적 범주를 벗어나 타자관계를 통한 적극적 실천행위로 나타난다. 그 같은 타자성은 다른 한편 운명적 조건을 공유하는 '죽어가는 사람들', 현실적 고통을 공유하는 '슬픈 족속' 등으로도 형상화되었다. 윤동주가 지녔던 종말, 죽

음, 사후의 영역에 대한 관심은 '슬퍼하는 사람들'에게로 시적 주체
의 시야를 확대시켰다. 개별주체에서 복수주체로 확장된 〈八福〉의
'슬퍼하는' 능동적 행위, 〈삶과죽음.〉의 "죽음의 勝利者 偉人들!"에
담긴 역설은 종교적 인식을 매개로 역사의식을 표출하고, 현실 극복
의 방안을 모색하는 윤동주 시의 특성을 보여주었다. 이는 신이라는
절대타자와 신이 만든 피조물이라는 이중의 타자관계로 매개된 자
기 이해의 방식으로, 신앙의 정점에 선 자가 신과 대면한 가운데,
자기에게 주어진 공동운명체로서의 존재의미를 파악해가는 과정을
나타낸 것이다. 그리고 그와 같은 대신관계 속의 자기 이해는 주체
의 유한성과 오류가능성을 인지한 Ⅱ장의 반성조건이 된다.

이렇듯 타자와의 관계성 속에서 Ⅱ장에 부분적으로 드러나던 매
개된 주체 인식이 반성행위로 실현되는 양상은 윤리적 지향, 역사적
참여, 종교적 선택이라는 주체의 실천행위를 통한 자기 존재성의 해
석으로 확장된다. 타자와의 대상관계가 독립적인 두 개별체의 만남
에 국한되지 않고 주체의 자기 이해를 가능하게 하는 매개조건으로
작용하게 된 것이다.

이와 같이 상징의 매개적 기능을 통해 드러난 윤동주 시의 주체
상은 '주체의 객관화'와 '주체의 확장'으로 특성화될 수 있다. 신체,
자연, 장소와 같은 현존의 제한적 조건으로 매개된 Ⅱ장의 주체 인
식은 생각으로 스스로를 규명해내는 주관적 인식과 차별된, 매개를
통한 주체의 객관화를 이루어내었다. 또한 Ⅲ장은 Ⅱ장에서 살펴본
주체의 자기 인식이 타자관계의 영역에서 주체의 실천행위로 변환
됨으로써, 구체적 삶의 영역에서 직접 대면하는 타자인 '너', 집합적
타자인 사회(제도), 절대적 타자인 신과의 관계를 매개하는 상징을
통한 주체의 이해과정을 보여주는 윤동주 시의 자기 해석 과정에

대한 고찰이었다.

Ⅱ, Ⅲ장의 작품 분석을 통해 논구된 신체, 자연, 장소, 타자의 상징이 윤동주의 시에 나타난 주체 이해의 매개가 되었다면, 이러한 주체의 매개구조와 시 상징의 의미구조를 총괄적으로 살핀 것이 Ⅳ장이다. 주체를 이해하는 매개구조는 주체에게서 거리를 두는 주체의 객관화와 일개인의 영역을 벗어난 주체의 확장으로 나눌 수 있다. 이는 각각 윤동주의 시에 공통적으로 나타난 반성의식과 극복의지를 드러내며, 자기 규율, 미래의 기도와 같은 근대성의 속성과 상통하는 것으로 한국근대문학에서 윤동주의 위치를 설명해준다.

객관화를 통한 주체의 인식은 생각하는 주체의 확실성을 주창한 근대적 주체상을 벗어나면서도 주체의 해체를 부르짖지도 주체의 중요성을 간과하지도 않는다. 이러한 재현원리의 거부, 현실과 단절된 공간의 설정 등이 수반된 '주체에게서 거리 두기'는 주체의 자기정립이라는 근대성의 선상에서 주체가 행하는 자기 반성의 확실성에 의문을 표하는 것이었다. '부끄러움', '참회', '괴로움' 등으로 통칭되는 윤동주 시의 특질은 '지성적 휴머니즘'으로 규정될 수 있으며, 그러한 흔들림의 근원에는 윤리적 정결성, 식민근대의 양가성, 종교적 죄 인식 등이 내재되어 있다.

한편 지성적 휴머니즘에 입각한 새로운 주체상의 인식은 권력적 주체, 소외된 타자와 같은 근대철학의 주체 — 타자관계에서 이탈한 형상으로 나타났다. 타자와의 관계 속에서 윤동주 시의 주체는 자기의 영역을 넘어 타자성 속에서 '화해', '아픔의 공유', '구원의 희망' 등을 경험하는데, 이는 현존의 유한성 극복으로 종합될 수 있는 '현실적 이상주의'로 집약된다. 주체의 자기 이해에 깊숙이 관여하는 이 같은 타자관계성은 근대적 타자개념과 차별된다.

이상과 같이 윤동주의 시 전반을 대상으로 그의 시에 나타난 상징을 주체 영역에서의 매개구조, 타자관계 영역에서의 매개구조, 의미구조의 측면을 통해 살펴보았다. 이러한 분석은 평이한 듯 보이는 윤동주 시의 복합성을 설명해 줄 상징의 다의성에 대한 구체적 접근방식이다. 이 책은 상징의 매개작용을 통해 윤동주 시의 주체가 자기의 존재론적 의미를 해석해가는 과정을 고찰함으로써 윤동주의 시에 대한 새로운 접근방식을 모색하려는 시도였다. 이는 기존 연구와 관점을 부인하는 것이라기보다는 그러한 논의들의 바탕 위에서 윤동주 시 연구의 새로운 방법론을 탐구하려는 것이었다.

이 책에서 분석한 상징구조의 특성은 시의 상징이 단순한 표현기법이 아니라 시 작품의 의미구조까지 해석해낼 수 있는 기반임을 보여준다. 그리고 논의의 대상이 된 윤동주 시의 여러 상징들은 시대적, 실존적 제한 속에서 윤동주의 시의식을 변용시킨 주요한 시적 기법인 동시에 윤동주 시의 존재적 특성을 밝혀낼 수 있는 의미의 동인이었다. 이러한 맥락에서 상징을 매개로 윤동주 시의 주체를 규명해내는 작업은 그의 시에 나타난 주체의 의미뿐만 아니라 창작 당시 시인이 경험한 세계 인식을 살펴보고 한국근대문학사 속에서 윤동주의 시가 갖는 의미를 고찰하는 데도 유용하게 쓰일 수 있다. 또한 이는 윤동주가 시를 창작하던 당시의 상황뿐만 아니라 독자가 시를 수용하는 시점에서 새롭게 해석되는 시의 현재적 의미까지를 포괄하는 다층위적 자기 해석의 과정이 된다.

참고문헌

1. 기본자료

권영민 편저, 《하늘과 바람과 별과 시》, 문학사상사, 1995.
왕신영·심원섭·오오무라 마스오·윤인석 엮음, 《사진판 윤동주 자필 시고전집(증보판)》, 민음사, 2002.
윤동주, 《하늘과바람과별과詩》, 정음사, 1948.
윤동주/정현종·정현기·심원섭·윤인석 편주, 《하늘과바람과별과詩 — 원본대조 윤동주 전집》, 연세대학교출판부, 2005.
홍장학, 《정본 윤동주 전집 원전연구》, 문학과지성사, 2004.

2. 논문

1) 국내 논저

고석규, 〈尹東柱의 精神的 小錨〉, 고석규·김재섭, 《超劇》, 三協文化社, 1954.

강명숙, 〈1920년대 중국 반기독교운동과 식민지 조선의 사회주의운동〉, 《한국기독교와 역사》 8, 한국기독교역사연구소, 1998.

강성자, 〈서정주와 윤동주의 자의식 비교〉, 한국교원대학교 석사학위 논문, 1993.

강신주, 〈한국현대기독교시연구 : 정지용, 김현승, 윤동주, 최문순, 이효상의 시를 중심으로〉, 숙명여자대학교 박사학위 논문, 1992.

강우식, 〈한국 현대시의 상징성 연구〉, 성균관대학교 박사학위 논문, 1987.

구경분, 〈윤동주 동시 연구〉, 인하대학교 교육대학원 석사학위 논문, 1996.

구마키 쓰토무, 〈윤동주 연구〉, 숭실대학교 박사학위 논문, 2003.

권택영, 〈현대문학과 타자개념〉, 《현대시사상》 29, 고려원, 1996.

金南天, 〈一身上眞理와「모랄」─「自己」의 省察과「槪念」의 主體化 ─〉, 《朝鮮日報》, 朝鮮日報社, 1938.4.19.

金尚鎔 外, 〈座談會 詩論의 貧困에 對하야 ─ 詩의 非大衆性과 敍事詩〉, 《朝鮮日報》, 朝鮮日報社, 1939.1.3.

김수복, 〈한국 현대시의 상징 유형 연구 : 김소월과 윤동주의 시를 중심으로〉, 단국대학교 박사학위 논문, 1990.

김시태, 〈밤의 인식과 자기 성찰〉, 《현대문학》 22권 9호, 현대문학사, 1976.

김연숙, 〈E·Levinas 他者倫理에서 倫理的 疏通에 관한 연구 : 얼굴·만남·대화〉, 《국민윤리연구》 44호, 한국국민윤리학회, 2000.

김열규, 〈윤동주론〉, 《국어국문학》 27집, 국어국문학회, 1964.

김영윤, 〈보들레르에 있어서 우울과 도취〉, 《상징주의 문학론》, 민음사, 1982.

金午星, 〈問題의 時代性〉, 《朝鮮日報》, 朝鮮日報社, 1936.4.29~5.8.

金午星,〈情熱과 知性 ― 知性問題의 새側面〉(一)~(六),《朝鮮日報》, 朝鮮日報社, 1938.9.28~10.6.

______,〈時代와 知性의 葛藤 ― 프로메듀 ― 스的 事態〉(一)~(四), 《朝鮮日報》, 朝鮮日報社, 1939.1.24/26/31/2.2.

김용직,〈윤동주 시의 문학사적 의의〉,《나라사랑》 23집, 외솔회, 1976.

김우종,〈암흑기 최후의 별〉,《文學思想》 43호, 문학사상사, 1976.

김우창,〈손들어 표할 하늘도 없는 곳에서〉,《文學思想》 43호, 문학사 상사, 1976.

______,〈모더니즘과 근대세계〉, 유종호 외,《현대 한국문학 100년 : 20세기 한국문학 어떻게 볼 것인가》, 민음사, 1999.

김윤식,〈尹東柱論 ― 어둠속에 익은 思想〉,《韓國近代文學作家論考》, 일지사, 1974.

______,〈윤동주론의 행방〉,《心象》 17호, 심상사, 1975.

______,〈한국 근대시와 윤동주〉,《나라사랑》 23집, 외솔회, 1976.

______,〈캄캄한 뇌우 속에 얻은 몇 알의 붉은 열매 (1)〉,《文學思想》 380호, 문학사상사, 2004.

김의수,〈尹東柱 詩의 解體論的 研究〉, 서울대학교 석사학위 논문, 1991.

김재혁,〈독일의 시문학은 우리 나라 시인들에게 무엇을 주었나〉,《현 대시학》 397(34권 4호), 현대시학사, 2002.

김재홍,〈자기 극복과 超克과 화해의 시학〉,《現代詩》 1집, 문학세계 사, 1984.

김창환,〈윤동주 시 연구 ― 윤리적 주체의 형성과정과 타자현상을 중 심으로〉, 연세대학교 석사학위 논문, 2003.

김현자,〈아청빛 언어에 의한 이미지〉,《소천 이헌구 선생 송수기념논

총》, 소천 이헌구 선생 송수기념논총 편찬위원회, 1970.

김흥규, 〈윤동주론〉, 《창작과 비평》 9권 3호, 창작과비평사, 1974.

남기혁, 〈현대시의 형성기(1931년~1945년)〉, 오세영 외, 《한국현대시사》, 민음사, 2007.

문현미, 〈윤동주의 나르시즘적 존재론 ― 윤동주와 릴케 시문학의 거울 모티브를 중심으로〉, 《한국시학연구》 제2호, 한국시학회, 1999.

박노균, 〈1930년대 한국시에 있어서의 서구 상징주의 수용 연구〉, 서울대학교 박사학위 논문, 1992.

박민영, 〈1930년대 시의 상상력 연구〉, 한림대학교 박사학위 논문, 2000.

박성아, 〈종교적 상징의 연구를 위한 이론적 기초 : 폴 리꾀르를 중심으로〉, 서울대학교 석사학위 논문, 1998.

朴世永, 〈廢苑의 詩壇〉 下, 《東亞日報》, 東亞日報社, 1937.6.15.

박의상, 〈윤동주 시의 사회심리학적 연구 : 자기화과정을 중심으로〉, 인하대학교 박사학위 논문, 1993.

박이도, 〈韓國 現代詩에 나타난 기독교意識 ― 尹東柱, 金顯承, 朴斗鎭의 詩〉, 경희대학교 박사학위 논문, 1984.

박종성, 〈식민지인의 디아스포라 내러티브 쓰기 : 나이폴의 《당혹스런 도착》〉, 《현대영미소설》 제11권 2호, 현대영미소설학회, 2004.

박춘덕, 〈한국 기독교시에 있어서 삶과 신앙의 상관성 연구 : 윤동주·김현승·박두진을 대상으로〉, 부산대학교 박사학위 논문, 1993.

박호영, 〈尹東柱論의 문제점 ― 저항시 여부〉, 《現代詩》 1집, 문학세계사, 1984.

______, 〈릴케와 대비로 본 윤동주〉, 《한국현대시사연구》, 일지사, 1987.

박호용, 〈백석과 윤동주 시의 비교연구〉, 한국외국어대학교 교육대학원 석사학위 논문, 1992.

白 鐵, 〈時代的 偶然의 受理 — 事實에 대한 精神의 態度〉 ①~④, 《朝鮮日報》, 朝鮮日報社, 1938.12.2/3/4/6.

＿＿＿, 〈暗黑期 하늘의 별〉, 윤동주, 《하늘과바람과별과詩》, 정음사, 1948.

徐寅植, 〈文化的精神〉, 《東亞日報》, 東亞日報社, 1939.6.20.

石耕牛, 〈文學의 貧困〉, 《東亞日報》, 東亞日報社, 1937.4.3.

손종호, 〈모국어와 문학〉, 《비평문학》 제24호, 한국비평문학회, 2006.

신동욱, 〈하늘과 별에 이르는 시심〉, 《나라사랑》 23집, 외솔회, 1976.

심희정, 〈다시 쓰는 독립운동 列傳 Ⅱ—1. 김재봉·강달영·차금봉〉, 《경향신문》, 경향신문사, 2005.1.9.

安含光, 〈知性의 自律性의 問題 — 그의 眞實한 理解를 위하야〉 (1)~(3), 《朝鮮日報》, 朝鮮日報社, 1938.7.10/12/13.

염무웅, 〈시와 행동〉, 《나라사랑》 23집, 외솔회, 1976.

오세영, 〈윤동주의 문학사적 위치〉, 《현대문학》 21권 4호, 현대문학사, 1975.

＿＿＿, 〈윤동주의 시는 저항시인가?〉, 《文學思想》 43호, 문학사상사, 1976.

＿＿＿, 《20세기 한국시 연구》, 새문사, 1989.

왕신영, 〈尹東柱와 다찌하라 마찌조〉, 《비교문학》 별권, 한국비교문학회, 1998.

유병탁, 〈간도를 되찾자, 명동촌은 민족정신의 용광로였다〉, 《뉴스메이커》 572호, 경향신문사, 2004.

유은하, 〈한용운과 윤동주 시 비교 연구〉, 고려대학교 석사학위 논문, 2003.

유종호, 〈청순성의 시, 윤동주의 시〉, 《시란 무엇인가》, 민음사, 1995.

尹崑崗, 〈詩壇展望 或은 『詩精神의擁護』〉, 《朝鮮日報》, 朝鮮日報社, 1939.1.15.

尹圭涉, 〈知性問題와휴매니즘 = 三十年代인테리겐챠의行程〉 (1)~(6), 《朝鮮日報》, 朝鮮日報社, 1938.10.11~20.

______, 〈文學意識과 生活의 乖離〉 (一)·(三)·(四)·(五), 《朝鮮日報》, 朝鮮日報社, 1938.5.18/22/24/25.

윤영철, 〈윤동주 소고 ; 일제강점기 만주유이민 시의 사적전개와 관련하여〉, 《서정적 진실과 시의 힘 ; 윤영철 평론집》, 창작과비평사, 2002.

이경숙, 〈윤동주 시의 발전과정 연구 ― 정지용 시와의 비교를 중심으로〉, 인하대학교 교육대학원 석사, 1999.

이계숙, 〈윤동주와 이육사 시의 대비연구 : 주요 이미지 분석을 중심으로〉, 동국대학교 교육대학원 석사학위 논문, 1990.

이남호, 〈"별 헤는 밤"의 의미 공간〉, 《현대문학》 392호, 현대문학사, 1987.

이사라, 〈윤동주 시의 기호론적 연구 ― 이항대립에 있어서의 매개기능을 중심으로〉, 이화여자대학교 박사학위 논문, 1987.

이상비, 〈시대와 시의 자세〉, 《자유문학》 11·12월호, 한국자유문학자협회, 1960.

이연숙, 〈디아스포라와 국문학〉, 《민족문학사연구》 제19호, 민족문학사연구소, 2001.

이유식, 〈아우트사이더的 人間性〉, 《현대문학》 9권 10호, 현대문학사, 1963.

이은경, 〈John Donne의 종교시와 죄의 문제〉, 이화여자대학교 석사학위 논문, 1991.

이정화, 〈윤동주와 이장희 시의 내면의식 고찰〉, 원광대학교 석사학위 논문, 1995.

이황직, 〈근대 한국의 윤리적 개인주의 사상과 문학에 관한 연구 : 정
인보, 함석헌, 백석, 윤동주를 중심으로〉, 연세대학교 박사학
위 논문, 2002.

임현순, 〈윤동주, 〈자화상〉의 상호텍스트성 연구〉, 《이화어문논집》
19, 이화어문학회, 2001.

______, 〈서정주 시의 상징성 연구〉, 《비교문학》 28집, 한국비교문학
회, 2002.

______, 〈윤동주 시의 상징에 나타난 불구의식과 실존의지 ― '눈'의
상징의미를 중심으로〉, 《한국시학회 제14회 전국학술대회 논
문집》, 한국시학회, 2004.

______, 〈매개된 인식으로서의 윤동주 시의 눈〉, 《한국근대문학회 제
12회 학술대회 논문집》, 한국근대문학회, 2005.

______, 〈윤동주 시의 상징과 존재의미 연구〉, 이화여자대학교 박사학
위 논문, 2005.

______, 〈'감는 눈'의 시선과 폭력에의 저항 ― 윤동주의 시를 읽는 새
로운 방법 ―〉, 《민족문화연구》 제43호, 고려대학교 민족문화
연구원, 2005.

______, 〈윤동주 시의 디아스포라와 공간 ― 시의 창작방식을 통해 나
타난 저항의지〉, 《우리어문연구》 제29집, 우리어문학회, 2007.

______, 〈윤동주 시에 나타난 '아동'의 시적 형상화 방식〉, 《대동문화
연구》 제62집, 성균관대학교 대동문화연구원, 2008.

______, 〈청각적 매개와 윤동주 시의 종교인식〉, 《우리어문연구》 제32
집, 우리어문학회, 2008.

전규태, 〈저항시인으로서의 윤동주론〉, 《나라사랑》 23집, 외솔회,
1976.

정 양, 〈동심의 신화〉, 《국어국문학연구》 5집, 원광대학교, 1979.

정의열, 〈윤동주 시에서의 "새로운 주체" 연구〉, 서울대학교 석사학위
        논문, 2003.

정의채, 〈현대사회의 폭력의 의미 — 폭력과 평화에 대하여〉, 《폭력이
        란 무엇인가 : 그 본질과 대안 — 폭력에 대한 철학적 성찰》
        (2002년도 한국학술진흥재단 기초학문육성 일반연구 연세대
        학교 철학연구소 공동연구팀 발표논문집), 연세대학교 철학연
        구소, 2003.

정재규, 〈이육사와 윤동주 시의 비교연구〉, 부산대학교 교육대학원 석
        사학위 논문, 1992.

정재완, 〈尹東柱論 —「또 다른 고향」과 희생제물 모티프〉, 《한국현대
        시인연구》, 전남대학교출판부, 2001.

鄭芝溶, 〈옛글새로운정〉 下, 《東亞日報》, 東亞日報社, 1937.6.11.

정한모, 〈동주시의 특징과 시사적 의의〉, 《心象》 17호, 심상사, 1975.

조승기, 〈한국현대시에 나타난 비극적 서정성 연구 : 이육사와 윤동주
        시의 전통적 맥락을 중심으로〉, 성균관대학교 박사학위 논문,
        1990.

최동호, 〈韓國現代詩에 나타난 물의 心象과 意識의 研究 — 金永郎, 柳
        致環, 尹東柱의 시를 중심으로〉, 고려대학교 박사학위 논문,
        1981.

최문자, 〈윤동주 시 연구 — 기독교적 원형 상징의 수용을 중심으로〉,
        성신여자대학교 박사학위 논문, 1995.

최 상, 〈한국 현대시에 투영된 유년기 체험의 시적 특질에 관한 연구
        : 윤동주, 정지용, 백석을 중심으로〉, 원광대학교 석사학위 논
        문, 1996.

최숙인, 〈제3세계 문학과 탈식민주의 — 필리핀의 호세 리잘과 한국의

윤동주〉, 《비교문학》 제27집, 한국비교문학회, 2001.

최은성, 〈윤동주 '序詩'의 텍스트언어학적 분석 연구〉, 고려대학교 석
　　사학위 논문, 2002.

최종환, 〈현대시에 나타난 기독교 죄의식의 심리학적 연구 ― 윤동주,
　　김종삼, 마종기의 시를 중심으로〉, 경희대학교 박사학위 논문,
　　2003.

崔載瑞, 〈휴 ― 맨·패로트〉, 《朝鮮日報》, 朝鮮日報社, 1940.2.20.

＿＿＿, 〈現代 主知主義 文學理論의 建設 ― 英國詩壇의 主流〉, 《朝鮮日
　　報》, 朝鮮日報社, 1934.8.5~12.

＿＿＿, 〈現代批評의 性格 : 十九世紀批評의結論的考察〉 ③, 《朝鮮日報》,
　　朝鮮日報社, 1938.11.5.

＿＿＿, 〈抒情詩에 잇서서의 知性 ― 現代詩論의 前進을 위하야〉 ①~
　　④, 《朝鮮日報》, 朝鮮日報社, 1938.12.24/25/27/28.

최태연, 〈해석학과 정신분석 : 리쾨르의 프로이트 이론〉, 《철학》 51,
　　한국철학회, 1997.

최홍규, 〈존재와 생성의 역(域)〉, 《世代》 3권 8호, 세대사, 1965.

홍기삼, 〈고독과 저항의 세계〉, 《月刊文學》 7권 7호, 한국문인협회,
　　1974.

＿＿＿, 〈시와 시인의 생애〉, 《心象》 3권 2호, 심상사, 1975.

홍장학, 〈尹東柱 詩 다시 읽기 ― 原典과 상호텍스트성(INTERTEXTU
　　-ALITY) 研究〉, 서강대학교 석사학위 논문, 2002.

홍정선, 〈尹東柱 詩研究의 현황〉, 《現代詩》 1집, 문학세계사, 1984.

2) 국외 논저

大村益夫, 〈尹東柱の事跡について〉, 《朝鮮學報》 121, 朝鮮學會, 1986.

池田 功, 〈尹東柱と石川啄木〉, 《明治大學敎養論文集》 286, 明治大學敎養

論文集刊行会, 1996.

細見和之, 〈言葉と記憶 ― ツェラン、カツェネルソン、尹東柱 ―〉, 《思想》 890, 岩波書店, 1998.

Peter Kemp, ed. by Richard kearny, "Ricoeur between Heidegger and Lévinas", Paul Ricoeur : The Hermeneutics of Action, London : SAGE Publications, 1996.

3. 단행본

1) 국내 논저

강만길, 《韓國現代史》, 창작과비평사, 1984.

강영안, 《주체는 죽었는가 ― 현대철학의 포스트 모던 경향》, 문예출판사, 1996.

______, 《자연과 사유 사이》, 문예출판사, 1998.

고미숙, 《한국의 근대성, 그 기원을 찾아서 ― 민족·섹슈얼리티·병리학》, 책세상, 2001.

고부응 외, 《탈식민주의 ― 이론과 쟁점》, 문학과지성사, 2003.

국립국어연구원, 《표준국어대사전》, 1999.

권영민 편, 《韓國現代文學批評史(資料Ⅳ)》, 檀大出版部, 1982.

______ 엮음, 《윤동주 연구》, 문학사상사, 1995.

김경일 외, 《동아시아 민족이산과 도시 ― 20세기 전반 만주의 조선인》, 역사비평사, 2004.

김상봉, 《자기인식과 존재사유 ― 칸트 철학과 근대적 주체성의 존재론》, 한길사, 1998.

김원웅, 《현대를 연 사상가들》, 사회정책연구소, 1991.

김윤식 편, 《한국현대모더니즘비평선집 — 자료편》, 서울대학교출판
　　　부, 1991.
______, 《한국현대문학사상사론》, 일지사, 1992.
______·김현, 《한국문학사》, 민음사, 1973.
김인섭, 《김현승 시의 상징체계 연구》, 보고사, 1999.
김정희, 《사람과 음식》, 열매출판사, 2005.
김정현, 《니체의 몸 철학》, 지성의 샘, 1995.
김종두, 《키에르케고르의 실존사상과 현대인의 자아이해》, 앰애드,
　　　2002.
김진균·정근식 편, 《근대주체와 식민지 규율권력》, 문화과학사, 1997.
김치수 외, 《현대기호학의 발전》, 서울대학교출판부, 1998.
김학동 편, 《윤동주》, 서강대학교출판부, 1997.
김 현, 《르네 지라르 혹은 폭력의 구조》, 나남출판사, 1987.
김현자, 《한국시의 감각과 미적 거리》, 문학과지성사, 1997.
______, 《한국 현대시 읽기(개정판)》, 민음사, 1999.
김현정, 《한국현대문학의 고향담론과 탈식민성》, 역락, 2005.
대한성서공회 편집부, 《성경전서 개역개정판》, 대한성서공회, 1998.
류보선, 《한국 근대문학의 정치적 (무)의식》, 소명출판, 2005.
류양선, 《한국현대문학의 탐색》, 역락, 2005.
마광수, 《尹東柱 硏究 : 그의 詩에 나타난 象徵的 表現을 中心으로》, 정
　　　음사, 1984.
문덕수·황송문, 《문예사조사》, 국학자료원, 1997.
민경배, 《한국기독교회사》, 대한기독교출판사, 1986.
서경식, 《디아스포라 기행》, 돌베개, 2006.
서준섭, 《한국 모더니즘 문학 연구》, 일지사, 1988.
송우혜, 《윤동주 평전(재개정판)》, 푸른역사, 2004.

신범순, 《한국현대시의 퇴폐와 작은 주체》, 신구문화사, 1998.

심상태, 《인간 ― 신학적 인간학 입문》, 서광사, 1989.

오세영, 《20세기 한국시 연구》, 새문사, 1989.

오오무라 마스오, 《윤동주와 한국문학》, 소명출판, 2001.

윤성우, 《폴 리쾨르의 철학》, 철학과 현실사, 2004.

이건청, 《윤동주 : 신념의 길과 수난의 인간상》, 건국대학교출판부, 1994.

이진경, 《근대적 시공간의 탄생》, 푸른 숲, 1997.

정기철, 《상징, 은유, 그리고 이야기》, 문예출판사, 2002.

조규익, 《해방전 만주지역의 우리 시인들과 시문학》, 국학자료원, 1996.

조두환, 《라이너 마리아 릴케 ― 고독의 정원에서 키운 시와 장미》, 건국대학교출판부, 2001.

조재수 편, 《남북한말 사전》, 한겨레신문사, 2000.

______, 《윤동주 시어 사전》, 연세대학교출판부, 2005.

최동호, 《韓國現代詩의 意識現象學的 硏究》, 고대민족문화연구소출판부, 1989.

최문자, 《현대시에 나타난 기독교 사상의 상징적 해석》, 태학사, 1999.

한국해석학회 편, 《해석과 이해》, 지평문화사, 1996.

한글학회, 《우리말 큰사전》, 어문각, 1992.

사나다 히로코, 《最初의 모더니스트 鄭芝溶》, 역락, 2002.

2) 국외 논저

고진, 가라타니(1990)/박유하 옮김, 《일본 근대문학의 기원》, 민음사, 1997.

__________(1997)/송태욱 옮김, 《현대 일본의 비평 2》, 소명출판, 2002.

골드만, 루시앙/송기형·정과리 공역, 《숨은 신》, 연구사, 1986.

길버트, 바트 무어(1997)/이경원 옮김, 《탈식민주의! 저항에서 유희로》, 한길사, 2001.

데이비스, 콜린/김성호 옮김, 《엠마누엘 레비나스—타자를 향한 욕망》, 다산글방, 2001.

데카르트, 르네(1641)/이현복 역, 《성찰》, 문예출판사, 1997.

도스, 프랑수아/이봉지 외 옮김, 《폴 리쾨르 삶의 의미들》, 동문선, 2005.

라스무센, D. M./장석만 옮김, 《상징과 해석》, 서광사, 1991.

레비나스, 엠마누엘(1979)/강영안 역, 《시간과 타자》, 문예출판사, 1996.

________________/양명수 역, 《윤리와 무한》, 다산글방, 2000.

________________/서동욱 역, 《존재에서 존재자로》, 민음사, 2003.

리샤르, J. P./윤영애 역, 《詩와 깊이》, 민음사, 1984.

리쾨르, 폴/양명수 역, 《악의 상징》, 문학과지성사, 1994.

________/김윤성·현범 공역, 《해석이론》, 서광사, 1998.

________/박병수·남기영 편역, 《텍스트에서 행동으로》, 아카넷, 2001.

________/양명수 역, 《해석의 갈등》, 아카넷, 2001.

________/톰슨, 존 편역(1981)/윤철호 옮김, 《해석학과 인문사회과학》, 서광사, 2003.

________(1990)/김웅권 옮김, 《타자로서 자기 자신》, 동문선, 2006.

마르쿠제, 허버트/김문환 편역, 《마르쿠제 미학사상》, 문예출판사, 1989.

뮐러, 막스/박찬국 역, 《실존철학과 형이상학의 위기》, 서광사, 1988.

미쓰히로, 이누가이 외 7인 엮음/고계영 옮김, 《일본 지성인들이 사랑하는 윤동주》, 민예당, 1998.

바슐라르, 가스통 /정영란 역, 《공기와 꿈》, 민음사, 1993.

바흐친, 미하일/김희숙·박종소 옮김, 《말의 미학》, 길, 2006.

베겡, 알베르/이상해 옮김, 《낭만적 영혼과 꿈 — 독일 낭만주의와 프랑스 시에 관한 시론》, 문학동네, 2001.

베네딕트, 루스/김윤식·오인석 옮김, 《국화와 칼》, 을유문화사, 1992.

베르크, 오귀스탱/김주경 옮김, 《대지에서 인간으로 산다는 것》, 미다스북스, 2001.

볼노브, O. F./최동희 옮김, 《실존철학이란 무엇인가》, 서문당, 1996.

소쉬르, 페르낭 드/발리, 샤를르·알베르 세쉬에 편/최승언 역, 《일반언어학 강의》, 민음사, 1990.

아렌트, 한나/김정한 옮김, 《폭력의 세기》, 이후, 1999.

아리스토텔레스/천병희 역, 《시학(개역판)》, 문예출판사, 1995.

아리에스, 필립/고선일 옮김, 《죽음 앞의 인간》, 새물결, 2004.

엘리아데, 멀치아/이동하 역, 《성과 속 : 종교의 본질》, 학민사, 1983.

____________/이은봉 역, 《종교형태론》, 한길사, 1997.

요시미, 다케우치/서광덕·백지운 옮김, 《일본과 아시아》, 소명출판, 2004.

이치로, 이시다/성해준·감영희 역, 《일본사상사의 이해》, J&C, 2004.

지라르, 르네/김진식·박무호 옮김, 《폭력과 성스러움》, 민음사, 2000.

________/김진식 옮김, 《나는 사탄이 번개처럼 떨어지는 것을 본다》, 문학과지성사, 2004.

카시러, E./오향미 역, 《인문학의 구조 내에서 상징형식 개념 외》, 책세상, 2002.

칸트, I./이석윤 역, 《판단력 비판》, 박영사, 1974.

칼리니쿠스, M./이영욱 외 역, 《모더니티의 다섯 얼굴》, 시각과 언어, 1998.

384

케니, 안쏘니(1980)/강영계·김익현 옮김, 《토마스 아퀴나스》, 서광사,
        1984.

키에르케고르/박환덕 역, 《죽음에 이르는 병》, 범우사, 1990.

토도로프, 츠베탕/신진·윤여복 공역, 《상징과 해석》, 동아대학교출판
        부, 1987.

파스, 옥타비오/김은중 옮김, 《흙의 자식들 외 — 낭만주의에서 전위주
        의까지》, 솔, 1999.

퍼슨, C. A. 반/손봉호·강영안 옮김, 《몸·영혼·정신 : 철학적 인간학
        입문》, 서광사, 1985.

Furst, Lilian R.(1969)/이상옥 역, 《浪漫主義(Romanticism)》, 서울대학
        교출판부, 1987.

하이데거, 마르틴/소광희 역, 《존재와 시간》, 경문사, 1995.

___________/이기상·김재철 옮김, 《존재론·현사실성의 해석학》,
        서광사, 2002.

호르크하이머, M·Th. W. 아도르노/김유동·주경식·이상훈 공역, 《계
        몽의 변증법》, 문예출판사, 1995.

子安宣邦, 《日本近代思想批判》, 岩波書店, 2003.

金賛汀, 《抵抗詩人尹東柱の死》, 共同印刷株式會社, 1984.

同志社大學 広報課 編集, 《尹東柱詩碑》, 學校法人同志社, 2002.10.

尹東柱詩碑建立委員會, 《星うたう詩人》, 三五社, 1997.

末川博 編, 《六法全書 : 事項索引及參照條文附》, 岩波書店, 1942.

伊吹郷, 《空と風と星と詩》, 記錄社, 1993.

韓晢曦, 《日本の朝鮮支配と宗敎政策》, 未來社, 1988.

Clark, S. H., Paul Ricoeur, New York : Routledge, 1990.

Lévinas, Emmanuel, Totalite et infini : essai sur l'exteriorite, La Haye : M.Nijhoffm 1961.

Ricoeur, Paul, Philosophie de la volonté le volontaire et l'involontaire, Paris : Aubier—Montaigne, 1950.

___________(1965), trans. by Denis Savage, Freud and Philosophy : an essay on interpretation, New Haven : Yale University Press, 1970.

___________(1975), trans. by Robert Czerny with Kathleen McLaughlin and John Costello, The Rule of Metaphor — : multi—disciplinary studies of the creation of meaning in language, London : Routledge, 1978.

___________, De l'interprétation : Essai sur Freud, édition du seuil 27 ; rue Jacob, Paris Ⅳ, 1965.

찾아보기